Der vierzehnte Fall

Hauptkommissar Claudius Zorn wundert sich. So hat er seinen Kollegen Schröder noch nie erlebt. Schröder ist der hellste Kopf, den er kennt. Aber in diesem Sommer wirkt er teilnahmslos und zerstreut. Selbst als sich bei einem neuen Fall herausstellt, dass Schröder das Todesopfer gekannt haben muss, erwacht er nicht zu gewohnter Form.
Zorn versteht die Welt nicht mehr und fürchtet, dass jetzt alle Arbeit an ihm hängen bleibt, zumal es einen weiteren Toten gibt. Und wieder eine Verbindung zu Schröder. Als Zorn kurz darauf etwas Ungeheuerliches erfährt, wird ihm klar, dass er die Wahrheit nie kennen wollte. Und dass dieser Fall ihrer beider Leben zerstören wird.

»Das Erscheinen eines neuen ›Zorns‹ stellt ein absolutes Highlight im Bücherjahr dar.« Literaturmarkt.info

Stephan Ludwig arbeitete als Theatertechniker, Musiker und Rundfunkproduzent. Er hat drei Töchter, einen Sohn und keine Katze. Zum Schreiben kam er durch eine zufällige Verkettung ungeplanter Umstände. Er lebt und raucht in Halle.

Außerdem bei FISCHER erschienen:
»Zorn – Tod und Regen«, »Zorn – Vom Lieben und Sterben«, »Zorn – Wo kein Licht«, »Zorn – Wie sie töten«, »Zorn – Kalter Rauch«, »Zorn – Wie du mir«, »Zorn – Lodernder Hass«, »Zorn – Blut und Strafe«, »Zorn – Tod um Tod«, »Zorn – Zahltag«, »Zorn – Opferlamm«, »Zorn – Ausgelöscht«, »Zorn – Schwarze Tage«, »Unter der Erde. Thriller«, »Der nette Herr Heinlein und die Leichen im Keller. Roman«
Die Bände 1–5 der Zorn-Reihe sind mit Stephan Luca und Axel Ranisch in den Hauptrollen fürs Fernsehen verfilmt.

Claudius Zorn ist auch auf Facebook und Instagram.

Weitere Informationen finden Sie auf www.fischerverlage.de

Stephan Ludwig

ZORN

DER FALL SCHRÖDER

Thriller

FISCHER TASCHENBUCH

MIX
Papier | Fördert gute Waldnutzung
FSC® C083411
www.fsc.org

Originalausgabe
Erschienen bei FISCHER Taschenbuch

Redaktion: Volker Jarck
Satz: Fotosatz Amann, Memmingen
Druck und Bindung: CPI books GmbH, Leck
ISBN 978-3-596-71055-3

Für Peter Sodann
(Schlaf gut.)

MONTAG

Dumbos letzter Flug.

Eins

»Was wollen wir hier?«, fragte sie.

»Ich wollte dir die Aussicht zeigen.« Er breitete die Arme aus. »Ist doch toll, oder?«

Sie sah etwas beklommen in die Tiefe.

»Ja«, sagte sie, obwohl sie offensichtlich anderer Meinung war.

»Ich hab dir wohl zu viel versprochen.« Er klang enttäuscht. »Schade.«

Sie waren ein wenig außer Atem, nachdem sie die rostigen Stufen hinauf zum Schanzenturm gestiegen waren. Unter ihnen wogten die Baumwipfel in den Strahlen der aufgehenden Sonne, die den Himmel über den Hügeln im Osten in Flammen zu setzen schienen. Ein weiterer frühsommerlicher Tag brach an, doch die Nacht war kühl gewesen, und nachdem sie ihm den Berg hinauf durch das Unkraut hoch zur Schanze gefolgt war, waren ihre dünnen Sneaker vom Tau durchnässt, und sie ärgerte sich, dass sie nur ein kurzärmeliges T-Shirt trug.

»Ist dir kalt?«, fragte er besorgt, als sie sich fröstelnd die Arme rieb.

»Schon okay«, wehrte sie ab und warf einen unauffälligen Blick auf die Uhr, die er ihr vor drei Wochen zum fünfundzwanzigsten Geburtstag geschenkt hatte. Eigentlich konnte er sich ein solches Präsent nicht leisten, doch auf ihre Vorwürfe hin hatte er behauptet, die Uhr sei längst nicht so teuer, wie sie aussehe – eine Untertreibung, wenn nicht gar Lüge, denn als sie die Uhr in dem kleinen Juwelierladen am Hallmarkt prüfen ließ, wurde ihr bestätigt, dass das Armband aus massivem Silber und der Kranz um das Ziffernblatt aus echten Diamanten gefertigt war. Die Uhr war viel zu auffällig und eher für eine Frau seines Alters geeignet, weshalb sie das Ding nur trug, wenn sie ihn traf. Auch jetzt hatte sie es nicht vergessen, obwohl eine Jacke, wie sie zu ihrem Verdruss feststellte, wesentlich nützlicher gewesen wäre.

»Hast du's eilig?«, fragte er.

»Nee«, versicherte sie und zwang sich zu einem Lächeln. »Du hast recht, es ist wirklich schön hier.«

»Ja, oder?« Sein Gesicht hellte sich auf. »Der Ausblick ist wirklich toll.«

Ihr Blick folgte seinem ausgestreckten Zeigefinger nach Süden, wo sich der Fluss zwischen bewaldeten Hügeln, Porphyrfelsen und Getreidefeldern majestätisch in Richtung Stadt schlängelte und zwischen Lagerhallen und Getreidesilos im nördlichen Industriegebiet verschwand.

»Schau mal«, sagte er. »Man sieht sogar das Chemiewerk.«

Die morschen Holzbohlen knarrten bedenklich, als sie an das Geländer trat und die dampfenden Kühltürme weit hinten am Horizont betrachtete, vor denen sich die Kirchtürme über den Dächern der Altstadt wie Scherenschnitte abzeichneten. Der Anblick war weder spektakulär noch außergewöhnlich und definitiv kein Grund, zu nachtschlafender Zeit eine verlassene Skisprunganlage aufzusuchen, die noch dazu baupolizeilich gesperrt war – und das schon seit geraumer Zeit, selbst die Absperrkette unten am Turm war bereits verrostet und die Warnschilder rund um das Gelände so verblichen, dass sie teilweise kaum noch zu entziffern waren.

»Dein Büro sieht man auch«, sagte er und deutete auf einen Gebäudeklotz, dessen verspiegelte Fassade auf einem Hügel links von der Altstadt in der Sonne blitzte. »Wie läuft's eigentlich auf Arbeit?«

»Ganz gut.«

Sie hatte den Job bei der Wohnungsverwaltung seit einem halben Jahr. In der Stellenausschreibung war von der stellvertretenden Leitung des Kundendienstes die Rede gewesen, was in Wahrheit bedeutete, nicht nur den ganzen Tag in einer stickigen Abstellkammer in der zwölften Etage am Telefon zu sitzen, sondern auch nach Feierabend über Handy erreichbar zu sein, um empörte Mieter zu beschwichtigen, die sich über tropfende Wasserhähne, undichte Fenster und lärmende Kinder beschwerten.

»Das freut mich.« Er lächelte.

Warum sind wir hier?, überlegte sie erneut. *Um über meinen dämlichen Job zu sprechen?*

Ein Windstoß rauschte über die Baumkronen heran und wehte ihr das Haar aus der Stirn. Die Plattform war kaum größer als das schlauchförmige Badezimmer ihrer kleinen Mansardenwohnung, allerdings nicht umgeben von massiven Betonwänden, sondern auf drei Seiten begrenzt von einem hüfthohen, schiefen Geländer und auf der vierten von einer Stahlkette mit einem im Wind schwankenden Blechschild (*BETR TEN STRENG TENS VERBOTEN)*, hinter dem die Anlaufspur in die Tiefe führte.

»Keine Sorge«, sagte er, als habe er ihre Gedanken erraten. »So schnell bricht der alte Kasten nicht zusammen. Siehst du?«

Als er mit dem Fuß aufstampfte, bebte die mächtige Stahlkonstruktion unter ihnen bis in die Fundamente. Sie stieß einen leisen Schrei aus, ihre Finger klammerten sich um das verbogene Geländer, während das grollende Dröhnen der vibrierenden Pfeiler über die Ebene hallte.

»Tut mir leid«, entschuldigte er sich unbeholfen. »Ich wollte dich nicht …«

»Schon gut.«

Er machte Anstalten, ihr einen Arm um die Schultern zu legen, doch sie rückte von ihm ab.

»Sei nicht sauer«, bat er.

»Bin ich nicht«, gab sie knapp zurück.

»Wirklich nicht?«

»Nein.«

Sie trat einen Schritt zurück, ohne ihren Griff um den Handlauf zu lockern.

»Tut mir leid«, wiederholte er. »Aber das Geländer ist stabil. Es ist damals repariert worden, nachdem …«

»Ja?«

Er schüttelte schweigend den Kopf.

Die Sonne war höher gestiegen und spiegelte sich auf der Frontscheibe des alten Passats, der am Fuße des Berges neben einem windschiefen Holzschuppen parkte. Nachdem sie den Wagen verlassen hatten, waren sie schweigend bergauf gegangen. Am Turm hatte er sie kurz gebeten, auf die Stufen zu achten. Dass sie sich bereits dort unwohl fühlte, hatte er wohl nicht bemerkt. Vielleicht, überlegte sie nun, hatte er es ja nicht bemerken *wollen*? Er war vorausgegangen in der Gewissheit, dass sie ihm folgen würde. Was sie wie immer getan hatte.

»Ich war dumm«, entschuldigte er sich nun zum dritten Mal. »Du hast es gleich überstanden. Ich …«

»Was meinst du damit?«

Er hielt ihrem Blick nicht lange stand.

»Nichts weiter«, murmelte er achselzuckend. »Sagt man das nicht so?«

Letzten Winter war er fünfzig geworden, doch er sah älter aus. In den vergangenen Monaten war er merklich ergraut, das dünne Haar schimmerte im Morgenlicht wie Zuckerwatte. Gebeugt stand er vor ihr wie ein großer, zerzauster Vogel, das Hemd schlotterte um die magere Brust, die Jeans schienen mindestens zwei Nummern zu groß, und der Wildledergürtel, den sie ihm zu Weihnachten geschenkt hatte, ließ die knochige Taille noch schmaler wirken. Im Gegensatz zu ihr hatte er sich ehrlich über das Geschenk gefreut, und sie war sicher, dass er den Gürtel nicht nur in ihrem Beisein trug.

Warum, dachte sie, *warum, verdammt nochmal, sind wir hier?*

Sie öffnete den Mund, um die Frage zu wiederholen, doch er kam ihr zuvor.

»Damals kam es mir viel höher vor. Ich hab mich nicht mal getraut, von der Babyschanze zu springen. Die war direkt hier daneben.« Er deutete über das Geländer nach unten. »Aber die Natur holt sich alles zurück.«

Er wandte sich um und ging zur Absperrkette vor dem Anlaufpunkt. Obwohl er nicht viel wog, ächzten die Bodenbretter und bogen sich unter seinem Gewicht. Die Stahlkonstruktion mochte noch einige Zeit halten, doch was war mit dem verwitterten Holz? Wie tief ging es hinab? Zwanzig Meter? Fünfundzwanzig? Oder mehr?

»Der kritische Punkt liegt bei etwas über dreißig Metern«, sagte er. »Eigentlich ist es nur ein Katzensprung, im Vergleich zu anderen Schanzen ein Witz. Dort«, er wies hinunter ins Tal auf einen verwitterten Blechschuppen mit vernagelten Fenstern, »haben wir uns umgezogen. Wo die Birken sind, waren die Zuschauertribünen. Und … langweile ich dich?«

»Nein.«

»Wirklich nicht?«

»Nein, aber … könntest du mir das nicht unten erzählen?«

Er sah sie an. Wandte den Blick wieder ins Tal. Flüsterte etwas.

Ich fürchte, das wird nicht möglich sein.

Sie war nicht sicher, ob sie richtig verstanden hatte. Ihr Magen hob sich, sie fixierte die Windräder auf der Hügelkette am anderen Flussufer, worauf sich die Übelkeit etwas legte.

»Ich war ein Angsthase«, fuhr er fort. »Sie nannten mich Dumbo. Du weißt schon«, sie hörte das Lächeln in seiner

Stimme, »wegen meiner Ohren. Alle haben mich ausgelacht, bis auf einen. Der hat den Schanzenrekord aufgestellt, er … er war mein bester Freund. Na ja, eigentlich war's der einzige, den ich jemals …«

Er verstummte.

»Warum sind wir hier?«, fragte sie.

Erneut sah er sie an. Aus dunklen, vertrauten Augen und mit einem wehmütigen, ebenso vertrauten Lächeln, das wegen der gespaltenen Oberlippe immer etwas verrutscht und irgendwie fehl am Platz wirkte.

»Ich wollte dich um Verzeihung bitten«, sagte er.

»Es gibt nichts zu verzeihen.«

»*Noch* nicht.«

»Ich … ich verstehe nicht, was du …«

Ihr wurde schwarz vor Augen.

»Ich habe immer behauptet, dass es besser wird«, sagte er. »Dass die Therapie helfen würde.«

Morsches Holz knarrte, er kam näher.

»Aber das war gelogen. Ich habe dagegen angekämpft, fast vierzig Jahre lang. Es ist wie ein Jucken. Es geht niemals weg, man kann sich nicht kratzen, weil …«

Sie sah verschwommen, wie er den Arm hob und sich an die Schläfe tippte.

»Es ist hier drin, verstehst du?«

Er stand so dicht vor ihr, dass sie die Wärme seines Atems auf den Wangen spürte. Die Welt begann sich zu drehen, sein Gesicht verschwamm, während seine Augen größer wurden und sie – erst langsam, dann immer schneller werdend – umkreisten wie dunkle Monde eine erloschene Sonne.

»Es tut mir furchtbar leid.« Er nahm sie in die Arme. »Es tut mir so leid, dass ich dir das antun muss.«

Etwas rastete ruckartig ein, und sie begriff, was geschehen

würde. Ihr Blick klärte sich kurz, bevor die Welt sich im nächsten Moment weiterdrehte und hinter einem Tränenschleier verschwamm.

»Bitte.« Sie klammerte sich an ihn. »Tu das nicht.«

»Es gibt keinen anderen Weg«, murmelte er und ging mit ihr zum Geländer. »Ich wünschte es, aber …«

»Bitte.«

»Es tut mir leid.«

»Bitte!«

Er mochte dünn sein, doch er war kräftig. Es gelang ihm mühelos, ihre ineinander verkrampften Finger in seinem Rücken zu lösen und sich aus der Umklammerung zu befreien.

»Es wird schnell gehen«, sagte er. »Das Monster ist damals auch schnell gestorben.«

Irgendwo in den Wäldern heulte eine Kettensäge auf.

»Bitte nicht«, schluchzte sie, »bitte, bitte nicht.«

Er griff nach dem Geländer.

»Ich liebe dich, Merle.«

»Ich liebe dich auch, Papa.«

»Alles ist gut«, tröstete er sie. »Ich hätte es nur früher wissen müssen.«

»Was?«

»Dass es erst vorbei ist, wenn ich dem Monster in den Tod folge«, sagte er.

Und sprang.

Zwei

Zorn brummte etwas, das man nur mit sehr viel gutem Willen als morgendlichen Gruß auffassen konnte, stieß die Bürotür mit der Hacke hinter sich zu, streifte die Lederjacke ab und warf sie auf dem Weg zum Schreibtisch in Richtung Garderobenständer, den er wie üblich verfehlte.

»Guten Morgen, Chef.« Schröder bedachte ihn mit einem Blick über die Schulter und widmete sich wieder seinen Blumentöpfen auf dem Fensterbrett. »Gut geschlafen?«

»Nee.« Zorn ließ sich gähnend in seinen Bürostuhl fallen. »Schönen Gruß von Frieda.«

»Wie geht's ihr?«

»Sie ist genervt.«

»Wann wird sie entlassen?«

»Frühestens in drei Wochen. Ihr Bein muss noch mal operiert werden, das Knie hat sich entzündet, weil eine Schraube nicht richtig sitzt. Am liebsten würde sie dem Chirurgen den Hals umdrehen, aber das geht ja nicht. Also lässt sie ihre Wut an mir aus.«

»An wem sonst? Du bist ihr Ehemann.«

»Die braucht was zu tun, sonst dreht sie durch«, seufzte Zorn. »Sie hat mich heute schon dreimal angerufen. Zuerst, weil sie mich wecken wollte. Danach über FaceTime. Um zu kontrollieren, ob ich mich ordentlich rasiert hab. Und beim dritten Mal, als ich im Auto saß. Da hat sie mir 'nen Vortrag gehalten, dass ich meinen Job gefälligst ernst nehmen soll. Meine Zigaretten sind alle, aber ich durfte nicht mal an der Tankstelle halten, weil ich sonst zwei Minuten zu spät gekommen wär.«

»Frieda braucht ihre Arbeit«, sagte Schröder, nahm seine

Gießkanne und ging zum Waschbecken. »Sie ist es gewohnt, ständig in Bewegung zu sein. Solange sie in der Klinik ist, wird sie …«

»Schröder?«

»Ja?«

»Ist alles okay?«

»Selbstverständlich. Was soll sein?«

»Du siehst beschissen aus.«

»Tatsächlich?« Schröder blieb stehen. »Danke, gleichfalls, Chef.«

Ihre Blicke trafen sich kurz, dann wandte Schröder sich ab.

»Ich habe kaum geschlafen«, sagte er und drehte das Wasser auf.

»Warum?«

»Weil ich Kopfschmerzen habe.«

»Das ist 'ne Erklärung.«

»Wofür?«

»Dass du beschissen aussiehst.«

Schröder zwängte sich mit der Gießkanne an seinem Bürostuhl vorbei und ging wieder zum Fenster.

»Aber was ist mit mir?«, fragte Zorn.

»Mit dir?«

»Du hast *danke, gleichfalls* gesagt. Ich interpretiere das so, dass ich ebenfalls beschissen aussehe.«

»Nicht doch«, wehrte Schröder müde ab. »Das war einfach nur so dahingesagt.«

»Du sagst nie etwas *einfach nur so dahin*, Schröder.«

Schröder beugte sich über eine seiner Begonien.

»Du meinst meine Mütze.« Zorn tippte an den Schirm seines Basecaps. »Die findest du bescheuert.«

»Du kannst anziehen, was du willst, Chef. Ich habe keine Lust, deinen Kleidungsstil zu beurteilen.«

»Ist auch besser so. Wer im Glashaus sitzt …« Zorn reckte den Hals und betrachtete die Boxershorts, die über den Bund von Schröders Cordhose ragten. »Sind das Hubschrauber?«

»Wie meinen?«

»Das Muster.«

»Das geht niemanden etwas …«

»Nee, das sind Frösche. Oder …«, Zorn kniff die Augen hinter der Brille zusammen, »Butterblümchen?«

Schröder zog hastig die Hose hoch.

»Ich sagte, das geht niemanden …«

»… was an, genau. Und wenn ich beschließe, 'ne Mütze aufzusetzen, dann ist das meine Sache.«

»Das hat niemand bestritten.«

Bisher hatte Schröder das neue Outfit nicht kommentiert, obwohl Zorn das Basecap bereits seit drei Tagen trug, nachdem er bei der morgendlichen Körperpflege und der folgenden routinemäßigen Prüfung seines Aussehens beschlossen hatte, etwas gegen den rapide zunehmenden Haarausfall zu unternehmen. Die Geheimratsecken ließen sich zwar notdürftig unter den langen, deutlich ergrauten Strähnen kaschieren, doch als er die verspiegelten Türen des Badezimmerschranks aufklappte, musste er bei der Inspektion seines Hinterkopfs erschrocken registrieren, dass die kahle Stelle mittlerweile größer als ein Tennisball und im Begriff war, die Ausmaße einer Untertasse zu erreichen. Schröder war bereits in seiner Jugend mit diesem Problem konfrontiert gewesen, jahrelang hatte er das Haar über dem rechten Ohr wachsen lassen und die Strähnen quer über die Glatze gekämmt, um sich den Kopf dann schließlich komplett zu rasieren – was ihm deutlich besser, eigentlich sogar hervorragend stand. Für Claudius Zorn allerdings kam weder das eine noch das andere in Frage, und da ihm Edgars Mützen zu klein waren, hatte er zunächst mit Friedas Wintermützen experimentiert, bis ihm auf der Suche nach Alternativen in einer Schublade mit ausrangierten Socken, Hosenträgern und anderem Kram das alte Basecap in die Hände fiel, das ihm sein Bruder Cornelius Anfang der Neunziger von einem Genesis-Konzert mitgebracht hatte.

»Das ist 'n ganz normales Basecap, Schröder.«

Zorn hatte die Musik nach Peter Gabriels Ausstieg nie gemocht, doch die verblasste Aufschrift – *We can't dance* – passte zu ihm und war irgendwie cool.

Vermutete er zumindest.

Sicher war er nicht.

»Irgendwie muss ich mich ja vor der Sonne schützen.«

»Im Büro?«, gab Schröder spitz zurück.

»Ach!« Zorn richtete sich auf und deutete auf das grüne Reflektorband um Schröders linke Wade. »Und was ist damit?«

»Das hat mir Edgar geschenkt!«

»Das ist mir klar. Ich dachte immer, das braucht man zum Fahrradfahren. Um die Hose zu schützen. Und damit man auf der Straße besser gesehen wird. Aber ...«, Zorn kratzte sich an der Schläfe, »im Büro? Beim Blumengießen? Ich wusste gar nicht, dass das so gefährlich ...«

»Ich hab's vergessen!«

Die Gießkanne landete mit einem leisen Knall auf dem Fensterbrett. Als Schröder sich bückte, um das Band abzustreifen, erhaschte Zorn einen weiteren Blick auf den Rand der Boxershorts. Diesmal glaubte er, kleine Feuerwehrautos zu erkennen. Womöglich auch Raketen, überlegte er und beschloss, demnächst einen Sehtest zu machen – es war offensichtlich Zeit für eine neue Brille.

Schröder sank gegenüber in seinen Sessel und vergrub das Gesicht in den Händen.

»Schröder?«

»Hm?«

»Du siehst wirklich beschissen aus.«

»Der Insulinspiegel.«

»Warst du beim Arzt?«

»Vorgestern.«

»Und?«

»Er hat mir was verschrieben.« Als Schröder den Rücken streckte, spannte sich das karierte Hemd über dem Kugelbauch. »Wird bald besser.«

Ein junger Uniformierter kam herein, reichte Schröder eine dünne Mappe und verschwand ebenso schnell, wie er gekommen war.

»Was ist das?«, fragte Zorn.

»Eine Akte.«

»Was du nicht sagst.«

Schröder blätterte vor und zurück, überflog ein paar Seiten und klappte die Mappe wieder zu.

»Und?«, hakte Zorn nach. »Worum geht's?«

»Suizid.«

»Ach, und wann?«

»Der Notruf kam um fünf Uhr dreißig.«

»Und warum haben die uns nicht …«

»Sie haben *mich* informiert.«

Zorn blinzelte irritiert. »Aber …«

»Ich wiederum habe die Sache Kollegen Brettschneider übergeben. Er ist seit um sechs vor Ort, die Spurensicherung ebenfalls. Das hier«, Schröder verstaute die Mappe in einer Schublade, »ist ein erster Bericht. Wir können …«

»Moment mal«, unterbrach Zorn. »Verstehe ich das richtig? Es gibt einen Toten, und du schickst jemand anderen hin? Nichts gegen Brettschneider, aber …«

»Es handelt sich um Suizid.«

»Da kann man nie sicher sein, Schröder.«

»Es gibt eine Zeugin, die Tochter des Toten. Sie hat den Notruf gewählt. Wir haben seine Identität. Und die Spurensicherung sieht im Moment keine Anzeichen, die der Aussage der Zeugin widersprechen. Es ist …«

»Noch mal, Schröder. Es gibt 'nen Toten. Und du hakst das einfach so ab? Nach …«, Zorn las die Uhrzeit von seinem Handy ab, »zwei Stunden? Du hast dich noch nie auf andere verlassen.«

»Es ist Suizid.« Schröder klang erschöpft. »Und wenn … Wo willst du hin?«

Zorn war aufgestanden und streifte seine Jacke über.

»Ich? *Wir*«, korrigierte er und zog den Reißverschluss zu. »Wir wollen zu einer Leiche. Frieda hat gesagt, dass ich meinen Job ernst nehmen soll. Nach Ihnen, Chef.«

Er öffnete die Tür und deutete einladend in den Flur.

»Außerdem brauche ich Zigaretten.«

Drei

»Du hast bestimmt recht«, sagte Zorn. »Das hast du schließlich immer.«

Sie passierten das Ortsausgangsschild und fuhren weiter nach Norden, vorbei an Tankstellen, Autohäusern und flachen, größtenteils leer stehenden Lagerhallen.

»Aber ich muss Frieda was erzählen. Und wenn ich ihr nachher sagen kann, dass ich nicht nur rumgesessen hab, sondern an 'nem Tatort war, dann … na ja, wenn sie denkt, dass ich zu tun hab, lässt sie mich vielleicht ein bisschen in Ruhe.«

Seit sie vor dem Präsidium in den Volvo gestiegen waren, hatte Schröder kein Wort gesagt. Stumm, die Hände im Schoß gefaltet, den Rücken kerzengerade, saß er auf dem Beifahrersitz und regte sich – abgesehen von den einander umkreisenden Daumen – keinen Millimeter.

»Ich weiß, das klingt bekloppt, Schröder. Und völlig anders, als ich's meine. Ich vermisse sie total, wirklich, aber sie ist dermaßen genervt, und wenn sie nicht bald was zu tun kriegt, dann …«

Zorn gab kopfschüttelnd Gas.

»Sie hat sich damit abgefunden, dass sie nie wieder richtig laufen wird. Aber sie kann ihre Arbeit machen, das ist die Hauptsache. Frieda hat einen Plan, aber du weißt ja, wie sie manchmal ist. Vor allem wenn irgendwas schiefläuft. Der Plan war, dass sie nach der Hochzeit drei Monate in die Reha geht. Jetzt sind's fast vier, und es wird wohl noch einer werden.«

Die Straße verlief schnurgerade durch verblühte Rapsfelder. Auf den Hügeln im Hintergrund verteilten sich holzverblendete Bungalows und weiß getünchte Wochenendhäuser.

»Na ja«, seufzte Zorn. »Irgendwann wird's wieder besser. Spätestens, wenn sie wieder arbeiten kann. Hast du ja auch gesagt.«

Er warf Schröder einen Seitenblick zu.

»Oder?«

Keine Reaktion.

»Hallo …?«

Zorn stupste Schröder in die Seite.

»Jemand zu Hause? Könntest du vielleicht auch mal was sagen, oder bist du … *fuck*!«

Zorn trat mit aller Kraft in die Eisen, der Volvo kam ins Schlingern und bremste nur wenige Zentimeter hinter einem Traktor ab, der vor ihnen von einem Feldweg auf die Straße eingebogen war. Leere Flaschen klapperten im Heck, ein Kaffeebecher rollte aus der Mittelkonsole, fiel auf die verdreckte Fußmatte und gesellte sich zu dem Chaos aus zerknüllten Strafzetteln, Kekskrümeln, Kaugummiresten und klebrigem Bonbonpapier, das sich überall im Wagen verteilte – ein Anblick, bei dem Frieda ihrem Ehemann die Hölle heißmachen würde. Der Volvo musste dringend in die Waschanlage, doch das hatte zum Glück noch mindestens drei Wochen Zeit, tröstete sich Zorn, um sich im nächsten Moment für diesen schmutzigen Gedanken in Grund und Boden zu schämen.

Er blinkte, um an dem Traktor vorbeizuziehen.

»Überholverbot«, sagte Schröder.

»Oha!«, rief Zorn in schlecht geheuchelter Überraschung aus. »*Es spricht!*«

Schröder, der bei Zorns waghalsigem Bremsmanöver haltsuchend nach dem Griff in der Beifahrertür gelangt hatte, faltete die Hände wieder im Schoß.

»Und ich dachte schon«, Zorn bremste wieder ab, »die Diabetes hätte dir auf die Stimmbänder geschlagen.«

Eine Weile zuckelten sie in einer Staubwolke hinter dem Traktor dahin und erreichten einen kleinen Vorort. Einfamilienhäuser flankierten die Straße, dazwischen ein Fliesenmarkt, eine Autowerkstatt und die ausgebrannte Ruine der ehemaligen Dorfkneipe.

»Wir haben's ja nicht eilig«, sagte Zorn und trommelte mit den verbliebenen Fingern auf das Lenkrad. »Die Leiche läuft schließlich nicht weg, und …«

»Da vorn links.«

»Sehr wohl, *Chef.*«

Zorn stoppte an einer verwahrlosten Bushaltestelle. *GULASCHKANONE IN HUNDERT METERN!,* verkündete ein handgemaltes Schild an einem schiefen Holzpfahl. *Ecki's original NVA-Erbsensuppe! Kaffee nur 50 Pfennig!*

»Wann ist der Notruf eingegangen?«, fragte Zorn und bog auf eine geteerte Seitenstraße ein, die sich zwischen Obstplantagen,

Getreidefeldern und Pferdekoppeln zu den felsigen Hügeln am Fluss wand. »Halb sechs, oder?«

»Fünf Uhr zweiunddreißig.«

»Und die haben dich sofort angerufen.«

»Ja.«

»Quasi mitten in der Nacht. Kein Wunder, dass du so miesepetrig bist.«

Schröder sah stur geradeaus.

»Und du«, hakte Zorn nach, »hast gleich Brettschneider angerufen?«

»Ja.«

»Und dann?«, griente Zorn. »Hast du dich wieder hingelegt?«

Erneut begannen Schröders Daumen zu kreisen.

»Ich versteh's ja.« Zorn klappte die Sonnenblende herunter. »Wir sind beide nicht mehr die Jüngsten. Aber du musst zugeben: Wenn's 'ne Leiche gab, hast du dich bisher immer persönlich überzeugt. Egal, wie eindeutig es aussah.«

»Das war es.«

»Was?«

»Eindeutig.«

»Aber …« Zorn dachte kurz nach. »Du hattest doch nur den Namen des Toten. Und den Ort, an dem er sich umgebracht haben sollte. *Angeblich*«, fügte er hinzu, »denn es hätte ja einer von diesen dämlichen Telefonstreichen sein können. Oder wieder mal irgendein Spinner, der den Notruf wählt, um sich …«

»Ich wusste es.«

»Du wusstest, dass es tatsächlich Suizid ist?«

»Ja.«

»Woher?«

Schweigen.

»Ich will dich nicht nerven, Schröder. Aber wie konntest du da so sicher sein?«

Schröders Daumen rotierten schneller.

»War es wieder mal«, Zorn tippte sich an die Schläfe, »dein Gefühl? Oder …«

»Weil es so ist!«

Zorn fuhr erschrocken zusammen und erklärte beleidigt, der *feine Herr* solle schleunigst seinen Insulinspiegel wieder unter Kontrolle bringen und sich bis dahin gefälligst jemand anderen suchen, an dem er seinen Frust ausließ.

Sie hatten die Hügelkuppe erreicht und fuhren parallel zum Fluss, der im Tal links neben ihnen in der Sonne blitzte. Der Asphalt wich uraltem, von Schlaglöchern durchzogenem Kopfsteinpflaster, die Straße wurde schmaler und führte zwischen knorrigen Apfelbäumen an der Hügelflanke wieder bergab.

»Jetzt links«, sagte Schröder.

»Weiß ich selbst.«

Zorn steuerte den Volvo auf einer Schotterpiste durch eine schmale Schneise in Richtung Fluss. Kies knirschte unter den Reifen, Staub wirbelte auf, sie erreichten ein kleines Tal und stoppten vor einem rot-weißen Absperrband.

»Können wir uns wieder vertragen?«, bat Zorn und zog die Handbremse an.

»Warum?« Schröders hellblaue Augen weiteten sich überrascht. »Haben wir uns denn gestritten?«

Ein Uniformierter, der rauchend an einer Tanne gelehnt hatte, trat seine Kippe aus und kam näher. Zorn ließ das Seitenfenster herunter, zeigte seinen Dienstausweis und gab dem Beamten mit einer Handbewegung zu verstehen, er möge gefälligst wieder verschwinden.

»Dann wollen wir mal.«

Er löste den Gurt, stieß die Tür auf und stemmte sich ungelenk aus dem Wagen. Streckte den Rücken, lüpfte das Basecap, strich das strähnige Haar aus der Stirn und sah nach oben, wo die Schanze auf dem Hügel wie ein absurder Fremdkörper in den wolkenlosen Himmel ragte.

»Ich dachte, das Ding wäre längst eingestürzt.«

Die jungen Birken, die auf dem Schanzentisch wuchsen, und das kniehohe, von Mohnblumen und Löwenzahn gesprenkelte Gras auf dem Auslaufberg ließen das Bild noch bizarrer erscheinen.

»Eine Sprungschanze«, überlegte Zorn kopfschüttelnd und kramte seine Zigaretten aus der Lederjacke. »Gibt es was Dämlicheres, als hier 'ne Sprungschanze hinzubauen? Mitten in die Pampa?«

Er zündete die Zigarette an, zog die Jeans am Gürtel hoch und betrachtete die Gestalten in weißen Tyvek-Anzügen, die oben auf dem Hügel die Spuren sicherten.

»Wieso gibt's hier eigentlich keinen Lift?«

Seine Stimme hallte von den Porphyrfelsen wider.

»Brettschneider soll gefälligst runterkommen«, brummte er. »Ich hab keinen Bock, da hochzukraxeln. Du etwa?«

Er wandte sich um. Stutzte, da niemand zu sehen war, öffnete die Fahrertür, beugte sich hinab und sah in den verstaubten Volvo.

»Schröder?«

»Ja?«

»Würdest du vielleicht …«

»Ja?«

»… aussteigen?«

»Ich denke«, sagte Schröder, der noch immer angeschnallt auf seinem Platz saß, »ich bleibe noch ein bisschen sitzen.«

*

Zorn schlug die Tür so heftig zu, dass der Volvo schwankte. Schröder zuckte mit keiner Wimper und beobachtete durch die verschmierte Frontscheibe, wie Zorn breitbeinig auf einen jungen Uniformierten zusteuerte und diesen anblaffte, er wolle Kommissar Brettschneider sprechen, und zwar *pronto,* worauf sich der Uniformierte umgehend auf den Weg machte.

Die Sonne stand hoch über der Schanze und tauchte das kleine Tal in grelles Licht. Nach und nach heizte sich der Volvo auf, doch Schröder schien sich nicht daran zu stören. Still saß er da, das karierte Hemd bis zum obersten Knopf geschlossen, die Hände im Schoß, während Zorn draußen unschlüssig zwischen den Streifenwagen herumlief und schließlich einen weiteren Beamten anwies, gefälligst einen Kaffee zu besorgen – ein Befehl, der zunächst ignoriert und schließlich, als Hauptkommissar Zorn zusätzlich nach Milch und Zucker verlangte, mit einem heimlich gestreckten Mittelfinger quittiert wurde.

Ein Leichenwagen näherte sich von hinten, holperte, rötlichen Staub aufwirbelnd, vorbei und parkte neben einem Krankenwagen. Zwischen den geöffneten Hecktüren saß eine junge Frau mit kurz geschnittenem rotem Haar und einer Decke um die schmalen Schultern und sah mit gesenktem Kopf zu Boden.

Schröder beobachtete, wie die Staubwolke träge den Hügel hinaufzog und schließlich zwischen den Tannen verschwand. Er betrachtete die morsche Treppe, die neben dem Auslaufberg hoch zur Schanze führte, die rostigen Flutlichtmasten und die schiefe Wellblechbaracke mit den vernagelten Fenstern. Seine Miene blieb unbewegt, nur die Sehnen vibrierten unter der rosigen Haut über den Wangenknochen, und als er die Hände im Schoß bewegte, hatten die Nägel seiner ineinander verkrampften Finger halbmondförmige Abdrücke auf der Haut hinterlassen.

Zorn drohte lauthals, dem *feinen Herrn* Brettschneider persönlich Beine zu machen, wenn dieser nicht in spätestens einer Minute zum Rapport erscheine, erkundigte sich, ob jemand die Typen von der Rechtsmedizin aus den Federn geholt habe, und verschwand gestikulierend hinter einem Kleintransporter der Spurensicherung.

Von alldem schien Schröder nichts mitzubekommen. Reglos, wie in tiefer Trance versunken, starrte er auf irgendeinen Punkt in der Ferne.

Nur seine Daumen kreisten umeinander.

Langsam zunächst, dann immer schneller werdend.

Vier

»Du hattest recht.« Die Federung des Volvos ächzte, als Zorn sich keuchend in den Sitz fallen ließ. »Brettschneider meint … sag mal, hab ich dich geweckt?«

Schröder sah ihn verwundert an. »Was?«

»Hast du vielleicht ein kleines Nickerchen …«

»Ich habe nicht geschlafen.«

»Den Weg hätten wir uns jedenfalls sparen können. Immerhin haben wir ein bisschen frische Luft geschnappt.«

Zorn schnallte sich umständlich an und straffte den Gurt über der Schulter.

»Es handelt sich tatsächlich um Rainer Vanger. Wie's aussieht …«

»Raimund«, korrigierte Schröder. »Nicht Rainer.«

»Du hattest schon immer das bessere Gedächtnis.«

Schröder murmelte etwas vor sich hin.

»Jedenfalls …«, Zorn räusperte sich, »vom Gesicht ist zwar

nicht viel übrig, aber er hatte ja seine Papiere dabei. Außerdem haben wir die Aussage seiner Tochter.«

Zorn deutete auf die rothaarige junge Frau im Heck des Krankenwagens. Ein Sanitäter ordnete die Decke um ihre mageren Schultern und sagte etwas, worauf sie abwehrend die Hände hob.

»Merle Vanger will hierbleiben, bis ihr Vater …«, Zorn suchte nach dem passenden Begriff, »abtransportiert ist. Brettschneider ist sicher, dass ihre Aussage stimmt. Bisher hat sich jedenfalls alles bestätigt, sie haben keine Anzeichen auf Fremdeinwirkung gefunden. Es könnte natürlich sein, dass sie ihn gestoßen hat, aber das wissen wir, wenn die hier fertig sind. Und wenn wir den Obduktionsbericht …«

»Sie hat ihn nicht gestoßen.«

»Ich kann's mir auch nicht vorstellen. Sie ist ja noch dünner als Frieda.«

Zorn startete den Motor.

»Sie steht unter Schock«, sagte er. »Wir sollten sie später befragen. Morgen vielleicht?«

»Das kann Brettschneider übernehmen.«

Zorns Brauen hoben sich.

»Wie du meinst«, stellte er achselzuckend fest und legte den Rückwärtsgang ein. »Du bist hier der Chef.«

*

»Ich hab nie verstanden, warum die ausgerechnet da 'ne Schanze hingebaut haben«, sagte Zorn, als sie wieder auf die Hauptstraße einbogen. »So was macht man doch im Gebirge und nicht im Flachland, und noch dazu direkt an 'nem Fluss.«

Schröder beugte sich vor und kramte in der Aktentasche zwischen seinen Beinen.

»Wie weit sind die gesprungen? Zwanzig Meter?« Zorn stieß prustend die Luft aus. »Was für ’n Schwachsinn. Ich meine, welcher Vollidiot kommt auf die Idee … Brauchst du was zum Runterspülen?«

Schröder, der ein Glasfläschchen aufgeschraubt und sich zwei Tabletten in die flache Hand geschüttet hatte, schüttelte den Kopf.

»Da hinten«, Zorn deutete über die Schulter zur Rückbank, »müsste irgendwo ’ne angefangene Cola sein. Die liegt da schon seit über 'ner Woche, Edgar hat sie nach dem Basketballtraining … Na ja«, sagte er, als Schröder die Tabletten in den Mund stopfte, »ist vielleicht besser so. Wegen deiner Diabetes.«

Zorn bremste hinter einem Mähdrescher, gab unvermittelt Vollgas und scherte im letzten Moment vor einem entgegenkommenden LKW wieder ein, der mit dröhnender Hupe an ihnen vorbeibrauste.

»Überholverbot, ich weiß. Aber wir sind Bullen, wir dürfen das.«

Schröder verstaute die Tabletten wieder in seiner Aktentasche.

»Wir könnten dich morgen besuchen«, schlug Zorn vor.

Schröder sah ihn fragend an.

»Edgar und ich.«

»Gern«, nickte Schröder, der Zorns mittlerweile zwölfjährigen Sohn wie sein eigenes Kind liebte. Seine Miene hellte sich kurz auf.

»Wir könnten im See baden gehen«, sagte Zorn. »Und danach schmeißen wir den Grill an. Hast du Ketchup?«

»Was?«

»Ketchup. So’n rotes Zeug, das wird aus Tomaten …«

»Ich denke, Ketchup habe ich im Haus.«

»Ohne Ketchup isst Edgar die Würstchen nicht. Die bringen

wir mit. Was ist mit Senf? Das ist dieses gelbe Zeug, nicht aus Tomaten, sondern aus …«

»Senf sollte ebenfalls da sein.«

»Von mir aus kannst du ’nen Salat machen, aber den musst du dann alleine essen. Du weißt ja, Edgar hasst das Grünzeug. Das hat er von seinem Vater.«

Da Schröder keine Miene verzog, versuchte Zorn, ihn mit einem der angestaubten Wortspiele aufzumuntern, mit denen er Schröder nach dem Verlust seiner rechten Hand seit Jahren auf die Nerven ging. Doch weder sein Angebot, beim morgigen Besuch den Grill zu bedienen *(mache ich mit links – geht ja nicht anders, haha),* noch seine Bemerkung über einen alten Bud-Spencer-Film *(da hätte ich gern mitgespielt, aber dann hätte es »Drei Fäuste für ein Halleluja« heißen müssen)* erzeugten eine Reaktion, weshalb sie die folgende Viertelstunde schweigend weiterfuhren. Erst als Zorn auf dem Parkplatz vor dem Präsidium den Motor abstellte, meldete sich Schröder überraschend zu Wort.

»Einunddreißigeinhalb«, sagte er.

»Wie meinen …?«

»Meter.«

Zorn legte die Stirn in Falten.

»Könnte es sein, dass dein Insulinspiegel …«

»Du meintest vorhin, man könne von der Schanze höchstens zwanzig Meter springen«, sagte Schröder, hievte seine Aktentasche auf den Schoß und öffnete die Beifahrertür. »Aber der Rekord liegt bei einunddreißigeinhalb.«

»Aha.«

»Offiziell jedenfalls.«

Schröder stieg aus.

»Entschuldige?«, rief Zorn ihm nach.

»Ja?«

»Darf man fragen, woher du das weißt?«

»Ich bin selbst gesprungen.«

»Ach.« Zorn stieg ebenfalls aus. »Und wann?«

»Das ist lange her.«

»Ich dachte, du warst Ringer.«

»Das war ich.«

»Und Turmspringer.«

»War ich ebenfalls.«

»Skispringer warst du also auch?«

»Ja«, sagte Schröder knapp und lief mit seinem typischen, tippelnden Gang mit kurzen Schritten zwischen den Streifenwagen auf das Präsidium zu.

»Ich hätte da mal 'ne Frage, Schröder.«

Schröder wandte sich um.

»Ja?«

»Wie lange kennen wir uns? Zwanzig Jahre?«

»Es dürften einige mehr sein, Chef.«

Zorn entzündete eine Kippe. »Aber man wird immer wieder überrascht.«

»Wundert dich das?«

Zorns Handy vibrierte in der Lederjacke.

»Dich nicht?«, fragte er, griff in die Innentasche und betrachtete Friedas Foto auf dem Display, früher als *Liebstes* abgespeichert und seit der Hochzeit als *Gemahlin*. »Ich weiß schließlich 'ne Menge über dich.«

»Tatsächlich?«

»Natürlich nicht alles, aber …«

»Chef?«

»Ja?«

»Du weißt gar nichts über mich«, lächelte Schröder. »Absolut nichts.«

Fünf

»Hallo, Ehefrau.«

»Hallo, Ehemann«, gab Frieda wie üblich zurück. »Was macht die Arbeit?«

Zorn berichtete von den Ereignissen des Vormittags und steuerte seinen Stammplatz auf der verwitterten Bank unter der alten Kastanie an, während Schröder über den Parkplatz zum Präsidium lief.

»Sieht eindeutig aus. Morgen kriegen wir den Obduktionsbericht, danach wird's wieder so langweilig wie vorher. Aber das ist besser als …«

»Rauch nicht so viel.«

»Aber ich rauche doch gar …«

»Ich kann's hören, Schatz.«

Zorn trat die Zigarette im Kies aus.

»Und?«, fragte er, um vom Thema abzulenken. »Wie läuft's bei dir?«

»Ich komme gerade vom Mittagessen. Nudelsuppe, zum Nachtisch ein Apfel. Das muss man sich mal vorstellen.« Frieda hob die Stimme. »Ich hab kaum noch 'nen heilen Knochen im Leib, das Einzige, was funktioniert, ist mein Magen. Und die setzen mich auf *Diät*!«

Schröder hatte die Eingangstreppen erreicht. Er stoppte, hielt kurz inne, wandte sich nach rechts und verschwand um die Ecke, offensichtlich unterwegs zu den überdachten Fahrradständern hinter dem Präsidium.

»Heute Vormittag hatte ich Wassergymnastik«, erzählte Frieda. »Wir waren zu sechst, die anderen sind mindestens zwanzig Jahre älter als ich. Ich musste 'ne Badekappe aufsetzen«, presste sie hervor. »Und Bälle hin und her werfen. Mit Frau Bohrmann, die ist fast siebzig. Die hat 'ne neue Hüfte, früher war sie Sekretärin bei der SED-Bezirksleitung. Wir hatten ein nettes Gespräch, ich hab 'ne Menge gelernt. Über künstliche Darmausgänge. Und dass im Osten die Brötchen viel besser waren.«

Zorn klemmte das Handy zwischen Schulter und Ohr, fischte eine weitere Kippe aus der Schachtel und übertönte das Klicken des Feuerzeugs mit einem Husten.

»Wie geht's Edgar?«, wollte Frieda wissen.

»Der kommt langsam in die Pubertät.« Zorn blies den Rauch so geräuschlos wie möglich in die laue Sommerluft. »Ich darf nicht mehr ins Bad, wenn er auf dem Klo ist. Vorgestern hat er sich sogar eingeschlossen, kannst du dir das vorstellen?«

»Allerdings.«

Schröder schob sein neues Rennrad um die Ecke, ein neongrünes, chromblitzendes Gefährt, das er in wochenlanger Arbeit aus allen erdenklichen Einzelteilen in seiner Werkstatt zusammengeschraubt hatte.

»Kuscheln will Edgar auch nicht mehr«, seufzte Zorn bekümmert.

»Man kann ihn nicht dazu zwingen.«

»Leider.«

Schröder rückte den Helm auf der Glatze zurecht, bückte sich schnaufend, schloss das Reflektorband um die Wade und stieg auf sein Rad.

»Du fehlst mir, Frieda.«

»Du mir auch. Lange halte ich das nicht mehr ...«

»Warte mal kurz.« Zorn schirmte das Handy am Unterarm ab. »Na, Chef?«, rief er dem vorbeiradelnden Schröder zu. »Darf man fragen, wo's hingeht?«

Schröder gab eine knappe Erwiderung, erhob sich aus dem Sattel und trat in die Pedale. Zorn sah ihm mit offenem Mund nach, und erst als Schröder um die Ecke verschwunden war, nahm er das Handy wieder ans Ohr.

»Wie spät ist es, Frieda?«

»Kurz nach eins.«

»Krass.«

»Wieso?«

»Schröder macht Feierabend.«

»Echt? Das ist wirklich krass.«

»Ich fasse es nicht. Es ist Mittag, und der haut einfach ab.«

»Du rauchst schon wieder, Claudius.«

»Es ist erst die Dritte!«

»Das kannst du deiner Großmutter ...«

»Frieda«, bat Zorn. »Ich will mich nicht streiten.«

»Ich auch nicht.«

Zorn schnippte die halb aufgerauchte Kippe in Richtung Papierkorb, den er zu seiner eigenen Überraschung ausnahmsweise einmal nicht verfehlte.

»Vielleicht hat Schröder einfach keinen Bock mehr.«

»Kann ich mir kaum vorstellen«, sagte Frieda.

»Er hat sich jahrelang den Arsch aufgerissen. Warum sollte er sich noch den ganzen Stress machen? Er hat's schließlich von Anfang an gewusst.«

»Was?«

»Dass es Suizid ist. Keine Ahnung, wie er das macht. Intuition vielleicht oder dieses ... *Gefühl,* von dem er manchmal spricht. Ich weiß nicht ... er tickt irgendwie auf 'ner anderen Ebene.«

»Fast jeder zweite Notruf ist ein Fake, Claudius.«

»Das habe ich ihm auch gesagt.«

»Er hatte nur einen Namen und einen Ort?«

»Ja.«

»Trotzdem hat er Brettschneider sofort losgeschickt?«

»Weil er überzeugt war, dass es Suizid ist.«

»Bevor jemand vor Ort war? Nee, das *konnte* er nicht wissen.«

»Es war aber so.«

Sie schwiegen einen Moment.

»Er ist kein Hellseher, Claudius.«

»Wer weiß?«, überlegte Zorn laut. »Skispringer ist er schließlich auch.«

Sechs

In dem großen geschwungenen Ohrensessel wirkte Schröder noch kleiner, als er eigentlich war. Die Nacht war sommerlich warm, trotzdem brannte im Kamin ein Feuer. Still saß er da und sah in die Flammen.

Auf dem Esstisch schräg hinter ihm stand sein Abendessen. Drei Scheiben Schwarzbrot in einem geflochtenen Korb, ein Holzbrett mit Käse, etwas Aufschnitt und einem Stück Butter. Daneben ein Gläschen mit französischem Senf. Die in der Obstschale zwischen Paprikastücken und geviertelten Möhren sternförmig angerichteten Apfelschnitze wurden bereits braun. In einem Messingständer flackerte eine halb heruntergebrannte Kerze auf der weißen Tischdecke, die beiden Rosen in der kleinen Kristallvase ließen die Köpfe hängen.

Ein Scheit knackte. Schröder stand auf, holte ein Porzellankännchen und eine Blechdose mit japanischem Grüntee aus dem Wandschränkchen über der Spüle, setzte Wasser auf und nahm wieder Platz.

Saß einfach nur da.

Als ein Pfeifen ihn hochschrecken ließ, schien er im ersten Moment nicht zu wissen, wo er sich befand. Sein Blick fiel auf den brodelnden Wasserkessel. Er stand auf und nahm den Kessel vom Herd. Stellte die Teedose wieder in den Wandschrank.

Und sah sich unschlüssig um.

Er lief zum Esstisch und blies die Kerze aus. Begann, das Geschirr abzuräumen, und trug es einzeln zum Küchentresen. Teller. Besteck. Senf. Obstschale. Schwarzbrot. Die geschliffenen Holzdielen knarrten unter seinen Schritten, in der Fensterfront zur Terrasse spiegelte sich seine gedrungene Gestalt. Als er das Holzbrett zum Tresen brachte, schwankte er kurz und stützte sich am Kamin ab.

Er räumte das Geschirr in die Schubladen. Verstaute den Senf im Gewürzregal. Zögerte. Leerte erst die Obstschale, dann das Brettchen mit Käse, Aufschnitt und Butter im Mülleimer.

Und nahm wieder Platz.

Er legte ein Scheit nach. Sah ins Feuer. Schreckte erneut hoch, als sein Handy in der Hosentasche vibrierte.

Die Nummer des Anrufers war unterdrückt.

»Schröder.«

»Merle Vanger hier.«

Seine Finger pressten sich um das Handy.

»Woher haben Sie diese Nummer?«

Die junge Frau ging nicht auf die Frage ein.

»Ich möchte mit Ihnen über meinen Vater reden.«

»Sie haben bereits mit meinem Kollegen gesprochen.« Schröder klang müde. »Wenn Sie sich also morgen im Präsidium …«

»Ich möchte mit *Ihnen* sprechen.«

Zehn Sekunden Schweigen.

»Sie wissen, warum.«

Zehn weitere Sekunden vergingen.

»Ich habe Kopfschmerzen«, sagte Schröder.

Und legte auf.

DIENSTAG

Von einem, der auszog, ein Mörder zu werden.

Sieben

»Alles okay?« Zorn musterte das Pflaster auf Schröders linker Wange. »Hast du dich geschnitten?«

»Ja.«

»Wobei?«

»Beim Rasieren.« Schröder öffnete eine Schublade, kramte geräuschvoll herum und begann, den Inhalt vor sich auf dem Schreibtisch auszubreiten. »Wobei sonst?«

Es war kurz vor halb zehn. Zorn konnte sich nicht erinnern, dass Schröder jemals ohne triftigen Grund erst zu dieser Zeit im Büro erschienen war, doch es erschien ihm besser, weder nach dem Anlass seines gestrigen Verschwindens noch nach der heutigen Verspätung zu fragen.

»Die Spurensicherung hat keine Hinweise auf eine dritte Person gefunden«, sagte er. »Und auch der Obduktionsbericht bestätigt die Aussage von Merle Vanger. Der Schädel ihres Vaters ist nahezu vollständig zertrümmert, aber die haben 'nen Gebissabgleich gemacht. Außerdem hatte Raimund Vanger 'ne Hasenscharte, die wohl nie richtig behandelt wurde. Die wurde ebenfalls … Darf man fragen, was du da machst?«

»Ordnung«, brummte Schröder und betrachtete seine Bleistifte, Kugelschreiber und Textmarker, die er neben einem Häufchen loser Büroklammern vor sich aufgereiht hatte.

»Aha«, sagte Zorn.

Schröder langte in die Schublade, kramte eine weitere Büroklammer hervor und legte sie zu den anderen.

»Langweile ich dich, Schröder?«

»Wie meinen?«

»Ob ich dich …«

»Nein, du langweilst mich nicht.«

Schröder beugte sich wieder über seine Schublade.

»Soll ich weitererzählen?«, fragte Zorn.

»Selbstverständlich.«

Er räusperte sich.

»Laut Obduktionsbericht gibt es …«

»Kein Wunder.«

»Was«, fragte Zorn, »ist kein Wunder?«

Schröder hielt ein kleines, halb mit Büroklammern gefülltes Schraubglas in die Höhe.

»Der Deckel.«

»Ich sehe keinen …«

»Ich auch nicht.« Schröder langte nach unten und holte den Deckel aus der Schublade. »Er war ab. Kein Wunder also, dass die Büroklammern ausgekippt sind.«

»Gratuliere, du hast das Rätsel gelöst.«

Schröder wischte das Häufchen mit der flachen Hand in das Glas, schraubte den Deckel zu und hielt es prüfend gegen das Licht.

»Gute Arbeit«, sagte Zorn ernst. »Die werden nie wieder einfach so zwischen deinen Stiften rumliegen, diese hinterhältigen Büroklammern.«

Schröder drehte das Glas mit dem Deckel nach unten.

»Bombenfest, Schröder.«

»Ja«, sagte Schröder und schüttelte das Glas. »Das denke ich auch.«

Er begann, seine Utensilien wieder in die Schublade zu räumen.

»Stört es dich, wenn ich weiterrede?«, erkundigte sich Zorn. »Oder soll ich lieber warten, bis du fertig bist?«

»Mach nur.«

»Wo war ich eigentlich?«

Schröder zuckte die Achseln, nahm einen Kugelschreiber, wischte ihn am Hemdsärmel ab und ließ ihn in der Schublade verschwinden.

»Der Obduktionsbericht«, fiel Zorn ein. »Wie gesagt, vom Kopf ist nicht viel übrig, aber die Hände sind nahezu unverletzt. Wäre Vanger gestoßen worden, dann hätte er instinktiv versucht, seinen Kopf zu schützen. Hat er aber nicht. Der *wollte* sterben. Und nicht nur das. Rund um den Anlaufturm ist Waldboden. Nadeln und Moos, relativ weich also. Abgesehen von einem Betonfundament, da war früher ein Fahnenmast. Das Fundament ist nicht mal einen Quadratmeter groß, aber er ist genau dort aufgeprallt. Das war keine Kurzschlusshandlung oder so was. Der arme Kerl wollte sichergehen, Schröder. *Ganz* sicher. Und er …«

Es klopfte. Eine junge Frau öffnete die Tür.

»Guten Tag, Frau Vanger«, grüßte Zorn.

Sie nickte ihm kurz zu und wandte sich an Schröder, der im Begriff war, einen Bleistift in die Schublade zu legen, und mitten in der Bewegung erstarrte.

»Ich möchte Sie sprechen.«

»Wie …« Schröder schluckte. »Wie sind Sie hier reingekommen?«

»Ich hatte einen Termin bei Ihrem Kollegen.«

»Kommissar Brettschneider«, warf Zorn ein und deutete zur Tür, »sitzt im Büro schräg gegenüber.«

»Da komme ich her«, sagte Merle Vanger, die Schröder nicht aus den Augen ließ. »Er hat mir gesagt, wo ich Sie finde.«

Schröders Finger umklammerten die Enden des Bleistifts.

»Ich möchte Sie sprechen«, wiederholte die junge Frau. »Allein.«

*

Über Nacht war es deutlich kühler geworden. Wolken trieben über den Parkplatz vor dem Präsidium, die knorrigen Äste der Kastanie knarrten im Wind, während Claudius Zorn rauchend auf der Bank saß und über sein Leben sinnierte.

Von Natur aus nicht unbedingt mit einem sonnigen Gemüt gesegnet, war er schon immer ein melancholischer Einzelgänger gewesen. Damals, als er noch in einer Einraumwohnung im Obergeschoss eines Hochhauses lebte, hatte er oft am Fenster gestanden, hinab auf die Dächer der Altstadt geblickt und sich gefragt, welchen Sinn sein tristes, eintöniges Dasein überhaupt hatte, bestehend aus einem Job, den er hasste, und ohne einen einzigen Menschen, der ihm etwas bedeutete. Insofern war ihm der Gedanke, sein Leben beenden zu wollen, nicht völlig fremd, doch damals umgab er sich bewusst mit dieser tragischen Aura, genoss die Rolle des einsamen Wolfes und suhlte sich in seinem Selbstmitleid.

Nun, diese Zeiten waren lange vorbei, spätestens mit Edgars Geburt war ihm bewusst geworden, dass er an seinem Leben hing, und als er dann Frieda traf, erkannte er, dass er dieses Leben auch liebte. Abgesehen davon mochte die Vorstellung, diese schnöde Welt zu verlassen und in höhere Sphären zu entfliehen, früher durchaus reizvoll gewesen sein, doch Claudius Zorn nahm sich selbst nicht nur äußerst wichtig, sondern wäre auch viel zu feige gewesen, diesen Gedanken in die Tat umzusetzen, erst recht nicht wie Raimund Vanger, der sich kopfüber in die Tiefe gestürzt hatte, ähnlich wie …

Zorn entzündete eine weitere Kippe.

Wie hatten sie den Sprung genannt? Früher im Nordbad, als sie – den Kopf voran, die Beine gestreckt, die Hände an der Hosennaht – ins eiskalte Wasser gesprungen waren? *Seemannsköpper*, fiel Zorn ein, die Mutigsten sogar vom Dreimeterbrett, während Zorn selbst sich nur ein einziges Mal vom Beckenrand traute, um Anke Reinhold aus seiner Parallelklasse zu beeindrucken. Sein Gesicht brannte wie Feuer, und als er sich kurz darauf am Kiosk ein Eis holen wollte, stand Anke Reinhold Händchen haltend mit Thilo Pechbrenner vor ihm in der Schlange, worauf sich zu dem schmerzenden Gesicht ein bohrender Stich in das Herz des kleinen Claudius Zorn und somit ein weiterer, viel schlimmerer Schmerz gesellt hatte.

Die Glastüren des Präsidiums glitten auseinander. Merle Vanger trat heraus, lief die Stufen hinab und eilig an Zorn vorbei.

»Frau Vanger? Darf ich Sie was fragen?«

Sie blieb stehen. Ihr Gesicht war aschfahl, Sommersprossen sprenkelten die bleichen Wangen. Die Augen waren gerötet, sie hatte geweint.

»Ja?«

»Sie haben Ihren Vater gestern früh zu Hause abgeholt?«

»Ja.«

»Also waren Sie verabredet?«

»Er hatte mich angerufen.«

»Was hat er gesagt?«

»Dass er mir was zeigen will.« Merle Vanger klang ungeduldig. »Er hat einen kleinen Ausflug vorgeschlagen.«

Die Sonne brach kurz durch die Wolken, blitzte auf den Motorhauben der Streifenwagen und verschwand wieder.

»Wann genau hat Ihr Vater Sie angerufen?«

Sie überlegte kurz. »Letzten Freitag.«

Drei Tage vorher also.

»War's das jetzt?«

»Ja«, sagte Zorn. »Danke. Und … alles Gute.«

Raimund Vanger hatte seinen Entschluss mindestens zweiundsiebzig Stunden vorher gefasst. Wie verzweifelt musste man sein, um eine solche Willenskraft aufzubringen?

Zorn sah der jungen Frau nach, die mit gesenktem Kopf davonlief.

Aber was, überlegte er, ist mit denen, die man zurücklässt?

Acht

»Und? Was hat sie gewollt?«

Schröder murmelte etwas.

»Ich verstehe dich nicht«, sagte Zorn.

»Nichts Besonderes.«

»Ach, und deshalb wollte sie dich sprechen? Allein? Um dir *nichts Besonderes* zu erzählen?«

Schröder tastete nach dem Pflaster auf seiner Wange. Der Bleistift, den er zuletzt in den Händen gehalten hatte, lag zerbrochen vor ihm auf dem Schreibtisch.

»Ihr Vater hat seit Jahren an Depressionen gelitten«, sagte er. »Raimund Vanger war in psychiatrischer Behandlung.«

»Mehr hat sie nicht erzählt?«

Zorn erhielt keine Antwort. Er ließ ein paar Sekunden verstreichen, tauschte die Brillen aus und schlug den Laborbericht auf.

»Hier steht, dass in seinem Blut geringe Mengen von …«, er blätterte ein paarmal vor und zurück, »Citalopram gefunden wurden.«

»Ein Anti…«

Schröder stockte.

»Ein Anti…«

Fuhr mit der Zunge über die Lippen.

»Anti…«

»…depressivum«, half Zorn.
»Antidepressivum. Richtig.«
»Passt also alles zusammen.
Zorn schloss die Akte.
»Klappe zu«, er klopfte mit der Manschette über dem Armstumpf auf den Deckel, »Affe tot. Fall abgeschlossen, keine Fragen mehr. Und somit … Äh, hallo?«
Schröder hatte sich zur Seite gebückt und war unter dem Schreibtisch verschwunden. Schnaufend kam er wieder zum Vorschein und hielt Zorn eine Büroklammer entgegen, die er vom Teppich geklaubt hatte.
»Die muss runtergefallen sein.«
»Offensichtlich.«
Schröder drehte seinen Fund nachdenklich zwischen Daumen und Zeigefinger. Holte das Schraubglas aus der Schublade, öffnete es, warf die Büroklammer hinein, verschloss es und wollte es wieder zurückstellen.
»Sicher, dass es dicht ist?« Zorn musterte ihn über den Rand seiner Lesebrille. »Du hast so schön aufgeräumt. Nicht, dass das ganze Chaos von vorn losgeht.«
Schröder drehte das Glas auf den Kopf. Schüttelte es.
»Bombendicht«, stellte Zorn fest.
»Ja.«
»Besser ist das. Sonst wäre die ganze Mühe umsonst gewesen.«
Das Schraubglas landete wieder in der Schublade. Schröder ließ seine restlichen Utensilien folgen, betrachtete die Hälften des zerbrochenen Bleistifts, als sähe er sie zum ersten Mal, und trug sie nach kurzem Zögern zum Papierkorb.
»Mehr hat Merle Vanger also nicht gesagt?«, wiederholte Zorn betont beiläufig.
Schröder warf die Überreste des Stifts in den Papierkorb.

»Nein.«

»Das hätte sie doch auch Brettschneider …«

»Sie hat's aber *mir* erzählt!«

Schröder sah Zorn aus blitzenden Augen an, ging zum Waschbecken, bückte sich und trank direkt aus dem Hahn.

»Das war keine Kurzschlusshandlung«, sagte Zorn. »Vanger hat das lange geplant. Und er wollte, dass seine Tochter dabei ist. Die sollte zusehen. So was tut man doch niemandem an.«

Schröder richtete sich auf.

»Erst recht nicht denen, die man liebt«, fuhr Zorn fort. »Ich meine, was für ein egoistisches Arschloch muss man sein, um …«

»Genug jetzt!«, rief Schröder aus. »Dumbo war kein Arschloch!«

»Wer?«

Ihre Blicke trafen sich.

»Dreh das Wasser ab«, sagte Zorn ruhig.

Schröder gehorchte.

»Setz dich.«

Auch das tat Schröder.

»Dumbo?«, fragte Zorn. »War das sein Spitzname? Wie dieser fliegende Elefant?«

Keine Antwort.

»Du kanntest Raimund Vanger. Deshalb wollte seine Tochter dich sprechen.«

Etwas Wasser lief über Schröders Doppelkinn und tropfte auf die karierte Hemdbrust.

»Weil du ihn kanntest«, wiederholte Zorn.

»Nein«, sagte Schröder. Und dann: »Ja.«

»Was denn nun?«

»Flüchtig.«

»Erklär mir das.«

Schröder schwieg eine Weile.

»Das ist beinahe vierzig Jahre her«, sagte er dann. »Danach habe ich ihn nie wieder gesehen.«

»Und woher wusste Merle Vanger das?«

»Ich weiß nicht. Er … er wird's ihr erzählt haben.«

Schröder wischte einen Holzspan des zersplitterten Bleistifts von der Schreibtischplatte. Zorn hatte die Leserbrille noch auf, doch er sah verschwommen, dass seine Finger zitterten. Er beschloss, das Thema zu wechseln, und deutete hinaus auf die bleigraue Wolkendecke über dem Parkplatz.

»Das beste Wetter haben wir ja nicht gerade. Aber wir ziehen's trotzdem durch, oder?«

Schröders rostfarbene Brauen hoben sich fragend.

»Baden«, sagte Zorn. »Danach grillen. Würstchen. Senf. Ketchup. Salat. Du. Ich. Edgar. *Comprende?*«

Schröder nickte bedächtig.

»Ich hole Edgar vom Training ab. Um fünf sind wir bei dir.«

»Um fünf.«

»Dürfte ich dann eine rauchen gehen, *Chef*?«

»Was?«

»Eine Zigarette. Das sind diese weißen, länglichen Dinger, die man …«

»Schon gut.«

Zorn, der seine Jacke nicht ausgezogen hatte, ging zur Tür.

»Ich versteh's immer noch nicht ganz«, sagte er und wandte sich noch einmal um. »Warum hast du's nicht erwähnt?«

»Was?«

»Dass du Raimund Vanger gekannt hast.«

»Ich sagte doch, wir waren Kinder. Wir waren zusammen im Ferienlager, das ist eine Ewigkeit her.«

Schröder stützte die Ellbogen auf dem Schreibtisch ab, neigte den kahlen Schädel und begann, seine Schläfen zu massieren.

»Es ändert nichts an den Fakten«, murmelte er.

»Stimmt.«

Zorn drückte die Klinke und trat in den Flur.

»Wie gesagt«, sein Kopf erschien noch einmal im Spalt. »Klappe zu …«

Die Tür fiel ins Schloss.

»… Affe tot«, flüsterte Schröder. »Tot.«

Neun

»Ich hab Durst.«

»Direkt neben dir.«

Edgar langte in die Ablage der Beifahrertür, öffnete eine Wasserflasche, leerte sie gierig zur Hälfte und ließ sie dann zwischen den Beinen auf die Fußmatte fallen.

»Edgar«, mahnte Zorn, »du könntest die Flasche wenigstens …«

»Haben wir was zu essen?«

»Wir grillen doch nachher.«

»Ich hab aber *jetzt* Hunger.«

»Du hast doch gerade erst ein Nutellabrot gegessen. Wisch dir wenigstens die Schnute ab.« Zorn wies zum Rücksitz. »Da hinten müsste irgendwo noch eine von deinen Tennissocken liegen. Wenn du Glück hast, findest du auch Schröders Taschentuch, das hat er neulich …«

»Schon okay«, unterbrach Edgar mürrisch.

Zorn hielt sein Schweigen nicht lange aus.

»Da vorn kommt 'ne Tankstelle«, schlug er eine knappe Minute später vor. Sie hatten die Hochstraße hinter sich gelassen und näherten sich der Neustadt. »Wir könnten dir ein Salamibrötchen kaufen.«

»Nee.«

»Sicher?«

»Ja, Papa.«

»*Ganz* sicher?«

»Ja!«

Sie stoppten an einer Ampel neben einer verlassenen Spielothek. Als Zorn in den Rückspiegel sah und das Basecap zurechtrückte, trafen sich ihre Blicke.

»Was ist?«

»Nichts, Papa.«

»Sag schon.«

»Es ist nichts.«

»Dein Vater ist Bulle«, griente Zorn. »Der merkt so was.«

»Keine Ahnung, was du meinst.«

»Ist es das Basecap?«

Edgar taxierte ihn stirnrunzelnd.

»Das geht gar nicht. Völlig daneben.«

»Was gibt's da zu meckern?« Zorns narbige Wangen röteten sich. »Es ist *meine* Sache, was ich …«

»Du hast gefragt. Ich hab geantwortet.«

»Ich muss meine Augen schützen. Weil … die sind empfindlich.«

»Ich dachte, dazu hast du die Sonnenbrille.«

»Die auch.« Zorn rückte das Gestell auf der Nase zurecht. »Man muss vorsichtig sein. Du weißt schon, doppelt hält …«

»Grün.«

»Was?«

»Die Ampel.«

Zorn gab Gas.

»Wie läuft's eigentlich mit Ella?«, fragte er, um das leidige Thema zu beenden.

»Mit wem?«

»Das neue Mädchen in deiner Klasse. Ella, äh … Grandke. Die mit dem blonden Zopf und …«

»Sie heißt Emma.«

»Genau.«

»Emma Gramlich.«

»Du hast gesagt, die wäre nett.«

»Ist sie auch.«

»Und?«

»Was *und*?«

»Seid ihr … also du und sie … Du weißt schon.«

»Nee. Weiß ich nicht.«

»Ist sie deine …«, Zorn wedelte mit dem Armstumpf, »seid ihr … zusammen?«

»Emma Gramlich und ich?« Edgar sah seinen Vater an, als wäre dieser nicht ganz bei Trost. »Schwachsinn«, murmelte er, verschränkte die Arme vor dem schlaksigen Körper und lehnte sich zurück.

Ich muss ihn bald loslassen, dachte Zorn mit einem wehmütigen Blick auf den ersten Flaum auf der Oberlippe seines einzigen Sohnes. Ein paar Jahre noch, dann ist er weg. Zuerst wird er mich noch besuchen, doch das wird immer seltener werden, bis wir uns höchstens zu Weihnachten und an meinem Geburtstag sehen. Aber auch das wird aufhören. Ich werde immer mehr Haare verlieren, und wenn ich dann kahl bin, wird er bestenfalls anrufen. Die Telefonate werden kürzer, bis wir nur noch irgendwelche Plattitüden austauschen, und schließlich wird er froh sein, wenn er das Gespräch hinter sich gebracht hat. So, wie es mir mit meiner Mutter geht.

Er bremste an der Kreuzung am Multiplexkino. Flaschen klapperten im Heck, eine zerknüllte Zigarettenschachtel rutschte vom verstaubten Armaturenbrett.

»Wir müssen die Kiste aufräumen. Und zwar *zusammen.*«

Der Junge verzog das Gesicht.
»Von mir aus. Wenn wir Frieda abholen.«
»Spätestens.«
»Wann wird sie entlassen?«
»In drei Wochen.«
»Na dann …«
Sie grinsten sich an.

Nein, entschied Zorn. Es wird anders sein. Klar, ich muss ihn gehen lassen, aber er wird nicht aus meinem Leben verschwinden. Und ich nicht aus seinem. Er weiß, wie sehr ich ihn liebe. Und er liebt mich.

Zorn dachte an Raimund Vanger. Er konnte nachvollziehen, dass Vanger keinen Ausweg mehr gesehen hatte, und je länger er darüber nachdachte, desto unsicherer wurde er, ob er selbst womöglich doch irgendwann den Mut aufgebracht hätte, seinem Leben ein Ende zu setzen. Als er vor ein paar Monaten von Friedas Tod überzeugt gewesen war, hatte er sich nur noch gewünscht, bei ihr zu sein. Der Schmerz, die Verzweiflung und die Todessehnsucht waren übermächtig, und obwohl Zorn nicht wusste, was ihn erwartete, war er sicher, dass es nur besser werden konnte. Er sehnte sich einzig und allein nach Ruhe und versuchte gleichzeitig, zu funktionieren – für Schröder, und für Edgar natürlich, die einzigen Menschen, die ihm nach Friedas vermeintlichem Tod noch etwas bedeuteten.

Den Kopf in die Nackenstütze gelehnt, döste der Junge mit geschlossenen Augen. Das blonde Haar war gewachsen und fiel ihm bis auf die Schultern, er trug ein ledernes Stirnband und weigerte sich strikt, zum Friseur zu gehen. Seine Forderung nach einem Augenbrauenpiercing hatten sowohl Malina als auch Zorn strikt abgelehnt, doch das eigene Handy konnten sie ihrem Sohn nicht mehr lange verweigern – seine Behauptung, als Einziger seiner Klasse keines zu besitzen, hatte sich als wahr erwiesen, weshalb er im Herbst, zum zwölften Geburtstag, Zorns altes iPhone geschenkt bekommen würde.

Zorn bog von der Magistrale in Richtung Stadtwald ab. Doch, überlegte er, es war nicht völlig abwegig, dass er ähnlich wie Raimund Vanger gehandelt hätte, aber bei der Vorstellung, Edgar hätte zusehen müssen, richteten sich seine Nackenhärchen auf. Warum hatte Vanger seiner Tochter das angetan?

»Ich dachte, wir fahren zu Ögi?«, sagte Edgar.

Zorn, der die Strecke bereits Hunderte Male gefahren war, hatte die Ausfahrt verpasst. Er wendete, bog auf den holprigen Waldweg zu Schröders Grundstück ab, dachte an Merle Vanger, die den Schock wohl niemals verwinden würde, und versuchte, das Bild ihres bleichen Gesichts mit den grünen, verweinten Augen aus den Gedanken zu verdrängen – was ihm, als sie kurz darauf aus dem Volvo stiegen, nur teilweise gelungen war.

»Da wären wir«, stellte er überflüssigerweise betont gut gelaunt fest, öffnete die hintere Tür, wühlte die Plastiktüte mit den Würstchen aus dem Papiermüll auf dem Rücksitz und schloss die Tür mit einem kräftigen Tritt.

»Das Wetter könnte zwar besser sein«, er ging zu dem schmiedeeisernen Gartentor, »aber wir …«

Er rüttelte an der Klinke.

»Abgeschlossen«, stellte Edgar fest.

»Komisch. Er weiß doch, dass wir kommen.«

Edgar drückte die Klingel.

»Wir baden trotzdem, oder?«, schlug Zorn tatendurstig vor. »Dann sind wir wenigstens die Einzigen am See.«

Der Junge verdrehte lustlos die Augen.

»Ein bisschen Bewegung kann nie schaden.« Zorn stupste ihn in die Rippen. »Nicht immer nur Nintendo zocken, sondern … Hast du geklingelt?«

»Ja.«

»Versuch's noch mal.«

Edgar gehorchte.

»Früher«, brüstete sich Zorn, »bin ich jeden Tag drei Kilometer geschwommen. Freistil, da kommt's auf die Technik an. Und die richtige Atmung. Manchmal waren's auch fünf Kilometer.«

Das war übertrieben, aber im Grunde genommen die Wahrheit. Zorn stellte seine schwimmerischen Fähigkeiten bei jeder Gelegenheit unter Beweis, brach die Demonstration jedoch nach höchstens zwanzig Metern und einem Dutzend kräftiger Schwimmstöße ab, völlig außer Puste und Gefahr laufend, bei jedem weiteren Meter hinaus das Ufer nicht mehr zu erreichen.

»Vielleicht klemmt der Knopf?«

Edgar klingelte erneut.

»Nee.«

Zorn ging auf die Zehenspitzen und lugte über das Tor. Die Tür zum Werkstattschuppen stand halb offen, neben dem Erdbeerbeet lag eine umgekippte Schubkarre. Aus dem Brennholzstapel an der Wand neben dem Eingang hatte sich ein halbes Dutzend Scheite gelöst und lag kreuz und quer auf dem gepflasterten Weg.

Zorn fischte das Handy aus der Jacke und wählte Schröders Nummer.

»Geht nicht ran«, brummte er, nachdem er eine Weile gelauscht hatte.

Edgar zuckte die Achseln.

Eine Windböe fegte durch Schröders Garten, die Schuppentür schloss sich mit einem dumpfen Knall und schwang knarrend wieder auf. Zorn glaubte, hinter dem Badezimmerfenster eine Bewegung wahrzunehmen, aber das hatte nichts zu bedeuten. Seine verspiegelte Sonnenbrille hatte er zwar vom Optiker anfertigen lassen, doch das war über fünf Jahre her, und er ging davon aus, dass sich seine Dioptrienzahlen seitdem mindestens verdoppelt hatten.

»Da kann man nichts machen«, seufzte er. »Er hat's wohl vergessen.«

»Vergessen?« Edgar schüttelte entschieden den Kopf. »Ögi vergisst nie was.«

Zehn

Schröder stand am Fenster und beobachtete, wie der Volvo im Rückwärtsgang mit aufheulendem Motor davonraste und zwischen den Kiefern in einer Staubwolke verschwand.

»Es tut mir leid«, murmelte er und pulte an dem Pflaster auf seiner Wange. »Aber ich muss jetzt allein sein.«

Die Trauerweide neben dem Gartentor bog sich im Wind. Als die Schuppentür erneut zuknallte, schrak Schröder erbleichend zusammen, wankte zurück und stieß mit der Hüfte gegen den Wäschetrockner. Er stützte sich am Waschbecken ab, spritzte sich etwas kaltes Wasser ins Gesicht und verharrte mit gesenktem Kopf.

»Ich habe zu tun.«

Als er aufblickte, betrachtete er sein Spiegelbild, als sähe er einen Fremden. Er klappte den Toilettendeckel herunter und setzte sich. Stützte die Ellbogen auf den Knien ab und faltete die Hände. Nagte an der Unterlippe und starrte ins Leere.

»Ich muss mich konzentrieren.«

Seine Daumen drehten sich umeinander.

»Ich darf mich nicht ablenken lassen, weil ich …«

Nebenan vibrierte sein Handy. Sobald er aufstand, wurde ihm schwindlig, so dass er sich auf dem Weg ins Wohnzimmer am Türrahmen abstützen musste. Er nahm das Handy von der Kommode. Drei Anrufe in Abwesenheit, alle von Zorn. Außerdem eine Sprachnachricht. Er rief die Mailbox auf, Zorns dünne, metallische Stimme erklang.

Edgar ist stinksauer! Also lass dir gefälligst 'ne gute Ausrede einfallen, du Pfeifenheini! Und wenn du

Schröder stoppte die Wiedergabe. Der Wind pfiff um das kleine Haus. Es begann zu regnen, Schaumkronen trieben über den See. Als das Handy erneut vibrierte, hatte die Dämmerung eingesetzt. Er meldete sich, ohne auf dem Display nach der Nummer des Anrufers zu sehen. Lauschte einen Moment und trennte die Verbindung. Flüsterte etwas.

»Ich …«

Seine Schneidezähne gruben sich in die Unterlippe.

»Ich habe …«

Er wischte sich über den Mund.

»Kopfschmerzen«, murmelte er und betrachtete das Blut auf seinem Handrücken. »Ich habe solche Kopfschmerzen.«

Elf

»Edgar hat so getan, als wär's nicht so schlimm.« Zorn streckte die Beine und legte die Füße auf den Couchtisch. »Aber er war total traurig. Ich kenne den, Frieda. Der ist längst nicht so cool, wie er tut.«

»Genau wie sein Vater.«

»Ha ha.«

»Hast du ihn wieder aufgemuntert?«, fragte Frieda.

»Ich hab ihm vorgeschlagen, ins Kino zu gehen. Da läuft *Alles steht Kopf* 2.« Zorn nahm das Handy an das andere Ohr. »Aber er hatte keinen Bock.«

»Echt nicht?«

»Nee, er wollte, dass ich ihn nach Hause bringe. Er hat am Freitag 'nen Mathetest, für den muss er …«, Zorn dehnte die Stimme, »*üben*. Rufus hilft ihm.«

»Edgar wollte etwas für die Schule tun?« Frieda klang verdutzt. »Freiwillig?«

»Allerdings.«

»Dann muss er *sehr* unglücklich gewesen sein.«

»Sag ich doch.« Zorn nippte an seiner Bierflasche. »Kein Wunder, Schröder hat ihn noch nie hängenlassen.«

»Hast du ihn noch mal angerufen?«

»Schröder?« Zorn unterdrückte ein Rülpsen. »Ein paarmal, aber er ist nicht rangegangen. Ich hab ihm auf die Mailbox gequatscht und die Meinung gegeigt. Vielleicht ein bisschen heftig, aber … Er weiß doch, wie wichtig er Edgar ist.«

»Und Edgar für ihn.«

»Ich kapier das einfach nicht, Frieda.«

»Vielleicht braucht er einfach nur ein bisschen Ruhe.«

»Vor *mir* vielleicht. Ich hab mich sowieso schon immer gefragt, wie er das mit mir aushält. Aber vor Edgar?« Zorn schaltete die Stehlampe hinter dem Sofa ein. »Schröder würde alles für ihn tun, Frieda. *Alles*.«

»Ihr seht euch morgen im Büro. Spätestens dann wird er dir alles erklären.«

»Das«, knurrte Zorn, »kann ich ihm nur raten. Ich bin nicht nur stinksauer, ich hab auch tierischen Hunger.«

»Du hast doch Würstchen gekauft, Schatz. Die kann man nicht nur grillen, sondern auch braten.«

»Was du nicht sagst.« Zorn legte den Kopf in den Nacken und leerte die Flasche. »Aber die sind nicht hier.«

»Wo sind sie denn?«

»Im Auto.«

»Aha.«

»Hab sie vergessen.«

»Wie wär's, wenn du einfach noch mal runtergehst? Dann könntest du gleich den Müll …«

»Hab ich gestern«, log Zorn, der nicht die Absicht hatte, die Wohnung an diesem Abend noch einmal zu verlassen – jedenfalls nicht, solange er seinen Hunger mit einer Dose Kartoffelsuppe aus dem Hängeschrank über der Spüle stillen konnte. Der Mülleimer war zwar tatsächlich voll, doch bisher hielt sich der Geruch in erträglichen Grenzen.

»Was macht der Hibiskus?«, erkundigte sich Frieda.

»Der … *was*? Ach, der Hibiskus, klar! Dem geht's gut«, versicherte Zorn. »Der wächst und gedeiht, den erkennt man kaum wieder.«

Zumindest Letzteres entsprach der Wahrheit, überlegte Zorn und betrachtete das mannshohe Gestrüpp in der Ecke neben dem Fernseher und die vertrockneten Blätter, die sich um den Blumentopf auf den Dielen verteilten.

»Der braucht jeden Tag Wasser, Claudius.«

»Kriegt er.«

Zorn stemmte sich aus den weichen Polstern und holte die verstaubte Gießkanne vom Fensterbrett. Schröder goss seine Blumen täglich. Nicht nur das, er redete auch mit ihnen. Nun, schaden konnte das nicht, dachte Zorn und nahm das kümmerliche Gesträuch ins Visier.

Komm schon, sei nicht so empfindlich.

Er leerte die Gießkanne zur Hälfte.

Reicht das? Oder …

»Scheiße.«

»Was ist los?«

»Nichts weiter«, wiegelte Zorn ab und musterte die Pfütze, die sich um den Blumentopf bildete. Seine Augen verengten sich hinter der Brille.

Jetzt hast du Wasser, also wachse gefälligst.

»Claudius?«

»Ja, Schatz?«

»Was machst du?«

»Ich quatsche mit deinem Huflattich.«

»Mit wem?«

»Hibiskus. Ich meine den Hibiskus.«

Komm schon, sei nicht so empfindlich.

»Ich hab gar nichts gehört«, sagte Frieda.

»Muss man auch nicht. Eine Pflanze spürt die Gedanken.«

Du hast noch drei Wochen Zeit, Freundchen.

»Wer sagt das?«

»Schröder.«

Ich will ja nicht drohen, aber du könntest jeder Zeit im Container landen. Ich an deiner Stelle …

»Und das funktioniert?«

»Keine Ahnung.« Zorn bedachte die Pflanze mit einem letzten drohenden Blick. »Bei Schröder bestimmt«, sagte er und ging in die Küche, um einen Lappen zu holen.

»Klar«, kicherte Frieda. »Der ist ja auch Hellseher.«

»Schröder ist so ziemlich alles. Aber Hellseher ist er nicht.«

»Und woher wusste er dann sofort, dass es ein Suizid war?«

»Weil er den armen Kerl gekannt hat.«

»Ach.«

»Sie waren als Kinder zusammen im Ferienlager und … FUCK!«

»Claudius?«

»Dass der Typ immer alles rumliegen lassen muss! Scheiß Legosteine!«

»Edgar spielt seit Jahren nicht mehr mit seinen Legos.«

»Eben!« Zorn massierte die schmerzende Fußsohle. »Überleg mal, wie lange der Kram schon hier rumliegt!«

Er kickte den Stein in die Ecke unter der Garderobe, hinkte in die Küche und holte den Lappen aus der Spüle.

»Schröder kannte den Toten also«, nahm Frieda am anderen Ende der Leitung den Faden wieder auf.

»Flüchtig.« Zorn humpelte zurück ins Wohnzimmer und ging neben dem Hibiskus in die Hocke. »Seine Tochter wusste davon. Deswegen wollte sie unbedingt mit Schröder sprechen.«

»Weil die beiden sich … *flüchtig* kannten?«

»Das hab ich mich auch gefragt.«

Zorn warf den durchnässten Lappen auf den Esstisch, klaubte einen Tischtennisball, Edgars Schlafanzughose, eine Socke und ein zerknülltes T-Shirt zwischen den Staubflusen auf den Dielen zusammen und warf alles neben dem Couchtisch auf den Teppich.

»Wenn sie zusammen im Ferienlager waren«, überlegte Frieda, »dürfte das 'ne ganze Weile her sein.«

»Fast vierzig Jahre«, sagte Zorn, nahm ein zerknittertes Hemd von der Stuhllehne und vergrößerte den Haufen neben den Couchtisch.

»Das ist komisch.«

»*Yep*.«

Zorn ließ sich wieder auf das Sofa fallen, legte die Füße hoch und betrachtete seinen großen Zeh, der durch ein Loch in der linken Socke ragte.

»Und die Tochter wusste davon?«, vergewisserte sich Frieda. »Woher?«

»Das hab ich Schröder auch gefragt.«

»Was hat er gesagt?«

»Was schon?« Zorn wackelte mit dem nackten Zeh. »Ihr Vater muss es ihr erzählt haben.«

»Dass er vor Ewigkeiten mit irgendeinem Schröder im Ferienlager war?«

Zorn beugte sich vor, streifte erst die eine, dann die andere Socke von den Füßen und schnüffelte daran. »Sieht so aus«, schnaufte er und verzog das Gesicht.

Die Socken gesellten sich zu dem Haufen auf dem Teppich.

»Das ist komisch, Claudius.«

»*Yep*«, wiederholte Zorn ebenfalls. »Verdammt komisch.«

Zwölf

Damals.

Er stieß sich ab, ging tief in die Hocke und verschränkte die Hände auf dem Rücken. Spürte den kalten Wind im Gesicht, hörte das Knirschen des Schnees unter den Skiern. Wartete auf den richtigen Zeitpunkt. Wurde schneller. Streckte die kurzen, muskulösen Beine. Spannte sich. Hob ab.

Und flog.

Es war das erste Mal, doch er wusste sofort, dass er dafür geschaffen war. Und er wusste, dass er es immer und immer wieder erleben wollte. Das Brausen des Windes in den Ohren, der ihm die Tränen in die Augen trieb. Das Gefühl der Freiheit, der Unendlichkeit. Kein Nachdenken. Nichts war mehr wichtig, nur dieser Moment zählte.

Die Skier landeten klatschend auf dem Schnee. Er beugte die Knie, streckte die Arme, um das Gleichgewicht zu halten. Es war einfach, genau so, wie er es sich vorgestellt hatte. Er musste nur …

Der linke Ski verkantete, die Bindung löste sich. Er prallte mit dem Hinterkopf auf, ihm wurde schwarz vor Augen. Dann überschlug er sich, rutschte talabwärts und blieb auf dem Rücken liegen.

Lachen hallte durch das Tal. Er rappelte sich hoch, schob die Pudelmütze aus der Stirn, rieb das schmerzende Knie und gab Toni, dem Trainer, ein Zeichen, dass alles in Ordnung sei. Ein Dutzend Kinder in braunen Trainingsanzügen sahen herauf, während ein strohblonder Wuschelkopf in weichem, thüringischem Singsang verkündete, dass der Kachelofen seiner Oma weiter springen würde als die rothaarige Presswurst aus der Stadt. Aus einer weiteren, etwas abseits stehenden Gruppe löste sich ein schlaksiger Junge, klaubte den verlorenen Ski aus dem Schnee und stapfte herbei.

»Lass dich nicht ärgern«, keuchte er. »Das sind Angeber, die sind bescheuert. Die halten sich für was Besonderes, weil sie aus Oberhof kommen und jeden Tag auf der großen Schanze trainieren können.«

Ein Kommando ertönte, die Kinder in den Trainingsanzügen schulterten ihre Skier und polterten auf ihren schweren Schuhen die Treppe neben dem Hang hinauf zur Schanze.

»Du hast im Bus vor mir gesessen«, sagte der Junge. Seine Stimme klang etwas näselnd, wohl wegen der Hasenscharte, die seine Oberlippe teilte. »Ich bin zum ersten Mal hier.«

»Ich auch.«

»Wirklich? Und du traust dich am ersten Tag zu springen?«

»War ja nur die kleine Schanze. Nicht mal drei Meter weit.«

»Trotzdem.« Der Junge streifte den Fäustling ab. »Ich bin Raimund.«

»Schröder.«

»Ist das dein Vorname?«

»Nee.« Der andere Junge ergriff die ausgestreckte Hand und ließ sich in die Höhe ziehen. »Schröder gefällt mir ganz gut«, sagte er, öffnete den Reißverschluss seiner Jacke und schüttelte etwas Schnee aus dem Kragen. »Jedenfalls besser als rothaarige Presswurst. Oder Feuermelder oder …«

»… Karottenkopf. Ich kann's auch nicht mehr hören.«

Als Raimund die Pudelmütze abstreifte, kam ein ähnliches Gewirr feuerroter, nach allen Seiten vom Kopf abstehender Locken zum Vorschein.

»Wenn du Schröder bist, kannst du mich Dumbo nennen.«

»Wegen deiner Ohren? So groß sind die doch gar nicht.«

»Das sagt meine Mutter auch immer. Bisher war sie die Einzige. Jetzt seid ihr zu zweit.«

Sie grinsten einander an.

»Wie alt bist du eigentlich?«, fragte Schröder.

»Dreizehn.«

»Ich bin zwölf.«

»Ich hab noch nie auf Skiern gestanden.« Raimund, der nun Dumbo hieß, wurde ernst. »Wenn ich mir vorstelle«, sein Blick wanderte hangaufwärts, »ich müsste da runterspringen …«

»Wir sind hier im Ferienlager, niemand zwingt dich. Toni ist es egal«, sagte Schröder und deutete auf ihren Trainer, einen schnauzbärtigen jungen Mann, der einen mageren Jungen in giftgrünem gefütterten Einteiler an den Hüften in die Höhe stemmte, um die Absprungtechnik zu demonstrieren. »Ihm ist nur wichtig, dass wir uns nicht die Knochen brechen.«

Anfeuerungsrufe wurden laut. Ein Zischen erklang, eine gebückte Gestalt schoss die Anlaufbahn der großen Schanze herab, stieß sich vom Schanzentisch ab und schwebte in perfekter Haltung in einem eleganten Bogen vorbei.

»Fünfzehn Meter«, schätzte Schröder. »Sechzehn vielleicht.«

Dumbo hob die Schultern und trat fröstelnd von einem Bein auf das andere.

»Weißt du schon, wo du schläfst?«

»In der Baracke hinter dem Plumpsklo. Du etwa nicht?«

»Klar, du Blödmann«, grinste Dumbo. »Ich meinte, ob du dir schon ein Bett ausgesucht hast.«

»Nein.«

»Neben mir ist noch eins frei.«

»Dann weiß ich ja jetzt, wo ich schlafe.«

Schröder zog die Wollstrümpfe hoch, schwang seine Skier über die Schulter und wandte sich bergauf. Er war klein für sein Alter, ein untersetzter, stämmiger Junge, den die breiten Holzskier um mehr als einen halben Meter überragten. Doch die Last schien ihm nichts auszumachen.

»Was hast du vor?«, fragte Dumbo.

»Springen. Was sonst?«

»Von der Babyschanze? Die werden dich wieder auslachen.«

»Na und? Ich muss üben.«

Schröder stapfte los und versank bis zu den Knien im Schnee.

»Und wenn du wieder hinfällst?«, rief Dumbo ihm nach.

»Davon gehe ich aus.«

»Es ist dir egal?«

Der stämmige Junge verharrte mit gesenktem Kopf.

»Ja«, sagte er und wandte sich um. »Die Landung ist völlig egal.«

Er rückte die schweren Bretter auf der Schulter zurecht.

»Wichtig ist nur, dass ich fliegen kann.«

MITTWOCH

Vier Schüsse und ein Dackel.

Dreizehn

»Nun mach schon, alter Junge«, seufzte Fritjof Heilenz.

Der Dackel blieb ebenfalls stehen und sah aus schwarzen Knopfaugen treuherzig zu ihm auf. Er war schon immer wählerisch gewesen, wo er sein Geschäft erledigte, heute hatte er die Bushaltestelle am Ende der Siedlung verschmäht, ebenso wie die Birke auf dem Trampelpfad neben dem Bahndamm. Auch jetzt machte er keinerlei Anstalten, eines seiner kurzen Hinterbeinchen zu heben, einen dünnen Strahl gelblichen Urins auf das Unkraut neben dem Pfad tröpfeln zu lassen, um dann wieder in sein Körbchen neben dem Fernseher zurückzukehren, wo er die nächsten zwölf Stunden zu Füßen seines Herrchens vor sich hindösen würde, bis Heilenz die Verandatür öffnete und ein Fertiggericht in der Mikrowelle erhitzte. Während Heilenz seine Mittagsmahlzeit in der Küche verspeiste, erleichterte sich der Hund gewöhnlich in dem kleinen Garten an der Buchsbaumhecke, danach hielten sie einen gemeinsamen Mittagsschlaf, bis Heilenz den Fernseher einschaltete, um kurz nach Mitternacht zu einem kurzen Spaziergang aufzubrechen. So war es seit Jahren Routine – etwas eintönig zwar, doch weder Hund noch Herrchen hatten großes Interesse an der Gesellschaft seiner jeweiligen Artgenossen, und nun, da sie beide alt wurden, wurden ihre Kreise enger.

»Ich hab auch keine Lust mehr«, sagte Heilenz. »Aber ich kann nichts dafür, dass es regnet.«

Der Hund leckte die haarige Schnauze und sah zurück.

»Vergiss es. Erst wird gepinkelt.«

Heilenz schlug den Kragen hoch und lief mit kurzen, vorsichtigen Schritten weiter. Mit knapp siebzig war er in einem Alter, in dem die Knochen allmählich morsch wurden. Wenn er jetzt, eine halbe Stunde nach Mitternacht, auf dem lehmigen Boden ausrutschte und stürzte, würde man ihn kaum rufen hören, geschweige denn, dass ihn jemand vor dem Morgengrauen fände. Sie gingen diesen Weg, weil sie um diese Zeit niemandem begegneten, und die Gefahr, stundenlang mit gebrochener Hüfte hilflos im strömenden Regen neben dem Bahndamm zu liegen, war nicht zu unterschätzen.

»Na los.«

Der Dackel sah zu ihm auf. Seine Ohren waren so lang, dass sie am Boden schleiften, wie so oft würde Heilenz den Schlamm aus dem Fell bürsten müssen.

»Stell dich nicht so an.«

Fast schien es, als würde der Hund ein Beinchen heben, doch er entschied sich anders, schnüffelte an einem Stein und trottete mit gesenktem Kopf weiter.

»Dann eben nicht.«

Ein Windstoß fegte über den Bahndamm und pfiff in den Streben des Hochspannungsmastes auf der Wiese, hinter der die niedrigen Reihenhäuser der Siedlung vor dem Nachthimmel zu erkennen waren. Nirgendwo brannte Licht, nur Heilenz' Wohnzimmerfenster war erleuchtet.

Ein Regenschauer wehte ihm entgegen, er schirmte das Gesicht mit der Hand ab und dachte an den Rasen, der dringend gemäht werden musste. Es gab eine Menge zu tun, auch das Unkraut zwischen den Gehwegplatten musste entfernt werden, die Dachpappe auf dem Werkzeugschuppen war undicht, und die Dielenbretter auf der Terrasse konnten einen neuen Anstrich vertragen. Doch das war kaum noch zu schaffen, Hilfe allerdings konnte sich Fritjof Heilenz nicht leisten.

Was soll's, dachte er und wich einer Pfütze aus, dann wurde das Gras eben länger. Etwas Grünzeug auf dem Weg konnte nicht schaden, den Werkzeugschuppen hatte er seit Jahren nicht mehr betreten, und die Terrasse würde auch ohne Anstrich noch eine Weile halten.

Jedenfalls für die Zeit, die ihm blieb. Ein paar gute Jahre noch, mehr erwartete Fritjof Heilenz nicht. Abends ein Glas Rotwein, ab und zu eine Zigarre und ein halbwegs schmerzfreies Leben. Das, fand er, war nicht zu viel verlangt, ebenso wie die Hoffnung auf ein schnelles, gnädiges Ende.

»Nun komm«, lockte er. »Ich bin schon völlig durchnässt.«

Der Dackel setzte sich auf das Hinterteil. Fletschte die Zähne und gab ein Knurren von sich.

»Was soll das? Ich hab dir nichts getan. Du bist selbst schuld, wenn du …«

»Herr Heilenz?«

Er wirbelte erschrocken herum, rutschte aus und stützte sich mit der Hand im Matsch ab. Ignorierte das stechende Knie und richtete sich mühsam wieder auf.

»Fritjof Heilenz?«

Ein Brausen näherte sich aus der Ferne.

»Ich …« Heilenz rieb sich das nasse Gesicht. Als er die Hand wieder sinken ließ, waren seine Wangen mit lehmigem Schlamm verschmiert. »Kennen wir uns?«

»Sind Sie Fritjof Heilenz?«

Das Brausen wurde lauter.

»Ja oder nein?«

»Ja, aber …«

Heilenz' Stimme ging im Donner der vorbeirasenden S-Bahn unter, ebenso wie die nun folgenden Schüsse. Der erste zerschmetterte sein linkes Schulterblatt, der zweite bohrte sich oberhalb des Bauchnabels durch den Magen und blieb im Rückgrat stecken. Der dritte zerfetzte das rechte Schultergelenk, während der vierte Schuss – weiterhin dem Uhrzeigersinn folgend – zwischen den Augen in die Stirn drang, den vorderen Hirnlappen, den Hypothalamus und die Großhirnrinde zerfetzte und am Hinterkopf wieder austrat.

Fritjof Heilenz' Hoffnung, noch ein paar gute Jahre erleben zu dürfen, erfüllte sich also nicht. Immerhin wurde sein Wunsch nach einem schnellen Ende erhört.

Ob es *gnädig* war, stand auf einem anderen Blatt.

Vierzehn

»Wo warst du?« Zorn streifte die triefende Lederjacke ab, ließ sie achtlos zu Boden fallen, ging zum Schreibtisch und baute sich vor Schröder auf: *»Wo warst du?«*

Schröder öffnete den Mund. Schloss ihn wieder.

»Die haben dich angerufen«, zischte Zorn. »Und weil sie dich nicht erreicht haben, haben sie *mich* angerufen. Heute morgen, kurz vor halb fünf. Das ist fünf Stunden her, Schröder. Seitdem versuche ich, dich zu erreichen.«

Schröder fischte sein Handy aus der Cordhose.

»Der Akku ist alle.«

Zorn lachte auf. »Tatsächlich?«

»Ja.« Schröder tippte auf das Display. »Ich muss es …«

»Es gibt 'ne Leiche«, presste Zorn hervor. »Am Bahndamm hinter der Siedlung, wo deine Eltern gewohnt haben. Ein Jogger hat die Leiche … was sagst du?«

»Aufladen«, wiederholte Schröder. »Ich muss das Handy …«

»Hörst du mir überhaupt zu?«

Schröder pulte an dem Pflaster auf seiner unrasierten Wange.

»Viereinhalb Stunden.« Zorn senkte die Stimme. »Viereinhalb Stunden hab ich mir den Arsch abgefroren. Hab mich mit den Pfeifen von der Spurensicherung gestritten, weil die meinen, dass nach dem Regen sowieso nichts mehr zu finden ist. Ich hab mir die Schuhe eingesaut.« Er hob ein Bein, um seinen verschlammten Stiefel zu präsentieren. »Meine Socken sind pitschnass. *Alles* ist pitschnass. Ich musste mir nicht nur ’ne Leiche ansehen, wahrscheinlich hab ich mir selbst den Tod geholt. Und warum? Weil du deinen …«, Zorn brüllte plötzlich los, »VERSCHISSENEN AKKU NICHT AUFGELADEN HAST!«

Er atmete tief durch, ging um den Schreibtisch und ließ sich in seinen Bürosessel fallen, während seine Wut allmählich verrauchte. Schröder hatte vergessen, sein Handy aufzuladen. Na und? Wie oft war er in all den Jahren zu nachtschlafender Zeit an einem Tatort gewesen, während Zorn schnarchend in seinem Bett gelegen hatte?

»Tut mir leid. Ich hätte dich nicht so anschnauzen sollen.«

Schröder zog eine seiner Schubladen auf.

»Was jetzt?«, fragte Zorn. »Ordnest du wieder deine Büroklammern?«

»Ich suche etwas.«

»Und was?«

»Mein …«

Schröder sah stirnrunzelnd auf sein Handy.

»Und?«, fragte Zorn.

»Mein …«

»Ladekabel?«

»Ja.«

»Ganz oben. Neben deinem Notizbuch.«

Es dauerte einen Moment, bis Schröder das Ladekabel gefunden, ausgiebig geprüft und mit dem Handy verbunden hatte.

»Wenn du schon bei diesem Scheißwetter mit dem Rad ins Präsidium fahren musst, solltest du dir wenigstens ’ne Jacke anziehen«, sagte Zorn. »Du siehst aus, als hättest du in deinen Klamotten geduscht. Außerdem hast du dich total eingesaut.«

»Ach ja?«

»Dort.« Zorn deutete auf einen Fleck auf der karierten Hemdbrust. »Willst du dich nicht umziehen?«

Schröder stand auf und öffnete seinen Spind neben dem Waschbecken.

»Deine Hose ist völlig im Arsch.« Zorn schnalzte vorwurfsvoll mit der Zunge. »Ich frage mich, wozu du dein Reflektorband hast.«

»Mein … *was*?«

»Dein Reflektorband«, wiederholte Zorn. »Das Edgar dir geschenkt hat.«

Schröder senkte den Kopf und betrachtete das zerfetzte, mit Fahrradöl und Schlamm verschmierte Hosenbein.

»Ich … ich hab’s wohl verloren.«

Er kramte in seinem Spind. Nicht nur das Hemd, auch die Cordhose triefte vor Nässe. Abgesehen davon, dass sie trocken und sauber waren, waren seine Wechselsachen kaum zu unterscheiden.

»Sag mal …« Zorn reckte blinzelnd den Hals. »Kann es sein, dass du seit drei Tagen dieselbe Unterhose anhast?«

Schröder, der die trockene Hose bis zu den Knien hochgezogen hatte, verharrte in der Bewegung.

»Was?«

»Dieselbe Unterhose.«

»Wieso?«

Zorn konnte noch immer nicht sagen, ob das Muster aus Hubschraubern oder Fröschen bestand, doch er war sicher, dass es identisch mit dem war, das er am Montag gesehen hatte.

»Egal«, winkte er ab.

Er war immer für mich da, überlegte er und beobachtete, wie Schröder bedächtig seine Hose hochzog und ein frisches Hemd überstreifte. Immer. Ich habe es als selbstverständlich hingenommen. Dass er die Arbeit erledigt. Dass er da ist, wenn's mir beschissen geht. Edgar liebt ihn abgöttisch. Schröder hat nie eine Gegenleistung erwartet. Hab ich ihm jemals gedankt?

»Du knöpfst es falsch zu«, sagte er.

»Was?«

»Das Hemd. Die Knöpfe sind schief.«

Schröder sah ihn verständnislos an.

Zorn betrachtete die Schatten unter den müden Augen, die Krähenfüße und die grauen Bartstoppeln auf den Wangen. Er wird alt, dachte er, stand auf und half Schröder, das Hemd über dem Kugelbauch zuzuknöpfen. Wer hätte das gedacht? Auch Schröder wird alt.

»Du könntest ein bisschen Ruhe vertragen«, sagte Zorn.

»Ruhe?«, überlegte Schröder laut. »Ja. Ein bisschen Ruhe wäre schön.«

Im September wurde er fünfzig. Früher hatte Zorn seine Geburtstage immer vergessen, doch diesmal hatte Frieda eine große Feier geplant. Ein Festmahl am Imbiss unten am Fluss, inklusive Kulturprogramm mit Streichquartett und anschließender Karaoke-Party. Als Geschenk hatten sie eine Reise nach New York gebucht, Karten für das Hamilton-Musical und ein Igor-Levit-Konzert in der Carnegie Hall besorgt und eine sündhaft teure Suite in einem Hotel am Times Square reserviert.

»Mach mal den Kopf hoch«, wies Zorn an.

Schröder gehorchte.

Zorn schloss den Kragenknopf unter dem Doppelkinn. »Du könntest ein paar Tage freimachen.«

»Frei?«

»Ich krieg das hier schon hin.«

Irgendwie, fügte Zorn in Gedanken hinzu. Wenn nicht, ist auch egal. Schröder hat sich immer um mich gekümmert. Wird Zeit, dass ich auch mal was für ihn mache.

»Fertig.« Er strich das Hemd glatt und zupfte eine imaginäre Fussel von der Schulter. »Den Rest kriegst du alleine hin.«

Schröder stopfte das Hemd in die Hose.

»Vergiss den Gürtel nicht.«

»Welchen …«

»Du musst den Gürtel zumachen.«

»Stimmt.«

Schröder schloss die Schnalle.

»Siehst aus wie neu«, sagte Zorn. »Und? Was hältst du davon?«

»Wovon?«

»Ein paar Tage freizumachen.«

»Ich … ich weiß nicht.«

»Denk drüber nach, ja?«

Schröder nickte müde. Nicht nur sein Handy, auch sein eigener Akku war leer. Kein Wunder nach all den Jahren. Er hatte ein Recht auf ein eigenes Leben. Und er brauchte Ruhe. Ein paar Tage vielleicht, womöglich auch länger. Irgendwann würde es ihm wieder besser gehen.

Das klang logisch.

Und doch … etwas stimmte nicht.

»Schröder?«

»Ja?«

»Edgar ist stinksauer.«

»Edgar?« Schröders Augen weiteten sich. »Warum?«

»Wegen gestern.«

»Gestern?«

»Wir waren verabredet.«

Schröder setzte sich an den Schreibtisch. »Es … es ging mir nicht gut.«

Zorn dachte an die Bewegung, die er hinter dem Badezimmerfenster wahrgenommen zu haben glaubte. Womöglich hatte er sich doch nicht geirrt?

»Ich mach's wieder gut«, sagte Schröder.

»Ist schon okay.«

»Heute?«

»Edgar hat bis halb sieben Training. Danach wird's zu spät.«

»Schade. Dann …«

»Ich komme alleine. Baden fällt sowieso aus.« Zorn wies zum Fenster, an dem der Regen in dünnen Schlieren hinablief. »Aber wir grillen trotzdem. Die Würstchen sind noch im Auto. Obwohl … die liegen seit gestern da drin. Sind die noch gut?«

Schröder sah ihn unsicher an. »Gut?«

»Die müssten doch eigentlich in den Kühlschrank, oder?«

»Wer?«

»Die Würstchen.«

»Ich …«

»Egal, ich hole neue«, entschied Zorn. »Und du machst Kartoffelsalat. Ohne Petersilie, klar?«

»Ohne Petersilie.«

»Paprika ist okay. Aber keine Kapern!«

»Keine Kapern.«

»Abgemacht?«

»Abgemacht.«

Schröder lächelte Zorn an.

Du weißt gar nichts über mich, hatte Schröder gesagt. *Absolut nichts.*

Das war richtig, Zorn wusste rein gar nichts. *Fast* nichts, korrigierte er sich, denn in einer Sache war er sicher. Etwas stimmte nicht mit Schröder.

Absolut nicht.

Fünfzehn

»Das war 'ne Hinrichtung. Vier Schüsse, aus nächster Nähe. In die Schultern, den Bauch und den Kopf.«

Zorn schloss die Mappe mit dem vorläufigen Obduktionsbericht.

»Keine verwertbaren Spuren, da ist alles überschwemmt. Brettschneider lässt die Anwohner befragen, bisher gibt's keine Zeugen. Die haben alle gepennt. Todeszeitpunkt irgendwann zwischen Mitternacht und zwei Uhr. Um …«, Zorn wühlte in seinen Notizen, »null Uhr zweiundvierzig ist 'ne S-Bahn vorbeigefahren. Vielleicht ist es genau da passiert. Das würde erklären, warum niemand was gehört hat, obwohl es ganz schön geknallt haben muss. Mehrfach.«

Schröder hatte die Hände unter dem Doppelkinn gefaltet und betrachtete schweigend die Tischplatte.

»Besser als nichts, oder?«, sagte Zorn.

»Ja.«

»Du kennst dich dort aus.«

»Ach ja?«

»Du hast mal erzählt, dass du immer am Bahndamm gespielt hast. Geldstücke auf die Schienen legen und platt fahren lassen.«

Zorn wartete einem Moment.

»Der Tote war früher 'n hohes Tier in der Parteileitung«, sagte er, da Schröder nicht reagierte. Er schürzte verächtlich die Lippen und kramte einen weiteren Notizzettel hervor. »Fritjof Heilenz«, las er ab. »Neunundsechzig, keine Vorstrafen. Die Adresse ist …«

Zorn stutzte und sah auf.

»Du hast den gekannt, Schröder.«

»Wen?«

»Der war dein Nachbar.« Zorn nahm die Lesebrille ab. »Er hat schräg gegenüber von deinen Eltern gewohnt.«

Schröder wischte mit der flachen Hand einen nicht vorhandenen Fleck von der Schreibtischplatte.

»Du hast den gekannt«, wiederholte Zorn.

»Möglich.« Schröder lockerte den Hemdkragen unter dem Doppelkinn. »Aber das ist lange her.«

»Fast vierzig Jahre. Wie bei Raimund Vanger.«

»Ja.«

»Noch ein Zufall?«

»Was sollte es …« Schröder räusperte sich und setzte noch einmal an. »Was sollte es sonst sein?«

»Du hast immer gesagt, dass du nicht an Zufälle glaubst.«

Schröder antwortete nicht.

»Jetzt sind es schon zwei«, sagte Zorn. »Irgendwie komisch, oder?«

*

»Ich kapiere nicht ganz, worauf du hinauswillst, Claudius.«

»Ich doch auch nicht«, sagte Zorn, der unter dem überdachten Eingangsbereich des Präsidiums telefonierte. »Aber irgendwas …«

»Ihr habt einen Suizid und einen Mord«, unterbrach Frieda. »Zwei absolut unterschiedliche Fälle. Aber es gibt immer eine Parallele. Wenn man lange genug sucht, würde man sogar auf 'ne Verbindung zwischen deiner Mutter und dem Kennedymord stoßen.«

Würde mich nicht wundern, dachte Zorn und sog gierig an seiner Zigarette.

»Man findet immer 'ne Verbindung«, wiederholte Frieda.

»Die Frage ist, welche Bedeutung sie hat. Es gibt zwei Tote. Mit dem einen war Schröder befreundet.«

»*Bekannt*«, korrigierte Zorn. »Und zwar flüchtig.«

»Der andere war sein Nachbar. Beides ist ewig her.«

»Knapp vier Jahrzehnte.«

»Ist das wichtig?«

Die Glastüren glitten auf, eine Gruppe Uniformierter verließ das Präsidium. Zorn trat beiseite, um Platz zu machen.

»Wahrscheinlich nicht«, gab er zu. »Trotzdem …«

Er griff sich in den Nacken und sah fluchend auf, so dass sich das Regenwasser, das ihm von der Kante des Vordachs in den Kragen geflossen war, nun auf sein Gesicht ergoss.

»Ich weiß nicht, wie ich's ausdrücken soll.« Er wischte die tropfende Brille am Ärmel ab. »Irgendwie … sag mal, was läuft da bei dir für Musik? Ist das …«

»Sprich es nicht aus.«

»… Modern Talking?«

Zorn hörte, wie Frieda ein Fenster schloss. Die Musik wurde leiser.

»Das kommt unten aus dem Park«, erklärte sie. »Ein Reha-Kurs, die nennen das ›Gymnastik und Tanz‹«. Der Trainer ist DJ, er kommt aus dem Nachbardorf und bringt seine eigene Anlage mit. Meine Physiotherapeutin meinte letzte Woche, ich soll da mitmachen. Heute wollte sie mich sogar hinbringen. Ich hab ihr 'ne letzte Chance gegeben. Wenn sie's noch einmal erwähnt, drehe ich ihr den Hals um.«

»Ich könnte mit dem Trainer reden«, schlug Zorn vor. »Er hat bestimmt auch was von Iron Maiden.«

»Das ist nicht witzig, Claudius. Ich hab die Nase gestrichen voll. Lange halte ich das hier nicht mehr aus.«

»Du hast's bald geschafft.«

Zorn raffte den Jackenkragen vor dem Hals.

»Du könntest suchen, ob es noch weitere Verbindungen gibt«, sagte Frieda, nachdem sie eine Weile geschwiegen hatten. »Zwischen den Toten vielleicht.«

»Brettschneider kümmert sich schon drum.«

»Pass auf, dass du dich nicht verhedderst.«

Zorn seufzte leise.

»Und pass vor allem auf Schröder auf, ja?«

»Mach ich.«

»Und auf dich«, sagte Frieda. »Auf dich musst du auch aufpassen.«

»Ich versuch's.«

»Und auf Edgar.«

»Auf Edgar passe ich auch auf.«

»Vergiss den Hibiskus nicht.«

»Niemals«, versicherte Zorn. »Sonst noch was?«

Frieda überlegte einen Moment.

»Auf deine Ehefrau«, sagte sie dann. »Auf deine Ehefrau musst du aufpassen.«

»Das tue ich, Frieda. Bis ans Ende meiner Tage.«

»Ganz schön viel, oder?«

»Findest du?«

»Du nicht?«

»Nee«, sagte Zorn. »Ich hab ja sonst nichts zu tun.«

Sie beendeten das Gespräch. Zorn blieb noch eine Weile unter dem Vordach stehen und überlegte, was nun zu tun war. Nachdem er zu keinem Ergebnis gekommen war, wandte er sich um und bemerkte sein Spiegelbild in der Glasscheibe der Eingangstür. Doch, es gab eine Sache, die er schon längst hätte erledigen müssen.

Er machte auf dem Absatz kehrt, lief die Eingangstreppen durch den strömenden Regen hinab und warf das Basecap in den Papierkorb.

Sechzehn

»Darf man fragen, womit Sie den Salat anrichten wollen?«, erkundigte sich Norbert Heinlein. »Mit Mayonnaise? Oder bevorzugen Sie Essig und Öl?«

»Öl«, sagte Schröder. »Und …«

»Essig?«

»Ja.«

»Hervorragende Wahl«, beglückwünschte ihn der Inhaber des kleinen Delikatessengeschäfts. »Ein guter Kartoffelsalat darf nicht zu schwer im Magen liegen.«

Schröder nahm den Rucksack von der Schulter.

»Ich nehme an, Kartoffeln haben Sie vorrätig?«, fragte Heinlein. »Ein ordentliches Öl sicherlich auch? Ansonsten hätte ich da …«, er nahm eine schlanke Glasflasche aus dem deckenhohen Regal hinter dem Tresen, »ein italienisches Sonnenblumenöl im Angebot. Kaltgepresst, mit einer leichten Trüffelnote.«

Schröder betrachtete die Flasche. »Gut.«

»Was ist mit dem Essig?«

»Essig?«

»Ein Apfelessig vielleicht?« Erneut wandte sich Heinlein um und ließ seinen Blick über die aufgereihten Flaschen, Dosen und Schraubgläser in den vom Alter geschwärzten Regalböden schweifen. »Ah, da ist er ja.«

Eine weitere Flasche landete auf dem polierten Tresen.

»Aus Südtirol.« Heinlein formte mit Daumen und Zeigefinger einen Kreis vor den gespitzten Lippen. »Ein Gedicht, Herr Kommissar. Oder lieber einen Balsamico Bianco?«

Schröders Blick wanderte zwischen den Flaschen hin und her.

»Gut.«

»Apfel?«, fragte Heinlein. »Oder Balsamico?«

»Das … das andere.«

»Also der Apfel.« Heinlein rieb geschäftig die gepflegten Hände. »Was brauchen wir noch? Speck natürlich.« Er wies auf die Auslage hinter der Glasvitrine. »Den Allgäuer?«

»Allgäuer«, wiederholte Schröder.

»Wie viel darf ich abwiegen?«

»Was?«

»Speck, Herr Kommissar.

Schröder zog die kahle Stirn in Falten.

»Darf man fragen«, lächelte Heinlein, »wie viele Personen Sie bewirten?«

»Personen?«

»Gäste, Herr Kommissar.«

Schröder hob den Kopf und betrachtete die getäfelte Decke.

»Edgar kommt nicht«, murmelte er nach einer Weile.

Heinlein hob fragend die Brauen.

»Wenn Edgar nicht kommt«, Schröder nagte an der verschorften Unterlippe, »dann kommt nur Zorn.«

Heinlein sah ihn mit einem professionellen Lächeln geduldig an.

»Wie wäre es mit einem halben Pfund?«, schlug er vor.«

»Eins.«

»Ein ganzes?«

»Ein Gast«, sagte Schröder.

»Und der Gastgeber natürlich«, schmunzelte Heinlein. »Zwei Personen also. Dann ist ein viertel Pfund mehr als ausreichend.« Er holte den Speck aus der Auslage, schnitt ein Stück ab und legte es auf die Waage. »Was für ein Wetter«, seufzte er und sah zum Schaufenster. »Dieser Regen …«

»Es regnet nicht.«

»Im Moment. Aber heute Abend soll es wieder losgehen.«

Heinlein riss ein Stück von einer Papierrolle ab und wickelte den Speck ein.

»Ich schmecke die Marinade immer mit etwas Dijonsenf ab«, sagte er. »Ein paar Wacholderbeeren und etwas Lorbeer sollten ebenfalls nicht fehlen, so steht es jedenfalls im Rezeptbuch meines Großvaters. Er hat den Salat mit Kapern abgerundet und …«

»Keine Kapern!«

»Es ist Geschmackssache. Wenn man weniger Essig verwendet, können Kapern in der richtigen Dosierung durchaus …«

»*Keine* Kapern! Und keine …«

Schröder dachte angestrengt nach.

»Wie gesagt«, Heinlein hob entschuldigend die Hände, »es ist eine Sache des Geschmacks. Ich persönlich …«

»Petersilie!«

»Da müssten Sie sich zum Supermarkt um die Ecke bemühen. Ich selbst …«

»*Keine* Petersilie!«

»Wie Sie meinen.« Heinleins Lächeln wirkte ein wenig verkrampft. »Sonst noch etwas gefällig? Ein Getränk? Ich würde einen weißen Bordeaux empfehlen, Marvin könnte zwei Flaschen aus dem Lager …«

»Kein Wein.«

»Stimmt, Sie beköstigen ja Ihren Kollegen. Wenn ich mich recht entsinne«, Heinlein kniff verschwörerisch ein Auge zu, »bevorzugt er Bier.«

Schröder antwortete nicht.

»Da fällt mir ein …« Heinleins Miene umwölkte sich. »Ich nehme an, es gibt noch immer keine Neuigkeiten von Herrn Peysel? Man sollte ja nie die Hoffnung verlieren«, seufzte er, nachdem er Schröders Schweigen über den Verbleib des vor über einem Jahr spurlos verschwundenen Angestellten des Hygieneamtes als Bejahung gewertet hatte. »Aber nach so langer Zeit …«, ein weiteres Seufzen, »muss man wohl mit dem Schlimmsten rechnen.«

Schröders Blick wanderte verträumt über die verschlungenen Muster auf dem Kristallglas über den Vitrinen.

»Nun ja.« Heinlein straffte sich. »Vielleicht noch etwas zum Knabbern für den Nachtisch? Wie wär's mit Tortilla-Chips? Ich beziehe sie direkt aus einer spanischen Manufaktur. Oder ein paar getrocknete Datteln?«

»Nein.«

»Wie Sie meinen. Brauchen Sie eine Tüte? Oder soll ich die Sachen …«

Heinlein deutete auf Schröders Rucksack. Es dauerte einen Moment, bis Schröder begriff und ihm den Rucksack reichte. Ein Regenschauer prasselte gegen das Schaufenster.

»Es geht wieder los«, seufzte Heinlein und verstaute die Einkäufe. »Bei diesem Wetter schickt man doch keinen Hund vor die Tür.«

»Einen Hund?«

»So sagt man doch, oder?«

»Hunde«, überlegte Schröder laut, »fressen keinen Kartoffelsalat.«

»Nein!«, lachte Heinlein. »Ich kann's mir zumindest kaum …«

»Haben Sie schon mal jemanden getötet?«

Heinleins Kinnlade klappte herunter.

»Ich … verstehe nicht ganz …«

»Ich fragte, ob Sie jemanden getötet haben.«

Norbert Heinlein, der nicht nur den armen Herrn Peysel, sondern ein knappes Dutzend weiterer Menschenleben auf dem Gewissen hatte, erbleichte.

»Es ist schlimm«, sagte Schröder ernst, drehte sich um und öffnete die Eingangstür. Das melodische Bimmeln der alten Glocke erfüllte den Laden.

»Aber wissen Sie, was am schlimmsten ist?«

Er drehte sich noch einmal um.

»Ihre … Einkäufe«, stammelte Heinlein.

»Dass es kein Ende nimmt«, sagte Schröder. »Danach muss noch ein Mensch sterben. Und noch einer.«

Die uralten Dielen knarrten, als er zurück in den Laden kam.

»Aber auch das reicht nicht«, flüsterte er und beugte sich über den Tresen. »Es geht immer weiter. Und es hört nie auf.«

Siebzehn

Damals.

»Spannung halten!«, rief Toni, der Trainer. »Körper nach vorn, und erst bei der Landung die Knie beugen!«

Schröder klaubte die Mütze aus dem zerwühlten Schnee und setzte sich auf.

»Ski parallel!«, rief Toni. »Was glaubst du, warum sie immer verkanten?«

Er lehnte an einem Pfosten der überdachten Punktrichtertribüne, wie immer wippte eine filterlose Zigarette im Mundwinkel unter dem nikotingelben Schnauzbart.

»Hast du dir weh getan?«

Der Junge streifte die steif gefrorenen Fäustlinge ab.

»Ich fragte, ob du dir …«

»Nein! Ich habe mir *nicht* weh getan!«

Seine helle Stimme, vielfach zurückgeworfen von der halbkreisförmigen Felswand am Ende des Auslaufs, hallte durch das verschneite Tal. Der Trainer musterte den bis auf die Knochen durchgefrorenen Jungen in einer Mischung aus Skepsis und Mitleid.

»Du kriegst das schon hin.«

Schröder versuchte, die Ski zu lösen, doch seine Finger waren taub, die Seilzüge der Bindungen vereist, und als es ihm schließlich gelang, flossen Tränen über seine Wangen.

Er war nun den zweiten Tag hier. Seine bisherigen Versuche hatte er nicht gezählt, doch es mussten mehrere Dutzend Sprünge – nein, *Hüpfer* – gewesen sein und somit ebenso viele mehr oder weniger schmerzhafte Stürze. Sein Hintern war taub, ebenso die Zehen in den klobigen, zwei Nummern zu großen Skistiefeln. Schon beim Frühstück – Marmeladenbrote und Malzkaffee – hatte er nach den gestrigen Versuchen Muskelkater gehabt, nun brannte jeder einzelne Muskel wie Feuer, und das stechende Knie, das verstauchte Handgelenk und das dumpfe Pochen im Hinterkopf erinnerten schmerzlich daran, dass zwar die meisten, aber längst nicht alle Stürze glimpflich verlaufen waren.

»Und du willst wirklich nicht bei den anderen mitmachen?«

»Nein.«

Der Trainer blies achselzuckend in seinen dampfenden Teebecher.

»Mach den Hang frei«, wies er an und lief die Stahltreppe hinunter, um sich um *die anderen* zu kümmern, vier Jungen in Schröders Alter, die schräg gegenüber auf einem sanft abfallenden Hang im Schnee saßen.

Schröder rappelte sich auf, klemmte die vereisten Skier unter den Arm und stapfte zur Seite. Ursprünglich hatte er die Winterferien wie in den vergangenen beiden Jahren in einem Pionierlager im Harz verbringen sollen, doch das war letzten Monat abgebrannt, worauf es ihn hierher verschlagen hatte. Er war vom ersten Augenblick elektrisiert gewesen und hatte sich, als Toni die Neuankömmlinge fragte, ob jemand schon einmal auf Skiern gestanden hatte, als Einziger gemeldet – es waren zwar nur ein paar hundert Meter gewesen, die er letzten Winter auf den Langläufern seines älteren Bruders durch den Stadtwald gerutscht war, doch er hatte nicht vor, seine Zeit drüben auf dem Idiotenhügel zu verschwenden, und war fest entschlossen, der Kälte zu trotzen, die Schmerzen ebenso zu ignorieren wie das Gespött der Thüringer, die in ihren feschen Trainingsanzügen in einer langen Reihe die Treppe hinauf zur Schanze marschierten.

Die bunt lackierten Plastikskier auf ihren Schultern waren nicht zu vergleichen mit den schweren, zerkratzten Holzbrettern mit den alten Seilzugbindungen, die Toni verteilt hatte. Anstelle der alten Lederschuhe trugen sie gepolsterte Plastikstiefel mit Schnallen, außerdem moderne Helme und verspiegelte Skibrillen, die garantiert aus dem Westen stammten.

Schröder setzte sich auf einen Baumstumpf neben der Punktrichtertribüne und sah hinunter zu Toni, der in seinen schweren Filzstiefeln über den Auslauf zum Idiotenhügel ging.

Ursprünglich hatte ihre Gruppe wohl deutlich größer sein sollen, die Schlafbaracke in dem Kiefernwäldchen hinter der Zuschauertribüne war nur zu einem Drittel belegt. Fünf Kinder waren gar nicht erst erschienen, vier weitere – offensichtlich Sprösslinge irgendwelcher Parteibonzen – schon wieder abgereist, da ihnen entweder die schmalen Doppelstockbetten, die kratzigen Armeedecken oder der ungeheizte Waschraum nicht gefallen hatten.

So waren sie also zu fünft.

Außer Dumbo, der, ungelenk mit den Armen rudernd, im Schneckentempo bergab rutschte, waren da noch Olaf und Bert, pausbäckige Zwillinge, die in einem schwarz glänzenden Wolga separat angereist waren und in ihren gefütterten, violett und türkis gemusterten Einteilern aussahen wie Michelinmännchen aus der Werbung im Westfernsehen. Ihre Skier lehnten unten an der Baracke; nachdem sie am Morgen ungebremst in den Zaun neben dem Plumpsklo gerast waren, weigerten sie sich hartnäckig, die *dämlichen Schweinedinger* (wie sie's nannten) wieder anzuziehen.

Toni ließ sie gewähren und ermahnte sie nur halbherzig, wenn sie Unfug trieben. Falls sie nicht miteinander stritten, ließen sie ihre Kräfte an anderen aus. Die Thüringer, zahlenmäßig weit überlegen, kamen als Gegner nicht in Frage, weshalb sie sich in der eigenen Gruppe ein Opfer gesucht und in Falko Meister gefunden hatten – einem schmächtigen Kerlchen, das der eine soeben in den Schwitzkasten genommen hatte, während der andere ihm das picklige Gesicht einseifte.

Schröder, der Fünfte im Bunde, streifte die Handschuhe ab und blies in die steif gefrorenen Finger. Toni versuchte vergeblich, den hilflos strampelnden Falko Meister aus der Umklammerung der Zwillinge zu befreien, während sich Dumbo im Tiefschnee verzweifelt an den Stamm einer jungen Kiefer klammerte, um nicht noch tiefer in die Schonung zu rutschen.

Ein Pfiff gellte. Schröder klopfte den Schnee von den Hosenbeinen und machte sich wieder auf den Weg, während einer der Thüringer die große Schanze herabgerast kam, abhob und unter dem Applaus seiner Kameraden in perfekter Haltung ins Tal schwebte.

Schröder ging vor der Babyschanze in die Hocke, schnallte die Ski an und versuchte, die höhnischen Kommentare der Thüringer zu ignorieren, die zwanzig Meter über ihm über die Brüstung des Sprungturms auf ihn hinabschauten. Es dauerte eine Weile, bis der Letzte gesprungen war, und als der Hang schließlich frei war, zitterte Schröder wie Espenlaub. Er atmete tief durch und fokussierte sich auf die kurze Anlaufspur in dem Wissen, dass sämtliche Augen auf ihn gerichtet waren.

Flieg nicht so hoch, mein kleiner Freund!, sang der strohblonde

Wuschelkopf mit gellender Stimme die Melodie eines alten Schlagers unter dem Gelächter seiner Kameraden.

Schröder presste die Lippen zusammen, nahm Anlauf und stieß sich ab. Er flog – kurz nur, *viel* zu kurz, doch das würde sich ändern –, und als er landete, ging er vorschriftsmäßig in die Knie, hielt die Ski parallel und breitete die Arme aus, um das Gleichgewicht zu halten. Es schien, als würde er es zum ersten Mal schaffen, und wahrscheinlich wäre es sogar gelungen, doch sein linker Schuh löste sich aus der Bindung, er prallte mit dem Gesicht in den körnigen Schnee, rutschte über zwanzig Meter bäuchlings bergab, verlor seine Mütze, überschlug sich mehrmals und blieb auf der Hälfte des Hanges im aufstiebenden Schnee liegen.

Es wurde still im Tal. Tonis besorgte Stimme erklang. Schröders Mund war voller Schnee, er spuckte aus, hob den Kopf und rief, dass alles in Ordnung sei. Dumbo löste sich aus der Menge und kam herauf.

»Wirklich?«, fragte er besorgt und streckte die Hand aus.

Schröder griff zu und setzte sich benommen auf.

»Ich denke schon«, murmelte er und schüttelte den Kopf wie ein angezählter Boxer. Eine Schneewolke stob aus den feuerroten Locken. »Diesmal hätte es geklappt. Aber diese blöde Bindung …«

»Stimmt.« Dumbo ließ sich neben ihm in den Schnee plumpsen. »Du hattest es fast geschafft.«

»Ja.«

»Du sahst richtig gut aus.«

»Wirklich?«

Ihre Blicke trafen sich. Ein paar Sekunden vergingen, dann brachen beide in schallendes Gelächter aus.

»Weißt du, wie die uns nennen?«, fragte Schröder und deutete hinunter zu den Thüringern.

»Wie denn?«

»Spastbrigade.«

»Wirklich?«, kicherte Dumbo. »Stört dich das?«

»Dich etwa?«

»Mich?« Dumbo sank zurück, stützte sich mit den Ellbogen im Schnee ab und betrachtete den strahlend blauen Himmel. »Spastbrigade«, gluckste er. »Passt ziemlich gut, oder?«

»Stimmt.«

Schröder wischte mit dem Handrücken über die triefende Nase und spuckte erneut aus. Dumbo betrachtete den rostfarbenen Fleck im Schnee.

»Das ist Blut.«

»Ist nicht schlimm.«

»Und das sieht auch nicht gut aus«, sagte Dumbo und tippte mit dem Finger auf Schröders Wange. »Du solltest …«

»Lass das!« Schröder zuckte zurück und tastete über die Schürfwunde auf dem linken Jochbein. »Ich hab doch gesagt, *es ist nicht schlimm*!«

Das Tuckern eines Zweitakters erklang, ein rostiger Kleintransporter bog aus der Zufahrt zwischen den Felsen ins Tal und hielt vor dem Flachbau mit den Personalunterkünften. Der Knall einer zufallenden Autotür dröhnte durch das Tal. Der Fahrer, ein bärtiger Mann in Wattejacke und dicken Stiefeln lief zu Toni und begrüßte ihn wie einen alten Bekannten mit einem kräftigen Klaps auf die Schulter.

»Willst du nicht andere Klamotten anziehen?«, fragte Dumbo. »Oder wenigstens trockene Strümpfe?«

»Das mach ich nachher, in zwei Stunden wird's sowieso dunkel.«

Der Bärtige bot Toni eine Zigarette an. Sie diskutierten angeregt miteinander, dann deutete Toni hinauf zu den beiden Jungen auf dem Hang.

»Du bist ganz schön hartnäckig, oder?« Dumbo grinste.

»Ich hab mir was vorgenommen. Und wenn ich will, dann schaffe ich …«

Schröder verstummte.

»Was ist los?«, fragte Dumbo.

Der Bärtige winkte herauf.

»Nichts«, murmelte Schröder und winkte zurück.

»Kennst du den?«

Schröder griff neben sich in den Schnee und ließ ihn schweigend zwischen den angewinkelten Beinen herabrieseln.

»Ist alles okay?«, fragte Dumbo.

»Klar.«

Dumbo taxierte ihn mit einem langen, prüfenden Blick.

»Du siehst aus, als hättest du ein Gespenst gesehen.«

Schröder antwortete nicht.

Achtzehn

»Das glaub ich jetzt nicht.«

Zorn drückte zum dritten Mal auf die Klingel.

»Nicht schon wieder, Freundchen.«

Er ging auf die Zehenspitzen, stützte die Ellbogen auf dem Gartentor ab und zog sich schnaufend hoch. Schwang erst das eine, dann das andere Bein über das Tor, hörte das Reißen des Jeansstoffes, landete auf dem Hosenboden und rappelte sich fluchend auf.

»Du kannst dich frisch machen.« Er betastete den Riss über dem Knie. »Das war meine beste Hose.«

Sein Handy war aus der Jacke gefallen. Er klaubte es von den nassen Gehwegplatten, wählte Schröders Nummer, lauschte dem Rufzeichen und betrachtete die halb offene Schuppentür und die auf dem Plattenweg verstreuten Holzscheite. Seit gestern schien sich nichts verändert zu haben, auch die umgekippte Schubkarre lag noch neben dem Erdbeerbeet.

»Dann eben nicht.«

Es begann wieder zu regnen. Zorn verstaute das Handy in der Innentasche und lief geduckt um das Haus zur Terrasse.

»Schröder?«

Seine Stimme verklang über dem See. Er ging zur Fensterfront, schirmte die Augen ab und spähte ins Haus. Der Ohrensessel stand wie immer schräg vor dem Kamin, daneben ein kleiner Stapel Brennholz, an der Wand hinter dem Küchentresen blitzten Schröders Töpfe und Pfannen im Halbdunkel. Als Zorn gegen die Verandatür klopfte, schwang diese lautlos nach innen.

»Seit wann lässt du die Tür offen?«, rief er, streifte die verdreckten Stiefel ab und trat ein. »Ich verstehe ja, dass du deine Ruhe …«

Ein Glockenschlag ließ ihn zusammenfahren. Sechs weitere dröhnten durch das Haus, bis die alte Standuhr im Obergeschoss wieder verstummte.

»Bist du da?«

Zorn reckte lauschend das Kinn.

»Schröder?«

Nichts. Nur das Tröpfeln des Wasserhahns aus dem Badezimmer.

Er lief auf Strümpfen zum Waschbecken und schloss den Hahn. Sah nebenan im Gästezimmer nach. In der Speisekammer. Oben im Schlafzimmer. Als er die Treppe wieder hinunterkam, stieß er mit dem Fuß gegen eine Porzellanschüssel. Diese fiel klappernd um, Wasser ergoss sich auf die Dielen. Er holte einen Lappen aus der Spüle, wischte die Pfütze auf. Ging zum

Esstisch, verschränkte die Arme vor der Lederjacke und dachte nach.

Schröder war nicht da. Weit konnte er nicht sein, das Rennrad lehnte draußen unter dem Vordach an der Rückseite des Werkstattschuppens. Wo war er? Spazieren? Die Waldluft genießen? Nachvollziehbar. Trotzdem absurd, schließlich versetzte er Zorn gerade innerhalb von vierundzwanzig Stunden zum zweiten Mal.

Ansonsten schien alles wie immer. Abgesehen von der offen stehenden Verandatür und dem tropfenden Wasserhahn. Doch da war noch mehr. Das ungemachte Bett oben im Schlafzimmer. Die offene Zahnpastatube im Bad. Der einzelne Filzpantoffel neben dem Ohrensessel. Die Aschereste auf dem Feuerblech vor dem Kamin. Die verwelkten Blumen in der Kristallvase auf dem Esstisch, die Krümel auf der fleckigen Tischdecke und die halb geöffnete Besteckschublade. Nicht zu vergessen die Wasserschüssel an der Treppe.

Kleinigkeiten, die jedem Menschen unterliefen. Auch dem peniblen Schröder, überlegte Zorn und betrachtete die lehmigen, längst getrockneten Fußabdrücke auf den Dielen, die von der Verandatür zum Esstisch führten.

Aber alles zusammen? Nein, es passte nicht. Ebenso wie dieser Geruch, feucht und modrig wie alter Teppich. Und das gerahmte Foto von Edgars Einschulung hing so schief über der Kommode, dass eine Ecke des dahinter verborgenen Wandsafes zu sehen war.

Eine Windböe pfiff über den See heran. Die Kiefern bogen sich draußen in der Dämmerung, Zweige rieselten herab. Die Verandatür flog auf, ein Regenschauer prasselte herein. Zorn stemmte sich mit der Schulter gegen die Tür, schloss sie fluchend und registrierte aus dem Augenwinkel, wie etwas von der Lehne des Ohrensessels zu Boden flatterte.

Es war ein Foto. Eine Schwarz-Weiß-Aufnahme mit abgegriffener Rückseite, die Schröder lange betrachtet haben musste.

Die mit Bleistift gekritzelten Buchstaben waren verblichen, doch sie stammten unverkennbar von Schröder, der schon als Teenager diese akkurate, etwas nach hinten geneigte Handschrift gehabt hatte, die bis heute für ihn typisch war:

Februar 1986 – Dumbo, ich & die

Der Rest war – wahrscheinlich mit einer Nadel oder Nagelschere – sorgfältig vom Papier gekratzt worden.

Zorn drehte das Foto um. Lange, sehr lange hockte er neben dem Sessel und betrachtete das Bild, bis die Standuhr im Obergeschoss zum Leben erwachte und einen Glockenschlag von sich gab, der einsam und klagend durch das Haus hallte.

»Verarschen kann ich mich alleine.«

Zorn öffnete die Lederjacke und verstaute das Foto in der Innentasche.

»Aber von dir lasse ich mich nicht verarschen.«

Er stemmte sich ächzend hoch.

»Nicht mal von dir, Schröder.«

*

Schröder duckte sich hinter ein Gebüsch und beobachtete durch die tropfenden Zweige, wie der Volvo vorbeifuhr.

»Es ist besser, wenn er uns nicht sieht«, flüsterte er.

Die Reifen wühlten sich durch den Schlamm. Lehmiges Wasser spritzte aus den Pfützen gegen die Kotflügel, der Volvo holperte durch die Schlaglöcher davon. Schröder sah zu, wie die Rücklichter im Nieselregen verschwammen, wartete, bis sie verschwunden waren, und richtete sich erleichtert auf.

»Wenn er uns sieht, dann müsste er mich verhaften.«

Er dachte nach.

»Und was wird dann aus dir?«

Ein Winseln erklang.

»Keine Sorge, ich kümmere mich um dich.«

Wieder ein Winseln, etwas lauter diesmal.

»Du hast Hunger, nicht wahr? Ich weiß gar nicht, was du frisst. Kartoffelsalat jedenfalls nicht. Wir finden schon was für dich.«

Schröder ging in die Hocke.

»Du brauchst einen Namen.«

Kraulte den flauschigen Nacken.

»Schlappohr?«

Ein Jaulen.

»Nein, du hast recht. Wir finden was Besseres.«

Er streichelte das Fell zwischen den langen, an den Enden von Schlamm und Erde verfilzten Ohren. Sein Gesicht hellte sich auf.

»Dumbo!«

Ein weiteres Jaulen, das Schröder diesmal als Zustimmung wertete.

»Ich hatte einen Freund, der so hieß. Er ist …«

Schröder verstummte.

»Aber jetzt habe ich ja dich«, lächelte er. »Dumbo.«

Neunzehn

»Die kannten sich nicht nur flüchtig, Frieda.«

»Bist du sicher?«

»Ich bin zwar blind wie'n Maulwurf, aber Schröder erkenne ich immer. Der hatte zwar damals noch Haare und war … na ja, schlank würde ich nicht unbedingt sagen, aber er ist es. Schröder ist Schröder. Den würde man …«

»Rauchst du?«

»Bin auf dem Balkon«, log Zorn, legte den Arm auf die Sofalehne und blies den Rauch über die Schulter in Richtung der halb offenen Balkontür. »Und der Typ neben ihm ist eindeutig Raimund Vanger. Sein Spitzname war Dumbo.«

»Dumbo? Wie der fliegende Elefant?«

»Genau, Schröder hat's auf die Rückseite geschrieben. Die Hasenscharte, die roten Haare … und er hat einen Arm um Schröder gelegt.«

»Okay, sie waren also befreundet.«

»Nicht … *flüchtig*, wie Schröder behauptet hat.«

Zorn stand auf, lehnte sich hinaus auf den Balkon und drückte die Kippe in dem überquellenden Aschenbecher auf dem verwitterten Holztischchen aus. Der Abend war kühl, Nieselregen trieb in silbrigen Schleiern über dem Fluss, der lautlos nach Norden floss.

»Das Foto wurde bei 'nem Appell aufgenommen oder so was. Die stehen unten vor der Schanze.« Zorn schloss fröstelnd die Tür. »Weißt du, was das bedeutet?«

»Nee, ich … doch. Der Notruf.«

»Schröder kannte nicht nur den Namen des Toten, Frieda. Er kannte auch den Ort, an dem Vanger sich umgebracht hat.«

Zorn nahm zwei leere Bierflaschen vom verstaubten Fensterbrett und trug sie in die Küche.

»Du hast recht«, sagte Frieda am Telefon. »Irgendwas muss damals passiert sein. Vielleicht hat sich Vanger ja deshalb …«

Sie atmete gepresst aus.

»Alles in Ordnung?«

»Ja, ich …«, sie stöhnte auf, »ich bin auf dem Laufband. Dieses verdammte Knie bringt mich noch …«

»Du kriegst das hin. *Wir* kriegen das hin«, fügte Zorn hinzu, als ihm bewusst wurde, dass er diese abgedroschene Floskel bei jedem ihrer Telefonate mindestens zwei Mal benutzte. »Sorry, aber ich kann's einfach nicht besser ausdrücken. Ich weiß nur …«

»… dass wir das hinkriegen?«

»Verarschst du mich grad?«

»Würde ich nie tun, Schatz. Niemals.«

»Das klingt vielleicht so, aber es ist kein Geschwafel.«

»Ich weiß.«

»Ich meine das ernst, Frieda.«

»Wir kriegen das hin.«

Sie kicherte leise.

»Genau«, sagte Zorn. »Wir kriegen das hin.«

Er nahm eine halb volle Kaffeetasse vom Küchentisch, bemerkte den Schimmel auf der halb geronnenen Brühe und verzog das Gesicht.

»Was wirst du jetzt machen?«, fragte Frieda.

»Wenn ich das nur wüsste«, seufzte Zorn. »Es ist irgendwie … anders.«

»Du bist lange genug Polizist.«

»*Zu* lange.«

»Jeder Fall ist anders, Claudius.«

»Den Fall meine ich nicht.«

»Sondern?«

»Schröder.« Zorn stellte die Tasse in die Spüle. »Schröder ist anders.«

»Das war er doch schon immer.«

»Klar, aber … er ist *anders* anders.«

»*Anders* anders?«

»Verstehst du, was ich meine?«

Stille. Frieda dachte offenbar nach.

»Nee«, sagte sie dann. »Ehrlich gesagt, nicht.«

»Ich auch nicht.«

*

»Entschuldigen Sie den späten Anruf«, sagte Brettschneider. »Aber ich erreiche Hauptkommissar Schröder nicht.«

Tatsächlich?, dachte Zorn. Da kenne ich noch jemanden.

»Was gibt's?«, fragte er.

»Ich habe gerade mit der Spurensicherung gesprochen.«

»Sie sind noch im Büro?«

»Selbstverständlich.«

Wie zur Bestätigung fauchte im Hintergrund eine Kaffeemaschine.

»Und?«

»Es gibt Fußspuren quer über die Wiese zum Bahndamm. Direkt hinter dem Grundstück des Opfers haben sie nichts gefunden, da ist noch immer alles überschwemmt.«

»Schuhgröße?«

»Ungefähr vierzig. Kein Profil, er hat wahrscheinlich Überzieher getragen. Die Spuren könnten auch älter sein, aber die Richtung passt. Womöglich hat der Mörder hinter dem Haus gewartet, das Opfer beobachtet und ist ihm quer über die Wiese gefolgt. Bei der Waffe …«, Papiere raschelten, »handelt es sich um eine Schnellschusspistole. Neun Millimeter, womöglich eine Glock, die Ballistik will sich noch nicht genau festlegen. Die Schüsse wurden jedenfalls aus nächster Nähe abgegeben, Eintrittswinkel leicht nach oben. Der Mörder dürfte relativ klein sein, eins sechzig, höchstens eins siebzig.«

»Passt zu den Fußspuren.«

»Ja.«

»Oder er hat gekniet.«

»Ja. Aber warum?«

»Hm. Patronenhülsen?«

»Die hat er mitgenommen.«

»Der wusste genau, was er tut.«

»Sieht ganz danach aus.«

Zorn hörte ein Quietschen, als Brettschneider sich vom Schreibtisch abstieß und mit dem Bürostuhl nach hinten rollte.

»Wir sollten das Gelände noch ein paar Tage länger absperren«, schlug Brettschneider vor.

»Okay.«

»Und die Spurensicherung sollte den Umkreis erweitern. Vielleicht …«

»Sie sollten das Ding entkalken, Brettschneider.«

»Bitte?«

Die Geräusche der Kaffeemaschine erinnerten an das letzte Röcheln eines erstickenden Sumoringers.

»War das alles?«, fragte Zorn.

Brettschneider zögerte einen Moment.

»Ich sollte nach Verbindungen suchen«, sagte er und kam offensichtlich auf den eigentlichen Grund seines Anrufs zu sprechen. »Zwischen dem Suizid an der Sprungschanze und dem Mord am Bahndamm.«

»Und?«

»Es gibt keine.«

Das war zu erwarten gewesen.

»Bisher jedenfalls«, fuhr Brettschneider fort. »Auch nicht zwischen Raimund Vanger und Fritjof Heilenz.«

»Suchen Sie weiter.«

»Selbstverständlich, Herr Hauptkommissar.«

Wie schafft er das nur?, überlegte Zorn. Ich würde durchdrehen, wenn ich auch nur einen Bruchteil seiner Arbeit erledigen müsste.

»Ich habe die Anrufe aus dem letzten Monat überprüfen lassen«, erklärte Brettschneider. »Fritjof Heilenz hatte offenbar kein Handy, auf dem Festnetztelefon wurden keine Anrufe registriert. Raimund Vangers letztes Telefonat war am Freitag, er hat seine Tochter angerufen, und zwar …«, erneut raschelte

Papier, »um zweiundzwanzig Uhr fünfzehn. Das Gespräch dauerte vier Minuten und elf Sekunden.«

»Er hat sich mit Merle Vanger verabredet.«

»Eine Stunde zuvor hat er eine andere Nummer angerufen. Diesmal dauerte das Gespräch … Moment«, Brettschneider blätterte um, »siebzehn Minuten und acht Sekunden.«

»Welche Nummer?«

»Deshalb wollte ich eigentlich mit Hauptkommissar Schröder sprechen …«

»Sagen Sie mir einfach die Nummer, ja?«

Brettschneider gehorchte.

Zorn bat ihn höflich, das Gesagte zu wiederholen.

Auch diese Anweisung wurde befolgt.

Zorn wünschte noch einen angenehmen Abend, trennte die Verbindung und widerstand nur unter Aufbietung sämtlicher Willenskräfte dem Impuls, das Handy quer durch den Raum gegen das Regal mit seinen Schallplatten zu schmettern.

Er sah sich auf der Suche nach einem Opfer, an dem er seine Wut auslassen konnte, im Zimmer um. Die Auswahl war nicht groß, also nahm er den Hibiskus ins Visier und fokussierte seine Gedanken.

Ich dachte, ich hätte mich klar ausgedrückt.

Mindestens ein halbes Dutzend vertrocknete Blätter verstreuten sich um den Blumentopf auf den Dielen.

»Es geht auch anders. Pass auf, dass du nicht im Fluss landest, dann hast du viel mehr Wasser, als du brauchst. Das geht schneller, als du …

Ein Piepsen verkündete den Eingang einer Kurzmitteilung. Normalerweise verfasste Schröder seine Nachrichten selbst in allergrößter Hektik orthographisch absolut korrekt, diesmal war es anders:

ich nehme dein angebott an u mache frei

Ist vielleicht ganz gut so, dachte Zorn und entzündete mit flatternden Fingern eine Zigarette. Besser, wenn er mir in nächster Zeit nicht über den Weg läuft.

Siebzehn Minuten und acht Sekunden.

»Bin gespannt, wie du dich da rausreden willst, Chef«, knurrte Zorn und drückte die Kippe im Blumentopf aus.

Zwanzig

Damals.

»Hast du keinen Hunger?«, fragte Dumbo.

Schröder ließ das Marmeladenbrot auf den Plastikteller fallen und öffnete den Reißverschluss seiner Strickjacke.

»Nicht viel.«

Es war drückend heiß im Frühstücksraum, stickig und schwül wie in einer Sauna. Der Kanonenofen in der Ecke schien förmlich zu glühen, aus der Küche zogen dicke Schwaden durch die Essenausgabe herein. Der Geruch von zerkochten Kartoffeln und heißem Fett mischte sich mit den harzigen Ausdünstungen der unbehandelten Kiefernbretter an den Wänden, Kohlegestank und dem Schweißgeruch der pubertierenden Jungen an den beiden langen, grob zusammengezimmerten Holztischen – an dem einen die lärmenden Thüringer, an dem anderen Schröder, Dumbo und Falko Meister, der sich etwas abseits über seinen Teller beugte.

»Die Zwillinge werden stinksauer sein«, sagte Dumbo und biss in sein Brot.

»Warum?«

»Wenn die nicht bald aufstehen, kriegen sie nichts mehr zu essen.«

»Wir könnten sie wecken«, schlug Schröder vor.

»Warum?« Dumbo schüttelte kauend den Kopf. »Die sind selbst schuld.«

Schröder betastete erst das eine, dann das andere Bein. Waden, Knöchel und Schienbeine waren schrundig und aufgeschürft, an den Fersen hatten sich Blasen gebildet. Als er sich wieder aufrichtete, schienen sich glühende Nadeln in seinen Rücken zu bohren, und das Stechen beim Einatmen ließ auf die ein oder andere geprellte Rippe schließen.

Dumbo atmete schnüffelnd ein.

»Riecht genauso verbrannt wie der Fraß, den es gestern zu Mittag gab«, murrte er und sah über die Köpfe der plappernden Thüringer zur Essenausgabe, hinter der die Küchenfrau in einem gewaltigen Aluminiumtopf rührte. *DEIN HERZ FÜR DEN SPORT – DEIN BEITRAG FÜR FRIEDEN UND SOZIALISMUS!*, war auf einem zerknitterten Banner über der Luke zu lesen.

»Ich fand den Eintopf ganz lecker«, sagte Schröder und griff nach seinem Becher. Nicht nur Gesicht und Beine, auch seine Knöchel waren aufgeschürft, und als er den lauwarmen Malzkaffee trank, schmerzten seine geschwollenen Mandeln. Auch damit konnte er umgehen, solange er kein Fieber bekam.

Dumbo langte nach einem weiteren Brot. »Kann ich dich was fragen?«

»Klar.«

Die Frage schien Dumbo unangenehm zu sein. Während er kauend nach den richtigen Worten suchte, erhob sich einer der Thüringer und zwängte sich zwischen den Tischen nach vorn. Falko Meister erhielt einen Stoß in den Rücken, hob erschrocken den Kopf und knabberte weiter an seinem Brot.

»Und?«, fragte Schröder.

»Letzte Nacht«, sagte Dumbo und hob den Becher an die Lippen. »Ich musste pinkeln, und …«

Der Becher entglitt seinen Fingern, ein bräunlicher Schwall Malzkaffee ergoss sich über seinen Norwegerpulli, über den Teller und tropfte vom Tisch auf seine Trainingshose.

»Tut mir leid«, sagte der blonde Wuschelkopf in schlecht geheuchelter Zerknirschung, hielt sich in einer affektierten Geste die Nase zu und begann, Dumbos näselnden Tonfall nachzuäffen. »Ich war *soooo* ungeschickt! Kommt *nieeee* wieder vor! Versprochen, Schieflippe!«

Schröder hob den Kopf.

»Das würde ich dir auch raten.«

»Und warum?«, grinste der Blonde.

»Weil es unfair ist.«

»Ach ja?«

»Lass es einfach, ja?«

»Du hast ganz schön was abgekriegt, Presswurst«, höhnte der Blonde und musterte Schröders malträtiertes Gesicht. »Da ist kaum noch was heil. Doch«, griente er, »da unter dem Auge ist noch ein bisschen Platz.«

Er ballte die Fäuste.

»Wie wär's mit einem blauen Fleck? Der passt genau hin.«

Schröder stand auf. Da er deutlich kleiner war, hob er den Kopf und sah den anderen aus großen, strahlend blauen Augen ruhig an.

»Lass ihn einfach in Ruhe. Uns alle«, fügte er hinzu und wies auf Falko Meister, der nervös hinter dicken, beschlagenen Brillengläsern herüberblinzelte. »Ihn auch.«

»Tatsächlich?«

»Es ist besser so.«

Ein paar Sekunden vergingen, bis der blonde Junge sich abwandte und mit der Bemerkung, er habe *keinen Bock auf irgendwelche rothaarigen Schwachmaten*, davonging.

»Danke«, sagte Dumbo, nachdem Schröder wieder Platz genommen hatte. »Aber ich kläre so was lieber allein.«

Schröder ging nicht darauf ein.

»Hast du 'nen anderen Pullover?«

»Nee.«

»Du kriegst einen von mir. Mir ist er zu groß, dir müsste er genau passen. Er kratzt ein bisschen am Hals, meine Mutter hat ihn gestrickt. Zopfmuster, rosa und lila gestreift.« Schröder stellte den Teller auf den Becher und stand auf. »Aber du hast ja die Jacke drüber, da sieht man das nicht. Kommst du?«

Dumbo rutschte unbehaglich auf der Bank hin und her.

»Du wolltest was fragen«, fiel Schröder ein. Er nahm wieder Platz. »Und?«

»Wegen letzter Nacht. Ich bin aufgewacht …«

»Weil du pinkeln musstest.«

»Und du …«

»Ja?«

»Na ja«, Dumbo spielte nervös mit seinem Becher, »du warst nicht da.«

»Wahrscheinlich war ich auf dem Klo.«

»Nee, da war ich ja auch.«

»Weil du pinkeln musstest.«

»Genau, und als ich zurückkam, warst du immer noch nicht da.« Schröder betrachtete die ungelenken, von Hunderten jugendlichen Nachwuchssportlern in die dicken Bohlen geritzten Schnitzereien.

»Du hast bestimmt nicht genau hingesehen«, sagte er.

»Ich bin doch nicht blind. Dein Bett war leer, ich hab's genau …«

Ihre Blicke trafen sich.

»Es war ziemlich dunkel«, sagte Schröder ruhig.

»Aber ich …«

»Du hattest 'ne Taschenlampe, ich weiß.« Schröder faltete die Hände auf dem Tisch. »Aber die Batterie ist fast leer, viel sieht man da nicht.«

Er wartete ruhig ab.

»Oder?«, fragte er dann.

»Ach, egal.« Dumbo senkte den Kopf. »Ist nicht so wichtig.«

»Es *ist* wichtig«, sagte Schröder und beugte sich vor. »Du bist doch mein Freund, oder?«

»Ja.«

»Also?«

Dumbo sah auf.

»Du hast recht«, sagte er. »Ich hab mich geirrt.«

Schröder ließ ein paar Sekunden verstreichen.

»Wollen wir?«, sagte er dann. »Ich habe eine Menge zu tun.«

*

Ein klarer, klirrend kalter Wintertag brach an. Als sich die schwere Holztür hinter ihnen schloss, kniffen sie geblendet die Augen zusammen und machten sich auf den Weg zu ihrer Baracke. Obwohl Schröder verbissen kämpfte, entging Dumbo weder sein leichtes Hinken noch die so unauffällig wie möglich auf die stechenden Rippen gepresste Hand.

»Der Hang ist völlig vereist.« Dumbo wurde langsamer und passte sich Schröders Tempo an. »Die Sonne kommt frühestens in zwei Stunden rum, solange müssen wir …«

»Eine Stunde«, keuchte Schröder, schirmte die Augen mit der Hand ab und sah hoch zur Schanze. »Höchstens.«

Er stapfte mit gesenktem Kopf weiter.

»Du musst niemandem was beweisen!«, rief Dumbo ihm nach.

»Doch!«, gab Schröder über die Schulter zurück. »Mir!«

Er wandte sich um.

»Ich weiß genau, was ich will.«

»Von der Babyschanze springen?«

»Ja.«

»Was ist daran so wichtig?«

»Weil ich die zuerst schaffen muss.«

»Zuerst?« Dumbos Augen weiteten sich. »Du willst doch nicht etwa …«

»Genau das will ich.«

»Die Thüringer sind zwar bekloppt«, sagte Dumbo. »Aber die haben das jahrelang geübt. Du *darfst* nicht von der großen Schanze springen.«

»Darum geht's nicht. Es geht um das, was ich *will.*«

»Toni würde das niemals erlauben.«

»Muss er auch nicht.«

»Sag mal …«

»Ich bin kein Spinner.«

»Nee.« Dumbo tippte sich an die Stirn. »Du bist völlig …«

Schröder lief weiter.

»… durchgeknallt!«, rief Dumbo, bevor er ihm kopfschüttelnd folgte.

Ihre Schritte knirschten auf dem harten Schnee. Als sie an dem langgestreckten Flachbau mit den Personalunterkünften vorbeiliefen, schwang eine der Türen auf und Toni trat gähnend in die Sonne. Er strich das zerzauste Haar aus der Stirn, zog die dicken Kniestrümpfe über den Filzpantoffeln hoch und entzündete eine Zigarette.

»Ich hab deine Bindungen neu eingestellt«, sagte er zu Schröder. »Zuerst«, er wies mit der Kippe hinüber zum Idiotenhügel, »übst du mit den anderen.«

Schröder stapfte schweigend vorbei.

»Du gehst frühestens um zehn hoch!«, rief Toni ihm nach.

»Das werden wir sehen.«

Sie näherten sich dem Pfad, der sich zwischen den Kiefern zu ihrer Baracke schlängelte. Eine Eisfläche versperrte ihnen den Weg, Dumbo wich seitlich aus und mahnte den unverdrossen weitermarschierenden Schröder, vorsichtig zu sein. Dieser konnte seine Erwiderung, Dumbo möge sich gefälligst um seinen eigenen Kram kümmern, nicht ganz zu Ende bringen, denn er glitt aus, vollführte, wild mit den Armen rudernd, eine halbe Drehung und prallte mit der Hüfte auf das harte, in der Morgensonne blitzende Eis.

Hinter der Stirnwand des Flachbaus erklangen die Schläge einer Spitzhacke. Schröder stemmte sich auf die Knie und verharrte mit einem leisen Wehlaut. Dumbo kam herbeigeschlittert, griff ihn unter die Achsel, führte ihn schweigend vom Eis und setzte sich mit ihm in den seitlich des Weges aufgetürmten Schnee.

»Ist was?«, fragte Schröder nach einer Weile.

»Wieso? Was soll sein?«

Ein Windstoß wehte den beißenden Gestank des Plumpsklos herüber. Schwere Schritte näherten sich, eine tiefe Stimme wünschte *den Herren* einen guten Morgen, der vollbärtige Mann erschien zwischen den Kiefern, nickte Dumbo kurz zu, stützte die Hände auf den Oberschenkeln ab und musterte Schröder aus zusammengekniffenen Augen.

»Du siehst nicht gut aus. Als hätte man dich durch 'nen Fleischwolf gedreht. Sorry«, lächelte er und richtete sich auf, »war nicht so gemeint.«

Er zwinkerte Dumbo zu und wandte sich erneut an Schröder. »Jetzt mal im Ernst. Findest du nicht, du solltest … Schon gut, ich halte die Klappe. Du machst ja sowieso, was du willst«, schmunzelte er, streckte sich und massierte den Rücken. »Das hat er von seiner Mutter«, sagte er zu Dumbo. »Die ist genauso ein Sturkopf.«

Schröder wühlte mit der Schuhspitze im Schnee.

»Ich muss wieder an die Arbeit«, seufzte der Bärtige und sah hinüber zu einem frisch aufgetürmten Hügel aus schmutzigem Schnee und gefrorenem Schotter an der Stirnwand des Flachbaus.

Offensichtlich war er im Begriff, einen Graben auszuheben. An der grob verputzten Wand lehnten eine Spitzhacke und mehrere Schippen, daneben steckte ein Spaten im Schnee. Weiter hinten parkte der rostige Kleintransporter, hinter den geöffneten Heckklappen türmte sich ein Chaos aus Kabeltrommeln, Elektrowerkzeugen und Installationsmaterial.

»Die Flutlichtanlage hat den Geist aufgegeben«, erklärte er auf Dumbos fragenden Blick. »Kein Wunder, die Zuleitung ist durchgeschmort. In drei Tagen muss ich fertig sein, weil die Pfeifen von der Bezirksleitung hier irgendwas zu feiern haben.

Er spuckte kopfschüttelnd in den Schnee.

»Ist nicht zu ändern. Wir quatschen später in Ruhe, ja?«, sagte er und hob zum Abschied die Hand. »Da oben«, fiel ihm ein, »ist alles vereist, der Hang ist hart wie Beton. Ihr solltet warten …«

»… bis die Sonne rumkommt«, griente Dumbo.

Die buschigen Brauen senkten sich.

»Nimmst du mich auf den Arm?«

»Würde ich nie tun.«

»Dein Glück«, knurrte der Bärtige. »Du solltest dich nicht mit mir anlegen.«

Er wedelte scheinbar drohend mit dem Zeigefinger und stampfte in seinen schweren Filzstiefeln davon.

»Cooler Typ«, sagte Dumbo. »Der ist irgendwie …«

»Wir müssen weiter.«

Schröder richtete sich mit einer Grimasse auf, presste die Hand auf die Rippen und humpelte auf seinen kurzen Beinen gebückt los.

»Woher kennst du den eigentlich?«, fragte Dumbo, der ihm durch den knirschenden Schnee folgte.

Schröder antwortete nicht.

»Und warum kennt er deine Mutter?«

»Sie ist seine Schwester.«

»Ach.« Dumbo überlegte einen Moment. »Dann ist er dein Onkel?«

»Blitzmerker.«

Die Schläge der Spitzhacke hallten herüber.

»Du musst mir was versprechen«, sagte Schröder und blieb stehen. Sein Atem kondensierte in der klirrenden Luft.

»Und was?«

»Halte dich von ihm fern.«

Einundzwanzig

»Schröder?«

»Ja?«

»Warum gehst du nicht an dein Handy?«

»Aber … ich bin doch rangegangen, Frieda. Wir telefonieren doch gerade.«

»Ich meine was anderes. Claudius war vorhin bei dir, du warst wieder nicht da. Und er erreicht dich nicht.«

»Ich habe Kopfschmerzen, Frieda.«

»Er kann in ein paar Minuten bei dir sein. Du kannst bei uns schlafen.«

»Das ist nicht nötig.«

»Es gefällt mir nicht, dass du allein bist.«

»Ich bin nicht allein.«

»Wir sind für dich da, Schröder. Du weißt, dass du uns vertrauen kannst. Wir haben dir auch immer vertraut. Wir …«

»Das war ein Fehler.«

»Wie meinst du das, ein Fehler? Wieso sollte das ein Fehler gewesen sein?«

Keine Antwort.

»Warum hast du gelogen, Schröder?«

»Gelogen …?«

»Du hast behauptet, du hättest Raimund Vanger seit Jahrzehnten nicht gesprochen.«

»Das habe ich *nicht* behauptet!«

»Doch, Schröder. Du hast …«

»Ich hab was anderes gesagt.«

»Und was?«

»Etwas … anderes.«

»Raimund Vanger hat mit dir telefoniert. Worüber habt ihr gesprochen? Nach dem Gespräch muss er beschlossen haben, sich umzubringen, denn kurz danach hat er seine Tochter angerufen. Warum wollte er, dass sie dabei ist? Er wollte nicht allein sein, oder?«

»Ich bin müde, Frieda.«

»Warum hat er dich angerufen?«

»Ich … ich hätte mich nie mit ihm einlassen sollen.«

»Mit wem? Raimund Vanger?«

»Mit dem Tod.«

»Was? Ich verstehe dich nicht. Würdest du mir das bitte etwas genauer …«

»Ich muss jetzt Schluss machen, Frieda.«

»Warte, ich …«

*

Nachdem er die Verbindung getrennt hatte, klingelte das Handy sofort wieder. Schröder lehnte Friedas Anruf ab, schaltete den Flugmodus ein und betrachtete das Display, bis es erlosch.

Dann lehnte er sich zurück, stützte das Kinn in die linke Hand und begann mit der anderen, an dem Pflaster auf seiner Wange zu zupfen. Als ein leises Winseln erklang, hatte er das Pflaster zwischen Daumen und Zeigefinger zu einer kleinen Kugel geformt.

»Schmeckt's dir nicht?«

Er erhob sich schwerfällig, lief gebückt um den Küchentresen und betrachtete die Schüssel mit dem aufgetauten Hackfleisch. Der Hund hatte sein Fressen kaum angerührt.

»Offensichtlich nicht.«

Schröder öffnete den Kühlschrank. Als er in die Hocke ging, musste er sich mit den Händen am Boden abstützen, um nicht nach hinten auf die Dielen zu fallen.

»Wir finden bestimmt etwas anderes. Wie wär's mit … Schnittkäse? Wohl kaum. Joghurt bestimmt auch nicht. Hier!« Seine Miene hellte sich auf. »Die magst du bestimmt!«

Er hielt dem Dackel eine halbe Leberwurst hin. Der Hund kam neugierig näher, leckte lustlos und setzte sich dann auf das Hinterteil. Der Blick, mit dem er zu Schröder aufsah, schien vorwurfsvoll.

»Auch nicht?«

Schröder hob ratlos die kurzen Arme.

»Wir bekommen noch raus, was dir schmeckt.« Als er sich wieder in den Ohrensessel setzte, ächzte die Federung unter seinem Gewicht. »Bis morgen musst du noch warten.«

Krallen klickten auf den Dielen, der Hund kam herangetippelt. Schröder klopfte einladend mit den flachen Händen auf seine Oberschenkel.

»Na los, komm zu mir.«

Ein weiterer, diesmal eindeutig vorwurfsvoller Blick aus dunklen Knopfaugen.

»Ich helfe dir«, sagte Schröder, beugte sich vor und hob den Hund auf seinen Schoß. »Siehst du? War ganz einfach. Morgen kaufen wir dir richtiges Futter, versprochen.«

Der Dackel legte die Schnauze auf die zerschlissene Lehne und wedelte mit dem Stummelschwanz.

»Jeder braucht etwas zu essen, auch der Tod. Er ist längst nicht so wählerisch wie du. Ich hab ihn nämlich gefüttert, weißt du?«

Schröder kraulte das flauschige Fell.

»Ich hätte mich nie mit ihm einlassen sollen. Er hat meine Seele gefressen.«

Zweiundzwanzig

Damals.

»Ich hab geschlafen wie'n Stein«, gähnte Dumbo.

»Hand vor den Mund«, sagte Schröder.

Sie saßen auf der dreistufigen Treppe vor ihrer Hütte. Die Sonne schien schräg durch die Kiefern, funkelte auf den Eiszapfen an der Dachrinne und zwischen den Bäumen, als wäre der Schnee mit Diamantsplittern übersät.

»Wie geht's dir?«, fragte Dumbo.

»Besser.«

Noch immer stachen Schröders Rippen bei jedem Atemzug, aber die Schmerzen im Handgelenk hatten nachgelassen. Die Kratzwunden im Gesicht waren verschorft, die Mandeln abgeschwollen. Nur die Blasen an den wund gescheuerten Füßen stellten ein Problem dar, es würde eine Tortur werden, die klobigen

Skistiefel anzuziehen. Doch wenn es einmal geschafft war, würde er sich daran gewöhnen und später, wenn die Füße vor Kälte taub waren, die Schmerzen sowieso nicht mehr spüren.

Ein dumpfes Poltern erklang. Die dünnen Hüttenwände erbebten, Lärm brandete auf, gefolgt von schrillen Schreien.

»Die Zwillinge sind wach«, sagte Dumbo.

»Offensichtlich haben sie heute Morgen besonders gute Laune.«

Schritte näherten sich, eine dünne Gestalt erschien zwischen den Bäumen. Falko Meister rutschte mit kurzen, vorsichtigen Schritten über den vereisten Trampelpfad, der durch den tiefen Schnee zum Plumpsklo führte. Mit der einen Hand stützte er sich im hüfthohen Schnee ab, in der anderen hielt er eine Rolle Toilettenpapier, deren loses Ende neben ihm flatterte wie der Schwanz eines Papierdrachens. Er grüßte mit einem Nicken, räusperte sich und wandte sich an Schröder.

»Du hättest es gestern fast geschafft.«

Offensichtlich war er erst kürzlich in den Stimmbruch gekommen; sein Tonfall wechselte ständig zwischen einem hohen Falsett und dem Knarren einer klemmenden Schublade.

»Ja«, nickte Schröder. »Fast.«

Die letzten Sprünge hatte er zumindest ohne Stürze absolviert und war nach der Landung, mit dem Hintern auf den Skiern und den Händen links und rechts im Schnee das Gleichgewicht haltend, in tiefer Hocke hinunter zum Auslauf gerutscht.

Falko Meister drehte die Papierrolle verlegen in den Händen. Als er den Kopf hob, spiegelte sich die Morgensonne auf den dicken Brillengläsern.

»Heute schaffst du's bestimmt.«

Die Schläge einer Spitzhacke klirrten hinter den Bäumen.

»Wollen wir's hoffen«, lächelte Schröder.

Er gab Dumbo ein Zeichen, beide rutschten nach außen, um

Platz zu machen. Falko Meister zwängte sich vorbei, klopfte den Schnee von den Stiefeln und verschwand in der Hütte. Der Lärm ebbte abrupt ab, um im nächsten Moment mit verdoppelter Wucht wieder auszubrechen.

»Was machen die da drin?«, überlegte Dumbo. »Zerlegen sie die Betten?«

»Klingt eher nach ’ner Kissenschlacht.«

Dumbo lauschte einen Moment.

»Kann sein«, stimmte er zu. »Mit Falko als Kissen.«

Schröder ging in die Hütte. Als er eine Minute darauf wieder neben Dumbo Platz nahm, herrschte eine nahezu gespenstische Stille.

»Was hast du den Zwillingen gesagt?«, fragte Dumbo.

»Ich hab sie gebeten, etwas leiser zu sein.«

»Aha.«

»Und darum, Falko in Ruhe zu lassen.«

»Haben sie ihn als Kissen benutzt?«

»Nein, sie hatten ihn an einen Stuhl gefesselt und wollten ihn mit ihren Skistiefeln bewerfen.«

»Falko hat übrigens recht«, sagte Dumbo nach einer Weile. »Du kriegst das hin. Zumindest von der Babyschanze. Aber versuch ja nicht, von der großen …«

»Das ist meine Sache«, unterbrach Schröder und krempelte die ausgefransten Pulloverärmel hoch. »Es geht dich nichts an, also …«

»Was ist das?«

»Was ist *was*?«

»Da.« Dumbo deutete auf einen Bluterguss auf Schröders Unterarm. »Der war gestern noch nicht da.«

»Doch.«

»Ich bin doch nicht bekloppt! Als wir gestern Abend im Waschraum gewesen sind, war der *definitiv* nicht da!«

Schröder sah Dumbo schweigend an.

»Das geht mich wohl auch nichts an?«, fragte Dumbo.

»Nein.«

»Ich habe mich also wieder geirrt? Wie neulich, als du im Bett gelegen hast, obwohl ich dich nicht gesehen hab?«

Schröder senkte bejahend den Kopf.

»Ich dachte, wir wären Freunde«, sagte Dumbo.

»Das sind wir.«

»Freunde verarschen sich nicht.«

Eine tiefe Männerstimme wünschte einen guten Morgen, und Schröders Onkel kam um die Ecke.

»Ich hab dir gestern zugeguckt«, sagte er zu seinem Neffen, nachdem er sich gut gelaunt über die verdammte Kälte beschwert hatte. »Du wirst immer besser.«

»Hab ich ihm auch gesagt«, grinste Dumbo.

Der bärtige Mann zwinkerte ihm zu, wandte sich dann wieder an seinen Neffen und erklärte, er müsse am Nachmittag in die Stadt, um einen neuen Sicherungskasten aus dem Lager zu holen. »Ich könnte bei dir zu Hause vorbeifahren. Brauchst du irgendwas?«

»Nein.«

»Bevor ich's vergesse ...«, er langte in die Wattejacke, »ich hab was für dich.«

»Krass«, Dumbo richtete sich auf, »'ne Skibrille!«

»Die brauche ich nicht«, sagte Schröder.

»Bist du irre?«, zischte Dumbo. »Die ist aus dem Westen!«

»Na und?«

»Bist du sicher?«, fragte Schröders Onkel.

»Ja.«

»Wie du meinst. Was ist mit dir?«

Dumbo stierte wie hypnotisiert auf die bunte, am Zeigefinger des bärtigen Mannes baumelnde Brille.

»Das …«, stammelte er, »das kann ich nicht …«

»Kannst du die brauchen?«

»Klar, aber …«

»Bitte schön.«

Die Brille flog in Dumbos Schoß.

»Das ist 'ne echte Uvex«, hauchte er, nachdem Schröders Onkel gegangen war. »Hast du 'ne Ahnung, was die kostet?« Er betrachtete sein verzerrtes Ebenbild auf der verspiegelten Brille. »Die ist sogar doppelt beschichtet.«

»Ist das wichtig?«

»Klar, sonst beschlägt sie.«

»Ich meine was anderes.«

»Und was?«

Schröder schwieg einen Moment.

»Denkst du, mit dem Ding wirst du besser?«, fragte er dann.

»Ich kapiere nicht, was du meinst.«

»Du schaffst vielleicht zwanzig Meter.« Schröder wies hinüber zum Idiotenhügel, der hinter den Bäumen im grellen Sonnenlicht flimmerte wie eine Fata Morgana. »Höchstens, danach fällst du hin. Glaubst du, mit so 'ner albernen Brille kommst du auch nur einen Zentimeter weiter?«

Dumbos Wangen verfärbten sich.

»Arschloch.«

»Du hast mir was versprochen«, sagte Schröder leise.

»Ich hab dir überhaupt nichts versprochen!«

»Doch.«

»Blödsinn!«

»Du hast versprochen, dass du dich von ihm fernhältst.«

»Du kannst mich mal!« Dumbo sprang auf. »Wie alt bist du?«

»Zwölf, das weißt du genau!«

»Und ich bin dreizehn!«

»Na und?« Schröder sprang ebenfalls auf.

»Du machst die ganze Zeit, was du willst!«, rief Dumbo. »Und wenn man fragt, dann sagst du, dass es einen nichts angeht!«

»Es ist meine Sache!«

Ihre hellen Stimmen hallten durch das Tal.

»Von mir aus!« schrie Dumbo aus vollem Hals. »Aber dann schreib mir gefälligst nicht vor, was ich zu tun hab! Das ist nämlich *meine* Sache!«

DONNERSTAG

Die unerträgliche Grausamkeit der Argumente.

Dreiundzwanzig

»Sie wollten mich sprechen, Herr Hauptkommissar?«

»Kommen Sie rein.«

Zorn wedelte einladend mit dem Armstumpf, worauf Brettschneider die Tür hinter sich schloss und unschlüssig vor dem Schreibtisch stehen blieb.

»Es geht um Schrö… ich meine *Hauptkommissar* Schröder.« Zorn nahm die Lesebrille ab. »Er ist ein bisschen … krank.«

»Krank?« Brettschneider klang besorgt.

»Nichts Ernstes. Er hat ein paar Tage freigenommen. Der Vorschlag kam von mir, er braucht etwas Ruhe. Es ist besser, wenn er … Nun ja, wir nehmen ihn in nächster Zeit ein bisschen aus der Schusslinie, verstehen Sie?«

»Ehrlich gesagt, nein.«

»Wir kommunizieren direkt miteinander, Sie und ich.«

Abwartendes Schweigen.

»Setzen Sie sich«, sagte Zorn und deutete mit dem Brillenbügel über den Schreibtisch auf Schröders leeren Platz. Brettschneider gehorchte zögernd, und als er auf dem gepolsterten Stuhl saß, war ihm sein Unbehagen deutlich anzumerken.

»Sie übernehmen also die Leitung?«, fragte er.

»Nicht doch, wir entlasten ihn nur ein bisschen.«

Zorn wusste nicht viel über den schweigsamen Ermittler. Brettschneider war Mitte dreißig, vor zwei Jahren zum Kommissar befördert worden, verheiratet, und hatte Kinder in schulpflichtigem Alter. Das war eigentlich alles – abgesehen davon, dass er Schröder geradezu glühend verehrte und ein akkurater, äußerst pflichtbewusster Polizist war.

»Streng nach Vorschrift natürlich«, erklärte Zorn deshalb. »Betrachten Sie mich als Ihren Ansprechpartner. Intern, meine ich. Es wäre besser, wenn nichts nach außen dringt.«

Er rollte den Stuhl nach hinten und schlug die Beine übereinander.

»Und?«, fragte er und verfiel in einen etwas bemüht wirkenden geschäftlichen Tonfall. »Neuigkeiten von der Spurensicherung?«

»Nein«, erwiderte Brettschneider mit einem Blick durch das beschlagene Fenster in den regenverhangenen Morgen. »Es sieht jedenfalls nicht gut aus.«

»Immer noch keine Zeugen?«

»Im Gegenteil, es gibt Dutzende.« Brettschneider holte einen abgegriffenen Notizblock aus der Innentasche seines Jacketts. »Einer wohnt schräg gegenüber und hat gesehen, wie Fritjof Heilenz sein Haus ungefähr eine Viertelstunde nach Mitternacht verlassen hat. Er scheint immer um diese Zeit mit seinem Hund rausgegangen zu sein, es gibt weitere Aussagen, die das bestätigen.«

Etwas klickte in Zorns Verstand.

»Heilenz war ein Einzelgänger«, fuhr Brettschneider fort. »Er hat seit fast fünfzig Jahren in der Siedlung gelebt, trotzdem haben wir von den Anwohnern so gut wie nichts über ihn erfahren. Er hat den Kontakt aufs Nötigste beschränkt und seine Nachbarn immer gemieden.«

Das fand Claudius Zorn mehr als nachvollziehbar.

»Was noch?«, fragte er.

Brettschneider blätterte in seinen Notizen.

»Gegen einundzwanzig Uhr vierzig ist eine Gruppe Motorradfahrer durch die Siedlung gefahren. Ich bin sicher, die wollten zu einem Bikertreffen an einem Stausee ein paar Kilometer weiter. Trotzdem müssen wir dem nachgehen, obwohl es nichts bringen wird.«

»Außer Arbeit.«

Ähnlich verhielt es sich mit den Schreien, die mehrere Anwohner gehört haben wollten. Es handelte sich allerdings nicht um Hilferufe, sondern um den Lärm feiernder Teenager, die kurz vor dreiundzwanzig Uhr hinter der Pferdekoppel am anderen Ende der Siedlung ungeachtet des strömenden Regens betrunken in einem Löschteich gebadet hatten. Man hatte die Personalien ermittelt und die Gruppe befragt. Alle – sechs Jungen, die als Finanzkaufleute an der Fachschule am Hallmarkt eine Weiterbildung absolvierten – gaben übereinstimmend an, eine halbe Stunde vor Mitternacht mit ihren Mopeds zurück in die Stadt gefahren zu sein. Da sie unterwegs weitergefeiert und ziemlichen Lärm gemacht hatten, gab es einige Zeugen, nicht zuletzt einen Taxifahrer, dessen Rückspiegel auf dem Vorplatz am Hauptbahnhof von einem der Mopeds gestreift worden war. Die Aussage des Taxifahrers wiederum wurde gleich mehrfach bestätigt, zum einen von seinen Kollegen, die den tobenden Mann nicht lange zurückhalten konnten, und zum anderen von der herbeigerufenen Streife, die im letzten Moment noch verhinderte, dass der jugendliche Mopedfahrer krankenhausreif geprügelt wurde.

Die alte Frau Wirsing, eine verwitwete Klavierlehrerin, hatte von ihrem Schlafzimmerfenster aus nicht nur die davonknatternden Mopeds, sondern kurz darauf eine verdächtige Gestalt beobachtet, die schräg gegenüber am Eingang der Kleingartensparte vorbei Richtung Ortsausgang lief. Trotz ihres fortgeschrittenen Alters verfügte sie über eine erstaunliche Beobachtungsgabe, denn ihre Beschreibung deckte sich mit der Aussage des Busfahrers, wonach der Mann drei Minuten zuvor an der Haltestelle hinter dem Bahndamm ausgestiegen war. Anders verhielt es sich mit dem Gehör der alten Dame, denn bei den gutturalen, unzusammenhängend hervorgestoßenen Drohlauten, die die zwielichtige Gestalt ihrer festen Überzeugung nach von sich gegeben hatte, handelte es sich um die Arie der Königin der Nacht, die der Verdächtige – ein zweiundvierzigjähriger Steuerberater, wie sich bald herausstellte – nach dem Besuch des Opernhauses gut gelaunt auf dem Heimweg in sein kürzlich erworbenes Reihenhaus am Ende der Siedlung vor sich hin gesummt hatte.

»Der Busfahrer hat die Mopeds ebenfalls bemerkt«, sagte Brettschneider. »Außerdem gibt er an, dass neben der Haltestelle ein Fahrrad angeschlossen war, aber das hat sich nicht bestätigt.«

»Hat er Heilenz gesehen? Der müsste ihm doch entgegengekommen sein.«

»Nein.« Brettschneider blätterte in seinem Block. »Der Bus hält um dreiundzwanzig Uhr fünfzig, da hatte Heilenz das Haus noch nicht verlassen.«

Zorn kratzte sich im Nacken.

»Keine Ahnung«, seufzte er, »wonach wir suchen müssen.«

»Nach einem Echsenmenschen vielleicht.«

»Bitte?«

Brettschneider erwiderte Zorns verständnislosen Blick mit ausdrucksloser Miene.

»Hundert Meter von Heilenz' Grundstück wurde einer gesehen.«

»Ach.«

»Der Zeuge wohnt drei Häuser weiter. Laut seiner Aussage hat der Echsenmensch hinter seinem Geräteschuppen gelauert. Kurz nach Mitternacht ist er verschwunden, und zwar in die Richtung, in der Heilenz gewohnt hat.«

»Zeitlich würde das passen.«

»Allerdings.«

»Wie sieht ein Echsenmensch eigentlich aus?«, überlegte Zorn laut.

»Etwa zwei Meter fünfzig groß, sagt der Zeuge. Schuppige Haut, Raubtiergebiss und ...«, Brettschneider hob die Arme, »Fledermausflügel.«

»Dann war er's nicht.«

»Wegen der Flügel?«

»Wegen der Größe.«

»Die Einschusswinkel.«

»Genau«, nickte Zorn. »Der Mörder ist ziemlich klein.«

»Und er weiß genau, was er tut.«

»Ja.«

»Das würde auf Angela Merkel zutreffen.«

»Ach ja?«

»Die hat der Zeuge ebenfalls schon hinter seinem Schuppen beobachtet«, sagte Brettschneider ernst. »Außerdem den polnischen Verteidigungsminister, Peter Maffay und den Terminator, wenn ich es richtig in Erinnerung habe.«

»Er hat Schwarzenegger gesehen?«

»Wie gesagt, ich bin nicht sicher. Vielleicht war's auch Robocop.«

Er hat Humor, überlegte Zorn. Wer hätte das gedacht?

Bisher hatte er Brettschneider noch nie lächeln oder gar lachen sehen. Was auch kein Wunder war, schließlich hatten selbst Zorns engste Vertraute in seiner Gegenwart nur selten etwas zu lachen, und wenn sie es taten, dann meistens nicht *mit*, sondern *über* Claudius Zorn.

»Gibt's sonst noch was Neues?«, fragte er.

»*Nothing*, Herr Hauptkommissar.«

Um ein Haar hätte Zorn lauthals losgeprustet. Schröder hatte schon immer ein Faible für Fremdwörter gehabt – offensichtlich hatte Brettschneider den Spleen seines großen Vorbildes übernommen. Als er die nächste, längst erwartete Frage stellte, bewies er, dass er auch über einen ähnlichen Scharfsinn verfügte.

»Wie denken Sie über die Anrufliste, Herr Hauptkommissar?«

»Sie meinen das Telefonat zwischen Schröder und Vanger?«

»Ja.«

»Es ging um ein Klassentreffen, die beiden waren als Kinder befreundet. Schröder hat das Gespräch protokolliert. Ich dachte, Sie hätten die Akte gelesen?«

»Nein«, erwiderte Brettschneider ruhig.

»Ich hab's wohl vergessen.« Zorn begann, in den aufgetürmten Papieren auf seinem Schreibtisch zu wühlen. »Wahrscheinlich liegt das Protokoll noch irgendwo hier rum. Ich …«, er hob resigniert die Arme. »Ich such's später raus.«

»Wie Sie meinen, Herr Hauptkommissar.«

»Na dann«, sagte Zorn, »machen wir uns wieder an die Arbeit.«

Draußen auf dem Parkplatz kläffte ein Hund. Erneut klickte etwas in Zorns Verstand, lauter diesmal. Er dachte an den ungewohnten Geruch in Schröders Haus, die Wasserschüssel, und als Brettschneider aufstand, fiel ihm endlich die Frage ein, die er schon längst hätte stellen müssen.

»Was ist eigentlich mit dem Hund?«

Brettschneider verstand nicht sofort.

»Ich meine Fritjof Heilenz«, erklärte Zorn. »Der war doch mit einem Hund unterwegs.«

»Richtig«, bestätigte Brettschneider und öffnete die Tür. »Mit einem Langhaardackel.«

»Und wo ist der?«, rief Zorn ihm nach.

»Der Dackel?«

»Nee, der Echsenmensch!«

Brettschneider blinzelte irritiert.

Schade, dachte Zorn. Ich habe seinen Humor wohl überschätzt.

»Über den Verbleib des Echsenmenschen kann ich im Moment nur spekulieren«, sagte Brettschneider.

»Und was ist mit dem Hund?«

»Mit dem verhält es sich ähnlich.«

»Und das bedeutet?«

»Er ist verschwunden.«

Vierundzwanzig

Damals.

»Ich hab mich noch gar nicht bedankt«, sagte Dumbo und trat zögernd auf die überdachte Veranda vor dem Flachbau, wo Schröders Onkel rauchend vor seiner Unterkunft auf einem Plastikstuhl saß. Ein hochkant gestellter Bierkasten diente ihm als Tisch, auf dem ein Aschenbecher und eine dampfende Kaffeetasse standen.

»Wofür? Ach so!«, lachte er, »du meinst die Skibrille! Keine Sorge, ich kann mit dem Ding sowieso nichts anfangen.«

Er langte hinter sich, schob einen weiteren Stuhl heran und forderte Dumbo mit einer Handbewegung auf, Platz zu nehmen.

»Ich hab gehört, wie ihr heute Morgen gestritten habt«, sagte er. »Habt ihr euch wieder vertragen?«

»Ich hab ihn seitdem nicht mehr gesprochen. Er war den ganzen Tag auf dem Berg.«

Der Stuhl knarrte bedenklich, als Schröders Onkel ihn gegen die Wand lehnte, die Filzstiefel auf dem Geländer abstützte und hinauf zur Schanze sah, deren Schemen sich unter den ersten verblassten Sternen auf dem Hügel abzeichnete.

»Ich hab ihn gesehen. Er hat's sogar zweimal geschafft.«

»Dreimal«, korrigierte Dumbo.

»Worüber habt ihr gestritten?«

Der Junge knetete verlegen die Hände im Schoß.

»Schon gut«, winkte Schröders Onkel ab. »Du musst nicht drüber reden, wenn du nicht willst.«

»Er … er wollte, dass ich Ihnen aus dem Weg gehe.«

Der bärtige Mann wirkte nicht überrascht. Er zog an seiner Zigarette und beobachtete, wie der Rauch in der frostigen Abendluft verschwand.

»Kein Wunder, er ist sauer auf mich.«

»Warum?«, fragte Dumbo nach einer Weile.

»Wenn ich das nur wüsste«, seufzte Schröders Onkel. »Wahrscheinlich hab ich was Falsches gesagt. Der Junge ist nicht nur ein Sturkopf, sondern ein ziemlicher Besserwisser«, lächelte er und drückte die Kippe im Aschenbecher aus. »Das hat er auch von meiner Schwester.«

»Trotzdem hat er mir nicht zu sagen, was ich zu tun habe.«

»Natürlich nicht. Aber irgendwann kriegt er sich schon wieder ein.«

»Der kann mich mal«, presste Dumbo hervor.

Schröders Onkel musterte ihn mit einem prüfenden Blick.

»Du magst ihn.«

Keine Antwort.

»Und er mag dich. Lass ihm Zeit, es wird eine Weile dauern.«

Schräg gegenüber öffnete sich die Tür zur Küchenbaracke. Ein milchiger Lichtkegel fiel auf den festgetretenen Schnee, das aufgeregte Stimmengewirr der Thüringer drang heraus und verstummte abrupt, als Toni, der Trainer, die Tür wieder hinter sich schloss. Er steckte sich im Gehen eine Zigarette an, kam die Treppe zur Veranda herauf und stampfte mehrmals fest auf, um den Schnee von den Stiefeln zu lösen.

»Du wirst immer besser«, lobte er Dumbo. »Wenn du so weitermachst, kannst du nächste Woche am Hang üben.«

Er gab dem errötenden Jungen einen Klaps auf die Schulter, wandte sich an Schröders Onkel und erkundigte sich, wie die Arbeit vorangehe. Dieser erklärte, dass der Hauptanschluss zwar wieder funktioniere, die von dort abzweigenden Kabel allerdings völlig überlastet seien. Er lehnte die angebotene Zigarette ab und beschwerte sich über viel zu dünne Leitungsquerschnitte, ständig herausfliegende Sicherungen und schlampig verdrahtete Verteilerkästen. Das größte Problem stellte die Unterverteilung oben auf dem Anlaufturm dar, für die sich kein vollwertiger Ersatz auftreiben ließ, weshalb die Sicherungen überbrückt und die Anschlüsse notdürftig zusammenflickt werden mussten.

»Wenn da was durchschmort, kommt die Hauptsicherung, dann wird's zappenduster.«

»Kriegst du's bis übermorgen hin?« Toni klang besorgt.

»Klar doch. Muss ja nicht lange halten.«

Sie lachten und umarmten einander.

»Ihr solltet euch wieder vertragen«, sagte Schröders Onkel zu Dumbo, nachdem Toni in der Unterkunft nebenan verschwunden war. »Man trifft nicht viele Freunde im Leben.«

»Ist Toni Ihr Freund?«, fragte Dumbo.

»Toni? Nee, eher ein … Kumpel. Du weißt ja, wie das ist. Man hilft sich gegenseitig, eine Hand wäscht die andere. Übermorgen kommt irgend 'ne Pfeife von der Bezirksleitung, dann muss alles funktionieren. Toni ist hier Mädchen für alles, und wenn das Flutlicht im Arsch ist, dann kann er sich frisch machen. Also tue ich ihm den Gefallen.«

»Und welchen Gefallen tut er Ihnen?«

Schröders Onkel überhörte die Frage.

»Dieses dämliche Flutlicht braucht kein Schwein«, knurrte er. »Es geht nur darum, dass sich diese Bonzen wieder mal einen runterholen … Sorry, du weißt schon, was ich meine.«

Dumbo nickte, obwohl er nicht sicher war.

»Zwanzig Kilowatt Flutlicht«, fuhr Schröders Onkel wütend fort und sah hinüber zu den Masten, die den Hügel flankierten. »Aber dass es in den Bruchbuden für die Kinder überhaupt keinen Strom gibt«, er wies zu den Hütten zwischen den Kiefern, »ist diesen Arschlöchern egal. Die kommen in ihren fetten Karren vorbei, lassen sich feiern, pennen in ihrer warmen Bude mit Farbfernseher und gefliester Dusche und regen sich auf, wenn sie kein warmes Wasser haben, während die Kinder nicht mal Licht haben und in ein verdammtes Plumpsklo scheißen!«

Schröders Onkel trank einen Schluck aus seiner Tasse und stellte sie so heftig wieder ab, dass ein Großteil des restlichen Kaffees über den Bierkasten schwappte.

»Weißt du, was mich am meisten nervt? Dass wir ständig verarscht werden. Die verbieten uns das Westfernsehen, aber selbst gucken sie *Rambo*, *Terminator* und die *Rocky*-Filme. Da drin gibt's 'nen Videorekorder«, erklärte er auf Dumbos fragenden Blick und wies mit dem Daumen über die Schulter. »Der Fernseher ist so groß, dass ich mich frage, wie sie das Ding durch die Tür gekriegt haben.«

»Rocky?« Dumbo straffte sich. »Wirklich?«

»Klar.«

»Wie viele Teile?«

»Keine Ahnung, da müsstest du selbst nachgucken.« Schröders Onkel blies in die geröteten Hände und holte einen zerbeulten Flachmann aus der Wattejacke. »Im Regal stehen mindestens fünfzig Kassetten.«

»*Rambo* auch?«

»Ich glaub schon.«

»Krass«, murmelte Dumbo errötend.

»*Rambo* ist ab sechzehn, oder?«, überlegte Schröders Onkel und trank aus dem Flachmann. »Egal«, griente er und wischte den Bart mit dem Handrücken ab. »Du bist schließlich kein Baby mehr.«

Er schlug den Jackenkragen hoch.

»Verdammt kalt«, sagte er nach einer Weile.

»Ja«, stimmte Dumbo schüchtern zu.

»Hier.« Schröders Onkel kippte die Kaffeetasse aus, goss etwas Schnaps ein und reichte ihm den Flachmann. »Das wird dich aufwärmen. Wie gesagt, du bist kein Baby mehr.«

Dumbo griff unsicher zu.

»Ich bin übrigens Teddy. Na dann …«

Der bärtige Mann hob seine Tasse und sah den Jungen abwartend an.

»… Prost«, murmelte Dumbo.

»Auf *Rambo*.«

Sie stießen an.

»Auf *Rambo*«, wiederholte Dumbo.

Er zögerte einen Moment.

Atmete tief ein.

Und trank.

Fünfundzwanzig

Wie üblich verbrachte Claudius Zorn seine Mittagspause mit einem Pappbecher aus dem Kaffeeautomaten und einer Zigarette im Mundwinkel auf der Bank unter der alten Kastanie und versuchte, Ordnung in seine Gedanken zu bringen.

Was, verdammt nochmal, war mit Schröder los?

Er lebte für seine Arbeit. Selbst mit vierzig Grad Fieber hatte er sich ins Präsidium geschleppt, und als er nach einem Autounfall im Krankenhaus lag, hatte er sich die Akten bringen lassen und vom Bett aus gearbeitet. Nun schickte er einfach eine krude, kaum lesbare Nachricht (*ich nehme dein angebott an u mache frei)* und kam einfach nicht.

Damit nicht genug.

Er hatte Edgar versetzt. Warum enttäuschte er jemanden, der ihm alles bedeutete? Und warum vernachlässigte er nicht nur den Jungen, sondern auch sich selbst? Obwohl man es ihm nicht ansah, achtete Schröder normalerweise peinlich genau auf sein Äußeres. In den letzten Tagen hatte er sich weder rasiert noch – so schien es zumindest – die gemusterte Unterwäsche gewechselt und dem leichten, doch unverkennbaren Schweißgeruch nach auch nicht geduscht.

Zorn zertrat die Kippe im Kies.

Es schien, als hätte Schröder jegliches Interesse verloren. An sich selbst. An den Menschen, die ihn liebten. Und an seiner Arbeit.

Aber stimmte das?, überlegte Zorn weiter und entzündete eine neue Zigarette. *Interessierten* Schröder die Ermittlungen nicht? Konnte es sein, dass er …

»Bullshit«, knurrte Zorn und stieß den restlichen Rauch heftig durch die Nase aus.

Die Türen des Präsidiums glitten auf, Brettschneider eilte die Treppen hinab und weiter über den Parkplatz in Richtung Supermarkt – wahrscheinlich, um sich ein veganes Sandwich oder einen Salat zu besorgen. Zorn konnte nur hoffen, dass er ihm die Lüge mit der verschwundenen Aktennotiz abgekauft hatte. Warum er Brettschneider die Geschichte aufgetischt hatte, wusste er selbst nicht genau. Es war ein Instinkt gewesen, ein Impuls, um Schröder zu schützen.

Er kramte sein Handy aus der Lederjacke und öffnete die Anrufliste. Seit dem gestrigen Abend hatte er ein knappes Dutzend

Mal vergeblich versucht, Schröder zu erreichen. Seine Wut war längst einem unguten Gefühl der Ratlosigkeit gewichen, gepaart mit steigender Verwirrung und einer diffusen, allmählich wachsenden Angst.

Zwei Menschen waren innerhalb weniger Tage gestorben. Es gab keine direkte Verbindung, nur eine indirekte, über Bande sozusagen – eine Bande in Gestalt Schröders, der mit Vanger im Ferienlager gewesen war, während Heilenz schräg gegenüber seinem Elternhaus gewohnt hatte.

Zufälle?

Schröder glaubte nicht an Zufälle.

Und Claudius Zorn?

Nun, der hatte noch nie gewusst, woran er glauben sollte.

Wenn man lange genug suchte, hatte Frieda gesagt, fand sich immer eine Verbindung. Es kam darauf an, die wichtigen Informationen von den unwichtigen zu unterscheiden; sonst bestand die Gefahr, sich in der Faktenflut zu verheddern. Bisher hatte Schröder diese Aufgabe übernommen.

Brettschneider tauchte wieder auf und lief mit großen Schritten zwischen den Streifenwagen auf das Präsidium zu. Er erhielt einen weiteren Sympathiepunkt, denn entgegen Zorns Vermutung bestand seine Mittagsmahlzeit nicht aus irgendeinem proteinreichen Hipstersnack, sondern aus einer profanen Thüringer Bratwurst, die er mit großen Bissen verschlang, bevor er wieder im Präsidium verschwand.

Zorns Finger verharrte über dem Display, dann steckte er das Handy wieder ein. Es war zwar unwahrscheinlich, dass Schröder den Anruf diesmal entgegennähme, doch *wenn*, dann würde Zorn Fragen stellen müssen – zum Beispiel, warum Schröder log und aus welchem Grund Raimund Vanger ihn drei Tage vor seinem Selbstmord angerufen hatte. Das Telefonat hatte über eine Viertelstunde gedauert. Worüber hatten sie gesprochen?

Über das Wetter? Die gute alte Zeit?

Wohl kaum.

Es gab eine weitere Frage, vor deren Antwort Zorn sich besonders fürchtete.

Was, wenn Schröder tatsächlich plötzlich einen Hund besaß?

Sechsundzwanzig

»Ich brauche eine Pause«, schnaufte Schröder. »Ein kleines Stück noch, dann können wir uns ausruhen.«

Er zog den widerstrebenden Hund sanft an der Leine weiter bergauf und setzte sich auf eine Bank auf einem pilzförmig überdachten Rastplatz.

»Willst du zu mir kommen?«

Schröder schlug mit der flachen Hand neben sich auf die Bank. Der Hund ignorierte die Einladung, streckte sich im Schlamm aus und legte den Kopf auf die gekreuzten Vorderpfoten.

»Du bist nicht mehr der Jüngste, oder?« Schröder betrachtete das graue Fell um die Schnauze. »Da ist es erst recht schwer, sich umzugewöhnen. Aber wir machen's dir so einfach wie möglich. Wir haben neues Futter besorgt«, zählte er auf, »eine Leine und ein neues … wie heißt es noch?«

Er kratzte die unrasierte Wange, betrachtete das Blut an den Fingern und runzelte ratlos die Stirn. Die Wunde hatte sich entzündet, eiterte und war so geschwollen, dass Schröders Auge zu einem Schlitz verengt war.

»Dein neuer Schlafplatz, ich habe ihn doch vorhin erst … Körbchen!«, rief er aus und wischte die blutigen Finger am Hosenbein ab. »Fast hätte ich's vergessen.«

Er breitete die Arme auf der mit allen erdenklichen Werkzeugen bekritzelten Lehne aus und sah hinab zum See, der unten zwischen den Kiefern schimmerte. Der Regen prasselte auf das geteerte Holzdach, tropfte in silbrigen Fäden von der Kante und floss in gurgelnden Bächen auf dem lehmigen, von Wurzeln durchzogenen Waldboden bergab.

»Ein paar Dinge müssen sich allerdings ändern. Mitten in der Nacht werden wir jedenfalls nicht mehr Gassi gehen, das erledigen wir tagsüber. Aber daran gewöhnst du dich schnell, versprochen.«

Der Hund wedelte kurz mit dem Schwanz.

»Und jetzt geht's wieder nach Hause.« Schröder stand auf und trat in den Regen. »Ich mache uns ein Feuer, und dann …«

Er sah sich ratlos um.

»Dort«, überlegte er laut und betrachtete den auf dem Hügel parallel zum See weiter nach Westen verlaufenden Waldweg, »geht's zum Aussichtsturm. Dann ist da drüben«, er wandte sich nach rechts, »das Freibad. Und hinter mir ist der Reiterhof. Also müssen wir …«

Er drehte sich einmal um die eigene Achse.

»… da lang«, entschied er und machte sich auf den Weg. »Wir müssen noch überlegen«, erklärte er über die Schulter, »wo wir dein … wie hieß es noch? Körbchen, genau. Wo wollen wir das hinstellen? Du kannst oben bei mir schlafen, aber die Treppe wird ein Problem, ich müsste dich …«

Die Leine straffte sich, Schröder wandte sich um und sah den Hund, der am anderen Ende in die Gegenrichtung strebte. Er spähte bergab in den Wald und erkannte das vom Regen glänzende Schieferdach seines Hauses zwischen den Bäumen.

»Du hast recht!«

Er eilte zurück und ging vor dem Hund auf die Knie. Dass er sich in einer knöcheltiefen Pfütze befand, schien er nicht zu bemerken.

»Ich habe alles verloren«, flüsterte er. »Aber auch jemanden gefunden. Einen Freund, der mich nach Hause bringt.«

Schröder nahm den Kopf des Dackels in die Hände.

»Dumbo, mein Freund. Was würde ich ohne dich machen?«

Siebenundzwanzig

Damals.

Die Tür öffnete sich knarrend. Schröder kam aus der Hütte, blinzelte in der Morgensonne und setzte sich neben Dumbo auf die Holztreppe.

»Ist dir nicht kalt?«, fragte er.

»Nein.«

»Soll ich dir deine Jacke ...«

»Nein.«

Über Nacht war es wärmer geworden. Tautropfen lösten sich von den Eiszapfen an der Dachrinne und tröpfelten von den Kiefern in den verharschten Schnee.

»Ich bin letzte Nacht wach geworden«, sagte Schröder. »Weil ich pinkeln musste.«

Dumbo antwortete nicht.

»Du warst nicht da.«

Schweigen.

»Vielleicht«, überlegte Schröder laut, »warst du ja auf dem Klo?«

Er sah Dumbo abwartend an.

»Nein«, korrigierte er sich dann, »da hätte ich dich ja sehen müssen. Aber die Skibrille hab ich gesehen. Du hast sie ins Plumpsklo geschmissen.«

Keine Reaktion.

»Als ich zurückkam, war dein Bett immer noch leer.«

Hinter ihnen wurde die schwere Holztür aufgestoßen, einer der Zwillinge kam verschlafen aus der Hütte.

»Lass uns allein«, sagte Schröder über die Schulter.

Der Zwilling wedelte mit einer Rolle Toilettenpapier. »Ich muss aber kacken.«

»Das kannst du später.«

Die Tür fiel wieder ins Schloss.

»Vielleicht irre ich mich«, fuhr Schröder nach einer Weile fort. »Es war ja dunkel. Und die Batterie von der Taschenlampe ist fast leer.«

Dumbo saß mit gesenktem Kopf neben ihm. Als er sich mit dem Handrücken über die Augen wischte, fiel eine Träne zwischen seinen Beinen auf die verwitterte Stufe.

»War wohl ein Irrtum«, wiederholte Schröder ruhig. »Und das da«, er deutete auf einen blutunterlaufenen Striemen auf Dumbos Handgelenk, »ist bestimmt gestern beim Skifahren passiert. Obwohl du gar nicht hingefallen bist, aber …«

»Hör auf.«

»Du willst nicht darüber reden?«

»Nein.«

Schröder legte seinem schluchzenden Freund einen Arm um die Schulter.

»Schon gut. Das will ich auch nicht.«

Achtundzwanzig

Als Zorn zurück ins Büro kam, lag eine Liste mit den im Umkreis des Tatorts sichergestellten Asservaten auf seinem Schreibtisch: Zigarettenkippen, Faserspuren und Stoffreste, in mühevoller Kleinarbeit im Unkraut am Bahndamm erfasst, die sich höchstwahrscheinlich ebenso als Hinterlassenschaften harmloser Spaziergänger erweisen würden wie die leere Brieftasche, das Einwegfeuerzeug und die beiden zerknickten Red-Bull-Dosen.

Zorn überflog die Liste, unterdrückte ein Gähnen, wischte die verschmierten Gläser der Lesebrille am Ärmel ab, stutzte plötzlich, um im nächsten Moment hektisch zwischen den Papieren auf seinem Schreibtisch zu wühlen. Es dauerte mehrere Minuten, bis er gefunden hatte, wonach er suchte, und eine weitere, um zu begreifen, was das alles bedeutete.

In der Mittagspause hatte er drei Zigaretten geraucht, die letzte vor einer knappen Viertelstunde. Normalerweise hielt er zwei, manchmal drei Stunden durch, doch nun schnappte er seine Lederjacke und stürmte aus dem Büro.

Er brauchte dringend eine neue.

*

»Schröder ist nicht der Einzige, der so was benutzt«, erklärte Frieda am Telefon. »Es gibt unzählige von diesen Reflektorbändern.«

»Das Ding ist grün.« Die Zigarette wippte in Zorns Mundwinkel. »Genau wie das, das Schröder von Edgar geschenkt bekommen hat.«

»Die meisten dieser Bänder sind gelb oder grün, Claudius.«

»Es hat an der Haltestelle gelegen«, sagte Zorn und kniff die Augen im aufsteigenden Rauch zusammen. »Genau dort, wo der Busfahrer ein Fahrrad gesehen hat. Genau beschreiben konnte er's nicht, obwohl es direkt unter einer Laterne stand. Das Licht hat die Farbe verfälscht, aber er ist sicher, dass es ein Rennrad war.«

»Und?«

»Schröder fährt ein Rennrad.«

»Allerdings.«

Zorn sah hinauf in den bleigrauen Himmel.

»Claudius?«

»Ja?«

»Was willst du mir eigentlich sagen?«

Er stocherte mit der Schuhspitze im Kies. Jeder Stein, den er zur Seite schob, legte zwei weitere frei. Welche Informationen waren wichtig? Welche nicht?

»Ich weiß es auch nicht«, seufzte er. »Hat bestimmt nichts weiter zu bedeuten.«

»Du musst mit ihm sprechen.«

»Er geht nicht ans Handy.«

»Pass auf ihn auf, ja?«

»Mach ich«, versprach Zorn.

Ich versuch's jedenfalls.

Neunundzwanzig

Damals.

Als er landete, musste er nur kurz in den Schnee greifen. Der Fahrtwind trieb ihm die Tränen in die Augen, doch er hielt das Gleichgewicht, rutschte unbeholfen bergab und ließ sich vor dem Zaun am Ende des Auslaufs seitlich fallen.

Die Thüringer applaudierten hämisch.

»Gratuliere!«, höhnte der Blonde. »Das waren fast drei Meter, Presswurst! Jetzt musst du nur noch lernen, wie man Kurven fährt!«

Toni rief zum Mittagessen. Die Kinder stürmten los und verschwanden johlend in der Küchenbaracke. Schröder setzte sich auf, massierte das stechende Handgelenk und bemerkte die einsame Gestalt vor dem Werkzeugschuppen. Er schulterte die Ski, stapfte durch den matschigen Schnee und setzte sich neben Dumbo auf die Holzbank.

»Keinen Hunger?«

Dumbo schüttelte den Kopf.

»Ich hab auch keinen.«

Schröder schwieg einen Moment.

»Letztes Jahr hab ich mit dem Ringen angefangen«, sagte er dann. »Ich mag's nicht, mich mit anderen zu schlagen. Aber beim Ringen gibt es strenge Regeln. Und nach dem Kampf gibt der Verlierer dem Gewinner die Hand.«

Ein Fluch ertönte. Er kam von Schröders Onkel, der seit Stunden oben auf dem Anlaufturm der großen Schanze an einem Verteilerkasten herumschraubte und drohte, den Kram endgültig hinzuschmeißen, wenn man ihm nicht wenigstens ordentliche Lüsterklemmen besorgte.

Die Sonne stand hoch am Himmel. Obwohl es taute, schien Dumbo zu frieren, er schlang die Arme um den mageren Brustkorb und warf einen bangen Blick hinauf zur Schanze.

»Turmspringen mache ich auch«, fuhr Schröder fort. »Es gibt einem das Gefühl, frei zu sein, aber es ist wieder vorbei, bevor es richtig angefangen hat. Das hier ist anders.«

Er sah hinüber zum Hang. Braune Flecken bedeckten den Schnee unterhalb des Schanzentischs, stellenweise lugte das Gras hervor. Schmelzwasser tropfte von den Dachrinnen, gurgelte zwischen den Bäumen bergab und sammelte sich im halbkreisförmigen Auslauf, wo sich allmählich eine Pfütze bildete.

»Kein freier Fall wie beim Turmspringen, sondern ein *Flug*. Klar, es gibt Grenzen, und wenn man über den kritischen Punkt kommt, fällt man auf jeden Fall hin. Aber das ist nicht wichtig.«

Ein weiterer Fluch erscholl auf dem Turm, gefolgt von wütenden Hammerschlägen. Dumbo duckte sich, als würden die Schläge auf seinen Kopf prasseln.

»Man muss sich nur kräftig genug abstoßen«, sagte Schröder mit einem Blick hinauf zum Schanzentisch. »Dann fliegt man einfach weiter. Über den Auslauf hinaus. Über die Felsen. Und dann immer weiter, verstehst du?«

Dumbos Antwort bestand aus einem erstickten Schluchzen.

»Du hast gefragt, warum ich mir das antue. Ich hab nicht geübt, wie man landet. Ich hab geübt, wie man fliegt. Die Landung ist mir egal. Ich will einfach nur von hier weg. So weit wie möglich. Egal wohin, Hauptsache, ich muss nicht mehr hier sein. Guck mich mal an.«

Schröder kramte ein Taschentuch aus der Jacke und begann, das mit Tränen und Rotz verschmierte Gesicht seines widerstrebenden Freundes zu säubern.

»Wir können nichts tun, Dumbo.«

»Wir … wir könnten …«

»… mit jemandem reden?«

»Ja.«

»Mit wem? Deinen Eltern?«

»Nein.« Dumbo schüttelte heftig den Kopf.

»Mit meinen auch nicht«, sagte Schröder. »Mit wem dann?«

»Ich … ich weiß nicht.«

Schröder tupfte eine neue Träne von Dumbos Wange.

»Niemand würde uns glauben. Sieh uns an«, er steckte das Taschentuch wieder ein, »wir sind Witzfiguren.«

»Das sind wir.« Dumbos vernarbte Oberlippe verzog sich zu einem schiefen, traurigen Lächeln. »Die Spastbrigade.«

Ein schwarzer Wolga tauchte in der Zufahrt zwischen den Felsen auf und hielt neben dem Kleintransporter von Schröders Onkel. Toni eilte herbei und öffnete zuvorkommend die Beifahrertür, ein hagerer Mann in Hut und Mantel stieg aus, ignorierte die zur Begrüßung ausgestreckte Hand und reichte dem Trainer stattdessen seine Aktentasche.

»Können wir denn gar nichts machen?«, fragte Dumbo.

Der Motor des Wolgas heulte auf. Die Reifen wühlten sich durch den matschigen Schnee, und die schwere Limousine verschwand wieder zwischen den Felsen.

»Ich will, dass es aufhört«, schluchzte Dumbo.

»Ich auch. Wir können nur …«

Schröder erstarrte.

»Was ist?«, fragte Dumbo.

»Es … es wird nicht aufhören.«

Der hagere Mann lief neben Toni zum Flachbau mit den Personalunterkünften. Als er im Gehen den Mantel aufknöpfte, blitzte ein Parteiabzeichen am Revers seines Jacketts.

Dumbo sah Schröder an.

»Hast du schon wieder ein Gespenst gesehen?«

»Kein Gespenst«, sagte Schröder. »Ein Monster.«

Dreißig

»Hat er dich gut behandelt?«

Schröder betrachtete den Hund.

»Er hat dich gefüttert. Er hat dir Wasser gegeben. Und er ist mit dir spazieren gegangen. War er auch nett zu dir?«

Der Hund leckte die behaarte Schnauze.

»Zu mir war er's jedenfalls nicht.«

Schröder betastete sein geschwollenes Auge.

»Können Monster überhaupt nett sein?«

Die Standuhr rasselte im Obergeschoss.

»Eigentlich widerspricht es ihrer Natur.«

Ein klagender Glockenschlag erklang.

»Aber wer weiß? Vielleicht ist es ja bei Hunden anders?«

Schröder nahm den Kopf des Dackels in die Hände.

»Um seinen Rasen«, sagte er, »hat er sich jedenfalls nicht gekümmert.«

Einunddreißig

Die Dämmerung setzte ein. Zorn schaltete das Neonlicht an, ging zurück zum Schreibtisch und griff wieder nach dem alten Foto, das er in der letzten Viertelstunde unverwandt angestarrt hatte und mittlerweile auch vor sich sah, wenn er die Augen schloss.

Zwei Dutzend Menschen, am Hügel unterhalb der Schanze angetreten wie zum Appell. Hauptsächlich Kinder in Trainingsanzügen, links und rechts neben drei Erwachsenen gruppiert. Alle lächelten in die Kamera, nur der Junge am rechten Bildrand – eindeutig Schröder – sah mit gesenktem Kopf zu Boden. Es war nachvollziehbar, warum der Junge mit den abstehenden Ohren neben ihm seinen Spitznamen bekommen hatte. Raimund Vanger, der Schröder einen Arm um die Schulter gelegt hatte, musste einiges durchgemacht haben und war vermutlich ständig dem Gespött seiner Altersgenossen ausgesetzt gewesen. Er lächelte ebenfalls, doch bei näherer Betrachtung wirkte dieses Lächeln wie eine Grimasse – nicht wegen der Narbe, die seine Oberlippe teilte, sondern weil es die Augen nicht erreichte und wie eine Maske erschien, eine Fassade, die nur mit äußerster Anstrengung aufrechterhalten wurde, um die wahren Gefühle des Jungen zu verbergen.

Angst? Verzweiflung?

Etwas in dieser Art, vermutete Zorn und betrachtete die Männer in der Mitte. Ein vollbärtiger Hüne in Wattejacke und Filzstiefeln und ein Mann im Trainingsanzug mit Schnauzbart und lockigem, deutlich zurückgehendem Haar flankierten eine hochgewachsene, hagere Gestalt, die beide um ein paar Zentimeter überragte. Das Gesicht lag im Schatten der breiten Hutkrempe, doch die dunklen, eng stehenden Augen, die Adlernase und das markante Kinn waren deutlich zu erkennen. Das Lächeln auf den schmalen Lippen war ebenfalls falsch, doch im Gegensatz zu dem von Raimund Vanger nicht verkrampft, sondern routiniert und etwas verächtlich. Zorn musterte das verhasste Parteiabzeichen am Revers und dachte an die unzähligen Funktionäre, die das Land damals gelähmt hatten. Ignorante, überhebliche Bonzen, die …

Er schob die Lesebrille in die Stirn, wischte über die tränenden Augen und beugte sich wieder über das Bild. Das Foto war vor knapp vierzig Jahren aufgenommen worden, doch die Aufnahme war gestochen scharf, die Embleme auf den Fahnen an den Masten klar zu erkennen, selbst das Plakat an der überdachten Tribüne im Hintergrund *(VORWÄRTS ZUM XI. PARTEITAG)* war deutlich zu entziffern.

Zorn langte nach dem Festnetztelefon, drückte eine Kurzwahltaste und bat Brettschneider, ein paar Dinge zu prüfen. Legte auf, lehnte sich zurück und trommelte ungeduldig mit den verbliebenen Fingern auf der Tischplatte. Straffte sich, nahm sein Handy und rief Schröder an.

Irgendetwas, hatte Frieda vermutet, musste damals passiert sein. Wenn es eine Erklärung für Schröders rätselhaftes Verhalten gab, konnte sie hier zu finden sein, überlegte Zorn und lauschte dem Rufton. Vielleicht hatte er …

»Was ist?«

Zorn zuckte erschrocken zusammen.

»Schröder?«

Schweigen.

»Ich …«, Zorn räusperte sich, »ich hab nicht damit gerechnet, dass du rangehst.«

»Was willst du?«

»Kannst du ins Präsidium kommen?«

»Nein.«

»Wir … wir müssen reden.«

»Worüber?«

»Es gibt ein paar Dinge, die ich nicht verstehe.«

Schweigen.

»Kannst du nicht wenigstens kurz herkommen?«, bat Zorn. »Oder ich komme zu dir, und wir …«

»Nein!«

»Es dauert nicht lange, versprochen.«

Ein dumpfes Poltern.

»Schröder?«

Keine Antwort.
»Sag was! Bitte!«
»Lass mich in Ruhe.«
»Ich hab nur ein paar Fragen. Danach bin ich …«
»Ich sagte …«
»… sofort wieder weg, ich …«
»LASS MICH IN RUHE, DU DÄMLICHER …«

Zweiunddreißig

»… WICHSER!«

Speichel spritzte aus Schröders Mund. Er ließ das Handy sinken, lehnte sich keuchend zurück und sah hinab zu dem Hund, der sich verängstigt unter den Couchtisch verzogen hatte.

»Ich … ich hab mich wohl etwas im Ton vergriffen.«

Seine Halsschlagader pulsierte über dem karierten Hemdkragen.

»Er ist ein guter Mensch, weißt du? Aber ich darf mich nicht von ihm ablenken lassen, weil ich …«

Schröder betrachtete die Scherben der Teetasse, die er gegen die Kommode geschmettert hatte.

»Wir sollten das wegmachen, bevor sich noch jemand verletzt.«

Er stemmte sich halb aus dem Ohrensessel und ließ sich zurück in die Polster fallen.

»Ich glaube, ich war noch nie so müde.« Als er sich mit Daumen und Zeigefinger die Nasenwurzel rieb, zitterten seine Finger. »Und diese Kopfschmerzen, ich … Wir müssen das wegmachen.«

Er stand auf, nahm Handfeger und Kehrblech und ging vor

der Kommode in die Hocke. Während er die Scherben zusammenfegte, kam der Dackel herbeigetippelt und begann, die Teespritzer von den Dielen zu lecken.

»Pass auf, dass du dich nicht schneidest«, mahnte Schröder und richtete sich mühsam wieder auf. »Gut gemacht, ich muss nicht mal wischen. Wir sollten noch überlegen«, er trug das Kehrblech zum Mülleimer, »was wir dir nachher zu essen geben, vielleicht … Was haben wir denn da?«

Er griff nach der kleinen Dose auf der Arbeitsplatte neben dem Kochfeld und betrachtete das Etikett.

»Premium-Futter für Hunde«, las er vor. »Kein Getreide, keine künstlichen Zusatzstoffe. Vitamine, Eisen und Phosphor zur Stärkung des Immunsystems. Sogar«, er schnalzte anerkennend mit der Zunge, »von Tierärzten entwickelt.«

Er stellte die Dose wieder ab und bemerkte das Kehrblech in seiner Hand. Einen Moment schien er nicht zu wissen, was er damit tun sollte. Zunächst wandte er sich ratlos zum Mülleimer, dann zur Spüle, um schließlich den Kühlschrank zu öffnen.

»Sieh mal! Hier ist noch mehr Futter! Ente und Kartoffel! Geflügel mit Reis! Kaninchen und Huhn!«

Der Dackel sah hechelnd zu ihm auf.

»Hört sich lecker an, oder? Wir dürfen nur nicht vergessen, dich nachher zu füttern. Aber … wie's aussieht, haben wir das bereits«, murmelte Schröder und nahm die geöffnete Dose aus der Spüle. »Es hat dir offensichtlich geschmeckt, du hast alles aufgegessen. Heidschnucke und Lavendel.« Er betrachtete das Etikett und reckte schnuppernd das Doppelkinn. »Riecht gar nicht mal so übel.«

Die Dose verschwand im Mülleimer. Ein weiteres Zögern, dann entleerte Schröder das Kehrblech in der Spüle.

»Haben wir eigentlich schon geklärt, wo du schläfst? Egal, das entscheiden wir später. Ich würde mich so gern hinlegen, aber ich kann sowieso nicht schlafen. Vielleicht, wenn es vorbei ist.«

Ein Piepton verkündete den Eingang einer Kurznachricht.

»Aber das ist es nicht.« Schröder schlurfte zum Sofa und klaubte sein Handy zwischen den Kissen hervor. »Noch lange nicht.«

Dreiunddreißig

Damals.

Nachdem die Sonne hinter den Baumwipfeln auf dem Hügel verschwunden war, kühlte es merklich ab, und als die Kinder nach dem Abendessen auf dem Auslauf unter der Schanze zum Appell antreten mussten, waren sie in ihren dünnen Trainingsanzügen nach wenigen Minuten bis auf die Knochen durchgefroren. Toni begrüßte den *lieben Genossen von der Bezirksleitung* im Namen aller Versammelten und hielt eine der üblichen, mit Phrasen gespickten Lobeshymnen auf die Partei, die alles zur Ertüchtigung der Jugend investierte, faselte von unverbrüchlicher Treue zur sozialistischen Staatsführung, zuverlässigen Helfern und der Jugend als Kampfreserve der Partei, bis ihn der Funktionär schließlich unterbrach.

»Schon gut«, winkte er ab, »wir machen's nicht so förmlich.«

Er bedankte sich für den netten Empfang und die Unterkunft, die ihm Toni freundlicherweise zur Verfügung gestellt hatte, und erklärte seinen Besuch mit der Einweihung der Flutlichtanlage, worauf Schröders Onkel und Toni einen besorgten Blick wechselten.

»Ein Kamerateam wird alles filmen«, sagte der Funktionär.

»Ihr werdet ein paar Sprünge machen, der ein oder andere gibt vielleicht ein Interview.«

Bei der Aussicht, ins Fernsehen zu kommen, begannen die Thüringer, aufgeregt zu tuscheln.

»Aber ein Gedicht sagen wir nicht auf!«, rief der blonde Wuschelkopf.

»Nicht nötig«, lachte der Funktionär. »Und singen müsst ihr auch nicht.«

Unruhe machte sich breit. Die Jungen beschwerten sich über die Kälte, worauf der Funktionär um etwas Geduld für ein Foto bat.

»Da fehlt noch jemand, oder?«

»Die beiden Feuermelder von der Spastbrigade!«, rief der Blonde.

»Presswurst und Schieflippe!«, ergänzte sein Nebenmann unter allgemeinem Gelächter. »Die haben sich in ihre Hütte verkrochen!«

Toni eilte davon und kehrte kurz darauf mit Schröder und Dumbo im Schlepptau zurück, die von den Thüringern mit verächtlichen Blicken begrüßt wurden.

Ein Mann mit Fellmütze und wattierter Weste öffnete eine schwere Umhängetasche, begann, mit einer Kamera zu hantieren, und bat die Männer, zwischen den Kindern Aufstellung zu nehmen.

»Danke, dass du dich herbemüht hast«, sagte der Funktionär im Vorbeigehen mit einem kühlen Lächeln zu Schröder. »Wir werden deine Zeit nicht lange in Anspruch nehmen, versprochen.«

»Woher kennst du den?«, zischte Dumbo.

Der Fotograf sah durch sein Objektiv.

»Näher zusammen!«, befahl er und ließ die Kamera sinken.

Schröder, der etwas abseits am Ende der Reihe stand, rührte sich nicht.

»Bist du taub?«, schnaubte der Fotograf.

»Mach schon«, presste Dumbo hervor, legte Schröder einen Arm um die Schulter und zog ihn heran. »Es ist ja gleich vorbei.«

»Nichts ist vorbei«, gab Schröder tonlos zurück und senkte den Kopf. »Es hat noch nicht mal angefangen.«

»Alle lächeln!«, rief der Funktionär.

Der Fotograf hob die Kamera.

»Du auch, Dumbo!«, fügte Schröders Onkel gut gelaunt hinzu.

Der Auslöser klickte.

Vierunddreißig

Es war eine Vermutung, mehr nicht. Eine seiner seltenen Eingebungen, die sich in den meisten Fällen als Rohrkrepierer erwiesen hatten. Doch ähnlich wie das sprichwörtliche Huhn hatte auch der kurzsichtige Claudius Zorn in den vergangenen Jahrzehnten das ein oder andere Korn gefunden.

Wie auch jetzt.

»Das gibt's nicht«, murmelte er, die Augen auf das alte Foto gerichtet. »Ich hatte tatsächlich recht.«

Brettschneiders Recherche hatte kaum eine halbe Stunde gedauert. Fritjof Heilenz war von Beginn der achtziger Jahre bis zur Wende bei der Bezirksleitung für die sportliche Nachwuchsförderung und somit auch für den Wintersport zuständig gewesen, wodurch sich erklärte, warum er auf dem Foto zu sehen war. Zwischen dieser Aufnahme und seinem Ausweisbild lagen zwar mehrere Jahrzehnte, trotzdem war Zorn überzeugt, dass es sich um ein und dieselbe Person handelte und eine genauere

Prüfung zum gleichen Ergebnis führen würde. Doch das war nicht zu machen, ohne Brettschneider ins Vertrauen zu ziehen.

Auch diesmal hatte er zu Zorns Erleichterung keine Erklärung verlangt. Aber Brettschneider war klug und sprach die Fragen wohl einfach nicht aus, sondern stellte sie sich im Stillen – angefangen bei den Gründen für Schröders unvermitteltes Abtauchen bis zu der Tatsache, dass dieser Raimund Vanger nicht nur gekannt, sondern kurz vor dem Suizid mit ihm telefoniert hatte. Zorn hatte von einem Klassentreffen gefaselt und die verschwundene Aktennotiz erfunden, um den Verdacht zu zerstreuen, dass Schröder das Telefonat nicht verschwiegen, sondern vorher zu Protokoll gegeben hatte. Wenn selbst er diese haarsträubende Geschichte wohl kaum geschluckt hätte, warum sollte es Brettschneider dann tun?

Dass Schröder mit Raimund Vanger befreundet und mit Fritjof Heilenz benachbart gewesen war, ließ sich vielleicht noch als Nebensächlichkeit abtun. Bisher hatte es keine direkte Verbindung gegeben, nun waren beide auf einem Foto zu sehen, einer als Kind, der andere als Erwachsener, nur wenige Meter voneinander entfernt und an dem Ort, an dem sich einer der beiden Jahrzehnte darauf in den Tod stürzen würde, während der andere zwei Tage später brutal ermordet werden sollte.

Und der dritten Person auf dem Foto war das alles egal? Ein ehemaliger Ringer, der nicht nur vom Turm, sondern auch von der Skischanze gesprungen war und nicht nur nach Zorns fester Überzeugung zu den besten Polizisten auf diesem Planeten gehörte, interessierte sich weder für den Suizid noch für den Mord?

Selbst der dämlichste Ermittler der Welt würde Schröder befragen. Zorns Nackenhärchen stellten sich auf, als er sich seinen wütenden Aufschrei …

DU DÄMLICHER WICHSER!

… in Erinnerung rief. Die Behauptung, Heilenz nicht zu kennen, war eine weitere Lüge gewesen. Wie viele würden noch folgen?

Zorn hielt das Foto mit der Rückseite gegen das Licht.

Dumbo, ich & die

Es fehlten nur ein paar Buchstaben, ein Wort nur. Die Schrift war restlos abgekratzt worden, sorgfältig, ohne die Vorderseite zu beschädigen. Es musste eine Weile gedauert haben.

Brettschneider rief an. Die ballistischen Untersuchungen waren abgeschlossen, die Schüsse am Bahndamm stammten aus einer Schnellschusspistole, und da kein Schalldämpfer benutzt worden war, konnte man nun mit an Sicherheit grenzender Wahrscheinlichkeit davon ausgehen, dass die Tatzeit exakt bei zweiundvierzig Minuten nach Mitternacht lag, was wiederum bedeutete, dass der Mörder nicht nur ortskundig war, sondern wie bereits vermutet auf die S-Bahn gewartet und Fritjof Heilenz somit nicht im Affekt getötet hatte.

»Er kennt sich hier aus«, sagte Brettschneider. »Er hatte einen genauen Plan und hat dafür gesorgt, dass wir kaum Spuren finden. Selbst die Patronenhülsen hat er mitgenommen.«

Zorn beendete das Gespräch und öffnete die unterste Schublade des Schreibtischs. Es dauerte einige Zeit, bis er zwischen allem erdenklichen Krimskrams den Schlüssel gefunden hatte. Er verstaute das Foto ganz hinten und schloss die Schublade ab.

Es war besser, wenn niemand weiter davon wusste.

Schröder hatte Zorn immer beschützt, Frieda und Edgar ebenso. Das Gefühl, dass sich die Verhältnisse radikal geändert hatten und dass nun Schröder es war, der er beschützt werden musste, wurde immer stärker.

Doch vor wem?

Fünfunddreißig

Damals.

»Schläfst du?«, flüsterte Dumbo.

»Nein«, gab Schröder ebenso leise zurück.

Sie lagen in ihren schmalen Betten, die Schlafsäcke bis zum Hals hochgezogen, und starrten in die Dunkelheit über ihren Köpfen.

»Ich weiß jetzt, warum du das gemacht hast«, sagte Dumbo.

»Was?«

»Warum du immer weitergesprungen bist.«

»Ich hab geübt.«

»Du wolltest dir weh tun. Du …«

»Schnauze«, knurrte einer der Zwillinge.

Der andere ließ einen dröhnenden Furz fahren. Im nächsten Moment erfüllte ein infernalischer Gestank die Hütte und legte sich über die Ausdünstungen der muffigen Matratzen, kratzigen Armeedecken, den Geruch nasser Skisocken, verschwitzter Unterwäsche und der Zinksalbe, mit der Falko Meister vergeblich versuchte, die Akne auf seinem Gesicht unter Kontrolle zu bringen.

»Du wolltest dir weh tun«, wiederholte Dumbo, nachdem erst der eine, dann der andere Zwilling zu schnarchen begonnen hatte.

»Du glaubst, ich hab mich selbst verletzt?«

»Damit du die … anderen Schmerzen nicht mehr spürst.«

»Du meinst, man kann sie verdrängen?«

»Ist es nicht so?«

»Die sind immer da. Egal, wie sehr man sich selbst weh tut. Dazu müsste man sich umbringen.«

Fahles Mondlicht fiel durch die Fenster und warf längliche Vierecke auf die Holzdielen.

»Willst du deshalb nicht drüber sprechen?«, flüsterte Dumbo. »Weil es nicht weggeht?«

»Es hat keinen Sinn. Man kann nichts dagegen tun.«

Dumbos Schlafsack raschelte, er drehte sich auf die Seite und sah Schröder an: »Er wusste, dass du die Skibrille nicht annehmen würdest. Die war für mich bestimmt, oder?«

Schröder drehte sich ebenfalls auf die Seite.

»Ja, von Anfang an. Als Köder.«

»Hat er Beziehungen in den Westen?«, fragte Dumbo.

»Ich glaub nicht.«

»Woher hat er die Brille dann? Und den Farbfernseher, den Videorekorder und die ganzen Filme?«

Falko Meister wälzte sich in seinem knarrenden Bett und wimmerte etwas im Schlaf.

»Der Funktionär«, fiel Dumbo ein. »Der hat das alles besorgt, oder?«

Schröder antwortete nicht.

»Woher kennst du den?«

»Er wohnt bei uns gegenüber. Er …«

»Was?«

»Ich will nicht drüber sprechen.«

Draußen zwischen den Bäumen flackerte eine Taschenlampe auf.

»Dein Onkel hat gelogen«, flüsterte Dumbo. »Er hat gesagt, der zweite Teil wäre cool, aber …«, er schluchzte leise auf, »das stimmt nicht. Der Film ist total beschissen.«

Der Lichtkegel der Taschenlampe strich über die Fenster.

»Er hat auch 'ne Menge Eddie-Murphy-Filme«, schniefte Dumbo. »Die sollen total lustig sein. Behauptet er jedenfalls.«

»Das werden wir gleich sehen.«

»*Wir?*«

Schwere Stiefel knirschten auf dem Schnee.

»Sie sind jetzt zu zweit«, murmelte Schröder. »Er holt uns beide.«

Dumbos Augen weiteten sich ängstlich in der Dunkelheit.

»Er hat gesagt, wenn ich den Schnaps trinke, würde mir wärmer werden. Das war auch gelogen.«

»Aber wenn wir genug davon trinken, bekommen wir es nicht so mit.«

Die Schritte näherten sich.

»Ich hasse *Rambo*«, schluchzte Dumbo. »Und ich hasse Eddie Murphy.«

Sechsunddreißig

»Warum schnaufst du so?«, fragte Frieda.

»Der Fahrstuhl ist mal wieder kaputt. Ich musste vier Etagen Treppen steigen. Erst runter, dann wieder hoch.«

»Du Armer. Wo warst du?«

»Unten in der Asservatenkammer«, sagte Zorn und legte das durchsichtige Tütchen neben seine Tastatur auf den Schreibtisch. »Wie geht's dir?«, erkundigte er sich, um einer Nachfrage zuvorzukommen.

»Ausgezeichnet, mein Schatz. Ich habe soeben mein Abendessen verspeist.«

»Was wurde denn kredenzt?«

»Ein Drei-Gänge-Menü. Weißbrot mit Leberkäse, Rote-Beete-Salat und ein exzellenter Erdbeerquark. Nicht zu vergessen der lauwarme Pfefferminztee.«

»Klingt wirklich ausgezeichnet.«

»Was ist los, Claudius?«

Zorn atmete tief ein.

»Schröder hat schon wieder gelogen, Frieda.«

Er erzählte ihr von dem Foto.

»Es wird eine Erklärung geben«, stellte sie fest, nachdem sie eine Weile nachgedacht hatte. »Du darfst dich jetzt nicht ablenken lassen.«

»Damit ich mich nicht verheddere.«

»Konzentriere dich auf das Wesentliche. Auf das, was du weißt.«

»Soll ich dir sagen, was ich weiß?«

»Ich bitte drum.«

»Der Mörder kennt sich in der Stadt aus, wahrscheinlich wohnt er hier.«

»Was noch?«

»Er weiß, wie wir arbeiten.«

»Und?«

»Er kann mit einer Schusswaffe umgehen. Er wusste genau, wo er sich verstecken muss. Außerdem«, Zorns Stimme begann zu vibrieren, »ist er ziemlich klein. Womöglich ist er ja mit einem Fahrrad zum Tatort gefahren, vielleicht mit einem Rennrad, er …«

»Ich will diesen Schwachsinn nicht hören, Claudius.«

»Sorry«, seufzte er.

Sie schwiegen einen Moment.

»Ich dachte, ich kenne ihn, Frieda.«

»Tust du das nicht?«

»Du etwa?«

Frieda zögerte kurz.

»Ich bin nicht sicher.«

»Er ist jedenfalls nicht der nette, freundliche Typ, für den ihn viele halten. Denk an diesen Schmierfinken, dem er vor ’nem halben Jahr die Visage poliert hat. Nur weil er Edgar heimlich fotografiert hatte. Oder an damals, als Edgar entführt worden ist. Schröder hat einem von diesen Arschlöchern die Kniescheibe zerschossen, und wäre Edgar auch nur ein Haar gekrümmt worden, hätte keiner von denen überlebt. Schröder hätte ein Blutbad angerichtet.«

»Jetzt übertreibst du.«

Zorn antwortete nicht.

»Wir wissen gar nichts über ihn«, sagte er.

»Doch«, widersprach Frieda.

»Und was?«

»Er liebt uns.«

»Stimmt. Was noch?«

»Er ist oft einsam.«

»Schröder ist gern allein.«

»Wieso bist du da so sicher?«

»Weil er’s mir oft genug gesagt hat.«

»Und du hast ihm geglaubt?«

»Ich bin auch gern allein, Frieda.«

»Zwischen Alleinsein und Einsamkeit besteht ein himmelweiter Unterschied. Das eine sucht man sich aus, gegen das andere kann man nichts tun.«

»Das kapier ich nicht ganz«, erklärte Zorn. »Lass mich kurz nachdenken«,

Er sah hinaus in den Nieselregen, der wie ein Schleier im trüben Laternenlicht vor dem Präsidium über dem Parkplatz hing.

»Okay, ich hab’s kapiert. Sorry, hat ein bisschen gedauert.«

»Du hast recht, wir wissen tatsächlich nicht viel über ihn.«

»Na ja … Er grillt mit uns, obwohl er Bratwürstchen verabscheut.«

»Stimmt«, kicherte Frieda.

»Außerdem trinkt er keinen Alkohol. Und isst keine Schokolade.«

»Weil er Diabetiker ist«, sagte sie. »Und er liebt klassische Musik.«

»Trotzdem hat er sich nie beschwert, wenn du ihm deine Metallica-Platten vorgespielt hast. Sogar auf ein Konzert hat er sich von dir mitschleifen …«

»Moment!«, protestierte Frieda. »Es hat ihm gefallen!«

»*Das* hat er gesagt?«

»So ähnlich.«

»Ach ja?«

»Er meinte, es wäre eine … *interessante Erfahrung* gewesen.«

»Frieda?«

»Ja?«

»Wir sind uns einig, dass wir kaum etwas über Schröder wissen. Aber wir wissen beide, dass er seine eigene Art hat, sich auszudrücken, und wenn er von einer *interessanten Erfahrung* spricht, dann meint er in Wirklichkeit einen Albtraum.«

»Ach komm, Claudius. Er hat sogar …«

»Weißt du noch, wie wir Ostern mit Edgar im Zoo waren? Er hatte sein Taschengeld gespart und wollte uns unbedingt zum Essen einladen.«

»Die Dinoschnitzel.«

»Außen verbrannt und innen gefroren. Die Pommes haben geschmeckt wie frittierte Radiergummi. Wenn *ich* diese Pampe schon kaum runtergekriegt hab, muss Schröder furchtbar gelitten haben. Aber er hat sich sogar Nachschlag bestellt.«

»Weil er uns liebt«, wiederholte Frieda.

»Als wir uns kennengelernt haben, hab ich ihn nur rumkommandiert«, sagte Zorn. »Das ging jahrelang so. Trotzdem hat er immer die ganze Arbeit gemacht.«

»Er muss eine Menge Geduld haben.«

»Eine *riesige* Menge«, stimmte Zorn zu. »Sonst hätte er es wohl kaum so lange mit mir ausgehalten.«

Vielleicht, überlegte er, war Schröders Geduld jetzt am Ende?

Er hörte, wie Friedas Zimmertür geöffnet wurde. Stimmengemurmel erklang, dann fiel die Tür wieder heftig ins Schloss.

»Entschuldige«, sagte sie. »Das war eine von den Physiotherapeutinnen.«

»Kann es sein, dass du der armen Frau gerade Prügel angedroht hast?«

»Sie wollte mich zur musikalischen Abendgymnastik abholen. Obwohl ich sie bereits mehrfach verwarnt habe.«

»Drei Wochen noch, dann hast du's geschafft.«

»Hoffen wir's. Bis dahin hast du den Mörder bestimmt geschnappt.«

Ein Gedanke schoss Zorn durch den Kopf. Er sprach ihn nicht aus.

»Wie lange bleibst du noch im Büro?«, fragte sie und unterdrückte ein Gähnen.

»Ich mach gleich Feierabend. Muss nur noch kurz was erledigen.«

Sie beendeten das Gespräch. Zorn langte nach dem Tütchen neben seiner Tastatur und betrachtete das Reflektorband aus der Asservatenkammer.

Reflektorband, grün, hieß es auf der Liste mit den sichergestellten Asservaten. *Länge 32 cm, starke Abnutzungsspuren.*

Frieda sagte zu Recht, dass es unzählige von diesen Dingern gab. Das, was Zorn stutzig gemacht hatte, war eine weitere Anmerkung, die der Beamte der Spurensicherung notiert hatte:

Beschriftet.

Edgar hatte die Webseite mit den personalisierten Sportartikeln selbst gefunden und sein Geschenk bereits Wochen vor Schröders Geburtstag bestellt. Seitdem war fast ein halbes

Jahr vergangen, und da Schröder das Band täglich benutzte, erklärte sich die in der Liste erwähnte Abnutzung von selbst. Der Aufdruck war verblichen, von Ölspuren verdreckt und erst auf den zweiten Blick zu entziffern. Edgar hatte lange überlegt, bevor er sich dafür entschied.

GOOD LUCK WIRBELWIND

Zorn verließ das Büro, fuhr eine Weile ziellos durch die Stadt und hielt schließlich auf dem Parkplatz gegenüber der alten Burg. Er lief hinunter zur Brücke, und als er in der Mitte stehen blieb, registrierte er nicht, dass er völlig durchnässt war.

In drei, höchstens vier Wochen würde Frieda entlassen.

Bis dahin hast du den Mörder bestimmt geschnappt, hatte sie gesagt.

Vielleicht, überlegte Zorn, will ich das ja gar nicht.

Er holte das Tütchen aus der Jacke.

Und warf das Band in den Fluss.

FREITAG

Der Tod ist ein gieriger Geselle.

Siebenunddreißig

»Vier Schüsse«, erklärte Brettschneider. »Zwei in die Schultern, die beiden anderen in Brustkorb und Kopf. Wie's aussieht ... alles in Ordnung, Herr Hauptkommissar?«

»Logisch.«

»Sie hatten angewiesen, dass ...«

»... ich direkt angerufen werde, schon klar«, unterbrach Zorn gereizt. »Also?«

»Er hat eine Weile hier gelegen, wahrscheinlich ...«

»Kann hier vielleicht mal jemand ein Fenster aufmachen?«

Mehr als ein halbes Dutzend Beamte der Spurensicherung verteilten sich in der winzigen Wohnung, doch niemand fühlte sich angesprochen. Zorn versuchte, durch den Mund zu atmen, redete sich ein, dass es sich bei dem süßlichen Duft, der unter dem Gestank nach ungewaschener Kleidung, schalem Bier und kaltem Zigarettenrauch lag, um etwas anderes als frühzeitig einsetzende Verwesung handelte, und sah Brettschneider fragend an.

»Wie gesagt«, fuhr dieser fort, »er hat eine Weile hier gelegen. Ein paar Stunden mindestens, Genaueres wissen wir ...«

»... nach der Obduktion, jaja.«

Der Tote lag seitlich halb mit dem Oberkörper in einem geöffneten Einbauschrank an der Stirnseite des Flurs. Er trug ein kurzärmliges T-Shirt, Jogginghose und war halb kahl, so dass die Austrittswunde am Hinterkopf zwischen den spärlichen grauen Locken deutlich zu erkennen war. Das Gemisch aus Knochensplittern, Gehirnmasse und Blut, das sich über die Rückwand des Schrankes und die Jacken und Mäntel auf den Kleiderbügeln verteilte, begann bereits zu trocknen, auch die Blutflecken auf dem T-Shirt waren geronnen.

»Einbruchsspuren?«, fragte Zorn.

»*Nothing,* Herr Hauptkommissar.«

Zorn setzte zu einem hysterischen Kichern an, beherrschte sich jedoch im letzten Moment, indem er sich heftig auf die Lippen biss.

»Wie ist der Mörder hier reingekommen?«, fragte er. »Hat er geklingelt?«

»Möglich.«

»Dann«, Zorn wedelte mit dem Armstumpf in Richtung der Leiche, »hätte er ihn gekannt.«

»Er könnte mit der Waffe bedroht worden sein.«

»Oder der Mörder hatte einen Schlüssel.«

Die Tür zum Wohnzimmer stand halb offen. Eine solche Anbauwand hatte Zorn seit seiner Kindheit in den siebziger Jahren des vergangenen Jahrhunderts nicht mehr gesehen; die Couch, über der eine DDR-Fahne an die vergilbte Raufasertapete gepinnt war, schien nur unwesentlich jünger zu sein. Zorn ließ seinen Blick über das Chaos aus schmutziger Unterwäsche, leeren Bierflaschen und überquellenden Aschenbechern schweifen und wandte sich wieder an Brettschneider.

»Zeugen?«

Die Wohnung befand sich im Erdgeschoss eines zehngeschossigen Plattenbaus, knapp hundert Mieter mussten befragt werden. Das Team würde noch eine Weile mit der Untersuchung des Tatorts beschäftigt sein, weshalb Brettschneider Verstärkung angefordert hatte.

»Machen Sie denen Beine«, wies Zorn barsch an. »Die sollen sofort anfangen.«

»Die meisten Mieter«, gab Brettschneider mit einem Blick auf die Uhr zu bedenken, »dürften um diese Zeit noch schlafen.«

»Dann werden sie eben aus dem Bett geklingelt.«

Zorn wippte auf den Schuhsohlen vor und zurück.

»Vier Schüsse also?«

»Ja.«

»Und niemand ist wach geworden?«

»Das können wir zu diesem Zeitpunkt noch nicht mit Sicherheit sagen.«

»Vielleicht«, erneut stieg ein Kichern Zorns Kehle hinauf, »ist ja 'ne S-Bahn durch die Wohnung gefahren.«

Brettschneider verzog keine Miene.

»Einen Zeugen«, fiel Zorn ein, »haben wir schon. Den, der uns alarmiert hat.«

»Ein Nachbar. Der einzige übrigens, die anderen Wohnungen auf dieser Etage stehen leer.«

Es handelte sich um einen Taxifahrer, den der Tod seines Nachbarn wenig zu kümmern schien. Das Verhältnis war äußerst angespannt gewesen, da der Ermordete zu Lebzeiten ständig betrunken war und die Angewohnheit hatte, laute Heavy-Metal-Musik zu hören, ohne sich um die Beschwerden über den Krach zu kümmern. Auch am Vorabend hatte er weder auf das Klingeln noch auf das heftige Türklopfen reagiert, der Taxifahrer hatte zur Arbeit gemusst, und als er Stunden später nach seiner Nachtschicht nach Hause kam, war der Lärm unverändert aus der Wohnung gedrungen, worauf er wutentbrannt die Polizei alarmiert hatte.

»Die CD liegt noch in der Stereoanlage.« Brettschneider wies ins Wohnzimmer. »Sie lief in Dauerschleife, die Lautstärke war voll aufgedreht.«

»Welche Band?«

»Metallica.«

»Ist das Heavy Metal?«, überlegte Zorn.

»Darüber wird viel gestritten«, erwiderte Brettschneider. »Ich tendiere eher zu Trash Metal.«

»Welche Platte?«

»*Master of Puppets*.«

»Die ist ziemlich gut.«

»Die beste«, nickte Brettschneider ernst. »Nicht zu vergleichen mit der letzten. Die halte ich für ziemlich misslungen.«

»Erzählen Sie das bloß nicht meiner Frau«, warnte Zorn und hob den verbliebenen Zeigefinger. »Die reißt Ihnen den Kopf ab.«

Er erhielt einen unsanften Stoß in den Rücken. Ein Hüne in weißem Schutzanzug zwängte sich vorbei, murmelte eine halbherzige Entschuldigung und gesellte sich im Wohnzimmer zu seinen Kollegen, während Zorn einen ungelenken Ausfallschritt vollführte und um ein Haar über ein angewinkeltes Bein der Leiche gestolpert wäre. Der Tote trug keine Strümpfe in den Badelatschen, eine der hellblauen Adiletten lag neben einer leeren Zigarettenschachtel in einer geronnenen Blutlache. Zorn überlegte kurz, wann er selbst sich zuletzt die Fußnägel geschnitten hatte, kam zu keinem konkreten Ergebnis und schärfte sich ein, nach der nächsten Dusche daran zu denken.

»Dann sieht's wohl so aus«, sagte er, »dass es diesmal tatsächlich keine S-Bahn war.«

»Das würde ich ebenfalls ausschließen«, stimmte Brettschneider zu. »Es gibt hier weit und breit keine Schienen.«

Zorn übertrug ihm die Leitung vor Ort, ermahnte ihn zu äußerster Sorgfalt und Akribie und wandte sich zum Gehen.

»Herr Hauptkommissar?«

»Was gibt's denn noch?«

Zorn tastete bereits nach seinen Zigaretten.

»Wie geht's eigentlich Hauptkommissar Schröder?«

»Ganz gut so weit«, log Zorn.

»Ich …«, Brettschneider fühlte sich sichtlich unwohl, »ich erreiche ihn nicht.«

»Auf dem Handy?«

»Ja, ich hab's mehrmals ...«

»Ich hatte Ihnen gesagt, dass er Ruhe braucht! Also lassen Sie das gefälligst!«

Brettschneider setzte zu einer Erwiderung an.

»Ich verstehe, dass Sie sich Sorgen machen«, sagte Zorn und verfiel in einen väterlichen Tonfall, bei dem er nur hoffen konnte, dass er halbwegs authentisch wirkte. »Aber das müssen Sie nicht.«

Die zweite Lüge.

»Es geht ihm schon viel besser.«

Die dritte.

»Er lässt Sie grüßen.«

Die vierte.

»Ich rufe ihn nachher selbst an.«

Nummer fünf.

»Er hat bestimmt ein paar Ideen, wie wir weiter vorgehen«, endete Zorn und machte das halbe Dutzend voll.

Als er in den Volvo stieg, rötete sich der Horizont hinter den Ruinen des alten Schlachthofs in den ersten Strahlen der Morgensonne. Für einen Moment spielte Zorn mit dem Gedanken, Schröder anzurufen, und verwarf die Idee wieder. Dass er am Abend zuvor ein Beweismittel vernichtet hatte, war ihm natürlich ebenso bewusst wie die Situation, in der er sich nun befand – schließlich hatte er den Empfang quittieren müssen und musste damit rechnen, dass Brettschneider über kurz oder lang darauf stoßen würde. Aber das ließ sich nicht ändern, und es war nur zu hoffen, dass ihm bis dahin eine plausible Ausrede einfallen würde. Gänzlich auszuschließen war das nicht – Zorn war zwar nicht sonderlich kreativ, doch er hatte sich oft genug um die Wahrheit herumgemogelt und wandelte nun so lange auf diesem Planeten, dass er mittlerweile nicht nur ein routinierter Verdränger, sondern auch ein äußerst erfahrener Lügner war.

Claudius Zorn war schon immer ein lausiger Ermittler gewesen, und es war klar, dass sich an dieser Tatsache bis zu seiner Pensionierung nichts ändern würde.

Aber wer weiß?, überlegte er und ließ den Motor an. Vielleicht bin ich ja gut darin, eine Ermittlung zu behindern?

Achtunddreißig

Am späten Vormittag erschien Brettschneider im Büro. Als Zorn ihm Schröders Platz anbot, lehnte er ab und wollte lieber im Stehen berichten. Dass er seit vier Uhr morgens auf den Beinen war, sah man ihm im Gegensatz zu Zorn nicht an.

»Das Opfer heißt Anton Pfaff«, sagte er und holte sein Notizbuch aus dem Jackett. »Neunundfünfzig, alleinstehend. Sozialhilfeempfänger, keine Vorstrafen.«

Wie es aussah, hatte Pfaff nicht nur zu seinem direkten Nachbarn, sondern auch zu den anderen Mietern so gut wie keinen Kontakt gepflegt. Die Befragung erwies sich als schwierig, da ein Großteil gar nicht oder nur gebrochen deutsch sprach, Dolmetscher mussten hinzugezogen werden und die verängstigten Bewohner zunächst überzeugen, dass sie weder verhaftet noch abgeschoben werden sollten.

»Die Kollegen haben unten angefangen und arbeiten sich nach oben vor«, berichtete Brettschneider. »Momentan sind sie in der vierten Etage.«

»Na toll.«

Außer einem halben Liter Kaffee aus dem Automaten neben der Pförtnerloge und einer halben Packung Zigaretten hatte der übernächtigte Zorn noch nichts zu sich genommen. Die Magensäure brannte in seiner Kehle, seine Nerven flatterten, während er versuchte, seine Gedanken zu ordnen.

»Kinder?«

Brettschneider blätterte in seinen Notizen.

Wenn er jetzt *Nothing* sagt, überlegte Zorn und biss die Zähne zusammen, springe ich ihm entweder an die Gurgel oder kreischend aus dem Fenster.

»Nein«, erwiderte Brettschneider.

Zorn atmete erleichtert auf.

»Sonstige Verwandtschaft?«

»Eine Cousine in Koblenz. Sie hat seit Jahrzehnten keinen Kontakt gehabt und telefonisch zu Protokoll gegeben, dass sie das Erbe ausschlägt und nicht wieder belästigt werden will.«

»Was sagt die Spurensicherung?«

»Definitiv kein Einbruch, weder durch die Fenster noch durch die Tür.«

»Fingerabdrücke?«

»Unmassen, die müssen noch zugeordnet werden. Bisher ist nur ein Bruchteil ausgewertet, die stammen alle vom Opfer.«

Brettschneiders Handy vibrierte, er entschuldigte sich mit einer Handbewegung, lauschte eine halbe Minute und trennte die Verbindung, ohne eine Silbe von sich gegeben zu haben.

»Das Labor«, erklärte er. »Ich habe die Stereoanlage untersuchen lassen. Die Fingerabdrücke stammen ausschließlich vom Opfer.«

»Der Mörder hat also nichts angefasst.«

Zorn rieb gähnend die unrasierten Wangen.

»Angenommen«, sagte er und sah auf, »er hat tatsächlich geklingelt. Entweder das Opfer kannte ihn, oder es wurde mit der Waffe bedroht.«

»Ich tippe auf Letzteres.«

»Warum?«

Brettschneider zuckte die Achseln.

»Intuition?«, griente Zorn.

»Logik.«

»Ach ja?«

»Das Opfer öffnet die Wohnungstür«, referierte Brettschneider, »bekommt eine Pistole unter die Nase gehalten und muss den Mörder reinlassen. Es wird gezwungen, ins Wohnzimmer zu gehen, die Stereoanlage aufzudrehen, und muss dann nach hinten in den Flur. Dort wird es erschossen.«

»Warum im Flur?«

»So weit wie möglich entfernt von den Fenstern.«

»Und von der Wohnungstür«, nickte Zorn. »Trotzdem, die Wände sind dünn. Wenn der Taxifahrer die Musik gehört hat, dann müsste er auch die Schüsse mitgekriegt haben.«

»Er war vor dem Fernseher eingeschlafen, die Musik hat ihn geweckt. Wenn die Schüsse kurz darauf abgegeben wurden, war er noch nicht richtig wach.«

»Was ist mit den anderen Wohnungen?«

»Die in der Etage darüber steht leer, darunter sind Keller.«

»Der Mörder hat das wahrscheinlich gewusst.«

»Sieht so aus.«

»Er hatte keinen direkten Kontakt zum Opfer und hat nichts angefasst. Und er war schnell«, überlegte Zorn weiter. »Er könnte nach einer Minute wieder verschwunden sein.«

»Zuzüglich die vierzig Sekunden, die er warten musste.«

Zorn hob die Brauen. »Worauf?«

»Das Intro.«

»Welches …«

»*Battery,* der erste Song auf der Platte. Das Schlagzeug setzt erst nach zwanzig Sekunden ein. Dann würde man die Schüsse wahrscheinlich nicht mal hören, wenn man direkt danebensteht.«

»Was ist mit der Obduktion?«

»Bericht kommt heute Nachmittag.«

»Der bringt uns sowieso nicht weiter«, seufzte Zorn. »Wir wissen ja schon, was drinsteht.«

»Vier Schüsse aus nächster Nähe. Schnellschusspistole, Kaliber neun Millimeter«, zählte Brettschneider auf. »Kein Schalldämpfer, leicht aufwärts geneigter Einschusswinkel.«

»Sonst noch Parallelen zu Fritjof Heilenz?«

»Beide hatten so gut wie keine sozialen Kontakte.«

»Das ist ein bisschen dürftig, oder?«

»Richtig«, stimmte Brettschneider zu. »Allerdings habe ich gerade erst angefangen zu suchen.«

Wie eine Rechtfertigung klang das nicht. Dass es sich womöglich wie eine versteckte Drohung anhörte, führte Zorn auf sein überreiztes Nervenkostüm zurück.

»Fühlt er sich besser?«, fragte Brettschneider.

»Wer?«

»Hauptkommissar Schröder.«

»Ich hab ihn nicht erreicht«, wich Zorn aus. »Wahrscheinlich hat er noch geschlafen.«

»Richten Sie ihm die besten Grüße der Kollegen aus. Wir alle vermissen ihn und freuen uns, ihn bald wiederzusehen.«

Ich vermisse ihn auch, dachte Zorn, als er wieder allein im Büro war. Trotzdem bin ich nicht scharf darauf, ihn bald wiederzusehen, überlegte er weiter und stand auf, um Schröders Topfpflanzen zu gießen.

Das Gegenteil war der Fall.

Er hatte Angst davor.

Neununddreißig

»Er hat sich also um dich gekümmert«, sagte Schröder. »Trotzdem kann er dir weh getan haben.«

Schröder musterte den Dackel prüfend.

»Man sieht nichts. Aber das hat nicht viel zu bedeuten.«

Sein Hinterkopf sank in den Ohrensessel. Er schloss die Augen, sein Atem wurde tiefer und regelmäßig. Als er leise zu schnarchen begann, kam der Hund unter dem Tisch hervorgekrochen und schnüffelte an seinem Hosenbein.

»Was ist?«

Schröder schreckte hoch.

»Nein«, murmelte er vor sich hin. »Wahrscheinlich hat er dir nicht weh getan.«

Erneut fielen ihm die Augen zu.

»Gerecht ist das nicht. Im Gegenteil, es ist total …«

Plötzlich sprang er auf.

»… ungerecht!«, rief er aus. »Ich war ein Kind! Ein *Kind*, verstehst du? Und kein … *Köter*!«

Der Hund wich winselnd zurück.

»Entschuldige, das war nicht so gemeint. Du kannst nichts dafür.«

Als er die Hand ausstreckte, fletschte der Hund knurrend die Zähne.

»Aber ich konnte auch nichts dafür.«

Schröder lief zum Küchentresen, schraubte ein Glasfläschchen auf, schüttete ein paar Tabletten in die flache Hand und stopfte sie in den Mund.

»Entschuldige«, wiederholte er kauend. »Du kannst ja nicht sprechen, du … Ich habe Durst.«

Er öffnete den Geschirrspüler. Schloss ihn und sah zum Mülleimer. Als sein Blick auf die Spüle fiel, erhellte sich seine Miene. Er drehte den Wasserhahn auf und trank gierig.

»Selbst, wenn er dir weh getan hätte, würdest du's nicht sagen.«

Er unterdrückte ein Rülpsen.

»Ich hab schließlich auch nichts gesagt.«

Vierzig

Wie vermutet, brachte der vorläufige Obduktionsbericht keine neuen Erkenntnisse. Es gab weder Abwehrverletzungen noch Hinweise, die auf einen direkten Kontakt mit dem Mörder deuteten. Der Todeszeitpunkt wurde von der Rechtsmedizin auf zirka acht bis zehn Stunden vor Auffinden der Leiche angesetzt.

»Das wäre dann …«, Zorn begann zu rechnen, »ungefähr …«

»Achtzehn Uhr drei«, unterbrach Brettschneider.

Zorns Augen wurden schmal.

»Ach ja? Und woher …«

»Wer weiß denn so was.«

»Das frage ich mich auch, Brettschneider. Und wenn Sie mich hier weiter verarschen, dann …«

»Das Fernsehquiz.«

Zorn nahm die Brille ab und sah ihn drohend an.

»Mit Kai Pflaume«, fügte Brettschneider hinzu.

»Ich gucke diese Scheiße nicht.«

»Ich ebenfalls nicht, Herr Hauptkommissar. Aber der Taxifahrer.«

»Tatsächlich? Haben Sie ihn persönlich vernommen?«

»Das habe ich.«

»Muss ja ’ne nette Unterhaltung gewesen sein. Worüber habt ihr noch geredet? Über Günther Jauch? Und diese andere Pfeife? Wie heißt der noch? Jens …«

»Jörg.«

»Pielonka?«

»Pilawa«, verbesserte Brettschneider. »Nein, es ging ausschließlich um Kai Pflaume.«

Zorn verschränkte schweigend die Arme vor der Brust.

»Der Taxifahrer war vor dem Fernseher eingeschlafen«, erklärte Brettschneider. »Als er aufgewacht ist, war der Vorspann gerade zu Ende, und Kai Pflaume hat die Gäste vorgestellt. Die Sendung beginnt Punkt achtzehn Uhr. Zu diesem Zeitpunkt dürfte der Mörder die Nachbarwohnung betreten haben. Wir gehen davon aus, dass er schnell gehandelt hat, die Spurenlage bestätigt das. Er hat das Opfer gezwungen, ins Wohnzimmer zu gehen, die Stereoanlage anzuschalten, und es dann im Flur erschossen. Wir haben das rekonstruiert, es dürfte ziemlich genau drei Minuten gedauert haben.«

»Er musste noch abwarten, bis das Intro vorbei ist.«

»Das haben wir eingerechnet.«

Ich darf ihn nicht unterschätzen, schärfte sich Zorn zum wiederholten Male ein.

»Es hatte geregnet«, fuhr Brettschneider fort. »Es gibt Fußspuren, vom Hauseingang über den Flur in Richtung der Wohnung des Opfers. Sie stammen weder vom Taxifahrer noch vom Opfer. Arbeitsstiefel, Größe vierzig. Nagelneu, wahrscheinlich hat er sie danach entsorgt.«

»Und in der Wohnung selbst?«

»Er hat Überzieher benutzt.«

»Wie am Bahndamm.«

Brettschneider senkte zustimmend den Kopf.

»Es gibt zwei frische Faserspuren im Flur«, sagte er. »Die eine ist schwarz, die andere gelb. Ein Polyestergemisch, könnte von einer Funktionsjacke oder einem Regencape stammen. In der Wohnung des Opfers haben wir nichts Vergleichbares gefunden. Wenn wir Glück haben, hat der Mörder mit dem Ärmel die Tapete gestreift.«

Die Gedanken schwirrten in Zorns Kopf wie ein aufgescheuchter Wespenschwarm. Er brauchte dringend Ruhe, doch Brettschneider war noch nicht fertig. Es gab eine Neuigkeit über den Mord an Fritjof Heilenz.

»Es geht um das Rennrad, das der Busfahrer an der Haltestelle gesehen hat.«

»Ach«, krächzte Zorn. »Tatsächlich?«

»Seine Aussage wurde bestätigt. Ein Zeuge hat kurz vor der Bahnbrücke einen Radfahrer beobachtet, der gegen Mitternacht in Richtung Siedlung gefahren ist. Er war ziemlich schnell unterwegs, deshalb haben wir keine genaue Beschreibung. Nur dass er ziemlich klein gewesen ist.«

Etwas Kaltes kroch Zorn den Rücken hinauf.

»Laut Aussage des Busfahrers war das Rennrad an eine Laterne angeschlossen«, fuhr Brettschneider fort. »Ich habe die Spurensicherung noch einmal hingeschickt. Sie haben Lacksplitter gefunden. Neongrün.«

Zorn, der spürte, wie ihm das Blut in die Wangen schoss, wandte den Kopf ab. Er verlangte, ständig auf dem Laufenden gehalten zu werden, und als Brettschneider endlich gegangen war, verlor er die mühsam aufrechterhaltene Beherrschung und sackte in sich zusammen.

»Scheiße«, stöhnte er. »Was für eine gottverdammte Scheiße.«

*

»Frieda?«

»Ich versuche seit Stunden, dich zu erreichen! Warum gehst du nicht …«

»Das erklär ich dir später.«

»Nee, Freundchen. Du sagst mir sofort, was …«

»Ich muss wissen, wann du zuletzt mit Schröder telefoniert hast.«

»Warum fragst du?«

»Ich hab jetzt keine Zeit. Wann?«

»Mittwochabend.«

»Wann genau?«

»Würdest du mir vielleicht mal erklären, was …«

»*Wann,* Frieda?«

»Kurz vor acht. Gleich nachdem du mich angerufen hast. Du hattest erzählt, dass er mit diesem Vanger telefoniert hat. Ich wollte ihn fragen, warum er gelogen hat.«

»Schon klar. Und davor?«

»Keine Ahnung … am Sonntag, glaub ich. Danach hab ich ein paarmal versucht, ihn zu erreichen, aber …«

»Wann hast du's versucht?«

»Ich kapiere nicht …«

»*Wann*?«

»Schrei mich gefälligst nicht so an!«

»Entschuldige, es … es ist wirklich wichtig.«

»Am Dienstag.«

»Wann genau am Dienstag?«

»Am späten Abend. Du hattest gesagt, dass er dich und Edgar zum Essen eingeladen und dann versetzt hat. Ich hab mir Sorgen gemacht, weil er so komisch ist. Ich konnte nicht schlafen, also hab ich ihn angerufen.«

»Und er ist nicht rangegangen?«

»Hab ich doch gesagt!«

»Um wie viel Uhr?«

»Das muss so halb, dreiviertel zwölf gewesen sein.«

»Das passt.«

»*Was* passt, Claudius?«

»Vielleicht konnte er nicht telefonieren, weil er beschäftigt war. Es war dunkel, es hat geregnet, die Straßen waren glatt. Er musste aufpassen, weil er mit dem Rennrad unterwegs in die Siedlung war und …«

»Welche Siedlung?«

»Egal, ich … Hast du's gestern auch versucht?«

»Nach der Ergotherapie, gegen halb fünf.«

»War sein Handy an?«

»Ja, ich hab's 'ne Weile klingeln lassen.«

»Er hat nicht abgenommen?«

»Nein, verdammt! Sag mal, hältst du mich für bekloppt?«

»Sorry, ich will nur sichergehen. Ich hab ihn 'ne dreiviertel Stunde nach dir angerufen. Bei mir ist er rangegangen, er war ziemlich sauer. Hast du's später noch mal probiert?«

»Vor dem Abendessen.«

»Um sechs?«

»Ein paar Minuten vorher.«

»Da war sein Handy ausgeschaltet, oder?«

»Ja.«

»Kein Wunder, da war der feine Herr wohl auch beschäftigt. Er wollte nicht gestört werden.«

»Wobei?«

»Das erzähle ich dir in Ruhe, ich … Warte mal kurz.«

»Claudius?«

»Moment, mir fällt grad was ein.«

»Bist du noch dran?«

»Die Metallica-CD, die du ihm geschenkt hast. Das war *Master of Puppets,* richtig?«

»*Wie bitte?*«

»Ja oder nein?«

»Ja, verdammt!«

»Scheiße. Das passt also auch.«

»Du bist betrunken, stimmt's?«

»Nee, stocknüchtern. Obwohl … eigentlich ist das 'ne gute Idee. Der Whisky, den mir mein Bruder zu Weihnachten geschenkt hat, steht der eigentlich noch in der Küche? Der hat über sechzig Umdrehungen. Ich würde mir zu gern die Rübe …«

»Was ist los, Claudius?«

»Ach, egal. Ist wahrscheinlich sowieso alles Blödsinn.«

»Du sagst mir jetzt sofort, was los ist. Oder ich reiche die Scheidung ein.«

»Bitte nicht!«

»Also? *Was* ist Blödsinn?«

»Dass er für beide Morde kein Alibi hat.«

»Drehst du jetzt endgültig durch?«

»Ich muss jetzt Schluss machen, Frieda.«

Zorn versicherte ihr, wie sehr er sie liebte, und legte auf.

Einundvierzig

Selbstverständlich war er nicht sicher. Wie auch?

Du weißt gar nichts über mich, hatte Schröder gesagt.

Nun, darin waren Zorn und Frieda sich einig. Alle Welt schätzte Schröder als hervorragenden Polizisten, der nicht nur hochintelligent und pflichtbewusst, sondern auch ein freundlicher, warmherziger Mensch war. Dass er auch andere, dunkle Seiten hatte, war Zorn in den Jahren ihrer Freundschaft (war es das tatsächlich?) immer deutlicher geworden, doch er hatte es – wie vieles andere auch – stets verdrängt.

Zorn erinnerte sich an die Momente, in denen sich Schröders kindliche, strahlend blaue Augen mit einer Eisschicht überzogen hatten, an kurze Bemerkungen oder knappe Gesten, die den stahlharten Kern offenlegten, um im nächsten Augenblick wieder hinter der weichen Fassade zu verschwinden. Mehr als einmal hatte Schröder gezeigt, wie kaltblütig, geradezu rücksichtslos er vorgehen konnte.

War er auch fähig, einen Menschen zu töten?

Nicht nur einen, sondern sogar zwei?

Das widersprach seinem Ethos als Polizist. Doch er kämpfte mit vielen Dämonen, und vielleicht wollte es Zorn, der erfahrene Verdränger, einfach nur nicht wahrhaben?

Er öffnete Schröders Spind und betrachtete die Zeichnung, die mit Reißzwecken innen an die Tür gepinnt war. *FÜR ÖGI,* hatte Edgar kurz nach seiner Einschulung mit Filzstiften unter eine lachende Sonne gekritzelt, *ich hab dich lib file grüse fon ede* stand darunter.

Zorn schob die Kleiderbügel mit Schröders Wechselsachen zur Seite und klaubte das karierte Hemd vom Boden. Dass es muffig roch, war kein Wunder, schließlich lag es seit zweieinhalb Tagen hier. Anders verhielt es sich mit dem Schweißgeruch. Seit wann, fragte Zorn sich erneut, roch Schröder nach Schweiß?

Zorn war wütend gewesen, nachdem man ihn aus dem Bett geklingelt hatte, und hatte wie ein Rohrspatz geschimpft, weil Schröder nicht erreichbar gewesen war. Dieser hatte behauptet, seinen Akku nicht aufgeladen zu haben, und als er dann versuchte, sein Handy an das Ladekabel anzuschließen, hatten seine Finger so sehr gezittert, dass es ihm erst nach mehreren Versuchen gelang. Zorn hatte gesehen, wie durchnässt und durcheinander er war, und kam sich schließlich so schäbig vor, dass er sich sogar entschuldigte.

Er entfaltete das Hemd und betrachtete die rostfarbenen Spritzer auf der Brust und – wenn man genauer hinsah – auch auf dem Kragen.

War das …

»Könnte sonst was sein«, murmelte Zorn.

Er bückte sich nach der Hose und musterte das zerfetzte Hosenbein. Sein Vorwurf, Edgars Geburtstagsgeschenk missachtet zu haben, war nicht ernst gemeint gewesen – es war alltäglich, dass ein Radfahrer ein Reflektorband verlor, und zu diesem Zeitpunkt konnte er schließlich nicht ahnen, wo es später gefunden werden würde.

Der gerippte Cordstoff war steif und verkrustet. Als Zorn etwas von dem Dreck zwischen den Fingern zerrieb, rieselte hellgrauer, fast weißer Staub auf den Boden. Getrockneter Lehm, dachte Zorn und zupfte eine der Disteln ab, die sich in den Hosenbeinen verfangen hatten. Wie es aussah, war Schröder über eine Wiese gelaufen.

Das alles musste nicht viel bedeuten. Lehm gab es überall, Disteln ebenfalls. Es war einfach zu überprüfen, ob die Lehmspuren vom Bahndamm stammten. Ebenso leicht ließ sich klären, ob die Disteln auf der Wiese wuchsen, die der Mörder überquert haben musste, nachdem er beobachtet hatte, wie Fritjof Heilenz sein Haus verließ. Auch die Untersuchung der Flecken auf dem Hemd wäre eine Routineaufgabe, das Labor würde im Handumdrehen herausfinden, ob es sich um getrocknetes Blut handelte.

Menschliches Blut?

Das Blut von Fritjof Heilenz?

Claudius Zorn wollte es nicht wissen. Seiner Natur entsprechend hätte er den zunehmend erkahlenden Kopf am liebsten in den Sand gesteckt, doch er befand sich auf hartem, mit grauem Veloursteppich bedecktem Boden aus Stahlbeton.

Wie so oft wusste er nicht, was er denken sollte. Doch er wusste, was er zu *tun* hatte, denn in einem Punkt war er sicher. Dass er Schröder eine Menge schuldig war. Und dass es an der Zeit war, ihm etwas zurückzugeben.

Draußen wurde es dunkel, und als Zorn das Präsidium verließ, gingen die Laternen auf dem Parkplatz an. Er war weitsichtig genug, den Müllsack mit dem Hemd und der Cordhose nicht in einer der Tonnen direkt vor dem Präsidium zu entsorgen, stattdessen fuhr er zu einer verlassenen Industriebrache hinter dem Güterbahnhof.

Ich bin nicht nur ein mieser, sondern auch ein korrupter Bulle, dachte er, als er den Müllsack in einen rostigen Schuttcontainer warf. Meine Fähigkeiten liegen offensichtlich woanders. Ich mag vielleicht nicht gut darin sein, einen Verbrecher zu schnappen. Aber wenn es darum geht, einen zu schützen, laufe ich offensichtlich zur Höchstform auf.

Zweiundvierzig

Damals.

In der Nacht fiel die Temperatur weiter. Friedliche Stille und eine tiefe, undurchdringliche Dunkelheit lagen über dem Tal, nur hinter zwei Fenstern des Flachbaus flackerte ein Farbfernseher hinter den geschlossenen Gardinen. Das gedämpfte Geballer eines amerikanischen Actionfilms drang heraus, gelegentlich unterbrochen von einem kehligen Männerlachen, einem dumpfen Schlag oder dem erstickten Wehruf eines verängstigten Kindes. Als sich hinter der Schanze ein erster grauer Streifen am Himmel abzeichnete, wurde die Tür von einem vollbärtigen Hünen aufgestoßen, ein hochgewachsener, hagerer Mann folgte ihm auf die Veranda. Beide traten schwankend beiseite und machten den beiden Jungen Platz, die geduckt an ihnen vorbeischlichen. Die Zungen der Männer waren schwer, was genau der Bärtige zu ihnen sagte, war also nicht zu verstehen, doch das Kichern des Hageren ließ darauf schließen, dass es sich um einen Witz handelte.

Es begann zu schneien. Die Jungen liefen gebückt und mussten einander stützen, einer der beiden humpelte, der andere hinterließ eine Blutspur, die aus seiner Nase in den Schnee tröpfelte. Als sie die Hütte unter den Kiefern erreichten, waren ihre roten Haare und die schmalen Schultern von Schneeflocken bedeckt. Schweigend legten sie sich in ihre Betten, während der Schnee draußen immer dichter fiel, und als ein gellender Pfiff das Ende der Nachtruhe verkündete, war die Blutspur unter einer wattigen, zehn Zentimeter dicken Schneeschicht verschwunden, als wäre nie etwas geschehen.

Dreiundvierzig

Zu Hause angekommen, schrieb er Frieda eine Nachricht, entschuldigte sich für den Unfug, den er ihr erzählt hatte, und rechtfertigte sich mit seinen überreizten Nerven. Er beteuerte, wie sehr er sie vermisste, fügte hinzu, er sei müde, werde zeitig ins Bett gehen, und schaltete sein Handy stumm.

Es stimmte, Claudius Zorn vermisste seine Ehefrau sehr. Müde war er ebenfalls, *tod*müde sogar, doch er hatte nicht vor, früh zu Bett zu gehen – es war mehr als fraglich, ob er in dieser Nacht überhaupt Schlaf finden würde. Andererseits hatte er keine Kraft für ein langes Telefonat und erst recht nicht dafür, die Fragen, die ihm durch den Kopf gingen, laut auszusprechen, und wenn Frieda glaubte, er würde schlafen, machte sie sich – so hoffte Zorn zumindest – etwas weniger Sorgen.

Er räumte die Küche auf, liebäugelte kurz mit dem Whisky und stellte die Flasche zurück ins Regal. Danach lief er eine Weile ruhelos durch die Wohnung, wärmte schließlich eine Büchse Ravioli auf, und obwohl er den ganzen Tag nichts gegessen hatte, würgte er nur ein paar Bissen hinunter und kippte den Rest in den Mülleimer.

Als er mit einer Zigarette im Mundwinkel zur Balkontür ging, fiel sein Blick auf Friedas Hibiskus. Er zählte die abgestorbenen Blätter auf den Dielen (dreizehn), verglich die Anzahl mit den verbliebenen (sechs) und nahm den Hibiskus ins Visier.

Du willst dich also mit mir anlegen?

Als Antwort trudelte ein weiteres Blatt zu Boden. Zorn ging auf den Balkon, rauchte die Zigarette, und als er wieder ins Wohnzimmer kam, waren nur noch vier Blätter verblieben. Kurz entschlossen trug er den Topf auf den Balkon, warf die Pflanze in den Fluss (*Ich hatte dich gewarnt, Freundchen)* und nutzte die Gelegenheit für eine weitere Zigarette. Nachdem das erledigt war, legte er Friedas Metallica-CD ein und beschäftigte sich eine Weile mit der Frage, ob es sich um Heavy oder Trash Metal handelte. Irgendwann wurde ihm langweilig, und er entschied, dass es weder das eine noch das andere, sondern einfach nur hirnloser Lärm war.

Es ging auf Mitternacht zu, und nun, da ihm nichts mehr einfiel, womit er sich weiter ablenken konnte, kehrten seine Gedanken zu Schröder zurück.

Sicherlich, es gab Indizien. Außerdem hatte Schröder kein

Alibi, aber auf wie viele Menschen traf das ebenfalls zu? In dieser Hinsicht war selbst Claudius Zorn verdächtig – als Fritjof Heilenz ermordet wurde, war er allein gewesen, zum Zeitpunkt des Mordes an Anton Pfaff hatte er zwar mit Frieda telefoniert, doch was war die Aussage einer Ehegattin, die ihrem Gemahl vor Gericht ein Alibi gab, schon wert? Ebenfalls als belastend konnte empfunden werden, dass der Mörder sich in der Stadt auskannte, doch das traf nicht nur auf Zorn zu, sondern auf eine Viertelmillion weiterer Menschen (Schröder natürlich inbegriffen). All das hatte also nichts zu bedeuten.

Zorn wäre sowieso schnell entlastet gewesen, schließlich war er deutlich größer als der Täter (und als Schröder), hasste Radfahren und trug Schuhgröße vierundvierzig, während die Schuhe des mutmaßlichen Mörders (die von Schröder ebenfalls) vier Nummern kleiner waren. Und er war Fritjof Heilenz und Anton Pfaff nie im Leben begegnet (im Gegensatz zu Schröder).

Nicht zu vergessen, dass Claudius Zorn Schusswaffen jeglicher Couleur aus tiefster Seele verachtete; selbst der Anblick einer gesicherten Pistole im Holster eines Streifenbeamten ließ ihn sauer aufstoßen. Das regelmäßige Schießtraining absolvierte er nur mit äußerstem Widerwillen und wäre nie auf den Gedanken gekommen, die Waffe im Ernstfall gegen einen Menschen zu richten – geschweige denn abzudrücken.

Und Schröder?

Der hatte es in Zorns Beisein bereits getan. Er war erschreckend brutal vorgegangen, doch er hatte seine Gründe gehabt: um die Menschen, die er liebte, zu schützen.

Und jetzt?

Zorn holte sein Handy vom Sofa. Malina hatte eine Nachricht geschickt, um ihn an Edgars Basketballspiel zu erinnern. Außerdem zeigte das Display ein halbes Dutzend Anrufe in Abwesenheit an – drei von Frieda, der Rest von Brettschneider. Beiden konnte Zorn nicht lange ausweichen. Frieda sowieso nicht, und selbst wenn er versuchte, Brettschneider morgen im Präsidium aus dem Weg zu gehen, würde dieser im Büro auftauchen.

Womöglich war er Zorn bereits auf die Schliche gekommen. In diesem Fall konnte er sich mit seiner Unfähigkeit herausreden und behaupten, nicht vorsätzlich gehandelt, sondern die Beweismittel verschludert zu haben.

Zorn hatte nur einen Verdacht, aber was war, wenn er recht hatte?

Daraus ergab sich die nächste, entscheidende Frage.

Wo, verflucht nochmal, war das Motiv?

Es gab nur einen, der eine Antwort geben konnte.

Zorn tippte eine Nachricht in sein Handy.

ruf mich bitte an, es ist dringend!!

Schröder reagierte umgehend.

FIK DICH

Vierundvierzig

Er ließ das Handy sinken und sah durch die verglaste Fensterfront hinaus in die Nacht. Die Wolken waren aufgerissen, eine bleiche Mondsichel hing zwischen den Sternen und spiegelte sich auf dem stillen, teerschwarzen See.

»Er soll mich gefälligst in Ruhe lassen«, murmelte er. »*Alle* sollen mich in Ruhe lassen.«

Er betrachtete den Hund, der schnarchend unter dem Tisch lag.

»Ich würde auch gern schlafen, aber …«

Sein Handy vibrierte. Er las die Nummer des Anrufers ab, seufzte tief und aktivierte den Lautsprecher.

»Hab ich dich geweckt?«, fragte Frieda.

»Nein. Leider.«

»In den Nachrichten kam, dass noch jemand erschossen wurde. Und dass man jetzt nach einem Doppelmörder sucht.«

»Ach ja?«

»Claudius hat mich angerufen. Er war total durcheinander und hat … na ja, er hat so komische Andeutungen gemacht. Er hat gemeint, du hättest … Seitdem habe ich ihn nicht mehr erreicht.«

Schröder pulte an der vereiterten Schnittwunde auf seiner Wange.

»Ich … ich drehe bald durch«, weinte Frieda. »Ich liege hier in diesem verdammten Bett, kann nichts machen und …«

»Ich bin müde, Frieda.«

»Ich auch, Schröder.«

»Was hat er gesagt?«

»Claudius hat's nicht direkt ausgesprochen. Aber er glaubt, dass er den Mörder kennt.«

Schröder betrachtete ein Stück Schorf in seinen Fingern.

»Das ist Blödsinn, oder?«

Sie klang wie ein verängstigtes Mädchen, das im Dunkeln nach Trost sucht.

»Claudius hat selbst gesagt, dass es Blödsinn ist.«

Schweigen.

»Ohne dich war er schon immer aufgeschmissen«, sagte Frieda. »Wenn du nicht gewesen wärst, würde er jetzt an der Pforte sitzen oder in einem Streifenwagen im Erzgebirge durch die Pampa fahren. Alleine würde er's nicht mal schaffen, einen Fahrraddiebstahl aufzuklären, also warum sollte er ausgerechnet diesmal richtigliegen?«

Schröder knetete den Schorf zwischen Daumen und Zeigefinger.

»Er irrt sich. Nicht wahr, Schröder?«

Keine Antwort.

»Sag mir, dass er sich irrt! Bitte! Du … du machst so was nicht, du würdest niemals jemanden …«

Friedas Stimme versagte.

»Erinnerst du dich an unser letztes Telefonat?«, fragte sie, nachdem sie mehrmals tief durchgeatmet hatte. »An das, was du gesagt hast, bevor du aufgelegt hast?«

»Nein. Ich habe eine Menge vergessen. Und das ist gut so.«

»Du meintest, du hättest dich mit dem Tod eingelassen.«

»Mit dem Tod?«

»Ja.«

»Richtig«, nickte Schröder bedächtig. »Ich erinnere mich.«

»Was bedeutet das?«

Er schnippte den Schorf davon.

»Wir waren Kinder. Es gab niemanden, mit dem wir sprechen konnten. Also habe ich mich an den Tod gewandt. Ich habe ihn gefüttert. Aber das hat ihm nicht gereicht.«

»Was ist damals passiert, Schröder?«

»Er hat keine Ruhe gegeben. Egal, wie viel man ihm zu fressen gibt, er wird niemals satt. Er hat immer noch Hunger.«

Er wurde still.

»Schröder? Bist du noch dran?«

»Ja.«

Schröder sank in die Lehne.

»Der Tod«, flüsterte er, »ist ein gieriger Geselle.«

SAMSTAG

Noch Fragen, Watson?

Fünfundvierzig

»Ich habe gestern Abend versucht, Sie zu erreichen, Herr Hauptkommissar.«

»Ich war beschäftigt«, gab Zorn knapp zurück. »Ich muss auch gleich wieder los. Also?«

»Wir haben einen Zeugen«, sagte Brettschneider.

Vom Fenster aus hatte Zorn beobachtet, wie er unten auf dem Parkplatz aus seinem silbergrauen Passat gestiegen war, das Präsidium betreten hatte und kurz danach – wie befürchtet – im Büro erschienen war. Eine für das Wochenende ungewohnte geschäftige Betriebsamkeit herrschte auf den langen Fluren – kein Wunder, schließlich musste ein Doppelmord aufgeklärt werden.

»Eine junge Frau, die im Haus schräg gegenüber wohnt.« Brettschneider blätterte in seinem Notizblock. »Der Name ist …«

»Unwichtig«, unterbrach Zorn. »Weiter.«

»Sie hat beobachtet, wie ein …«

Zorns Handy klingelte.

»Ich rufe dich zurück, wenn ich mit Edgar beim Spiel bin«, sagte er, trennte die Verbindung, bevor Frieda zu Wort kommen konnte, und sah Brettschneider ungeduldig an.

»Die Zeugin«, wiederholte dieser, »hat beobachtet, wie ein Paketbote das Haus betreten hat.«

»Ein Paketbote?«

»Kurz vor achtzehn Uhr, es passt also genau zum zeitlichen Ablauf. Mittlerweile gibt es einen weiteren Zeugen, der das bestätigt.«

Obwohl Brettschneider – ähnlich wie Zorn – kaum geschlafen haben konnte, wirkte er auch heute wieder frisch und munter. Zorn hatte keine Ahnung, wo er wohnte, doch weit konnte der Weg zum Präsidium nicht sein. Kurz vorher musste er noch geduscht haben, er roch nach Rasierwasser, das gescheitelte, bereits an den Schläfen ergrauende Haar war noch feucht im Nacken.

»Vielleicht irre ich mich ja«, sagte Zorn. »Aber ich finde es nicht ungewöhnlich, dass in diesem Haus ein Paket zugestellt wurde.«

»Es waren sogar drei. Zwei in die vierte, eins in die sechste Etage. Allerdings schon am späten Vormittag. Ich habe das überprüfen lassen.«

Zorn dachte stirnrunzelnd nach.

»Ein Paketbote also?«

»Beide Zeugen berichten übereinstimmend von einer uniformierten Gestalt mit einem Päckchen unter dem Arm.«

»Könnte auch ein Pizzabote gewesen sein. Oder jemand von den Stadtwerken.«

»Wohl kaum um achtzehn Uhr. Und laut Beschreibung handelte es sich um eine schwarz-gelbe Postuniform.«

Zorn nahm die Brille ab.

»Warum«, überlegte er und begann, auf dem Bügel zu kauen, »sollte ein Paketbote ein Paket zustellen, das niemand abgeschickt hat? Und was war da wohl drin?«

»Eine Pistole vielleicht.«

»Eine Schnellschusspistole? Kaliber neun Millimeter?«

Brettschneider senkte zustimmend das frisch rasierte Kinn.

»Interessante Theorie«, sagte Zorn.

»Es ist mehr als das, Herr Hauptkommissar.«

»Tatsächlich? Wie viele Wohnungen gibt es in diesem Kasten?«

»Siebenundneunzig, vierundsiebzig davon zur Zeit bewohnt.«

»Und woher wissen wir, wohin genau dieser … Postbote wollte?«

»Er war in der Wohnung des Opfers.«

»Ach ja?«

»Die Faserspuren.«

»Welche … ach so«, fiel Zorn ein, »an der Tapete im Flur.«

»Das Labor hat eine Vergleichsprobe bekommen. Die Fasern stammen mit an Sicherheit grenzender Wahrscheinlichkeit von einer Post-Uniform.«

Zorn kratzte sich im Nacken.

»Das würde erklären, wie er in die Wohnung gekommen ist. Jeder macht auf, wenn die Post an der Tür klingelt.«

Brettschneider nickte erneut.

»Gibt's eine nähere Beschreibung?«, fragte Zorn.

»Nur dass er relativ klein ist.«

»Kein Wunder«, seufzte Zorn. »Wer achtet schon auf einen Postboten?«

»Niemand«, erwiderte Brettschneider, dem offensichtlich nicht bewusst wurde, dass die Frage rhetorisch gemeint war. »Bisher hat auch niemand beobachtet, wie er das Haus verlassen hat. Auch nicht, wie er hingekommen ist. Ein Zustellfahrzeug wurde jedenfalls nicht gesehen. Das erscheint mir logisch, es ist zwar einfach, sich eine solche Uniform zu besorgen, aber ein Fahrzeug …?«

»Das war auch nicht nötig.«

Er könnte mit dem Fahrrad gekommen sein, überlegte Zorn weiter, als er kurz darauf in den Volvo stieg. Einem neongrünen Rennrad womöglich.

Schröder hatte viele Talente. Er war nicht nur ein begnadeter Ermittler, sondern auch ein leidenschaftlicher Koch, vor Jahren hatte er sogar den Dienst quittiert und zwischenzeitlich einen Imbiss eröffnet. Auch sonst hatte er Zorn immer wieder mit den unterschiedlichsten Fähigkeiten überrascht: angefangen bei seiner Schnelligkeit und der blitzartigen Härte, mit der er ungeachtet seiner Körperfülle wie aus dem Nichts zuschlagen konnte, über seine erst kürzlich aufgeflammte Liebe zu spätbarocker Cembalomusik bis zu der Gabe, alles reparieren zu können – egal, ob es sich um einen Laptop, ein altes Röhrenradio oder die Kugellager von Edgars Skateboard handelte.

Zorn bog in den Kreisverkehr um die Kirche am Hasenberg ein, parkte halb auf dem Fußweg und drückte kurz auf die Hupe. Edgar erwartete ihn bereits, die Haustür wurde umgehend geöffnet, und der Junge kam herbeigeflitzt. Er warf den Rucksack mit seinen Sportsachen auf die Rückbank, ließ sich neben Zorn auf den Beifahrersitz fallen, beugte sich zur Seite und griff nach dem Sicherheitsgurt – wahrscheinlich, wie Zorn nicht zu Unrecht vermutete, um dem Begrüßungskuss seines unrasierten Vaters auszuweichen.

»Kommt Ögi auch?«, fragte er und schnallte sich an.

»Nein, er …«

»Ich dachte, er guckt sich das Spiel an«, sagte Edgar und zog einen Flunsch. »Was macht er?«

»Keine Ahnung«, erwiderte Zorn wahrheitsgemäß.

Womöglich, überlegte er und fuhr an, hat er ja eine neue Leidenschaft entdeckt. Wer weiß? Vielleicht arbeitet er jetzt als Paketbote?

Sechsundvierzig

»Ich hätte dich nicht so aufregen sollen«, entschuldigte sich Zorn. »Du kennst mich, Frieda. Manchmal gehen die Pferde mit mir durch, und ich steigere mich in irgendwelchen Schwachsinn rein.«

»Claudius, ich …«

»Warte mal kurz.«

Er trat beiseite und machte einer Horde lärmender Jungen Platz, die aufgeregt in die Turnhalle strömten.

»Ich muss jetzt rein, Frieda. Edgars Spiel fängt gleich an, ich rufe dich danach noch mal …«

»Du hast recht, Claudius.«

»Ich hab … *was?*«

Ein gellender Pfiff drang aus der Halle. Basketbälle klatschten gegen die Wände, hektisches Getrappel erklang, helle Kinderstimmen mischten sich mit den heiseren Kommandos der Trainer.

»Du hast recht«, wiederholte Frieda ruhig. »Ich hab letzte Nacht mit ihm telefoniert. Seitdem habe ich an nichts anderes mehr gedacht. Er ist völlig verändert, und … es ist lieb, dass du mich nicht beunruhigen wolltest, und ich will's genauso wenig wahrhaben wie du.«

»Es … es ist absurd, Frieda.«

»Total absurd. Aber wir müssen uns damit abfinden.«

»Dass Schröder ein …«

Zorn sprach es nicht aus.

Frieda ebenfalls nicht.

»Du musst mit ihm reden«, sagte sie stattdessen.

»Es hat keinen Sinn.«

»Trotzdem, fahr zu ihm.«

»Ich muss mir Edgars Spiel angucken, danach gleich wieder ins Präsidium. Die haben ’nen Typen vom BKA eingeflogen, einen von diesen Fallanalytikern. Das wird ein paar Stunden dauern.«

»Ich verstehe, dass du Schröder nicht sehen willst.«

»Das sind keine Ausreden! Ich hab die verdammte *Leitung*, Frieda!«

»Schon gut. Dann fahr zu ihm, wenn du fertig bist.«

»Okay.«

»Heute noch.«

»Und wenn er nicht da ist?«

»Nimm seinen Ersatzschlüssel mit, der liegt im Büro in seiner Schublade. Sieh nach, was da los ist.«

»Von mir aus.«

»Da brauchst du gar nicht die Augen zu verleiern, Claudius.«

»Mach ich gar nicht!«

»Machst du doch.«

Zorn holte tief Luft.

»Er wird nicht mit mir reden. Wenn ich Glück hab. Wenn ich Pech habe, geht er mir an die Kehle.«

»Das Risiko gehen wir ein, Schatz.«

»*Wir?* Dürfte ich die Frau Oberstaatsanwältin daran erinnern, dass *ich* hier die Risiken eingehe? Ich hab Beweismittel unterschlagen!«

Zorn berichtete von dem Reflektorband und Schröders Sachen, die er ebenfalls hatte verschwinden lassen.

»Das war gut, Claudius.«

Er lachte auf.

»Klar doch. Wenn das rauskommt, wandere ich in den Knast.«

»Du kriegst höchstens Bewährung, Schatz.«

»Da bin ich aber froh.«

»Suspendiert wirst du natürlich auch.«

»Scheiß drauf. War klar, dass es irgendwann so kommt. Ich hab mich sowieso immer gefragt, warum ich mich so lange durchmogeln konnte. Im Gegensatz zu Brettschneider, der ist ein ziemlich guter Bulle. Ich hab ihn unterschätzt.«

»Du hast ihn kaum wahrgenommen, Claudius.«

»Stimmt. Jedenfalls glaube ich nicht, dass er sich noch lange von mir verarschen lässt.«

»Ich bin ja auch noch da.«

»Zum Glück.«

»Wir machen das zusammen. Wir dürfen nur nichts vergessen.«

Ein weiterer Pfiff gellte in der Halle.

»Und wie geht's jetzt weiter?«, fragte Zorn.

»Wir müssen rausfinden, was damals passiert ist. Schröder hat gesagt, dass er sich ...«, Frieda zögerte kurz, »mit dem Tod eingelassen hätte. Keine Ahnung, was er damit meint. Aber wenn wir das klären, finden wir auch das Motiv, und dann ...«

»Frieda?«

»Ja?«

»Sind wir jetzt auf der ... dunklen Seite der Macht?«

»Ist mir egal.«

»Dir ist bewusst, dass wir einen ...«

»Du kannst es ruhig aussprechen.«

»Wir decken einen mutmaßlichen ...«, Zorn wandte sich unwillkürlich ab, »Mörder. Wie's aussieht, sogar einen Doppelmörder.«

»Wir decken *Schröder*.« Frieda klang entschlossen. »Und zwar so lange, bis wir die Wahrheit kennen.«

»Und dann?«

»Dann sehen wir weiter. Im Moment ist mir das scheißegal.«

»Das ist eigentlich *mein* Text, Frieda. *Ich* bin hier der Verdränger. Der, der nie an die Konsequenzen denkt.«

»Dann sind wir jetzt eben zu zweit.«

»Es ist unser Job, die Verbrecher hinter Gitter zu bringen. Von mir müssen wir gar nicht reden, aber du … du wärst fast gestorben, Frieda. Du hast dich sogar für tot erklären lassen, um einen Mörder vor Gericht zu stellen.«

»Stimmt.«

»Und was ist mit Schröder?«

»Den müssen wir schützen.«

»Egal, was er getan hat?«

»Ja«, sagte Frieda. »Nein«, fügte sie dann hinzu. »Ich weiß es nicht«, murmelte sie schließlich.

»Ich auch nicht. Aber ich bin froh, dass ich diesen Mist nicht mehr allein …«

»Papa?«

Zorn fuhr erschrocken herum. In den letzten Monaten war Edgar regelrecht in die Höhe geschossen, das ärmellose Trikot hing wie ein Sack über den übergroßen Shorts, unter denen die Beine wie Streichhölzer aus den klobigen Basketballschuhen ragten.

»Ich komme gleich«, sagte Zorn. »Ich muss nur noch kurz …«

»Du bist bekloppt.«

»*Was*?«

»Bekloppt«, wiederholte Edgar. »Völlig durchgeknallt.«

Er stand unter dem Vordach des verglasten Eingangsbereiches und sah seinen Vater ruhig an. Wie lange er zugehört hatte, wusste Zorn nicht. Jedenfalls lange genug.

»Du bist ein Vollidiot, Papa.«

»Edgar, ich …«

»Ögi bringt doch niemanden um.«

Der Junge musterte seinen Vater von Kopf bis Fuß.

»Wer so was glaubt, ist einfach nur dämlich.«

Was du nicht sagst, dachte Zorn. Ganz deiner Meinung, mein Sohn.

»Schöne Grüße an Frieda«, sagte Edgar und schüttelte ernst, beinahe mitleidig den Kopf. »Die ist genauso bekloppt.«

Er verschwand wieder in der Turnhalle.

»Das war Edgar«, sagte Zorn, nachdem er das Handy wieder ans Ohr genommen hatte. »Ich soll dich ganz lieb grüßen.«

»Ich hab's gehört.«

»Danke, Frieda.«

»Wofür?«

»Wenigstens bin ich hier nicht mehr der Einzige, der total durchgeknallt ist.«

»Tröstet dich das?«

Zorn dachte kurz nach.

»Ein bisschen«, sagte er dann. »Ein ganz kleines bisschen.«

*

Edgars Mannschaft gewann kein einziges Spiel. Es gab allerdings mindestens zwei weitere Gründe für sein eisiges Schweigen, als er auf der Rückfahrt neben Zorn im Volvo saß. Zum einen natürlich wegen des unfreiwillig mitgehörten Telefonats, zum anderen war da das peinliche Verhalten seines Vaters, der jeden Ballbesitz seines Sprösslings frenetisch bejubelt, die gegnerischen Körbe lautstark als Schiebung und Korruption bezeichnet hatte und mehrfach verwarnt worden war, nachdem er den Schiedsrichter als Blindschleiche beschimpft und gefordert hatte, dem *Pfeifenheini die Approbation* zu entziehen.

»Beim letzten Spiel hättet ihr fast ein Unentschieden geschafft«, sagte er, als sie von der Hochstraße in Richtung Innenstadt abbogen. »Es war total knapp«, fügte er, heiser vom vielen Gebrüll, krächzend hinzu. »Aber dieser unfähige Penner hat keine Ahnung, wie man ein Basketballspiel pfeift, den sollte man …«

Edgar stieß geräuschvoll die Luft aus und sah weiter stur aus dem Seitenfenster. Zorn schwieg nun ebenfalls, steuerte den Volvo durch die verwinkelten Gassen zum Hasenberg und stoppte wie üblich im Halteverbot auf dem Bürgersteig. Als Edgar sich abgeschnallt hatte und wortlos aussteigen wollte, hielt Zorn ihn am Arm zurück.

»Ich weiß nicht, was da passiert ist«, sagte er leise. »Ich krieg's raus, versprochen.«

»Was ist mit Ögi?«

»Ehrlich, ich weiß es nicht. Aber alles wird gut, Edgar.«

»Versprochen?«

Zorn hielt dem Blick seines Sohnes ruhig stand.

»Ja.«

Es war nicht sein erstes Versprechen, in seinem Leben hatte er einige gegeben. Wie viele davon er gebrochen hatte, war kaum noch zu zählen.

Auf eines mehr kam es also nicht an.

Siebenundvierzig

Er erschien buchstäblich auf den letzten Drücker im beinahe voll besetzten Konferenzraum, entschuldigte Schröders Fehlen mit einer schweren Erkältung (worauf Brettschneider ihm einen verwunderten Blick zuwarf) und wurde von dem Fallanalytiker mit einem herablassenden *Schön, dass der Herr Hauptkommissar auch einen Moment Zeit gefunden hat* begrüßt, was nicht unbedingt dazu beitrug, seine Laune zu verbessern.

Der eilends herbeizitierte Spezialist vom Bundeskriminalamt hatte ein Täterprofil erstellt und hielt einen ausschweifenden

Vortrag über Verhaltensmuster, psychosozialen Kontext und den *Modus Operandi* des flüchtigen Mörders. Als er zur Tathergangsanalyse überging, wurde Zorn klar, dass hier nichts Neues, sondern alles, was bereits bekannt war – nur komplizierter verpackt und hochtrabend formuliert –, präsentiert wurde, stürmte er fluchend aus dem Konferenzraum, wünschte dem *verdammten Möchtegern-Sherlock-Holmes* im Stillen die Pest an den Hals, inhalierte hastig zwei Zigaretten auf dem Parkplatz und ging, nachdem er sich etwas beruhigt hatte, in sein Büro.

Er war nicht nur wütend wegen der vergeudeten Zeit, sondern vor allem, weil alles, was der hochnäsige BKA-Mann über die Persönlichkeit des Täters gesagt hatte (kontrolliert, hochintelligent, kompromisslos), auf Schröder zutraf, ebenfalls dass die Morde geplant und sorgfältig vorbereitet gewesen waren. Dazu kamen weitere Fakten wie Körpergröße, der Umgang mit einer Schusswaffe und das professionelle Verwischen der Spuren, und wenn man dann noch bedachte, was der Fallanalytiker *nicht* wusste, nicht wissen *konnte*, landete man unweigerlich bei …

Doch Claudius Zorn hatte keine Kraft mehr, sich weiter den Kopf über Schröder zu zerbrechen. Also wandte er seine Gedanken den Opfern zu.

Abgesehen von der Tatsache, dass beide auf identische Art und Weise getötet worden waren, gab es noch immer keine Verbindung zwischen Fritjof Heilenz und Anton Pfaff. Beide hatten zurückgezogen gelebt, doch in völlig unterschiedlichen Welten – der eine in einer spießigen Reihenhaussiedlung am Stadtrand, der andere in einem Betonklotz in einer Gegend, die im allgemeinen Sprachgebrauch als sozialer Brennpunkt bezeichnet wurde.

Weder Heilenz noch Pfaff war aktenkundig. Einzelgänger, nie auffällig geworden. An sich war das nichts Besonderes, die meisten Menschen – Zorn eingeschlossen – wollten ihre Ruhe und kümmerten sich lieber um ihre eigenen Angelegenheiten. Doch womöglich ging es hier nicht um Desinteresse, sondern um mehr?

Jemand, der nicht entdeckt werden will, darf kein Aufsehen erregen, überlegte Zorn. Doch was hätten die beiden verbergen sollen? Vor wem?

Zorn stöhnte gequält auf. Noch immer wehrte er sich mit allen Kräften dagegen, Schröders Namen und diesen furchtbaren Begriff *(Doppelmörder)* in einem Atemzug zu verwenden. Er rieb den schmerzenden Magen und konzentrierte sich wieder auf Heilenz und Pfaff.

Der eine war auf die siebzig zugegangen, der andere war knapp sechzig. Lag die Verbindung in der Vergangenheit? Heilenz war ein hoher Parteifunktionär gewesen. Zorn dachte an die DDR-Flagge, die über Pfaffs Sofa an die Wand gepinnt war.

Eine weitere Verbindung?

Etwas an den Haaren herbeigezogen, *sehr* sogar, aber …

Er langte nach der unteren Schublade und stellte fluchend fest, dass sie abgeschlossen war. Es dauerte einige Minuten, bis er den Schlüssel unter seiner Tastatur gefunden hatte, und eine weitere, das Schloss aufzufummeln und das alte Foto hervorzukramen.

Ganz außen Schröder. Neben ihm Raimund Vanger, der sich an der Schanze im Hintergrund das Leben genommen hatte. Ein paar weitere Kinder. Dann drei Erwachsene. In der Mitte Heilenz, das erste Mordopfer. Der bärtige Kerl in der Wattejacke links neben ihm kam nicht in Frage, doch war es möglich, dass der andere …

Als sich die Bürotür öffnete, genügte ein Blick, dass Brettschneider umgehend wieder verschwand. *Noch,* denn lange würde er sich nicht mehr abwimmeln lassen, überlegte Zorn und wühlte Anton Pfaffs Akte zwischen den Papierbergen hervor.

Bei Heilenz war er relativ sicher gewesen, diesmal verhielt es sich anders. Der Typ mit den Trainingsanzug auf dem Foto rechts neben Heilenz war höchstens Anfang zwanzig, das Alter passte also. Ebenso wie die Locken, die bereits deutlich erkennbaren Geheimratsecken und der Schnauzbart. Aber handelte es sich tatsächlich um ein und dieselbe Person wie den verlebten, beinahe kahlen Mann mit den grauen Bartstoppeln auf dem Ausweisbild in Pfaffs Akte?

Zorn beugte sich vor, bis er das Foto fast mit der Nasenspitze berührte. Nein, vorerst blieb es bei einer Vermutung. Doch je länger er grübelte, desto logischer wurde es.

»Scheiße«, knurrte er und rieb den verspannten Nacken. »Ich hab echt keinen Bock mehr.«

Egal, in welche Richtung er dachte, welche Akte er aufschlug, wohin auch immer er sah – links oder rechts, nach vorn oder hinten, oben oder unten – irgendwann stieß er immer auf ein und denselben Namen.

Man musste weiß Gott kein Sherlock Holmes sein, um es zu erkennen. Wie auch jetzt auf dem alten Foto. Vier Menschen, drei davon tot. Einer durch Suizid, zwei weitere waren ermordet.

Und der vierte?

Schröder.

Noch Fragen, Watson?

Achtundvierzig

Damals.

Auf den Schnee folgte Nebel, der immer dichter wurde und nach dem Frühstück wie eine Glocke über dem Tal hing. Unter dem trügerisch glitzernden Neuschnee lag eine verharschte Eisschicht; das Training wurde abgesagt, Langeweile machte sich breit. Schröder lag lesend in seinem Bett, neben ihm presste Dumbo ein Taschentuch auf die blutende Nase und starrte schweigend an die Decke, während die Zwillinge vergeblich versuchten, Falko Meister zu überreden, sich in einen der Schränke einsperren zu lassen, um – wie sie behaupteten – ein wahnsinnig aufregendes Spiel zu spielen. Draußen schlichen die Thüringer gereizt im Nebel zwischen den Hütten umher und versuchten sich lustlos an einer Schneeballschlacht. Ein Großteil der halbherzig geworfenen Geschosse verfehlte sein Ziel, und als einer der Schneebälle das Fenster neben der Hüttentür traf, nutzten die Zwillinge die Gelegenheit und stürmten nach draußen, um die Provokation gebührend zu ahnden. Obwohl die körperlich weit unterlegenen Thüringer die Flucht ergriffen, hatte jeder der Zwillinge zwei von ihnen umgehend in seiner Gewalt. Die Frechlinge wurden unter großem Tamtam zum Plumpsklo geschleppt und dort arretiert. Nachdem die Zwillinge ihre Gefangenen ausgiebig beschimpft und verhöhnt hatten, verloren sie mit der Zeit das Interesse, und als ein Pfiff durch den Nebel gellte, liefen sie sofort zum Mittagessen.

In der Hütte stand Schröder auf und reichte Dumbo ein frisches Taschentuch. Sein fragender Blick wurde mit einem Kopfschütteln erwidert, er ging also allein zur Küchenbaracke. Während die anderen ihre Nudeln gierig verschlangen, rührte er seinen Teller kaum an.

Zum Nachtisch gab es Vanillepudding mit Himbeersirup, den Dumbo sehr mochte. Schröder nahm ihm ein Schälchen mit, doch als er zurück in die Hütte kam, war sein Freund verschwunden.

Neunundvierzig

Viel war der Akte über Anton Pfaff nicht zu entnehmen. Bis zur Wende hatte er einen Jugendclub geleitet, danach hatte er sich mit einer Veranstaltungsagentur kurzzeitig selbständig gemacht, auch seine späteren Versuche mit einem Fitnessstudio und einem Pizzadienst waren gescheitert.

Mehr hatte Brettschneider bisher nicht zusammengetragen. Noch immer hielt Zorn es für besser, dem schweigsamen Kommissar aus dem Wege zu gehen, und da er auf sich allein gestellt war, probierte er es mit einer schnöden Google-Suche. Dies nahm die folgenden zwei Stunden in Anspruch, doch nachdem Zorn sich durch über zweitausend Treffer gescrollt hatte, war er keinen Millimeter vorangekommen.

Es gab über ein Dutzend Anton Pfaffs. Einige waren verstorben (die jüngste Todesanzeige trauerte um einen vor drei Jahren in Ludwigslust verblichenen Gynäkologen). Diejenigen, die noch am Leben waren – unter anderem ein sächsischer Versicherungsmakler, der stellvertretende Bürgermeister von Husum und ein pensionierter Bergführer –, erfreuten sich laut ihrer Facebook-Seiten bester Gesundheit und durften wohl darauf hoffen, vom Schicksal ihres Namensvetters verschont zu bleiben und irgendwann im engsten Familienkreis bei Klaviermusik und Kerzenschein friedlich das Zeitliche zu segnen, anstatt bei ohrenbetäubendem Heavy-Metal-Getöse durch vier aus nächster Nähe abgegebene Schüsse vor einem billigen Einbauschrank hingerichtet zu werden.

Der Gesuchte selbst war auf keinem sozialen Netzwerk aktiv gewesen, nirgendwo fanden sich Fotos. Zuletzt hatte Pfaff sich als Fensterputzer versucht, die Webseite *(DER SAUBERMANN – SCHNELL, BILLIG, ZUVERLÄSSIG!)* war seit über einem Jahrzehnt nicht aktualisiert. Auch hier keine Fotos, nicht einmal eine Adresse, sondern nur eine Handynummer, die längst nicht mehr aktiv war.

Zorn streckte sich und massierte den schmerzenden Steiß. Konnte es sein, dass Anton Pfaff tatsächlich nicht gefunden werden *wollte*? Dann *(Gratulation, Sherlock!)* würde sich ein weiterer Verdacht bestätigen.

Was folgte daraus?

Der Nachmittag ging in den Abend über. Zorn stand auf und begann, Schröders Pflanzen auf dem Fensterbrett zu gießen. Das Präsidium leerte sich nach und nach, auch Brettschneider erschien unten auf dem Parkplatz. Bevor er in seinen Passat stieg, sah er noch einmal hoch zum Büro, und obwohl Zorn mit seiner Gießkanne hinter der verspiegelten Scheibe nicht zu erkennen war, wich er unwillkürlich zurück, lief um den Schreibtisch und begann, in Schröders Schubladen zu kramen. Als er die Lupe endlich gefunden hatte, ignorierte er das Chaos und die überall verstreuten Büroklammern, die Schröder erst kürzlich in mühevoller Kleinarbeit eingesammelt hatte, begab sich wieder an seinen Platz, beugte sich erneut über das alte Foto und atmete frustriert aus.

Auch die Lupe brachte kein besseres Ergebnis. Die Ähnlichkeit war da, aber es blieb eine Vermutung. Doch wenn es stimmte, dass es sich bei dem jungen Mann im Trainingsanzug rechts neben Fritjof Heilenz um Anton Pfaff handelte, hatten die beiden Mordopfer sich gekannt.

Nicht nur das. *Alle* hatten einander gekannt.

Heilenz und Pfaff. Schröder und Vanger. Pfaff und Schröder. Vanger und Pfaff. Heilenz und Vanger. Schröder und …

Herrje, es war verwirrend. Nachdem Zorn anfangs ratlos nach einer Verbindung gesucht hatte, waren es nun so viele, dass er im Begriff war, die Orientierung zu verlieren. Alle waren zur gleichen Zeit am gleichen …

»Ich Blödmann«, brummte Zorn und gab einen neuen Begriff in die Suchmaske ein.

Ein Mensch mochte dazu in der Lage sein, im Netz so gut wie keine Spuren zu hinterlassen. Anders verhielt es sich mit einem Ort. Ein Ort konnte sich nicht verstecken. Erst recht nicht, wenn es sich um eine Sprungschanze handelte.

Es gab keinen Wikipedia-Eintrag, doch eine Webseite, die von einem Förderverein regelmäßig gepflegt wurde. Auf der Startseite der *Freunde des mitteldeutschen Skisprungs e.V.* wurde der Besucher mit einem (offensichtlich kaum einträglichen) Spendenaufruf begrüßt. Zorn klickte sich durch die Navigationsleiste, überflog eine ausschweifende geschichtliche Abhandlung über die glorreichen Anfänge in den frühen sechziger Jahren des vergangenen Jahrhunderts bis zum traurigen Ende der Anlage, das Anfang der Neunziger trotz der verzweifelten Bemühungen der Unterstützer nicht mehr aufzuhalten gewesen war, scrollte durch eine umfangreiche Fotogalerie und öffnete schließlich das Archiv. Er klickte auf einen Link *(Die Blütezeit – unsere Schanze in der Presse)* und stieß auf haufenweise Berichte über diverse Kinder- und Jugendspartakiaden, Preis- und Urkundenverleihungen, die Einweihung einer neuen Zuschauertribüne und die Anschaffung moderner Sprungmatten, die den lange ersehnten Sommerbetrieb ermöglichten und ohne die Unterstützung der Genossen vom VEB Draht- und Seilwerk Mitte nicht realisierbar gewesen wären. Zorn verlor zunehmend das Interesse, überflog ein paar Artikel mit den üblichen Lobeshymnen auf die Partei- und Staatsführung und richtete sich plötzlich auf.

»Na bitte.«

Der Zeitungsausschnitt war abfotografiert worden. Die Schrift war verschwommen, die Gesichter auf dem Foto nahezu unkenntlich. Trotzdem erkannte Zorn sofort, dass er einen Volltreffer gelandet hatte.

Er ballte die verbliebenen Finger.

Das Foto war aus einem etwas anderen Winkel aufgenommen. Der Ausschnitt war deutlich kleiner, so dass Schröder vollständig abgeschnitten und nur noch Raimund Vangers Schulter am rechten Bildrand zu erkennen war. *VORFREUDE UNTER DEM SCHANZENTISCH,* stand über dem Foto. Zorn musste heranzoomen, um die Bildunterschrift entziffern zu können.

Zwei Tage vor der Einweihung der Flutlichtanlage herrscht Aufregung unter den Jugendfreunden. Schließlich erscheint nicht alle Tage ein Genosse der SED-Bezirksleitung, um sich persönlich vom ordnungsgemäßen Ablauf zu überzeugen. Genosse Heilenz (Bildmitte) wurde von den jungen Sportlern und ihrem Übungsleiter herzlich empfangen. Toni Pfaff (4. v. rechts) zeigte sich erfreut über den hohen Besuch und ließ den Genossen der Bezirksleitung die Kampfesgrüße aller Nachwuchssportler ausrichten, die …

»Bingo.«

Zorn hob den Kopf.

»Nee«, korrigierte er sich, »Scheiße trifft's besser. Ich lag schon wieder richtig.«

Allmählich kotzt es mich an, dachte er und rieb die geröteten Augen. Was soll das? Ich bin doch immer prima zurechtgekommen und hab mich jahrelang durchgemogelt. Muss ich denn ausgerechnet jetzt auf meine alten Tage noch so etwas wie kriminalistische Intuition entwickeln?

Fünfzig

»Ich störe nur kurz.«

Schröder fuhr mit der Zunge über die rissigen Lippen. »Wer sind Sie?«

»Das wissen Sie doch. Ich rufe an, weil ich Ihnen danken will, Sie haben …«

»Ich habe Kopfschmerzen.«

»Das tut mir leid.«

»Es … es wird bald dunkel.«

»Ja.«

»Ich muss mit dem Hund raus.«

»Ich …«

»Vorher muss ich ihn füttern.«

»Ich will Ihnen nur kurz noch was sagen.«

»Was?«

»Dass Sie sich keine Vorwürfe machen müssen. Sie sind ein guter Mensch. Sie haben das Richtige getan, die beiden hatten es mehr als verdient. Sie waren Monster.«

Schröders Finger krallten sich um das Handy. »Monster?«

»Es ist gut, dass sie endlich tot sind.«

»Dann sollte ich wohl auch sterben.«

»Wie meinen Sie das?«

»Weil ich jetzt auch ein Monster bin«, sagte Schröder.

Er trennte die Verbindung.

Es wurde Zeit, den Hund zu füttern.

Einundfünfzig

Er rief Frieda an, erreichte allerdings nur die Mailbox. Sie würde wissen wollen, ob er mit Schröder gesprochen hatte, also wählte er dessen Nummer, ließ es zweimal klingeln und legte wieder auf. Danach grübelte er eine Weile vor sich hin, schaltete das Licht ein und setzte sich wieder vor seinen Computer, um diesmal nicht nach Anton, sondern nach Toni Pfaff zu suchen.

Erwartungsgemäß fiel die Anzahl der Treffer nur unwesentlich geringer aus. Zorn klickte sich lustlos durch ein halbes Dutzend Webseiten und gab nach einigen Minuten frustriert auf, schließlich wusste er bereits mehr als genug.

Viel mehr, als ihm lieb war.

Die Beweislast war erdrückend. Zorns Hoffnung schwand zusehends, aber er war eisern entschlossen, sich selbst an den winzigsten Strohhalm zu klammern. Doch als er seine Gedanken in die Gegenrichtung lenkte, um nach Argumenten zu suchen, die Schröder nicht be-, sondern *ent*lasteten, kam er zu keinem verwertbaren Ergebnis – abgesehen von der Tatsache, dass er sich mit jeder Faser seines Verstandes verzweifelt dagegen wehrte wie ein störrisches Kind, das sein Zimmer nicht aufräumen will.

Tröstlich war immerhin, dass das Puzzle noch nicht vollständig war. Einige Teile fehlten, wie zum Beispiel das Motiv.

Er erhielt eine Nachricht von Frieda, die nach der abendlichen Unterwasserdruckstrahlmassage mit brennenden Muskeln im Bett lag *(es KOTZT mich an!!)* und ihn daran erinnerte, zu Schröder zu fahren. Zorn schickte ihr einen Smiley mit einem erhobenen Daumen, holte Schröders Ersatzschlüssel aus der Schublade, nahm seine Jacke und beschloss, sich vorher mit einem Döner zu stärken. Als er vor dem Imbiss am Hallmarkt aus dem Volvo steigen wollte, traf eine weitere Mitteilung von Frieda ein.

WIR HABEN DAS FAHRRAD VERGESSEN!!!

Während ihre dritte Nachricht *(DIE KRATZER!!!!)* auf dem Display erschien, hatte er sich bereits wieder angeschnallt und den Motor gestartet.

Er hatte sowieso keinen Hunger.

Zweiundfünfzig

Damals.

Als die Tür nach innen schwang, knirschten die rostigen Scharniere in den Angeln. Eine hagere Gestalt löste sich aus dem Nebel, betrat die Hütte und schloss die Tür hinter sich. Schröder legte das Buch beiseite und richtete sich erbleichend im Bett auf.

»Was liest du da?«, fragte der Funktionär und griff nach dem Buch. »Karl May? Ich dachte, der wäre verboten. Offensichtlich«, er klopfte mit dem Fingerknöchel auf den Einband, »haben die Genossen in Berlin ihre Meinung geändert.«

Als er Schröder das Buch zurückgab, duckte sich dieser und zog den Schlafsack schützend über den Körper.

»Wusstest du, dass Karl May im Gefängnis war? Er war ein Betrüger. Und seine Geschichten«, der hagere Mann schüttelte den Kopf, »sind Räuberpistolen, Lügenmärchen eines Hochstaplers. Aber Hauptsache, das Gute siegt über das Böse. Ziemlich naiv, findest du nicht?«

»Die anderen kommen gleich wieder«, stieß Schröder hastig hervor.

Der Funktionär quittierte die Warnung des verängstigten Jungen mit einem schmalen Lächeln.

»Du musst lernen, dich mit der Realität abzufinden. Wir sind hier nicht im Wilden Westen, im echten Leben ist es viel komplizierter. Du hältst mich für böse, nicht wahr?«

Schröder wich weiter zurück und presste den Rücken gegen die Wand.

»Das kann ich dir nicht verdenken. Aber nicht immer erhält der Bösewicht seine …«, der Funktionär hob sarkastisch die Stimme, *»gerechte Strafe.* Im Gegenteil, meistens ist *er* es, der die anderen bestraft. Weil er die Macht hat. Er bestimmt, was gut oder böse ist. Du solltest das akzeptieren, genau wie deine Eltern es tun. Ich mag sie, es sind nette Nachbarn. Es wäre doch schade, wenn ihnen etwas zustoßen würde, findest du nicht?«

Die dunklen, eng stehenden Augen funkelten im Zwielicht.

»Dieser verdammte Nebel«, fuhr der hagere Mann leutselig fort, zog einen Stuhl heran und nahm zwischen den Doppelstockbetten Platz. »Morgen soll es angeblich besser werden. Das kann man nur hoffen, schließlich müssen die Fernsehleute etwas erkennen. Glaubst du an den Wetterbericht?«

Der Junge antwortete nicht.

»Ich bin skeptisch. Vielleicht bleibt der Nebel viel länger. Man sollte immer mit dem Schlimmsten rechnen. Es gibt Dinge, die man nicht ändern kann.«

Irgendwo draußen wurde ein tiefer, grollender Fluch ausgestoßen.

»Dein Onkel«, erklärte der Funktionär und deutete durch das Fenster hinaus in den Nebel. »Er kämpft noch immer mit dem Flutlicht. Aber er hat mir versichert, dass er es schafft. Ein fähiger Mann, du kannst stolz auf ihn sein.«

Er lächelte Schröder an. Der Junge hielt seinem Blick schweigend stand.

»Es ist ja noch Zeit bis zum Probelauf«, sagte der Funktionär. Als er auf die Uhr sah, blitzte das vergoldete Gliederarmband auf. »Über vier Stunden. Und danach?«

Er überlegte einen Moment.

»Vielleicht sollte man sich einen Film anschauen?«

Schröder presste die Kiefer so fest aufeinander, dass die Zähne knirschten. Der Mann stand auf, schob den Stuhl zurück und deutete auf Dumbos leeres Bett.

»Wo ist eigentlich dein Freund?«

»Unterwegs.«

»Grüß ihn von mir. Ich glaube, die Filme gestern Abend haben ihm nicht sonderlich gefallen. Mir ehrlich gesagt auch nicht. Ich kann diesen amerikanischen Actionfilmen nicht viel abgewinnen.«

Der Funktionär ging zur Tür.

»Ich denke, wir sollten uns etwas anderes ansehen«, sagte er, wandte sich noch einmal um und zwinkerte Schröder zu. »Was hältst du von Winnetou?«

Dreiundfünfzig

Es war albern.

Trotzdem hielt Zorn neben den Glascontainern am Spielplatz und legte die letzten fünfzig Meter zu Fuß zurück. Kurz bevor er das schmiedeeiserne Gartentor erreichte, leuchtete ein Augenpaar in der Dunkelheit auf, ein Fuchs erschien auf dem Weg, sah ihn einen Moment ruhig an und verschwand lautlos im Gebüsch auf der anderen Seite.

Schröders Haus war hell erleuchtet, doch auch nach mehrmaligem Klingeln rührte sich nichts hinter den Fenstern. Das Tor stand halb offen und fiel mit einem leisen Quietschen hinter Zorn ins Schloss. Kies knirschte unter seinen Stiefeln, Zorn wich seitlich aus und näherte sich dem Haus über den Rasen. Schröders Rennrad lehnte noch am Werkstattschuppen, Zorn ging in die Hocke, schaltete die Taschenlampe seines Handys ein, musterte das Rad eine Weile mit ausdrucksloser Miene und lief weiter. Er sparte sich den Weg nach hinten zur Terrasse, klopfte nicht an oder rief nach Schröder, um sich bemerkbar zu machen. Zorn spürte, dass niemand da war, und nachdem er die Tür mit dem Ersatzschlüssel geöffnet hatte und ins Wohnzimmer trat, wurde das Gefühl zur Gewissheit.

Er machte Anstalten, wie üblich die Stiefel auszuziehen, doch ein Blick auf die verdreckten, mit Staubflusen, Hundehaaren und getrocknetem Schlamm bedeckten Dielen zeigte ihm, dass es die Mühe nicht wert war. Ein unangenehmer Geruch nach Urin, faulendem Obst und muffiger Kleidung lag in der stickigen Luft. Auf dem Küchentresen verteilten sich schmutzige Teller und leere Hundefutterdosen, ein vertrockneter Brotkanten begann bereits zu schimmeln. Der Geschirrspüler stand sperrangelweit offen, auf der Klappe türmte sich ein zerknitterter Wäscheberg. Schröders Ohrensessel war fleckig und mit Krümeln bedeckt, auf der Lehne lag ein aufgeklapptes Taschenbuch. *DAS BUCH VOM DACKEL,* stand auf dem zerknitterten Einband. *Mit diesen geheimen Tricks wird dein Hund zum treuen Partner im Alltag!*

»Ein Dackel also«, murmelte Zorn. »War ja klar.«

Das gerahmte Foto von Edgars Einschulung war von der Wand gefallen. Als Zorn näher trat, knirschten Glassplitter unter seinen Stiefeln. Er betrachtete den offenen Wandsafe und wurde bleich.

»Das kann doch nicht …«

Der Piepton seines Handy zerriss die gespenstische Stille wie ein Alarmsignal.

»Ist er da?«, fragte Frieda.

»Der Vogel ist ausgeflogen.«

»Was ist mit dem …«

»Seine Knarre ist weg.«

»Seine … *was?!*«

»Die Pistole. Im Magazin sind fünfzehn Schuss, er hat also noch ein paar übrig.«

Frieda schluchzte auf.

»Und was machen wir jetzt?«

»Sag du's mir.«

»Ich … ich weiß es nicht, Claudius.«

»Ich kann versuchen, den ballistischen Bericht zu frisieren. Wird 'ne Menge Arbeit, aber …«, Zorn lachte freudlos auf, »ich stecke sowieso schon bis zum Hals in der Scheiße.«

Er schloss den Safe und hängte den zersplitterten Fotorahmen wieder davor.

»Sein Rad lehnt draußen am Schuppen«, sagte er. »Die Reifen sind total verdreckt. Getrockneter Lehm, genau wie an seiner Hose. Und am Bahndamm«, fügte er nach einer kurzen Pause hinzu. »Der Rahmen ist zerkratzt. Aber das war ja sowieso klar.«

Frieda begann zu weinen.

Zorn spürte, wie ihm ebenfalls die Tränen in die Augen stiegen. »Ich muss jetzt weitermachen«, sagte er und versuchte, entschlossen zu klingen.

Er beendete das Gespräch und verließ das Haus. Schulterte das Rennrad, lief an der Terrasse vorbei, zwängte sich durch das Gebüsch die Böschung hinab zum See und lief zwischen dem Schilf auf den verwitterten Bootssteg. Er verschnaufte kurz, drehte sich wie ein Hammerwerfer mehrmals um die eigene Achse und warf das Rad in den See.

Was, verdammt nochmal, mache ich hier?, fragte er sich und sah zu, wie die auf den Wellen schwankenden Seerosen allmählich wieder zur Ruhe kamen.

Was?

Er hatte weder ein schlechtes Gewissen noch den geringsten Anflug von Schuldbewusstsein. Dass er das Berufsethos eines Polizisten mit Füßen trat, kümmerte ihn nicht, ebenso wenig die Sorge, entdeckt zu werden. Als er zu weinen begann, geschah dies aus Hilflosigkeit und dem Gefühl, Schröder nicht schützen zu können, weil alles, was er tat, sinnlos und Schröder verloren war.

Ein Kläffen ließ ihn zusammenfahren. Er wirbelte herum und schaffte es nur mit Mühe, auf dem glitschigen Steg das Gleichgewicht zu halten.

»Schon gut«, beruhigte Schröder den Dackel und sah Zorn fragend an. »Was machst du hier?«

»Ich …«

Der Hund zerrte knurrend an der Leine.

»Das ist Dumbo«, lächelte Schröder und wurde wieder ernst. »Er mag dich nicht.«

Zorn wich einen Schritt zurück.

»Interessiert mich ’nen Dreck«, sagte er. »Ich kann das Vieh auch nicht leiden.«

Vierundfünfzig

Damals.

Am Nachmittag hatte sich das Wetter nicht gebessert. Während die Kinder missmutig in ihren Betten dösten, herrschte draußen drückende Stille, gelegentlich unterbrochen von Werkzeugklirren, Hammerschlägen und einem unterdrückten Fluch, der oben vom Schanzenturm durch den dichten Nebel hallte.

Nur eine kleine, schemenhafte Gestalt streifte zwischen den Kiefern umher, sah hinter den Hütten nach und rief ab und zu leise nach Dumbo. Obwohl es sinnlos war, beschloss Schröder, auch das windschiefe Plumpsklo zu kontrollieren, doch er stoppte auf halbem Wege, als sein Blick auf die an der Hüttenwand lehnenden Skier fiel. Im nächsten Moment hastete er in die Hütte, ignorierte die Zwillinge, die den hilflos strampelnden Falko Meister in den Schwitzkasten genommen hatten, und öffnete den Spind seines Freundes.

»Du bist verrückt«, flüsterte er.

Nicht nur Dumbos Skier, sondern auch seine Skischuhe waren verschwunden. An der Innenseite der Spindtür hing ein Zettel. Die Botschaft, die er seinem Freund hinterlassen hatte, war eindeutig.

Ich kann nicht mehr.

Fünfundfünfzig

»Was machst du hier?«, wiederholte Schröder.

»Ich hab dein Rad in den See geschmissen.«

»Warum?« Schröder runzelte die Stirn. »Ich mag dieses Rad.«

»Stimmt, du hast 'ne ganze Weile dran rumgeschraubt. Tja«, seufzte Zorn, »dann war die Arbeit wohl umsonst.«

»Ich mag dieses Rad.«

»Das hast du schon gesagt.«

»Ich mag dieses …«

»Schon gut!« Zorn deutete eine sarkastische Verbeugung an. »Ich bitte gnädigst um Verzeihung! Kommt nie wieder vor!«

Der Hund fletschte knurrend die Zähne.

»Keine Angst«, sagte Schröder und kraulte das Fell. »Er ist harmlos.«

»*Was* bin ich?«

»Harmlos.«

»Ach ja?«

»Das warst du schon immer.«

Rechts neben ihnen raschelte etwas im Schilf. Eine Ente flog gackernd auf und verschwand in der Nacht.

»Hast du deine Knarre dabei?«, fragte Zorn.

Schröders Finger tasteten über den Gürtel.

»Nein.«

»Wo ist die?«

»Die ist …«

»Ja?«

»Irgendwo.«

»Du hast noch sieben Patronen. Oder hast du noch jemanden erschossen? Dann wären nur noch drei übrig.«

Schröder antwortete nicht.

»Ist eigentlich egal.« Zorn winkte höhnisch ab. »Sind jedenfalls genug, um mir eine Kugel durch den Kopf zu jagen.«

»Warum sollte ich das tun?«, fragte Schröder verwundert.

»Keine Ahnung! Vielleicht, weil ich dein verficktes Scheißrad da reingeschmissen habe?«

Zorns Stimme hallte über den See.

»Ich mag dieses …«

»Weißt du was?«, unterbrach Zorn und senkte die Stimme. »Mach deine Scheiße alleine, ja? Ich hab nämlich die Schnauze voll, du mieser, kleiner, übergewichtiger …«

Er holte tief Luft.

»… KILLER!«

Der Dackel ging ängstlich hinter Schröder in Deckung.

»Ich …«, Schröder schüttelte den Kopf, »ich bin nicht …«

»Was?«, schäumte Zorn. »Klein? Übergewichtig?«

»Ich …«

»Oder was?«

Schröder bückte sich und kraulte den winselnden Hund zwischen den Ohren.

»Ein Killer bist du jedenfalls! Na los!«, Zorn tippte sich an die Stirn, »hol deine Knarre und knall mich ab! Du weißt doch, wie's geht! Aber steck dir vorher das Hemd in die Hose und mach deinen verfickten Hosenstall zu!«

Schröder richtete sich schwerfällig auf und flüsterte etwas.

»Mach gefälligst den Schnabel auf!«, brüllte Zorn. »Ich verstehe kein Wort!«

Schröder sah ruhig zu ihm auf.

»Sie hatten es verdient.«

Zorn prallte zurück.

»Das … das ist Schwachsinn«, stammelte er und sah Schröder beinahe flehentlich an. »Du verarschst mich, stimmt's?«

Schröder schüttelte schweigend den Kopf.

»Warum, Schröder?«

»Ich will nicht darüber reden. Nie mehr.«

Etwas klickte in Zorns Verstand.

»Du solltest mich verhaften«, sagte Schröder und streckte ihm die Hände entgegen.

»Vergiss es.«

Der Dackel sprang auf, riss sich von der Leine los und verschwand im Schilf.

»Dumbo!«, rief Schröder aus. »Es ist deine Schuld«, zischte er Zorn wütend an. »Du hast ihm Angst gemacht.«

»Dieses Vieh kann mich mal!«

»Warte, Dumbo!«

Schröder rannte davon.

»Du kannst mich auch!«, brüllte Zorn ihm nach. »Verhafte dich gefälligst selbst! Arschloch!«

Sechsundfünfzig

Damals.

Der Nebel war so dicht, dass Schröder die Hand kaum vor den Augen erkennen konnte. Er suchte den Hang in Serpentinen ab, rutschte dabei immer wieder auf der Eisschicht unter dem Neuschnee aus und quälte sich so lange verbissen bergauf, bis er auf halbem Wege eine Pause einlegen musste. Als er wieder zu Atem gekommen war, glaubte er, etwas gehört zu haben. Sein leises Rufen blieb ohne Reaktion, trotzdem folgte er dem Geräusch durch den Nebel und fand Dumbo im Wald ein paar Meter links neben dem Hang.

Der Junge lag mit gespreizten Beinen neben einem mannshohen Felsbrocken reglos auf dem Rücken, die Augen waren geschlossen, das Gesicht wachsbleich. Es schien, als hätte er seinen Plan in die Tat umgesetzt, doch sein schmaler Brustkorb hob und senkte sich unter dem mit Eisstücken und Kiefernnadeln bedeckten Pullover, und als Schröder neben ihm in den Schnee sank, war das Zähneklappern deutlich zu hören.

»Was machst du hier?«, fragte er ruhig.

»Warten«, erwiderte Dumbo, ohne die Augen zu öffnen. Die Spitze seines linken Skis war abgebrochen, der andere hatte sich aus der Bindung gelöst und ragte neben dem Felsbrocken halb aus dem Schnee.

»Worauf?«, fragte Schröder.

»Dass es endlich vorbei ist.«

Schröder streifte die durchnässten Handschuhe ab und ließ sie achtlos neben sich fallen. Im Wald war die Sicht deutlich besser, er folgte Dumbos Skispur, die in scharfen Kurven bergab um die Baustämme und dann direkt auf den Felsen zulief – offensichtlich Dumbos Ziel, das er nur deshalb verfehlt hatte, weil sein linker Ski im Tiefschnee stecken geblieben war.

»Bist du von ganz oben losgefahren?«, fragte Schröder.

»Ja.«

»Durch den Wald?«

»Ja.«

»Nicht schlecht. Das muss man erst mal schaffen.«

Schröder sah auf Dumbo hinab, der sich keinen Millimeter gerührt hatte – abgesehen von den Pupillen, die sich hinter seinen geschlossenen Lidern bewegten. Er fror erbärmlich, und obwohl er verbissen dagegen ankämpfte, konnte er sowohl das Zähneklappern nicht unterdrücken als auch die Schauer, die seinen mageren Körper immer wieder durchfuhren und wie Espenlaub erzittern ließen.

»Und jetzt?«, fragte Schröder.

»Jetzt versuch ich's anders.«

»Du willst erfrieren?«

»Irgendwie muss es ja klappen.«

»Dazu ist es zu warm«, sagte Schröder. »Spätestens morgen finden dich die Typen vom Fernsehen. Und dann? Willst du denen ein Interview geben und erzählen, wie toll es hier ist?«

Dumbo schluchzte auf. Schröder schob ihm einen Arm unter den Nacken und bettete seinen Kopf im Schoß.

»Nicht mal das krieg ich hin«, weinte Dumbo. »Nicht mal das.«

Schwere Stiefelschritte polterten auf vibrierendem Stahl. Ein gut gelauntes Pfeifen erklang im Nebel, Schröders Onkel, der die Elektroverteilung oben auf dem Schanzenturm offensichtlich in Ordung gebracht hatte, lief die Eisentreppe neben dem Hang hinab ins Tal.

»Ich bin selbst schuld«, schluchzte Dumbo leise. »Du hast gesagt, dass ich mich von ihm fernhalten soll. Ich hab's dir versprochen, ich …«

»Du kannst nichts dafür.«

»Doch!«

»Es ist meine Schuld.«

»Nein, meine.«

»Ich hab nicht geahnt, dass er herkommt. Aber ich wusste, dass er nicht allein ist. Mein Onkel kennt viele von diesen … Monstern. Ich hätte wissen müssen, dass noch jemand kommt.«

Schröder wiegte Dumbo sacht hin und her.

»Lass mich einfach hier liegen«, bat Dumbo.

»Und dann?«

»Du hast gesagt, dass es erst aufhört, wenn wir tot sind. Meine Füße sind schon völlig taub, die Finger spüre ich auch nicht mehr. Und wenn …«

»Vielleicht geht es ja anders«, sagte Schröder und sah bergauf in Richtung der Schanze.

»Und wie?«

»Erst mal gehen wir wieder runter. Du ziehst dir warme Sachen an, und ich besorge Werkzeug.«

»Werkzeug? Wofür?«

»Das wirst du dann sehen.«

Schröder brachte ein schiefes Lächeln zustande.

»Du hast letzte Nacht einen Zahn verloren«, stellte Dumbo fest.

»Sieht ganz danach aus.«

»Dein Onkel?«

»Der andere.«

»Tut's doll weh?«

»Längst nicht so schlimm wie deine Nase. Außerdem«, Schröder fuhr mit der Zunge über die Lücke, »ist es ein Milchzahn. Der wächst wieder nach.«

»Aber das andere … bleibt, oder?«

»In unseren Köpfen jedenfalls. Dagegen können wir nichts tun. Aber wir können dafür sorgen, dass es aufhört. Dass es nicht mehr passiert.«

»Nie wieder?«

»Nie wieder.«

Als Schröder ihm aufhalf, knickten die Beine unter Dumbo weg. Er klammerte sich haltsuchend an Schröder, schob ihn dann von sich und sah ihn lange an.

»Versprichst du's?«

»Das kann ich nicht«, sagte Schröder. »Aber wir müssen es wenigstens versuchen.«

Siebenundfünfzig

»Der hat sich nicht nur verändert, Frieda. Das ist nicht mehr Schröder, sondern ein völlig anderer Mensch.« Zorn schloss die Wohnungstür hinter sich, streifte die Stiefel ab und ließ die Jacke achtlos zu Boden fallen. »Keine Ahnung, wie ich's erklären soll.«

»Ich weiß, was du meinst.«

»Echt? Was meine ich denn?«

»Na ja, dass er …Nee, ich kann's auch nicht erklären.«

»Du hättest den sehen sollen. Er läuft rum wie'n Penner. Und seine Bude erst, es stinkt wie im Affenhaus und … Scheiße!«

»Schrei nicht so rum, Claudius.«

»Es hat reingeregnet.«

»Ach. Ist das Dach undicht?«

»Nee, ich hab die Balkontür offen gelassen.«

Zorn schaltete das Handy auf Lautsprecher. Sein Blick streifte die vertrockneten Blätter, die sich in der Ecke um den kreisförmigen Abdruck des Blumentopfes auf den Dielen verteilten. Er legte das Handy auf das Fensterbrett und hatte eine Idee.

»Herrje!«, rief er scheinbar entsetzt aus. »Dein Hibiskus ist umgekippt!«

»Dann stell den Topf wieder hin.«

»Sinnlos, er ist völlig hinüber«, seufzte Zorn. »Dabei hab ich ihn jeden Tag gegossen. Sogar geredet hab ich mit ihm, aber …«, ein weiteres, tieftrauriges Seufzen, »alles umsonst.«

Er warf einen scheelen Blick auf das Handy, wartete eine Weile vergeblich auf eine Antwort und ließ sich dann resigniert auf das Sofa fallen.

»Ich hab ihn gestern weggeschmissen«, gab er zu. »Gegossen hab ich ihn wirklich. Am Dienstag, aber da war's schon zu spät.

Und geredet hab ich auch mit dem Ding. Na ja, *bedroht* trifft es besser.«

»Tatsächlich?«

»Hat nichts genutzt. Ich kauf dir 'nen neuen, versprochen.«

»Musst du nicht. Ich bin froh, dass er endlich weg ist.«

»Wie jetzt …?!«

»Ich hab dieses hässliche Ding immer gehasst.«

»Aber du hast doch ständig gesagt, wie wunderschön …«

»Das hast *du* gesagt, nicht ich.«

»Aber nur, weil *du* gesagt hast, dass …«

Zorn verhedderte sich und kam ins Stocken.

»Dann bist du also nicht sauer?«, fragte er schließlich.

»Im Gegenteil.«

Er sank erleichtert in die Polster.

»Du hast ganz schön Schiss gehabt, was?«, kicherte Frieda.

»Und wie.«

Das Rascheln von Bettwäsche drang aus dem Handy.

»Wie spät ist es?«, fragte sie.

»Kurz nach halb zwölf.«

»Ich bin todmüde.«

»Ich auch«, gähnte Zorn. »Schlaf ein bisschen, Frieda.«

»Ich kann nicht. Du etwa?«

Er lauschte ihrer blechernen Stimme, betrachtete das schimmernde Display auf dem Fensterbrett und spürte, wie sehr er sie vermisste.

»Nee«, sagte er. »Und was wollen wir jetzt machen?«

»Wisch erst mal die Pfütze auf.«

Zorn lief gehorsam in die Küche und kehrte mit einem Lappen zurück.

»Was glaubst du, wo er jetzt ist?«, fragte sie.

»Weiß nicht.« Er ging vor der Balkontür in die Hocke. »Ich hab fast 'ne Stunde vor seinem Haus gewartet. Er ist nicht zurückgekommen. Wahrscheinlich sucht er noch immer nach dem bekloppten Köter.«

»Und du bist sicher, dass es der Hund von Fritjof Heilenz ist?«

»Woher sollte er das Vieh sonst haben?« Zorn zwängte sich durch die Glastür und trat mit einem Bein auf den Balkon, um den Lappen über dem Geländer auszuwringen. »Aus dem Tierheim? Oder … Scheiße, verdammt!«

»Was ist denn jetzt wieder …«

»Mein Strumpf ist nass.«

»Herrje.«

»Außerdem hab ich den Lappen in den Fluss geschmissen.«

»Weil du sauer bist.«

»*Stink*sauer.«

Zorn streifte den Strumpf ab, hüpfte auf einem Bein hin und her und sah sich unschlüssig um. Wandte sich zurück zur Balkontür und ließ den tropfenden Strumpf dem Wischlappen in den Fluss folgen.

»Auf wen?«, fragte Frieda.

»Weiß nicht. Auf mich. Auf Schröder. Auf … *alles*.«

Er stieß die Tür heftig mit der Schulter zu und sank wieder auf das Sofa.

»Haben wir irgendwo noch 'nen Lappen?«, fragte er.

»Im Wischeimer müsste noch einer sein.«

»Den hab ich gerade weggeschmissen.«

»Dann war's der letzte, Schatz.«

»Ich könnte ein Geschirrtuch nehmen.«

»Das wär 'ne Idee.«

»Aber ich hab keinen Bock.«

»Dann lass es.«

»Und was ist mit den Wasserflecken? Wenn die erst eingezogen sind, dann …«

»Scheiß drauf.«

»Ja«, seufzte Zorn. »Scheiß auf alles.«

Er schloss müde die Augen.

»Schröder hat's sogar gestanden. Er wollte, dass ich ihn verhafte. Er hat gesagt, Heilenz und Pfaff hätten es … *verdient.*«

»Hast du gefragt, was er damit meint?«

»Er hat gesagt, dass er nicht darüber sprechen will, nie mehr. Er … warte mal.«

»Was ist?«

»Mir fällt grad was ein.«

Zorn legte den Kopf in den Nacken und sah zur Decke.

»Claudius?«

»Moment.«

Eine halbe Minute verging.

»Weißt du, woher die Narben an seiner Hand stammen?«, fragte er dann.

»Was hat das mit …«

»Weißt du's?«

»Er hat sich verbrüht.«

»Das war kein Unfall, Frieda. Es war Absicht.«

Auch nach über zehn Jahren erinnerte sich Zorn noch genau an den traumatisierten Jungen, der von seinem eigenen Vater missbraucht worden war und nicht nur diesen, sondern zwei weitere Menschen getötet hatte. Einen weiteren Mord hatten sie in letzter Sekunde noch verhindern können, Zorn selbst hatte dem Tod buchstäblich ins Auge gesehen, bevor er auf dem Dach eines Hochhauses Zeuge geworden war, wie Schröder vergeblich versuchte, den Jungen zur Aufgabe zu bewegen.

»Er hat ihm erzählt, dass er ihn versteht«, sagte Zorn. »Weil er dasselbe erlebt hat. Der Junge hat ihm nicht geglaubt, also hat Schröder ihm die verletzte Hand gezeigt. Er hatte sie absichtlich in kochendes Wasser gehalten, um den Schmerz zu betäuben.«

»Schröder wurde missbraucht?«

»Ich bin der Einzige, der es weiß. Ich musste versprechen, dass es dabei bleibt. Danach hat er nur noch gesagt, dass er nicht mehr drüber sprechen will. Nie wieder. Exakt dieselben Worte wie vorhin.«

Frieda atmete zischend ein. Ob es wegen der Schmerzen oder aus Schock über das, was sie soeben erfahren hatte, geschah, ließ sich nicht sagen. Wahrscheinlich lag es an beidem.

»Ich hab mich immer gefragt, warum Schröder dieses Foto vor der Schanze so lange aufgehoben hat. Ich hab's abfotografiert, ich schick's dir nachher aufs Handy«, sagte Zorn. »Du hast gemeint, dass wir herausfinden müssen, was damals passiert ist. Vielleicht wissen wir's jetzt. Das würde auch erklären, warum Heilenz und Pfaff später nie aufgefallen sind. Weil sie nicht auffliegen wollten.«

Frieda antwortete nicht.

»Dann hätten wir nicht nur ein Geständnis«, fuhr Zorn fort. »Sondern auch ein Motiv.«

»Du meinst …«

»Rache.«

»Wenn das stimmt, dann …«

Friedas Stimme brach. Sie räusperte sich und setzte noch einmal an. Als sie fortfuhr, klang sie vorsichtig, tastete sich zögernd Wort für Wort voran.

»Vielleicht sollten wir uns damit abfinden.«

»Womit?«

»Dass wir ihn nicht mehr schützen können. Nicht nur das. Nach dem, was wir wissen, *dürfen* wir's nicht mehr. Wir … wir müssen den Tatsachen ins Auge sehen, Claudius.«

»Ich denke nicht dran.« Zorn schüttelte so heftig den Kopf, dass das strähnige Haar hin und her flog. »Ich scheiße auf die Tatsachen. Ich scheiße auf die Logik. Ich scheiße auf irgendwelche Fakten oder Argumente, ich scheiße auf …«

»Ja?«

»Alles. Ich scheiße einfach auf alles.«

»Das bemerktest du bereits, Schatz.«

»Ich weiß, dass das kindisch ist. Aber da scheiße ich auch drauf.«

»Was du nicht sagst.«

»Schröder ist kein Mörder, Frieda. Wer so was glaubt, ist einfach nur …«

»… dämlich. Ich hab gehört, was Edgar gesagt hat.«

Sie schwiegen ein paar Sekunden.

»Ich hab Edgar versprochen, dass alles gut wird«, sagte Zorn dann. »Der nimmt mich sowieso kaum noch ernst, aber er würde mir nie verzeihen, wenn ich Schröder … du weißt schon, wenn ich ihn einfach so aufgebe. Ich bin ja selbst schon am Durchdrehen, aber Edgar? Den würde das völlig aus der Bahn werfen.«

»Irgendwann *muss* er's erfahren.«

»Nicht unbedingt.«

»Du willst es weiter vertuschen?«

»Ja.«

»Wie lange noch?«

»Was weiß ich?« Zorns Lippen verzogen sich zu einem farblosen Strich. »Ich mache jedenfalls weiter. Und zwar so lange, wie's nötig ist. Wenn das nicht reicht, dann …«

»Hältst du mal kurz die Klappe?«

»Warum?«

»Weil ich nachdenken muss. Das durftest du auch gerade.«

Im Gegensatz zu Zorn brauchte Frieda nur wenige Sekunden, um eine Entscheidung zu treffen.

»Es ist absolut hirnrissig, Claudius.«

»Was du nicht sagst.«

»Trotzdem hast du recht.«

»Ach ja?«

»Wir ziehen das weiter durch.«

»Wir beide?«

»Ja.«

»Ein Glück, es gibt 'ne Menge zu tun. Ich weiß gar nicht, wo wir anfangen sollen.«

»Zuerst müssen wir ihn finden«, entschied Frieda. »Ich hab vorhin versucht, ihn zu erreichen. Sein Handy ist an, ich probier's weiter. Du fährst wieder zu ihm.«

»Ich glaube nicht, dass er da ist.«

»Aber vielleicht irgendwo in der Nähe. Wenn wir sein Handy orten könnten …«

»Das können wir vergessen, Frieda. Brettschneider würde das mitkriegen, und wenn er vor uns mit Schröder spricht, dann … weißt du, was ich glaube?«

»Sag's mir.«

»Schröder *will* verhaftet werden.«

Ein paar Sekunden hingen beide ein und demselben Gedanken nach, ohne ihn auszusprechen.

»Apropos Brettschneider«, fiel Zorn ein. »Was machen wir mit dem?«

»Wir dürfen ihn nicht unterschätzen.«

Mehr, fügte Frieda hinzu, konnten sie im Moment nicht tun. Ungeachtet der fraglos dramatischen Lage kam ein Mord an Brettschneider nicht in Betracht, und Zorns Vorschlag, den jungen Kommissar in seinem Büro zu überwältigen, im ehemaligen Kopierraum nebenan einzusperren und somit wenigstens eine Weile aus dem Weg zu räumen, wurde ebenfalls schnell verworfen.

Ein weiteres Problem stellte der vorläufige Ballistikbericht dar. Doch auch in diesem Punkt beschlossen sie, vorerst nichts zu unternehmen, schließlich bestand keine Gefahr, solange Schröders Waffe nicht auftauchte, weshalb vor allem dafür gesorgt werden musste, dass sie verschwunden blieb.

Falls Schröder in Brettschneiders Visier geriet, würde dieser schnell auf weitere belastende Indizien stoßen – angefangen bei dem aus der Asservatenkammer verschwundenen Reflektorband über die nicht vorhandene Aktennotiz, in der Schröder das Telefonat mit Raimund Vanger vermerkt haben sollte, bis zu den Lehmspuren, deren Reste sich unweigerlich in Schröders Spind finden mussten. Das war längst nicht alles, weshalb Zorn auf die Idee kam, mehrere Fliegen mit einer Klappe zu schlagen, doch seine Anregung, das Präsidium in die Luft zu sprengen, wurde nicht nur auf Grund des fehlenden Materials, sondern vor allem wegen Zorns technischen Unvermögens umgehend fallengelassen.

»Du fährst jetzt zu ihm«, wiederholte Frieda. »Das wird 'ne lange Nacht, mach dir Kaffee und nimm die rote Thermoskanne mit. Und vielleicht …«

Sie zögerte.

»Was ist?«, hakte Zorn nach.

»Vielleicht ist es besser, wenn du …«

»Was?«

»… deine Pistole …«

»Vergiss es! Die Scheißknarre liegt im Safe im Büro!«

Und dort, verkündete Zorn wütend, würde dieses Ding auch bleiben, und zwar so lange, bis es verrostete. Als er Frieda erklärte, dass Schröder ihm nie etwas antun würde, klang er nicht ganz so entschlossen wie erhofft.

»Er ist trotzdem noch Schröder. Und wenn er was von mir will, kriegt er eins mit der Thermoskanne über die Rübe. Wo ist die eigentlich?«

»Im Wandschrank über der Spüle.«

Friedas Vermutung war falsch, denn nachdem sie das Gespräch beendet hatten, fand Zorn die Kanne erst nach längerer Suche in einer Schublade unter dem Backofen zwischen verstaubten Tupperdosen, einem eingeschweißten Bratenthermometer und einem

Gerät, das er für eine Nudelzange hielt. Als er seine Stiefel anziehen wollte, bemerkte er den fehlenden Strumpf. Kurz entschlossen streifte er den verbliebenen ab, warf ihn ebenfalls in den Fluss, rauchte eine Zigarette und beobachtete, wie der Strumpf im Widerschein der Laternen langsam nach Norden trieb, wo sich der andere wahrscheinlich in den tiefhängenden Weiden kurz vor dem Wehr an der alten Papiermühle verfangen hatte, um sich mit dem Nachzügler wieder zu einem Paar zu vereinen. Zorn, der seinen Posten nicht barfuß beziehen wollte, lief ins Schlafzimmer, um frische Socken zu holen. In der Schublade fanden sich über ein Dutzend weitere einzelne Exemplare, deren Anzahl sich rätselhafterweise ständig vergrößerte. Frieda mahnte sowohl Zorn als auch Edgar immer wieder zur Ordnung und reagierte auf den Hinweis, dass mindestens ein Drittel der Strümpfe ihr gehöre, stets mit eisigem Schweigen. Zorn zögerte nur kurz, bevor er den Haufen zusammenraffte, ebenfalls schwungvoll über das Balkongeländer warf und somit einen seit Jahren schwelenden Konflikt beendete.

Es wurde Mitternacht, das melodische Glockenspiel des mittelalterlichen Turms hallte vom Marktplatz heran. Als Zorn mit der Thermoskanne unter dem Arm in den Volvo stieg, hatte er zwar das Sockenproblem gelöst, doch er fühlte sich keinen Deut besser. Denn was die anderen, weit größeren Probleme betraf, konnte er nichts unternehmen, außer zu Schröder zu fahren.

Und dann?

Abwarten. Und hoffen.

Worauf, wusste er nicht.

Vielleicht, dass die Hoffnung nicht vergeblich war.

Lange konnten sie Schröder nicht mehr schützen, und wahrscheinlich hatte Frieda recht, wenn sie sagte, dass sie es auch nicht durften. Trotzdem machte Zorn erbittert weiter, denn ihm war nun klar, wovor Schröder vor allem beschützt werden musste.

Vor sich selbst.

SONNTAG

Der kleine Skispringer und das Monster.

Achtundfünfzig

»Dumbo? Wo bist du? Komm schon, ich …«

Schröder stolperte über eine Wurzel, prallte mit der Schulter gegen einen Baumstamm und starrte aus weit aufgerissenen Augen blicklos in die Dunkelheit.

»Dumbo?«

Er streckte schützend die Arme aus und lief einen Schritt vorwärts. Stieß mit den Händen auf ein Hindernis und stoppte.

»Ein Baum.«

Ein weiterer unbeholfener Schritt. Wieder tasteten Schröders zitternde Finger über raue Rinde.

»Noch ein Baum.«

Äste versperrten seinen Weg. Als er sich hindurchgezwängt hatte, klaffte ein Riss in seinem linken Hosenbein.

»Dumbo?«

Schröder klang ängstlich und dünn.

»Kannst du mich endlich nach Hause bringen?«

Über ihm rauschten die Kiefern eintönig im Wind, die Wipfel verschwammen im Nachthimmel.

»Nun mach schon! Ich hab dich lange genug gesucht, also …«

Ein Zweig peitschte ihm ins Gesicht. Er tastete mit einem ersticken Wehruf über die blutende Stirn, rutschte im lehmigen Boden aus und fiel auf die Knie.

»Es tut mir leid, ich wollte nicht schimpfen. Ich … ich will doch nur nach Hause.«

Blut lief über die Stirn und tropfte von der Nase auf das schmutzige Hemd. Schröder lehnte sich mit dem Rücken an einen Stamm, winkelte die Beine an und leckte die blutigen Lippen.

»Salz«, stellte er schmatzend fest. »Und Kupfer.«

Kiefernnadeln prasselten herab.

»Blut. Es ist …«

Sein Handy vibrierte. Er richtete sich erschrocken auf, langte nach der Hosentasche und verharrte abrupt, als ihm etwas einfiel.

»Dumbo?«, rief er aus. »Vielleicht gefällt dir dein Name ja nicht?«

Das Handy wurde still.

»Es ist ein guter Name, schließlich war er mein Freund. Nein, Freunde helfen einander. Ich hab ihn weggeschickt, und jetzt … Es ist so dunkel.«

Er schloss die Augen. Öffnete sie wieder.

»Kein Unterschied. Alles bleibt schwarz. Egal, ob … ich habe eine Idee!«, rief er plötzlich aus. »Wir suchen dir einen neuen Namen! Was hältst du davon?«

Irgendwo in den Wipfeln flatterte ein Vogel auf.

»Dumbo«, flüsterte Schröder. »Ich finde den Namen immer noch gut. Ihr habt die gleichen Ohren. Wir könnten dich auch … wegen deiner Knopfaugen.«

Es schien, als lausche er in sich hinein.

»Er hatte auch solche dunklen Augen. Das würde passen, aber … nein«, entschied er, »Teddy nennen wir dich nicht. Der ist schließlich tot.«

Er schwieg einen Moment.

»Und das ist gut so.«

Neunundfünfzig

Damals.

»Bist du sicher, dass es funktioniert?« Dumbo ließ die Taschenlampe sinken. »Wir wissen doch gar nicht, ob …«

»Ich sehe nichts!«

Dumbo richtete den Strahl wieder auf den Verteilerkasten. Schröder warf ihm einen ungeduldigen Blick zu und begann, die letzte Schraube von der Abdeckung zu lösen.

»Und wenn man uns von unten sieht?«, fragte Dumbo unsicher.

»Siehst *du* was?«

Dumbo blickte hinter sich über das Geländer hinab ins Tal. Die Plattform des Sprungturms war in tiefe Dunkelheit gehüllt, selbst der Nebel war nur im trüben Strahl der Taschenlampe zu erkennen.

»Nichts.« Dumbo kicherte nervös. »Finster wie im Bärenarsch.«

»Dann sieht man uns auch nicht.«

Die Abdeckung landete mit einem Klappern neben Schröder auf den dicken Holzbrettern. Er nahm den Schraubenzieher zwischen die Zähne, ging auf die Knie und musterte das Gewirr aus Drähten, Kippschaltern und Verteilerklemmen, während Dumbo einen ängstlichen Blick auf das gelb-schwarze Warnschild *(VORSICHT HOCHSPANNUNG! LEBENSGEFAHR!)* warf.

»Und du bist wirklich …«

»Zange.«

Schröder streckte die Hand hinter sich aus und wedelte mit den Fingern.

»Welche?«

»Die kleine.«

»Die rote oder die …«

»Ich mach's selbst.«

Schröder zog den Rucksack heran und wühlte zwischen den Werkzeugen, die er hastig im Geräteschuppen zusammengeklaubt hatte. Dumbo richtete die Taschenlampe auf die Skier, die neben Schröder auf dem Boden lagen.

»Ich kapiere immer noch nicht, warum du die Dinger hier hochgeschleppt …«

»Ich muss was sehen! Halte die Lampe gefälligst richtig!«

Schröder löste eine weitere Abdeckung, hinter der mehrere Keramiksicherungen zum Vorschein kamen. Entferntes Stimmengewirr drang aus dem Tal herauf. Dumbo warf einen weiteren bangen Blick über die Schulter und zog fröstelnd die Schultern hoch.

»Und du bist wirklich sicher, dass es klappt?«

»Wenn nicht, musst du nur in den Kasten an die Kabel fassen«, presste Schröder gereizt hervor. »Das ist jedenfalls einfacher, als mit den Skiern gegen einen Felsen zu fahren. Und es geht viel schneller, als stundenlang in der Kälte zu liegen und …«

»Arschloch.«

Schröder stand auf.

»Stimmt, das war gemein. Entschuldige.«

Unten im Tal gab Toni ein Kommando, gefolgt von einer ebenso unverständlichen Erwiderung durch Schröders Onkel. Dumbo wurde wachsbleich.

»Es geht los.«

»Ja.«

Obwohl es nicht nötig war, flüsterten die beiden.

»Ich weiß nicht, ob es funktioniert«, sagte Schröder ruhig. »Wir werden's gleich sehen.«

Unten erscholl ein weiteres Kommando, Schröders Onkel

reagierte mit einem nervösen Lachen. Ein Klacken ertönte, der Verteilerkasten brummte, im nächsten Moment standen die Jungen in einer wattigen Glocke aus gleißendem, von dichten Nebelschwaden durchwaberten Licht.

»Keine Angst«, sagte Schröder zu Dumbo, der in die Hocke gegangen war und die Hände schützend über den Kopf hielt. »Die sehen uns immer noch nicht.«

Er ging vor dem Verteilerkasten auf die Knie und tastete vorsichtig über die Sicherungen. Dumbo sah ihm besorgt über die Schulter.

»Und welche von denen …«

»Egal. Eine reicht.«

Er blies in die geröteten Finger, holte tief Luft und griff zu.

»Sei vorsichtig«, flüsterte Dumbo.

Eine kurze, kräftige Drehung. Schlagartig erlosch das Licht, Finsternis legte sich wieder über das Tal, gefolgt von einer drückenden, unheilvollen Stille, die nach wenigen Sekunden von einem wütenden Aufschrei zerrissen wurde.

»FUCK!«

»Dein Onkel ist stinksauer«, flüsterte Dumbo.

»Gut so.«

Schröder legte die Taschenlampe neben sich auf den Boden und richtete den Strahl auf den Kasten. Während er die Abdeckung wieder anschraubte, entspann sich im Tal ein heftiger Streit. Obwohl aus der Entfernung nur Fetzen zu hören waren, wurde deutlich, dass Toni verlangte, die Anlage endlich in Ordnung zu bringen, und als Schröders Onkel brüllte, er solle gefälligst ordentliches Material besorgen oder die Scheiße alleine machen, war jedes Wort klar zu verstehen.

»Schraubenschlüssel«, wies Schröder an.

»Welcher?«

»Ich such ihn selbst raus.«

Dumbo schob ihm den Rucksack mit dem Fuß zu. In der Ferne erklangen rhythmische, vibrierende Schläge. Schwere Schritte, die sich aus dem Tal auf den Stufen der Stahltreppe neben dem Hang allmählich näherten.

»Er kommt.«

Dumbo beugte sich furchtsam über das Geländer und starrte in die Finsternis. Hinter ihm klapperte Werkzeug, ein leises Quietschen war zu hören.

»Und jetzt?«, flüsterte er.

Schröder verstaute den Schraubenschlüssel wieder im Rucksack.

»Jetzt«, sagte er und richtete sich auf, »warten wir ab.«

Sechzig

Frieda langte neben sich nach dem Knopf an der Bettkante, das Kopfende fuhr leise surrend weiter nach oben. Im Zwielicht wirkte das sterile Zimmer noch eintöniger, die einzigen Lichtquellen bildeten der schmale Keil unter dem Türspalt und der Schein der Natriumlampen, der aus dem Park hinter der Klinik durch die Jalousien ein orangefarbenes, flimmerndes Streifenmuster auf das Linoleum, das leere Bett auf der anderen Seite und das untere Drittel der gegenüberliegenden Wand warf.

Frieda stopfte das Kissen im Rücken zurecht, beugte sich ächzend vor und glättete die Schlinge, die an einem Gestell neben dem Bett hing und ihr bandagiertes Bein schräg in die Höhe hielt. Sie sank zurück, griff nach dem Mineralwasser auf dem Nachttisch, trank direkt aus der Flasche und dachte daran, wie sehr sie sich nach einem Glas Rotwein sehnte. Als sie die Flasche zurückstellte, streifte sie das schwere Blumenbouquet und sah gleichgültig zu, wie die Vase bedrohlich ins Schwanken kam und letztendlich doch nicht am Boden zerschellte. Der Verlust wäre zu verschmerzen gewesen, schließlich fand Frieda den riesigen Blumenstrauß eher geschmacklos, ebenso wie die Klappkarte, auf deren Vorderseite man ihr in albern geschwungenen Glitzerbuchstaben gute Besserung wünschte. Selbstverständlich war es schön, dass die Kollegen an Frieda dachten (selbst Generalstaatsanwalt Böhm hatte sich herabgelassen, auf der Innenseite zu unterschreiben), doch viel wichtiger waren die drei Rosen, die ihr Claudius letzte Woche geschickt hatte. Dass diese bereits die Köpfe hängen ließen, spielte keine Rolle. Claudius konnte mit Blumen absolut nichts anfangen (weshalb sie mit dem Verlust des Hibiskus längst gerechnet hatte), doch die Geste bewies, wie viel Frieda ihm bedeutete, und dass er auf die Karte nicht nur *Ich liebe dich sehr, sehr doll,* sondern auch ein Herzchen gekritzelt hatte, musste ihn eine Menge Überwindung gekostet haben.

Die Leuchtziffern des Weckers zwischen den Vasen standen auf eine Minute vor halb zwei. Sie hatten abgemacht, dass Frieda jede halbe Stunde bei Schröder anrufen würde. Das Handy lag griffbereit auf ihrem Schoß, sie wählte die Nummer, lauschte den Ruftönen und legte nach dem sechsten seufzend auf.

Sie nahm ihr Handy und öffnete das Schwarz-Weiß-Foto, das Zorn ihr geschickt hatte. Die Zeiten, in denen er sich mit einer solchen Entdeckung gebrüstet hatte, waren passé. Er gefiel sich in der Rolle des einfach gestrickten, kindischen Eigenbrötlers, doch dass er nicht nur Fritjof Heilenz, sondern auch Anton Pfaff auf dem Foto identifiziert hatte, bewies, dass er wesentlich klüger war, als er sich gewöhnlich gab.

Schröder war als Kind missbraucht worden, und seine Bemerkung, die beiden hätten den Tod verdient, ließ darauf schließen, dass er Fritjof Heilenz und Anton Pfaff damals zum Opfer gefallen war. Doch was war mit dem dritten Mann auf dem Bild?

Frieda vergrößerte den Ausschnitt und betrachtete den bärtigen Hünen, der aus dunklen Augen in die Kamera sah. Draußen im Flur eilte die Nachtschwester vorbei, Frieda lauschte ihren quietschenden Schritten und hatte eine Idee.

Als sie den Laptop aus der Schublade des Nachttischs holte, löste sich ihr bandagiertes Bein aus der Schlinge. Sie stieß einen knurrenden Wehlaut aus und startete den Rechner. Es war naheliegend, durch einen Knopfdruck um Hilfe zu rufen, doch Frieda ordnete die Schlinge selbst und brachte das Bein wieder in die richtige Position. Als der Bildschirm aufflackerte, keuchte sie vor Anstrengung, atmete tief durch, wischte den Schweiß von der Stirn und machte sich an die Arbeit.

Sie verfluchte die lahme WLAN-Verbindung, pochte mit den Fingern auf das Laken und wartete, dass die Webseite sich aufbaute. Erfreulicherweise funktionierte der Link zum Archiv *(Die Blütezeit – unsere Schanze in der Presse)* wesentlich besser, so dass Frieda den Artikel schnell gefunden hatte. Es war nachvollziehbar, dass Claudius seine Recherche an dieser Stelle beendet hatte, schließlich hatte er Heilenz und Pfaff auf dem Foto identifiziert und somit erreicht, was er wollte. Frieda hingegen suchte nach etwas anderem, scrollte nach unten in der Hoffnung, auf den bärtigen Mann in der Wattejacke zu stoßen, und wurde bereits in der nächsten Minute fündig.

Der Artikel war zwei Tage später erschienen und deutlich kürzer, knapp und präzise verfasst. Kein Wunder, schließlich handelte sich nicht um eine weitere Jubelarie, sondern um eine Todesanzeige.

Einundsechzig

Damals.

Die gewaltige Stahlkonstruktion erbebte. Licht flackerte von unten durch die Ritzen zwischen den Bodenbrettern, Schröders Onkel erschien keuchend auf der Plattform. Als er die Taschenlampe mit einer leisen Verwünschung auf den Verteilerkasten richtete, streifte der Strahl die beiden Jungen.

»Was soll das?« Seine dunklen Augen weiteten sich verdutzt. »Was macht ihr hier?«

Er erhielt keine Antwort.

»Los, runter. Alle beide.« Der schwere Werkzeugkasten landete mit einem dumpfen Knall auf dem Boden. »Was ist? Seid ihr schwerhörig?«

Die Jungen rührten sich nicht von der Stelle. Der Strahl der Lampe huschte über ihre bleichen Gesichter und wies dann hinunter ins Tal.

»Er wartet auf euch. Sagt ihm, dass ich nachkomme, wenn ich diesen Mist hier in Ordnung gebracht …«

»Nein.«

»Nein?«

Die Verblüffung des bärtigen Mannes war echt.

»Was heißt das?«, fragte er konsterniert.

»Dass wir nicht wollen«, erwiderte Schröder ruhig.

»*Wie bitte?*«

»Ich sagte, dass wir nicht …«

»Abmarsch. Oder ich mache euch Beine.«

Die Lampe richtete sich direkt auf Schröders Gesicht. Dieser schloss geblendet die Augen, rührte sich ansonsten nicht von der Stelle und gab Dumbo einen unauffälligen Stoß, der das Zeichen verstand, seitlich am Geländer auswich und sich in die Ecke in den Schatten verzog.

»Wir wollen in Ruhe gelassen werden«, sagte er. »Wenn nicht, dann …«

»Ja? Was ist dann?« Sein Onkel reckte lauernd das Kinn. »Verpetzt du mich wieder bei meiner Schwester? Mama!«, jammerte er in hohem, weinerlichem Tonfall, »Onkel Teddy war *bööööse* zu mir! Er hat mir *weeeeh* getan!«

Er kam grinsend näher.

»Denkst du, dass sie dir diesmal glaubt? Niemand glaubt dir, das weißt du. Dir nicht, und ihm«, er deutete auf Dumbo, »erst recht nicht. Also …«

Er stockte und sah ungläubig hinab auf Schröders Ski, über die er gestolpert war.

»Wozu hast du die hier hochgeschleppt?«

»Weil ich sie brauche.«

»Tatsächlich?«

Als Schröders Onkel zu lachen begann, kondensierte sein Atem vor den bärtigen Lippen wie aus dem Schornstein einer mit voller Kraft dahinrasenden Dampflok.

»Ich bin gespannt«, griente er höhnisch und deutete auf die schmale Lücke im Geländer, hinter der die ersten Meter der Anlaufbahn gerade noch zu erahnen waren. »Die Bedingungen sind zwar nicht ideal, aber du kannst ja sowieso alles besser. Na dann …«

Er trat mit einer einladenden Geste zurück.

»Noch nicht«, sagte Schröder. »Erst wenn alles vorbei ist.«

»Wenn *was* vorbei ist? Was soll das … Schluss mit dem Scheiß«, knurrte sein Onkel, nachdem er einen Moment irritiert verstummt war. »Du weißt genau, was passiert, wenn ich wütend werde. Und ihn«, er wies mit dem Kinn ins Tal, »solltest du erst recht nicht reizen. Er ist ein mächtiger Mann. Er kann 'ne Menge für dich tun, aber genauso leicht kann er dich fertigmachen, einfach«, ein Fingerschnipsen, »so. Dich auch«, sagte er zu Dumbo, der sich in der Ecke ängstlich an das Geländer klammerte. »Nicht nur dich, auch deine Freunde oder deine Eltern. Einfach jeden, den du kennst, das kostet ihn nur …«

»Er wird uns nichts tun«, unterbrach Schröder.

»Hörst du mir nicht zu? Oder rede ich Chinesisch? Bewegt gefälligst eure Ärsche!«

»Ich habe das Foto. Auf dem ist er genau zu erkennen.«

»Welches …«

»Eins von denen, die Toni letzte Nacht mit der Sofortbildkamera gemacht hat. Dich erkennt man übrigens auch, du schlägst mir gerade einen Zahn aus.«

Schröders Onkel erbleichte.

»Du miese kleine Ratte.«

»Mama war die Einzige, der ich's erzählt hab. Es stimmt, sie hat mir nicht geglaubt, aber jetzt kann ich's beweisen. Du brauchst gar nicht erst zu fragen, wo das Foto versteckt ist. Er«, Schröder wies hinüber zu Dumbo, »weiß es nicht, und von mir wirst du's nie erfahren. Da kannst du mich verprügeln, wie du willst. Es ist mir egal, schließlich bin ich's gewohnt. Schlimmer kann's sowieso nicht werden«, sagte Schröder und fuhr mit der Zunge über die Zahnlücke. »Fick dich, du perverses Schwein.«

»*Was* war das?«

»Fick dich«, wiederholte der Junge gedehnt und ignorierte die Speichelwolke, die ihm aus dem Mund des wutschnaubenden Mannes entgegenwehte. »Ich hab keine Angst mehr vor dir. Und wenn du noch so laut rumschreist, du bist geliefert. Du kannst nichts dagegen machen.«

Schröder stand mit dem Rücken direkt am Geländer.

»Es sei denn, du bringst mich um.«

Sein Onkel trat einen Schritt zurück.

»Das kannst du gerne haben.«

Er nahm Anlauf, hob knurrend die massigen Arme und sprang geduckt vor, um seinem Neffen an die Kehle zu gehen.

Zweiundsechzig

Der Volvo parkte im milchigen Laternenschein neben den Glascontainern. Das seitliche Fahrerfenster fuhr surrend herunter, Rauch quoll heraus, im Autoradio dudelte ein alter Hit von Phil Collins. Zorn schnippte die bis auf den Filter heruntergebrannte Zigarette ins Freie und sank mit dem Hinterkopf zurück in die Nackenstütze.

Er schloss gähnend die Augen, riss sie im nächsten Moment wieder auf und starrte durch die verschmierte Frontscheibe hinüber zur holprigen Einfahrt zu Schröders Grundstück, hinter der die Fenster des kleinen Hauses in der Dunkelheit zwischen den Bäumen flimmerten. Obwohl er die Schlüssel hatte, war Zorn nur kurz von außen um das Haus gegangen, hatte sich vergewissert, dass niemand da war, und war wieder in den Wagen gestiegen.

Eine Mücke surrte herein. Die nächsten Minuten verbrachte Zorn damit, den kleinen Blutsauger mit der verbliebenen Hand zu verscheuchen, doch er mühte sich vergeblich, weshalb das Insekt seine Hartnäckigkeit schlussendlich mit dem Leben bezahlte, und als im Radio ein dramatisches Fanfarensignal die Zweiuhrnachrichten einläutete, zierte den mit Schokolade, Kekskrümeln und weiteren Hinterlassenschaften von Edgars Mahlzeiten verschmierten Beifahrersitz ein frischer Blutfleck.

Im Radio gab ein bestens gelaunter Moderator bekannt, dass

das Regengebiet über Nacht weiter nach Osten ziehen würde, und riet seinen Hörern, den Sonntag am Badesee zu verbringen, den Grill einzupacken und die Sonnencreme nicht zu vergessen. Als er drei Superhits am Stück mit den besten Klassikern, den Tophits von heute und der wie immer meisten Abwechslung ankündigte, schaltete Zorn genervt aus.

Er kramte seine Zigaretten hervor, hielt kopfschüttelnd inne und steckte die Schachtel wieder ein. Öffnete das Handschuhfach, fand außer einem angebissenen Snickers und einem halben Kaugummi jedoch nichts Essbares. Als er die Thermoskanne zwischen die Beine klemmte und umständlich den Deckel abschraubte, klingelte sein Handy. Frieda nahm sich nicht die Zeit für eine Begrüßung.

»Ich weiß jetzt, wer's ist.«

»Schön«, sagte Zorn. »Darf man fragen, was genau du meinst?«

»Der dritte Mann.«

»Ist das nicht ein Film? So'n uralter Schwarz-Weiß-Schinken mit …«

»Auf dem Foto. Der Typ mit dem Vollbart und der Wattejacke, du weißt schon. Ich hab gedacht, dass er …«

»Scheiße!«

»Was ist denn jetzt schon wieder?«

»Ich hab mich mit Kaffee bekippt.«

»Den solltest du lieber trinken.«

»Was du nicht sagst.«

»Jedenfalls …«

»Der Kaffee schmeckt auch scheiße.«

»Hast du die Kanne ausgespült?«

»Nee«, sagte Zorn, nachdem er kurz überlegt hatte.

»Kann sein, dass da noch ein bisschen Kamillentee drin war.«

»Glaub ich nicht. Das schmeckt wie …«, Zorn verzog angeekelt das Gesicht, »ein ausgekochter Scheuerlappen. Und ein bisschen nach Seife. Nee,« korrigierte er sich und schnüffelte an der Kanne, »eher wie vergammelter Hustensaft.«

»Der Tee war ja auch ’ne Weile da drin. Ich hab ihn für Edgar gekocht, als er Fieber hatte.«

»Er hat kaum was getrunken.«

»Deshalb hab ich den Rest ja auch aufgehoben.«

»Das war kurz vor Weihnachten, Frieda.«

Vom Reiterhof drang Pferdegetrappel herüber, gefolgt von einem Wiehern.

»Jetzt haben wir Mitte Juni«, sagte Zorn.

»Stimmt.«

»Mir ist ein bisschen schlecht.«

»Das hält dich wenigstens wach.«

»Ich glaube, mir ist mehr als nur ein bisschen schlecht.«

»Du Armer. Kann ich jetzt trotzdem erzählen?«

»Selbstverständlich.«

Zorn leerte die Thermoskanne aus dem Fenster.

»Bist du sicher, Schatz? Oder willst du dich lieber erst ein bisschen ausruhen?«

»Ich krieg das schon hin.«

Frieda lobte ihren Ehemann für seine Tapferkeit, berichtete von ihrer Entdeckung und las die Todesanzeige vor, in der vom Verlust eines verdienten Genossen die Rede war, der als Werktätiger im Kollektiv der PGH Elektrobau Walter Ulbricht seine gesellschaftlichen Verpflichtungen stets zuverlässig erfüllt hatte und nun bei Wartungsarbeiten an der Schanzenanlage durch einen tragischen Unfall ums Leben gekommen war.

»Es ist eindeutig ein und derselbe Typ«, sagte sie. »Laut Anzeige ist er, zwei Tage nachdem das Foto aufgenommen wurde, gestorben. Ein Zufall dürfte das kaum sein.«

»Nee«, stimmte Zorn zu und rieb den grummelnden Magen.

»Schröder hat ihn gekannt.«

»Logisch, sonst wären sie ja nicht gemeinsam auf dem Foto.«

»Er hieß Hövemayer.«

»Und?«

»Mit V und Ypsylon geschrieben. Kommt ziemlich selten vor.«

»Und?«, wiederholte Zorn achselzuckend.

»Es ist der Mädchenname von Schröders Mutter.«

»Scheiße.«

»Was ist? Hast du dich wieder bekippt?«

»Nee, mir ist was eingefallen.«

»Und was?«

»Ich muss kurz nachdenken.«

»Lass dir Zeit, Schatz.«

Zorn sah aus dem Fenster und betrachtete den im Lichtkegel der Laterne über den Containern kreisenden Mückenschwarm.

»Stand der Vorname in der Anzeige?«, fragte er.

»Nur 'ne Abkürzung.«

»Ein T.«

»Woher weißt du …«

»T wie Teddy. So hieß sein Onkel. Schröder hat damals erzählt, dass das Schwein ihn missbraucht hat. Wie's aussieht, war der Dreckskerl nicht der Einzige.«

Frieda atmete geräuschvoll aus.

»Langsam schließt sich der Kreis.«

»Der Kreis?« Zorn lachte bitter auf. »Nee, Frieda. Kein Kreis, sondern 'ne Schlinge. Die zieht sich immer fester zu, und langsam glaub ich, dass wir nichts mehr dagegen tun können.«

Dreiundsechzig

Damals.

Der Absprung gelang perfekt. Er konnte nichts sehen, doch er folgte seinem Gefühl, stieß sich im richtigen Moment vom Schanzentisch ab, streckte sich, und als er hinaus in die Dunkelheit schoss, stand die Zeit plötzlich still.

Er flog. Flog mit geschlossenen Augen, die Hände an der Hosennaht, jede Faser seines kleinen Körpers gespannt. Der Wind rauschte in seinen Ohren, jede Sekunde dehnte sich zu einer Ewigkeit, während er in einem majestätischen Bogen durch die Nacht schwebte, weiter, immer weiter, über den kritischen Punkt hinaus, blind, doch ohne Angst, ohne Ziel, lächelnd, im wahrsten Sinne des Wortes beflügelt von dem Bewusstsein, endlich alles hinter sich zu lassen, und als er aufsetzte, ging er exakt zum richtigen Zeitpunkt in die Knie, kam kurz ins Straucheln, stoppte in einem unbeholfenen Schwung, wischte die Tränen aus den Augen und stieß die geballte Faust mit einem stummen Schrei triumphierend in die Luft.

Vierundsechzig

Zorn stieß den Rauch durch die Nase aus und ließ die Zigarette achtlos aus dem Seitenfenster fallen, worauf sich die Anzahl der Kippen im zertretenen Gras neben dem Volvo auf ein Dutzend erhöhte. Er schloss das Fenster und fragte sich zum wiederholten Male, was zum Teufel er hier eigentlich wollte. Als er auch diesmal zu keinem Ergebnis kam, beschloss er in seiner Verzweiflung, eine andere Institution um Hilfe zu bitten.

Ich hab seit Jahren nicht mehr gebetet. Es geht gar nicht um mich, auch nicht um Frieda oder Edgar, das kriegen wir alleine hin. Es geht um Schröder, ich kann ihm nicht mehr helfen. Du löst eine Katastrophe nach der anderen aus, wird das nicht langweilig? Wie wär's zur Abwechslung mal wieder mit einem Wunder? Das braucht Schröder nämlich, und du weißt ganz genau, dass er's mehr verdient als jeder andere. Mir ist klar, dass dich das 'nen Dreck interessiert, genauso gut könnte ich einen Brief an den Weihnachtsmann schreiben, aber ich bitte dich trotzdem, weil ich einfach nicht mehr weiterweiß. Hilf ihm! Sofort! Mach gefälligst was, du weißhaariger Tattergreis, sonst …

Zorn biss sich auf die Unterlippe.

Sorry, war nicht so gemeint. Würdest du ihm BITTE helfen? Mach, dass er niemanden ermordet hat, okay? Mach, dass ich mich irre. Ich hab doch sonst auch nie recht. Du kriegst das hin, dir wird schon was einfallen, schließlich hast du das Rote Meer geteilt und Frösche vom Himmel regnen lassen. Ich weiß, das ist 'ne Menge verlangt, aber du könntest es als Herausforderung ansehen, außerdem hat es Schröder wirklich verdient und … sorry, ich wiederhole mich, aber ich muss sichergehen, dass du kapierst, wie wichtig es ist. Hilf ihm, ja?

Zorn neigte demütig den Kopf.

Ich zünde dir auch 'ne Kerze an.

Auf dem Reiterhof wieherte ein Pferd.

Und? Was sagst du?

Es begann zu regnen.

»Dann eben nicht«, knurrte Claudius Zorn. »Aber die Kerze kannst du vergessen, Arschloch.«

Fünfundsechzig

Friedas Augen fielen zu. Ihr Atem wurde tiefer, sie begann, leise zu schnarchen. Der Laptop rutschte von ihrem Schoß, fiel über die Bettkante, und als er auf dem Linoleum aufprallte, fuhr sie mit einem leisen Schrei hoch.

Sie hatte nur ein paar Sekunden geschlafen, die Leuchtziffern des Weckers standen auf eine Minute nach halb drei. Blinzelnd tastete sie nach ihrem Handy, drückte die Wahlwiederholung, lauschte gähnend dem Rufzeichen und richtete sich plötzlich so abrupt auf, dass das Gestell mit der Halteschlinge neben dem Bett bedenklich ins Schwanken kam.

»Wird Zeit, dass Sie endlich zurückrufen.«

»Schröder?« Sie ignorierte die Schmerzen, die wie ein Lavastrom von ihrem Bein bis hinauf in die Hüfte schossen. »Wo bist du?«

»Das müssten *Sie* doch wissen«, gab Schröder unwirsch zurück. »Ich habe das Taxi schon vor Ewigkeiten bestellt! Ich bin ein geduldiger Mensch, aber alles hat seine Grenzen!«

»Schon gut, ich …«

»Bringen Sie bitte ein Handtuch mit, ich bin völlig durchnässt. Und etwas zu trinken brauche ich auch. Haben Sie Dumbo endlich gefunden?«

»Schröder, du musst mir sagen, wo du …«

Sie hörte einen dumpfen Schlag, gefolgt von einem unterdrückten Schrei.

»Schröder?«

»Ich habe Kopfschmerzen.«

»Schröder??«

»Vergessen Sie die Handschellen nicht.«

»Wo …«

Die Verbindung wurde getrennt.

*

»Ich habe ihn erreicht! Er ist … Alles okay, Claudius?«

»Sicher doch«, krächzte Zorn.

»Hab ich dich geweckt?«

»Quatsch, ich … doch, ich bin wohl eingepennt«, seufzte er und rieb die schmerzende Stirn, die er sich an der Sonnenblende gestoßen hatte. »Aber nur kurz, Frieda. Wo ist er?«

»Keine Ahnung, er war völlig durch den Wind, ich glaube, er weiß es selbst nicht. Ich hab's noch ein paarmal versucht, aber er geht nicht mehr ran.«

»Scheiße.«

Zorn betrachtete den Regen, der in schmutzigen Schlieren die verschmierte Frontscheibe hinabfloss.

»Ich habe Zweige knacken hören«, sagte Frieda. »Er ist irgendwo im Wald. Wahrscheinlich sucht er immer noch nach dem Hund.«

»Der Wald ist groß.«

»Was du nicht sagst.«

»Und jetzt?«

Zorn ließ die Fenster herunter. Würzige, nach Regen, Dung und Kiefernnadeln duftende Luft strömte in den verqualmten Volvo. Irgendwo auf dem Reiterhof fiel eine Tür ins Schloss. Erneut wieherte ein Pferd.

»Das habe ich auch gehört«, sagte Frieda.

»Was?«

»Das Pferd.«

»Keine Ahnung, was mit den Gäulen ist. Wahrscheinlich kriegen die Viecher zu wenig zu fressen, oder …«

»Ich meinte vorhin. Als ich mit ihm telefoniert habe.«

»Ach.«

»Gibt's in der Nähe noch 'nen anderen Reiterhof?«

»Nicht dass ich wüsste.«

»Dann kann er nicht weit weg von dir sein, Claudius.«

»Stimmt«, nickte Zorn. »Hervorragend kombiniert, Frau Oberstaatsanwältin.«

»*Gracias,* Herr Hauptkommissar.«

Sie schwiegen einen Moment.

»Na dann …«, seufzte Zorn, »sollte ich mich jetzt wohl auf die Pirsch begeben.«

»Waidmanns Heil, mein Schatz.«

»Waidmanns Dank.«

»Nimm dein Handy mit.«

»Zu Befehl.«

»Ich halte hier die Stellung.«

»Verstanden«, sagte Zorn und stieß die Tür mit der Schulter auf. »*Over and out.*«

Sechsundsechzig

Damals.

Schritte näherten sich, eine Taschenlampe flackerte auf, jemand rief flüsternd seinen Namen. Schröder antwortete ebenso leise, eine schmale Gestalt schälte sich aus dem Dunkel und setzte sich neben ihm in den Schnee. Dort saßen sie eine Weile stumm nebeneinander, bis Dumbo mit unterdrückter Stimme das Wort ergriff.

»Er … er ist tot.«

»Ja.«

Sie saßen in der Mitte des halbkreisförmigen Auslaufs, und doch schien es, als befänden sie sich in einer einsamen, arktischen Welt. Obwohl die Hütten nur ein paar Dutzend Meter entfernt waren, herrschte um sie herum undurchdringliche Finsternis. Sie hörten das Rauschen der Kiefern, ab und an den fernen Ruf eines Kindes und Tonis Stimme, der aufgeregt zwischen den Hütten umherlief.

»Er wartet auf ihn«, flüsterte Dumbo.

»Ja.«

»Er wird hochgehen und nach ihm suchen.«

»Ja.«

»Und dann wird er ihn finden.«

»Ja.«

»Und die Polizei rufen.«

»Nein.«

»Nein?«

»Toni wird zuerst mit ihm sprechen«, sagte Schröder und wies in Richtung des Flachbaus, wo der Funktionär wahrscheinlich bereits in Unterwäsche auf dem Ledersofa vor dem großen Farbfernseher saß. »Und der wird es vertuschen, irgendwie unter den Teppich kehren. Er kann sich keinen Wirbel leisten.«

»Woher willst du das …«

»Ich *weiß* es.«

»Dein Onkel …«

»Er ist tot.«

»Aber …«

»Er kann uns nichts mehr tun.«

»Und was … was ist mit dem anderen?«

»Der«, Schröder wies erneut zum Flachbau, »wird uns auch nichts mehr tun.«

Dumbo begann am ganzen Leibe zu zittern.

»Ist dir kalt?«, fragte Schröder.

»Und wie.«

»Willst du dich aufwärmen?«

Dumbo schüttelte den Kopf. »Lass uns einfach hier sitzen.«

Schröder legte ihm einen Arm um die Schultern.

»Ich hab gesehen, wo du gelandet bist«, sagte Dumbo und wies mit der Lampe hangaufwärts. »Ist ja überall Neuschnee, und außer dir ist niemand gesprungen.«

»Stimmt.«

»Das war Schanzenrekord.«

»Echt?«

»Hundertprozentig.«

»Dann wird's wohl so sein.«

Ein Schauer durchlief Dumbo. Er krümmte sich und wärmte die zitternden Hände unter den Achseln.

»Du hättest dir alle Knochen brechen müssen«, sagte er.

»Hab ich aber nicht.«

»Warum?«

»Keine Ahnung.« Schröder zuckte die Achseln. »Wahrscheinlich, weil's mir egal war.«

Siebenundsechzig

Zorn stieß die Fahrertür mit der Hacke hinter sich zu, massierte den Steiß und sah sich unschlüssig um. Der Regen war in feinen Niesel übergegangen, der wie ein silbriger Nebel zwischen den Mückenschwärmen durch das Laternenlicht trieb.

»Dann reite ich mal auf Kundschaft«, murmelte er vor sich hin. »Er ist ja irgendwo in der Nähe. Fragt sich nur, in welcher Richtung.«

Er legte den Kopf in den Nacken und brüllte, was seine Lungen hergaben.

»SCHRÖDER?«

Hinter den Glascontainern raschelte ein aufgescheuchtes Tier im Gebüsch, in einem der niedrigen Häuser auf dem Reiterhof wurde das Licht eingeschaltet.

Ich mache mich hier völlig zum Affen, dachte Zorn kopfschüttelnd, während das Echo seiner Stimme verhallte. Er wedelte eine Mücke beiseite, stemmte die Hände in die Hüften und drehte sich einmal um die eigene Achse.

»Im Haus«, überlegte er laut und sah hinüber zur Einfahrt, »ist er jedenfalls nicht. Auf dem Spielplatz«, er wandte sich nach rechts, »dürfte er wohl kaum sein. Am besten, ich gehe runter zum See und von dort aus in die Richtung, in die er gestern verschwunden ist. Ich werde mir die Schuhe total einsauen, aber ...«

Er sprang mit einem mädchenhaften Kiekser in die Höhe, wirbelte herum, taumelte rückwärts und prallte mit der Hüfte gegen den Kotflügel des Volvos, was zwar schmerzhaft, aber immer noch besser war, als mit dem Hosenboden in einer Pfütze zu landen.

»Wen haben wir denn da?«

Seine Augen verengten sich hinter der Brille.

»Du hast mir gerade noch gefehlt.«

Der Dackel, der an seinem Hosenbein geschnüffelt hatte, schien ebenso erschrocken zu sein, denn er hatte sich in einen Spalt zwischen den Glascontainern verzogen und sah knurrend zu Zorn auf.

»Ich kann dich auch nicht leiden. Verzieh dich wieder, ich ... Moment mal. Du weißt doch bestimmt, wo er ist, oder?«

Zorn senkte die Stimme und beugte sich vor.

»Na? Wo ist das Herrchen?«

Der Dackel entblößte sein Gebiss. Die Leine, die er am Halsband hinter sich herzog, war verschlammt und von Kletten bedeckt.

»Sei ein feines Hundchen. Bring den Onkel Claudius zum Herrchen, ja?«

Je näher Zorn kam, desto weiter wich der Hund zwischen den Containern zurück.

»Na komm, du kriegst auch was Feines.«

Ein Bellen erklang aus dem Schatten.

»Mach schon!«, rief Zorn ungeduldig aus, worauf sich der Dackel so weit nach hinten verzog, dass nur noch die Knopfaugen in der Dunkelheit glänzten. Zorn änderte seine Taktik und zwang sich zu einem Lächeln.

»War nicht so gemeint. Der Onkel Claudius ist eigentlich ganz lieb, weißt du? Er hat sogar ein Leckerli. Auf dem Rücksitz liegt noch ein halbes Leberwurstbrot. Das ist zwar vertrocknet, aber dir schmeckt es bestimmt«, lockte er und kam vorsichtig, Zentimeter um Zentimeter näher. »Oder wie wär's mit einem Schokokeks? Ich hab vorhin einen zwischen den Sitzen entdeckt, der wird dir garantiert … *ha!*«

Zorn sprang mit einem Satz vor, trat auf die Leine und erwischte das Ende im letzten Moment, bevor es zwischen den Containern verschwand.

»Jetzt reden wir Klartext, Freundchen«, knurrte er, zerrte den widerstrebenden Hund aus dem Dunkel, ging vor ihm in die Hocke und wickelte die Leine um sein verbliebenes Handgelenk.

»Ich kann Hunde nicht leiden«, sagte er ernst. »Sie stinken, kacken alles voll und verlieren überall Haare. Entweder sie fressen, oder sie pennen. Und wenn sie nicht pennen, dann rennen sie irgendwelchen dämlichen Stöckchen hinterher. Das Einzige, was sie haben, ist ihre Nase. Also mach dich gefälligst mal nützlich. Such ihn. Du bist ein Hund. Es ist dein Job, oder?«

Der Dackel setzte sich auf das Hinterteil und legte den Kopf schief.

»Er hat dir geholfen. Also hilf ihm auch.«

Zorn richtete sich auf.

»Wo ist er? Dort drüben?«

Als er zum Spielplatz wies, folgte der Hund seinem ausgestreckten Arm aufmerksam mit den Augen, rührte sich allerdings nicht von der Stelle. Zorn probierte es mit den anderen Himmelsrichtungen, doch auch nach mehreren Versuchen blieb das Ergebnis frustrierend gleich.

»Tja«, seufzte er resigniert, »einen Versuch war's wert.«

Der Dackel gab ein Winseln von sich.

»Schon gut, du kannst nichts dafür. Du bist einfach nur besonders blöd.«

Zorn ging wieder in die Hocke und kraulte das Fell zwischen den Ohren. Als der Hund neugierig an seiner Lederjacke schnüffelte, hatte Zorn eine Idee.

Es dauerte eine Weile, bis er im Chaos auf dem Rücksitz des Volvos gefunden hatte, was er suchte. Als er dem Dackel Schröders Taschentuch unter die behaarte Schnauze hielt, wurde seine Geduld auf eine harte Probe gestellt, denn erst nach ausgiebigem Beschnüffeln signalisierte ein Kläffen, dass die Untersuchung abgeschlossen war.

»Du kennst ihn ja erst seit ein paar Tagen«, sagte Zorn. »Weißt du jetzt, wen ich meine?«

Ein kurzes Bellen.

»Bringst du mich zu ihm?«

Ein weiteres Bellen.

»Tut mir leid, dass ich dich so angemeckert hab, Kumpel. Ich bin mit den Nerven völlig am Ende und …«

Claudius Zorn brachte seine Entschuldigung nicht zu Ende, denn der Dackel zerrte bereits an der Leine. Er hatte Mühe, dem

Tier in den Wald zu folgen, und seine Befürchtung, sich die Schuhe auf den durchweichten Wanderwegen einzusauen, erwies sich als berechtigt.

Achtundsechzig

Bereits nach einer halben Minute war Zorn völlig außer Atem, nach einer weiteren hielt er sich keuchend die stechende Seite, stolperte mit brennenden Lungen durch die Nacht und konnte sich nur noch mit Mühe auf den Beinen halten, doch er hatte Glück, denn schon nach drei Minuten und somit kurz bevor er japsend zusammenbrach, waren sie am Ziel.

Schröder hockte unter einem pilzförmigen Unterstand, den Rücken an die Mittelsäule gelehnt, die Arme um die angezogenen Beine geschlungen. Nachdem er den hechelnden Dackel wie einen nach Jahren wiedergefundenen Freund begrüßt hatte, wandte er sich an Zorn, streckte die Arme aus und verlangte, Handschellen angelegt zu bekommen, um – wie er es ausdrückte – unverzüglich in Arrest genommen zu werden. Als er aufstand, verlor er das Gleichgewicht, und Zorn, der noch immer nach Luft schnappte, konnte gerade noch so verhindern, dass er einen felsigen Abhang hinunterstürzte. Auf dem Rückweg musste Zorn ihn stützen, Schröder ignorierte seine Fragen und redete stattdessen unentwegt auf den Dackel ein, um sich danach schweigend durch den Wald zum Volvo führen zu lassen. Die Wolken brachen auf, und als sie im blassen Mondlicht in den Wagen gestiegen waren, musste Zorn ihm helfen, den Gurt anzulegen.

Auf der Fahrt in die Innenstadt rief Zorn Frieda an. Schröder lauschte dem Gespräch teilnahmslos über die Freisprechanlage, kraulte den Hund auf seinem Schoß und wich ihren besorgten Fragen entweder aus oder ging nicht darauf ein. Als sie vorschlug, ihn in ein Krankenhaus zu bringen, verlangte er nur erneut seine Festnahme und fügte hinzu, er benötige vorerst keinen Anwalt. Nachdem das Telefonat beendet war, starrte er schweigend vor sich hin und ließ sich erst von Zorn in die Notaufnahme bringen, nachdem dieser mehrfach beteuert hatte, dass der Dackel im Auto gut aufgehoben sei.

Der Notarzt diagnostizierte eine eingeschränkte situative Orientierung, führte die etwas erhöhte Körpertemperatur auf eine leichte Unterkühlung zurück und sah ansonsten keine Anzeichen akuter Gefahr. Er veranlasste eine Blutprobe, nahm Zorn beiseite und bat ihn, Schröder über Nacht im Auge zu behalten und am Montagmorgen in der Neurologie vorstellig zu werden, wo man nach einer näheren Untersuchung die geeigneten Maßnahmen ergreifen würde.

Die Vorstellung, die nächsten Stunden allein mit dem unberechenbaren Schröder zu verbringen, behagte Claudius Zorn ganz und gar nicht. Die Alternative, Schröder in Gewahrsam nehmen zu lassen, kam erst recht nicht in Frage – es wäre einer Kapitulation gleichgekommen, und obwohl Zorn sich allmählich damit abfand, versuchte er instinktiv, das Unausweichliche so lange wie möglich hinauszuzögern.

Seine Forderung, Schröder über Nacht in der Notaufnahme zu behalten, wurde abgelehnt. Er präsentierte seinen Dienstausweis, doch sein Geschwafel über Gefahr in Verzug, streng geheime Ermittlungen und einen unmittelbar drohenden Schaden für die öffentliche Sicherheit und Ordnung fruchtete nichts. Also verlegte er sich aufs Bitten und behauptete, sich dringend um jemand anderen kümmern zu müssen. Als er von seinem an Scharlach erkrankten Sohn sprach, der allein und unbeaufsichtigt daheim im Bett lag, stieg ihm die Schamesröte ins Gesicht, und obwohl es offensichtlich war, dass ihm auch diese Geschichte nicht abgekauft wurde, erklärte sich der Arzt schließlich bereit, Schröder ein Bett zuweisen zu lassen.

Zorn ließ es sich nicht nehmen, Schröder zu begleiten. Nachdem er ihn zugedeckt hatte, blieb er an seinem Bett sitzen, doch anstatt einzuschlafen, forderte Schröder ihn auf, Papier und Stift zu besorgen, um sein offizielles Geständnis aufzunehmen. Zorn vertröstete ihn auf den kommenden Tag und verwies auf die anstehende ärztliche Untersuchung, worauf Schröder einen Tobsuchtsanfall bekam und wutschnaubend kundgab, bei bester Gesundheit zu sein. Es dauerte lange, bis er endlich eingeschlafen war, und als Zorn vor dem Krankenhaus die dringend benötigte Zigarette rauchte, hellte sich der Horizont über den grünen Hügeln des Stadtwaldes allmählich auf.

Er hielt sich die noch immer etwas stechende Seite und ging seine Möglichkeiten durch – ein Vorgang, der binnen kürzester Frist abgeschlossen war, da es schlicht und einfach keine einzige gab. Schröders Aufenthaltsort ließ sich nicht verheimlichen, schließlich hatte man seine Personalien aufgenommen. Zorn, der sich ebenfalls ausgewiesen hatte, würde sich später wohl kaum aus der Sache herausreden können, doch angesichts der anderen Vergehen, derer er sich bei der Vertuschung eines Doppelmordes bereits schuldig gemacht hatte, handelte es sich hier um eine Lappalie. Dass sich die Schlinge nicht nur um Schröders, sondern auch um seinen eigenen Hals immer enger zuzog, ignorierte Zorn ebenso wie das Kläffen aus dem verdreckten Volvo vom Parkplatz schräg gegenüber.

Er holte sich aus dem Automaten im Foyer einen Kaffee, würgte das bittere Gebräu herunter und munterte sich mit dem Gedanken auf, wenigstens etwas Zeit gewonnen zu haben und

Schröder für die kommenden Stunden in Sicherheit zu wissen. Lange war Claudius Zorn dieser Trost nicht vergönnt, denn als er zurück in Schröders Zimmer kam, war das Bett leer.

Neunundsechzig

»Der kleine Drecksack hat mich verarscht, Frieda! Der hat nur so getan, als würde er pennen! Und diese Idioten lassen ihn seelenruhig rausspazieren!«

»Das ist ein Krankenhaus und kein Gefängnis. Die haben gar nicht das Recht, jemanden gegen seinen Willen …«

»Reiß dich zusammen!«

»Bitte?«

»Wenn du auf die Polster kackst, gibt's 'ne Abreibung!«

»Sag mal …«

»Nicht du«, beschwichtigte Zorn und versuchte vergeblich, den jaulenden Dackel vom Beifahrersitz wieder nach hinten zu scheuchen.

»Was ist das? Ein Hund?«

»Was soll's denn sonst sein?«

»Woher …«

»Gekauft hab ich ihn nicht! Die Läden haben zu, falls du das vergessen haben solltest!«

»Komm wieder runter, ja?«

Als Zorn erneut nach dem Dackel langte, entzog sich dieser abermals dem Zugriff, hüpfte vom Sitz und machte es sich auf der verdreckten Fußmatte unter dem Handschuhfach bequem.

»Keine Ahnung, was ich mit dem Vieh machen soll«, seufzte Zorn.

»Findest du nicht, dass wir im Moment andere Probleme haben?«

Er stieß prustend die Luft aus.

»Schröder könnte sonst wo sein. Wo soll ich den jetzt suchen?«

»Wo bist du?«

»Vor dem Krankenhaus.«

»Und wenn du Brettschneider anrufst?«

»Nein!«, rief Zorn aus und hieb so heftig auf das Lenkrad, dass der Hund sich winselnd duckte. Er schloss die Augen und atmete tief durch. »Noch nicht, Frieda.«

»Wie du meinst. Ich … ich versuche weiter, ihn zu erreichen.«

»Vergiss es.«

»Vorhin ist er doch auch rangegangen.«

»Er hat sein Handy liegen lassen. Ich hab's mitgenommen.«

Frieda stieß einen Fluch aus.

»Ich kapier das nicht«, überlegte Zorn kopfschüttelnd. »Er *will* doch verhaftet werden. Warum haut er dann ab?«

»Was genau hat er gesagt?«

»Er hat immer nur wiederholt, dass er's getan hat. Ich wollte Zeit gewinnen und hab gesagt, dass er erst mal im Krankenhaus bleibt und durchgecheckt wird. Er ist total ausgerastet.«

»Vielleicht ist das ja der Grund, warum er abgehauen ist«, sagte Frieda. »Weil er Angst vor der Untersuchung hat.«

»Das ergibt keinen Sinn, Frieda.«

»Überrascht dich das? Ergibt hier *irgendwas* einen Sinn?«

*

Während die Sonne allmählich höher stieg und die Dächer der Villen am Rande des Stadtwaldes in goldenes Licht tauchte, fuhr Zorn ziellos durch die Straßen im Umkreis des Krankenhauses.

Er wusste, dass die Suche aussichtslos war, und ähnlich, wie er seinen Frust erst kürzlich an einem unschuldigen Hibiskus ausgelassen hatte, tat er dies nun mit einem zerzausten Langhaardackel.

»Denk bloß nicht, dass du bei mir bleiben kannst. Ich gehe jedenfalls nicht mit dir Gassi, und Edgar erst recht nicht. Außerdem hat Frieda 'ne Hundehaarallergie. Glaub ich zumindest und ... guck nicht so! Ich hab mich doch entschuldigt! Oder musst du pinkeln?«

Zorn stieg heftig auf die Bremse, bog auf einen Parkplatz hinter der Endhaltestelle der Straßenbahn ein und stoppte.

»Versau mir bloß nicht in den Wagen, klar?«

Er beugte sich zur Seite und stieß die Beifahrertür auf, worauf der Hund zu seiner Überraschung folgsam hinaushüpfte, ein Hinterbein an einem Papierkorb hob und prompt sein Geschäft erledigte.

»Schröder wirst du wohl kaum noch mal aufspüren, oder?«

Der Dackel beschnupperte eine zerknickte Coladose.

»Dann geh einfach ein bisschen spazieren«, rief Zorn ihm zu und fuchtelte mit dem Armstumpf in Richtung Stadtwald. »Du findest schon jemanden, der sich um dich kümmert. Oder lauf zum Tierheim, das ist drüben an der Bahnschranke, die sind bestimmt nett. Und wenn du Schröder unterwegs zufällig triffst, bestell ihm schöne Grüße, er soll ... Das ist jetzt nicht dein Ernst, oder?«

Der Hund kam wieder in den Volvo gehüpft, rollte sich auf der Fußmatte zusammen, legte das Köpfchen auf die Vorderpfoten und sah aus glänzenden Augen zu Zorn auf.

»Damit das klar ist, Freundchen. Das ist 'ne Übergangslösung, verstanden? Gewöhn dich gar nicht erst dran. Ich muss jetzt ins Präsidium, du bleibst im Wagen. Und wenn du irgendwelchen Mist machst, dann ...«

Er hielt inne.

»Ich fass es nicht«, stöhnte er auf. »Ich rede mit 'nem Hund. Mit 'nem dämlichen Hund.«

Die Uhr auf dem verstaubten Armaturenbrett stand auf drei Minuten vor fünf. Dem übernächtigten Claudius Zorn fielen die Augen zu, und als er sie wieder öffnete, war es halb acht. Er fuhr noch einmal zu Schröders Haus, das er wie erwartet verwaist vorfand. Auf dem Weg ins Büro machte er einen Abstecher zum Bahnhof, trank einen Kaffee, kaufte Zigaretten und eine Bulette, die er sich auf dem Parkplatz vor dem Präsidium brüderlich mit dem Dackel teilte.

Siebzig

»Es geht um die Tatwaffe«, sagte Brettschneider, der ihm bereits auf dem Flur entgegengekommen war. »Eine Glock, Kaliber …«

»… neun Millimeter«, unterbrach Zorn. »Das wissen wir doch schon.«

»Laut Ballistik handelt es sich um eine Glock sechsundvierzig. Das einzige Modell mit Drehlaufverschluss.«

Brettschneider ließ eine kurze Pause einfließen.

»Eine Dienstwaffe«, fügte er dann hinzu.

Was du nicht sagst, dachte Zorn.

»Das heißt«, er riss scheinbar überrascht die Augen auf, »wir suchen einen Bull… äh, Polizisten?«

»Festlegen würde ich mich vorerst nicht darauf, aber wir sollten es zumindest nicht ausschließen.«

»Ich war's jedenfalls nicht«, sagte Zorn und wies auf den Safe in der Ecke neben dem Waschbecken. »Meine Knarre liegt seit Wochen da drin.«

Der junge Kommissar sah ihn unbewegt an.

»Das war 'n Witz, Brettschneider.«

Pause.

»Aha.«

»Wie viele von diesen Modellen gibt es?«, fragte Zorn, um die allmählich peinlich werdende Stille zu überbrücken. »Tausende, oder?«

»Knapp zehntausend.«

»Wird dauern, bis die alle geprüft sind.«

Zorn nahm die Brille ab, kaute am Bügel und versuchte, eine besorgte Miene aufzusetzen.

»Meines Wissens sind diese Modelle auf dem Schwarzmarkt nicht aufzutreiben«, erklärte Brettschneider. »Vielleicht wurde die Pistole gestohlen. Oder ein Kollege hat seine Waffe verloren und den Verlust nicht gemeldet. Das lässt sich leicht überprüfen, zunächst könnte man im näheren Umkreis beginnen und die Suche dann ausweiten.«

»Gute Idee.«

Zorn spürte, wie ihm der Schweiß unter den Achseln hinablief. Irrte er sich, oder wanderte Brettschneiders Blick immer wieder zu Schröders leerem Stuhl?

Gleich, dachte er, fragt er, ob ich die Aktennotiz gefunden habe. Oder er will wissen, warum ich das Reflektorband aus der Asservatenkammer geholt habe. Vielleicht fragt er ja auch nach Schröders Rennrad, jeder hier weiß, dass es neongrün ist, genau wie die Lacksplitter an der Bushaltestelle. Und wenn jemand gesehen hat, wie ich mit dem Müllsack mit Schröders Klamotten ins Auto gestiegen bin?

Brettschneider sah ihn abwartend an.

Ich könnte ihn aus dem Fenster schubsen, überlegte Zorn

weiter und lockerte den Kragen des verschwitzten T-Shirts. Und versuchen, es wie einen Unfall aussehen zu lassen. Wenn Schröder so was kann, krieg ich's vielleicht auch hin. Aber das wäre gemein, schließlich ist Brettschneider ein netter Kerl und macht nur seinen Job. Außerdem bin ich sowieso geliefert. Ganz zu schweigen von Schröder.

Er räusperte sich und wies den jungen Kommissar mit belegter Stimme an, alles in die Wege zu leiten. Nachdem Brettschneider gegangen war, lief er eine Weile ruhelos auf und ab, führte ein paar Telefonate, und als er Schröders Topfpflanzen goss, stand die Sonne hoch am Himmel, und er bemerkte, dass der Volvo draußen in der prallen Hitze parkte. Er verließ das Büro, machte noch einmal kehrt und lief mit der Gießkanne über den Parkplatz in der Hoffnung, von niemandem beobachtet zu werden. Der Dackel empfing ihn mit einem vorwurfsvollen Blick, weigerte sich allerdings, den stickigen Wagen zu verlassen, und schlabberte gierig das Wasser, das Zorn in Ermangelung einer anderen Möglichkeit in eine fettige Pommesschachtel goss, die er nach längerer Suche unter dem Vordersitz fand. Sobald der Hund wieder dösend auf der Fußmatte lag, rauchte Zorn eine Zigarette, parkte das Auto im Schatten der unverputzten Rückwand des Supermarktes, öffnete die Fenster einen Spalt und schärfte dem Tier erneut ein, ja keinen Unsinn zu machen.

Als er sich wieder an den Schreibtisch setzte, ging eine SMS von Frieda ein. Später würde sie sich Vorwürfe machen, nicht früher daran gedacht zu haben, doch sie war im Morgengrauen eingeschlafen und erst nachdem sie Stunden später wieder aufwachte, auf das Naheliegende gekommen:

guck in sein handy der code ist edgars geburtstag

Einundsiebzig

»Ich kenne den Namen aus der Akte. Ich kenne die Adresse. Ich kenne den Namen. Ich kenne die Adresse aus der Akte. Ich …«

Kaum jemand achtete auf die kleine, abgerissene Gestalt, die, leise vor sich hinmurmelnd, mit gesenktem Kopf im Schatten der Kastanien auf dem Fußweg an den Gründerzeithäusern entlangtippelte.

»Es stand in der Akte. Ich hab's mir gemerkt. Ich kenne den Namen. Ich kenne die Adresse. Ich kenne …«

Der kleine Mann blieb stehen.

»… den Weg.«

Hob den Kopf.

»Ich kenne den Baum.«

Er sah zur anderen Straßenseite.

»Ich kenne die Mauer. Ich kenne das Tor. Es ist der Hintereingang. Man kommt direkt zum Bärengehege. Der Zoo. Aber …«

Ein Kopfschütteln.

»… der Zoo stand nicht in der Akte.«

Er wandte sich um.

»Fenster«, murmelte er und betrachtete die stuckverzierte Fassade. »Gardinen. Blumentöpfe. Jemand sieht mich an. Er trägt einen Bart. Er müsste sich die Haare schneiden. Und er sollte nicht rauchen. Rauchen ist ungesund. Er …«

»Verzieh dich, du Penner!«, rief der Bärtige, der im verschwitzten Unterhemd mit einer Zigarette im Mundwinkel aus einem Fenster im zweiten Stockwerk lehnte. Er beschwerte sich über die Asozialen, die ihre Stütze bereits am helllichten Tage versaufen würden, und schloss das Fenster mit einem Knall.

»Ich kenne ihn nicht«, sagte der kleine Mann. »Er stand nicht in der Akte. Aber die Adresse stand in der Akte. Ich hab sie mir gemerkt. Und die …«

Sein Blick verharrte auf dem Schild neben der Haustür.

»… Nummer.«

Er strich mit der Hand über die rostfarbenen Stoppeln auf dem ansonsten kahlen Kopf und dachte stirnrunzelnd nach.

»Es stimmt nicht. Die Nummer stand nicht in der Akte. Es ist eine andere, ich habe es mir …«

»Bist du krank?«

Ein Junge sah mit großen Augen zu ihm auf. Er hielt ein Eis in der Hand, mit dem nicht nur sein Kinn, sondern auch der größte Teil des blauen Superman-T-Shirts verschmiert war.

»Du brauchst keine Angst zu haben.« Das verschorfte, unrasierte Gesicht hellte sich auf. »Sie können dir nichts mehr tun, weißt du? Die Monster sind tot, ich habe dafür gesorgt, dass sie nie wieder …«

Das Kind wurde am Arm gepackt, eine junge Frau drohte mit der Polizei und zerrte den Knirps unsanft weiter, während der kleine Mann seinen Weg an den Haustüren entlang mit unsicher tippelnden Schritten fortsetzte und seine Litanei von vorn begann.

»Ich kenne den Namen. Er stand in der Akte. Ich kenne die Adresse. Ich hab's mir gemerkt. Den Namen. Und die Adresse. Sie stand in der Akte. Die Adresse.«

Erneut blieb er stehen.

»Ja.«

Sah hinauf zu dem Schild mit der Hausnummer.

»Das ist sie. Ich kenne sie aus den Akten.«

Sein kurzer Zeigefinger strich zitternd über die Namen auf dem Klingelschild. Verharrte und drückte auf einen der Knöpfe.

»Alles ist gut«, lächelte er. »Ich hab's nicht vergessen.«

Ein Knacken ertönte aus der Gegensprechanlage. »Ja?«

»Ich hab mir Ihren Namen gemerkt. Und die Adresse, an die hab ich mich auch erinnert. Ein Glück, ich …«

»Ich habe auf Sie gewartet.«

Der Summer ertönte.

Zweiundsiebzig

Zwei Monster sind tot. Eins ist noch da, aber nicht mehr lange. DANKE

Die Nachricht war eine Stunde vor dem Mord an Anton Pfaff auf Schröders Handy eingegangen. Er hatte nicht geantwortet, und als Frieda ihn kurz darauf zu erreichen versuchte, war sein Telefon ausgeschaltet gewesen.

»Weil er beschäftigt war«, murmelte Zorn vor sich hin. »Er hat ein Paket zugestellt.«

Zorn holte das alte Foto aus der Schublade und betrachtete die verblichene Schrift auf der Rückseite.

Februar 1986 – Dumbo, ich & die

»Monster«, überlegte er halblaut, hielt das Bild gegen das Fenster ins Licht und fixierte die Kratzer, mit denen das fehlende Wort sorgfältig entfernt worden war. »Das könnte passen.«

Schröders Onkel, Fritjof Heilenz und Anton Pfaff. Drei Monster, über die der Absender der Nachricht die Wahrheit gekannt hatte. Und nicht nur das, er hatte auch gewusst, dass zwei von ihnen tot waren, und warum, verdammt nochmal, hatte er sich kurz vor dem Mord an Nummer drei bei Schröder bedankt? Woher wusste er, was Schröder vorhatte?

Der Absender war nicht in den Kontakten gespeichert. Im Normalfall genügte ein kurzer Anruf, um den Inhaber der

Nummer ausfindig machen zu lassen, aber was war hier noch normal?

Absolut *nothing*.

Doch wenn sowohl er als auch Frieda bereits das Naheliegende versucht und Erfolg gehabt hatten, warum sollte es dann nicht ein drittes Mal klappen?

Also gab er die Nummer bei Google ein und wurde umgehend auf der Webseite einer Wohnungsverwaltung fündig. Die Firma war in dem riesigen Büroturm am Bahnhof ansässig und tat – wenn man der Webseite Glauben schenkte – alles, um ihren Mietern ein sorgenfreies und glückliches Leben zu ermöglichen.

»Jetzt«, stöhnte Zorn auf, »kapiere ich überhaupt nichts mehr.«

Er kannte nun nicht nur die Telefonnummer, unter der die lächelnde Mitarbeiterin in der spitzenbesetzten Bluse über ein Notfallhandy rund um die Uhr für die Kundschaft erreichbar war, sondern auch die junge Frau selbst.

Dreiundsiebzig

»Sie sehen nicht gut aus«, sagte Merle Vanger, nachdem sie Schröder in die kleine Küche geführt und ihm geholfen hatte, am Fenster auf einem der beiden Stühle am Esstisch Platz zu nehmen.

»Es geht mir auch nicht gut.«

Sie füllte ein Glas aus dem Wasserhahn. Schröder musste mit beiden Händen zugreifen, um zu verhindern, dass es seinen zitternden Fingern entglitt. Er leerte das Glas in einem Zug.

»Haben Sie Hunger?«

»Nein, ich …«, er vergrub das Gesicht in den schmutzigen Händen, »ich bin nur müde.«

Sie setzte sich auf den Stuhl gegenüber.

»Sie hatten es verdient«, sagte sie leise. »Alle beide.«

»Ja, aber … ich weiß nicht mehr, ob es richtig war.«

»Selbst wenn es anders wäre, es ist nicht mehr wichtig.«

»Weil es passiert ist.«

»Richtig«, nickte Merle Vanger. »Weil es passiert ist.«

Sie sah ihn abwartend an.

»Sie haben meinem Vater viel bedeutet«, sagte sie dann.

»Er war mein Freund.«

»Sie haben's mir erzählt.«

»Habe ich das?«

Schröder sah verwirrt auf.

»Ich … ich kann mich nicht …«

»Ja?«

»Ich kann mich nicht«, wiederholte er stockend, »daran erinnern.«

*

»Die wusste, was damals passiert ist«, sagte Zorn. »Und sie wusste auch, was er vorhat.«

»Wahrscheinlich hat sie deshalb mit niemandem außer ihm sprechen wollen«, erwiderte Frieda.

»Aber Schröder nicht mit ihr. Der hat alles getan, um ihr aus dem Weg zu gehen. Kapierst du das?«

»Nee.«

Zorn scrollte durch die Anrufliste auf Schröders iPhone.

»Sie hat ihm über dieses Notfallhandy nicht nur die Nachricht geschickt, sondern auch mit ihm telefoniert. Das heißt …«

Ein Husten drang aus dem Telefon.

»Alles okay, Frieda?«

»Ja«, nuschelte sie mit vollem Mund. »Es ist Sonntag, da gibt's zur Feier des Tages Kaffee und ein Stück Rührkuchen.«

»Nicht dass du mir erstickst, Frieda.«

»Gleich geschafft«, würgte sie hervor, schluckte geräuschvoll und atmete erleichtert auf. »Schmeckt wie Sägespäne.«

Sie spülte den Rest herunter und äußerte den Verdacht, jemand habe die Kompressionsstrümpfe der alten Frau Schlack aus dem Zimmer schräg gegenüber ausgekocht und die Frechheit besessen, ihr den Sud als Kaffee andrehen zu wollen.

»Aber ich wollte was anderes sagen. Ach so«, fiel ihr ein, »du musst unbedingt mit Merle Vanger sprechen.«

»Was du nicht sagst. Ich hab die Nummer angerufen, das Handy ist aus.«

»Dann fahr hin. Die Adresse«, Frieda unterdrückte ein Rülpsen, »hast du ja irgendwo.«

»Genau, irgendwo«, gab Zorn mit einem mürrischen Blick auf den chaotischen Aktenberg auf seinem Schreibtisch zurück.

»Weißt du, was komisch ist?«, sagte Frieda.

»Sag mir lieber, was hier *nicht* komisch ist.«

»Warum hat Schröder so lange gewartet? Angenommen, wir finden uns damit ab und er hat Heilenz und Pfaff beseitigt. Egal, wie extrem er sich verändert hat, aber Rache passt einfach nicht zu ihm. Also hat er's getan, um andere zu schützen. Warum erst jetzt? Über dreißig Jahre danach?«

*

»Er hat mich angerufen. In der Nacht, bevor er sich …«

Schröders Stimme versagte.

»Bevor er sich umgebracht hat«, beendete Merle Vanger den Satz an seiner Stelle.

»Er wollte sich mit mir treffen.«

»Ja.«

»Weil er Hilfe brauchte.«

»Aber ich …«, Schröder schluchzte auf, »ich wollte nicht mit ihm reden. Er war mein … mein …«

Schröder suchte vergeblich nach dem richtigen Wort.

»Freund«, half Merle Vanger.

»Richtig, mein Freund. Und Freunde sind doch dazu da, einander zu helfen. Wenn ich ihn nicht im Stich gelassen hätte, dann wäre er vielleicht noch am Leben.«

»Sie hatten abgemacht, dass Sie nie wieder darüber reden würden.«

»Woher wissen Sie …«

»Ich weiß es.«

»Es … es war unsere einzige Chance.«

Schröder starrte auf das karierte Muster der Tischdecke.

»Mein Vater war ein sehr unglücklicher Mensch«, sagte Merle Vanger.

»Das bin ich auch.«

»Ich habe ihn nie lächeln sehen.«

Schröder sah stirnrunzelnd auf seine verschorften Hände.

»Ich kann mich nicht daran erinnern. Aber das … das andere, das habe ich nie vergessen. Ist das nicht unfair?«

Sie nahm seine Hand.

»Ja«, sagte sie. »Das ist es.«

Worauf Schröder zu weinen begann.

Vierundsiebzig

Damals.

»Ich hab meine Waschtasche liegen lassen«, sagte Dumbo.

»Dann«, Schröder deutete nach vorn zum Fahrer, »frag ihn, ob er umkehrt.«

»Spinnst du? Ich bin froh, dass wir endlich weg sind.«

Sie saßen hinten in einem klapprigen Kleinbus, der sie zurück in die Stadt brachte. Abgesehen von Falko Meister, der drei Reihen vor ihnen an einem Wurstbrot kaute, waren sie die einzigen Fahrgäste.

»Ich bin auch froh«, sagte Schröder. »Heilfroh sogar.«

Der Bus holperte auf der Landstraße durch die Schlaglöcher, vorbei an kahlen Obstbäumen und schneebedeckten Feldern, auf denen Krähenschwärme nach Futter suchten.

»Wann wird dein Onkel beerdigt?«, fragte Dumbo.

»Irgendwann nächste Woche. Er ist ja erst seit zwei Tagen tot.«

Nachdem sich der Nebel aus dem Tal verzogen hatte, war die Temperatur um zehn Grad gestiegen. Als am Morgen ein Wagen mit Berliner Kennzeichen auftauchte, war der Schnee zum großen Teil geschmolzen, die beiden Zivilbeamten der Kriminalpolizei hatten sich nicht die Mühe gemacht, die Plattform auf dem Sprungturm näher zu untersuchen, und waren zurück in die Hauptstadt gefahren. Wenig später hatte die Bezirksleitung die feierliche Eröffnung der Flutlichtanlage nach dem tragischen Unfall kurzfristig abgesagt und das Trainingslager vorzeitig beenden lassen.

»Gehst du hin?«, fragte Dumbo.

»Wohin?«

»Zur Beerdigung.«

»Mir bleibt wohl nichts anderes übrig.«

Hinter ihnen röhrte ein Motor auf, der Bus wurde von einem schwarzen Wolga überholt. Als die schwere Limousine vorbeipreschte, streckten ihnen die Zwillinge auf den Rücksitzen die Zunge heraus und wedelten mit den Händen an den Ohren.

»Die Sache mit der Sofortbildkamera war ein Bluff«, sagte Dumbo und zeigte den Zwillingen den Mittelfinger. »Du hast gar keins von den Fotos geklaut, stimmt's?«

Schröder antwortete nicht.

Der Kleinbus krachte durch ein gewaltiges Schlagloch, schien kurz abzuheben und schlingerte weiter. Dumbo umkrallte den Handlauf auf der Sitzreihe vor ihnen, konnte jedoch nicht verhindern, dass er und Schröder heftig aneinanderprallten, während Falko Meister das Wurstbrot aus den Fingern geschleudert wurde.

»Dein Onkel hat's dir abgekauft.« Dumbo lockerte die Finger um den Handlauf. »Aber woher wusstest du, dass auch der andere …«

»Ich hab's Toni erzählt, und der ist sofort zu Heilenz gerannt.«

»Der hätte die Fotos nur zählen müssen, um zu merken, dass keins fehlt.«

»Aber das hat er nicht gemacht. Weil er andere Probleme hatte. Er hatte Angst, dass die Polizei irgendwas rauskriegt. Deshalb hat er seine eigenen Leute geholt. Er hat gesagt …«, Schröder überlegte einen Moment, »dass er bestimmen kann, was gut oder böse ist. Das hat er getan.«

Die Bremsen quietschten, der Bus stoppte kurz und bog auf die Hauptstraße ein. Als der Fahrer den Gang einlegte, klang es, als würde das Getriebe von einer Stahlpresse zermalmt.

»Du hast alles genau geplant«, sagte Dumbo. »Oder?«

Wieder antwortete Schröder nicht.

»Dass dein Onkel hoch auf die Plattform kommt, war ja irgendwie klar, aber woher wusstest du, dass er …«

Schröder warf Dumbo einen warnenden Blick zu.

»Ich weiß, dass wir eine Abmachung haben«, sagte Dumbo.

»Dann halte dich dran.«

»Ich will nur noch eine Sache wissen.«

*

Danach hielten sie sich an die Abmachung. Nicht nur während der restlichen Fahrt, sondern auch in den folgenden Jahrzehnten. Schröder wurde zuerst daheim abgesetzt, und als ihn seine um ihren Bruder trauernde Mutter verweint in die Arme schloss, winkte ihm Dumbo noch einmal durch die verschmutzte Heckscheibe zu, bevor der Bus schwankend hinter einer Biegung verschwand.

Sie sahen einander nie wieder.

Fünfundsiebzig

Am Nachmittag rief Edgar an und schlug vor, gemeinsam baden zu gehen. Zorn, der jede Sekunde mit seinem allmählich pubertierenden Sohn genoss, hatte ein solches Angebot noch nie abgelehnt, doch diesmal tat er es mit der Begründung, eine Menge um die Ohren zu haben. Edgars Frage, ob es etwas mit Schröder zu tun habe, wich Zorn aus, und als der Junge ihn an sein Versprechen, alles werde gut, erinnerte, schützte Zorn einen eingehenden Anruf der Spurensicherung vor und legte hastig auf.

Er ging zum Fenster und sah hinunter zum Parkplatz. Abgesehen davon, dass der Volvo über und über verdreckt war, stand der Wagen unauffällig im Schatten, der Dackel verhielt sich friedlich.

Die Sonne schien Zorn direkt in die Augen, er schloss die Jalousien, drückte die Wahlwiederholung auf seinem Handy, lauschte der Mailbox *(Das Team der Wohnungsverwaltung ist immer für Sie da, doch leider können wir im Moment …)* und ließ sich in seinen Bürosessel fallen.

Ein Stein türmte sich auf den anderen. Alle verwiesen auf Schröder und fügten sich zu einer Mauer, die immer höher wurde. Doch Frieda hatte recht, wenn sie sich fragte, weshalb Schröder so lange gewartet hatte. Das entlastete ihn weiß Gott nicht, doch es war eine Lücke, und wenn es diesen einen Widerspruch gab, überlegte Zorn, warum sollte man dann nicht noch weitere finden? So lange suchen, bis man die Mauer zum Einsturz brachte?

Das hieß, von vorn zu beginnen, jedes Steinchen noch einmal umzudrehen.

Aber zunächst stand ein Gespräch mit Merle Vanger an, weshalb Zorn seine Lederjacke vom Garderobenständer holte und sich vornahm, unterwegs darüber nachzudenken – angefangen bei dem Morgen nach dem Mord an Fritjof Heilenz, als ihm Schröders seltsames Verhalten zum ersten Mal aufgefallen war, über seine strikte Weigerung, mit Merle Vanger zu sprechen, bis zu dem Abend, an dem er Zorn am Telefon so wüst beschimpft hatte, bevor er mit dem Rennrad im strömenden Regen zu Anton Pfaff …

Zorn, der die Hand bereits auf der Klinke hatte, verharrte.

»Der Regen«, murmelte er.

Brettschneiders Büro schräg gegenüber war verschlossen. Also rief Zorn ihn auf dem Handy an, vergewisserte sich kurz, dass er mit seiner Vermutung richtiglag, und verbrachte die nächsten Minuten damit, auf die Spitzen seiner verschlammten Stiefel zu starren.

Die Mauer begann zu bröckeln.

Sechsundsiebzig

»Ich bin so müde.«

»Kommen Sie.«

Sie half Schröder auf und ging mit ihm ins Wohnzimmer.

»Ich habe so viele Fehler gemacht«, seufzte er und ließ sich zu einem schmalen Sofa führen.

»Es war kein Fehler«, sagte Merle Vanger, legte ihn vorsichtig hin und deckte ihn mit einer Wolldecke zu. »Es war richtig.«

»Wirklich?« Er sah sie aus unsicher geweiteten Augen an. »Ich kann mich nämlich nicht …«

»Ich weiß.« Sie legte eine Hand in seinen Nacken und schob ein zerschlissenes Samtkissen unter seinen Kopf. »Schlafen Sie ein bisschen.«

Schröder sank zurück.

»Es ist, als würde ich mich auflösen. Ich gehe irgendwo hin, aber … ich will da nicht hin. Es ist kein guter Ort.«

»Sie brauchen Ruhe.«

»Wissen Sie, wovor ich am meisten Angst habe?«

»Wovor?«, fragte Merle Vanger und stopfte das Kopfkissen zurecht.

Die Augen fielen ihm zu. Er flüsterte etwas.

»Was sagen Sie?«

»Ich verliere den Verstand«, wiederholte Schröder. »Was bleibt dann noch von mir?«

Siebenundsiebzig

Zorn wartete nicht auf den Fahrstuhl, und als er das Treppenhaus hinablief, nahm er, vom Adrenalin beflügelt, zwei Stufen auf einmal, wünschte der hinter der Pforte dösenden Beamtin wohl zum ersten Mal in seiner Laufbahn eine angenehme Schicht und eilte über den Parkplatz zum Volvo. Als er Frieda anrief, kam er sich vor wie der unerschrockene Anwalt in einem Hollywoodstreifen, der als Einziger bis zum Schluss von der Unschuld seines Mandanten überzeugt ist und diesen in allerletzter Sekunde vor dem elektrischen Stuhl rettet, nachdem er gerade noch rechtzeitig auf den entscheidenden Hinweis gestoßen ist.

Er berichtete Frieda, dass der Mörder mehr oder weniger trockenen Fußes in die Wohnung von Anton Pfaff gelangt war. Schröder hingegen, der nach einer Fahrt mit dem Rennrad quer durch die Stadt völlig durchnässt gewesen wäre, hätte den Teppich im Wohnungsflur volltropfen müssen, doch in dem kurzen Telefonat hatte Brettschneider noch einmal bestätigt, dass der Mörder laut Spurenlage nur ein paar Meter im Regen zurückgelegt hatte. Die erste Ungereimtheit – warum Schröder so lange gewartet hatte – war eher psychologischer Natur, doch nun hatte Claudius Zorn einen eindeutigen Widerspruch gefunden, der jeden Richter, der an die Naturgesetze glaubte, überzeugen musste.

Nehmen Sie meinem Mandanten unverzüglich die Handschellen ab!

Friedas Schweigen irritierte Zorn. Ihren ersten, vorsichtigen Einwand, Schröder könne mit der Bahn zu Pfaffs Wohnung gelangt sein, wischte er mit dem Verweis auf den zeitlichen Ablauf vom Tisch. Schröder war unzweifelhaft zu Hause gewesen, als er Zorn eine Dreiviertelstunde vor dem Mord als *Wichser* bezeichnete, und selbst wenn er sich im Anschluss an das Telefonat sofort aufgemacht hatte, war der Weg zwar theoretisch mit dem Rennrad, aber nicht mit der Bahn zu schaffen. Auch Frieda fand die Vorstellung, Schröder wäre als Postbote verkleidet durch die halbe Stadt geradelt, ungeachtet seiner derzeitigen Verfassung reichlich absurd, doch als sie anführte, Schröder könne sich erst im Hausflur und somit kurz vor Betreten der Wohnung umgezogen haben (was nicht nur logisch war, sondern auch erklärte, warum der Teppich relativ trocken blieb), verwies Zorn prompt auf die beiden Zeugen, die gesehen hatten, wie der Postbote mit dem Päckchen unter dem Arm in den heruntergekommenen Wohnblock gegangen war, nachdem er mit an Sicherheit grenzender Wahrscheinlichkeit aus einem in der Nähe parkenden Auto gestiegen war.

Frieda, die dies nicht ausschließen wollte, wurde von Zorn großspurig über ihren Irrtum aufgeklärt *(denk doch mal nach, Frieda!)*. Schröder selbst besaß schließlich kein Auto und würde sich auch nie wieder hinter ein Steuer setzen, nachdem er vor Jahren bei einem Unfall auf der Hochstraße beinahe ums Leben gekommen war. Dass ein Mörder sich mit einem Taxi seelenruhig zu seinem Opfer chauffieren ließ, kam wohl kaum in Betracht, weshalb Zorn die Beweisführung für abgeschlossen erklärte (*quod erat demonstrandum)*, um die längst überfällige Gratulation für seine kognitive Meisterleistung entgegenzunehmen.

Als Frieda erneut schwieg, scheuchte er den auf dem Beifahrersitz dösenden Dackel unwirsch zurück auf die Fußmatte und erkundigte sich etwas beleidigt nach den Einwänden der *werten Frau Oberstaatsanwältin.* Womöglich, fügte er schnippisch hinzu, hatte Schröder ja ein anderes Fortbewegungsmittel benutzt. Einen Hubschrauber vielleicht? Völlig von der Hand zu weisen war das nicht, schließlich überraschte Schröder immer wieder aufs Neue mit unerwarteten Talenten – vielleicht konnte er sich ja jetzt beamen?

Frieda hatte Schwierigkeiten, den Redeschwall des merklich verschnupften Claudius Zorn zu unterbrechen. Nachdem es ihr nach mehreren Versuchen endlich gelungen war, bat sie ihn zunächst, einmal tief durchzuatmen. Danach schwieg sie einen Moment, offensichtlich, um sich die richtigen Worte zurechtzulegen, und als sie dann fortfuhr, geschah dies mit deutlichem Unbehagen. Sie erinnerte daran, andere Indizien wie die erst kürzlich entdeckte Kurznachricht auf Schröders Handy nicht außer Acht zu lassen, und erklärte, dass Zorn in Bezug auf das Auto zwar in die richtige Richtung, allerdings nicht ganz zu Ende gedacht habe.

Auch ihrer Überzeugung nach hatte Schröder nicht hinter dem Steuer gesessen, doch es gab andere Möglichkeiten, weshalb er vielleicht gar kein Taxi, sondern jemand anderen gerufen hatte. Zorn, dessen Euphorie bereits einen erheblichen Dämpfer bekommen hatte, erkundigte sich, wer dieser *Jemand* bitte schön gewesen sein solle; Schröder war zwar total von der Rolle, aber wohl kaum so bekloppt, ein solches Risiko einzugehen. Wohl kaum, stimmte Frieda zu, schließlich hatte der Mörder jeden einzelnen seiner Schritte akribisch geplant, was Zorn erneut zu der Frage brachte, warum zum Teufel sich Schröder dann auf dieses Wagnis hätte einlassen sollen. Als Frieda erwiderte, dass Schröder womöglich von einer bestimmten Person gefahren worden war, fiel Zorns enthusiastisch aufgebautes Kartenhaus in sich zusammen, und er erkannte, dass er auf seiner verzweifelten Suche nach entlastenden Hinweisen wieder einmal in der Gegenrichtung fündig geworden war.

Trotzdem bat er höflichst um eine Erläuterung. Frieda bekundete zunächst ihr Bedauern, ihrem ohnehin schon gebeutelten Gatten einen solch herben Tiefschlag versetzen zu müssen und führte dann aus, dass es sich bei der erwähnten Person um jemanden handeln musste, vor dem Schröder nichts zu verbergen hatte – genauer gesagt um eine Person, die wusste, was er vorhatte.

Als Zorn ihr zustimmte, presste er die Kiefer so heftig zusammen, dass Frieda das Knirschen seiner Zähne durch die Freisprechanlage hören konnte und sich besorgt erkundigte, ob alles in Ordnung sei. Zorn lachte auf und erwiderte, es sei ihm – abgesehen von dem Gefühl, soeben von einem Nilpferd gerammt worden zu sein – noch nie in seinem Leben besser gegangen. Danach startete er den Motor, um die besagte Person nun endlich zur Rede zu stellen.

Es gab eine Menge mit Merle Vanger zu besprechen.

Achtundsiebzig

»Möchten Sie noch etwas trinken?«

Stumm, ohne die Augen zu öffnen, schüttelte Schröder den Kopf. Merle Vanger zog die Decke bis zu seinem Hals hoch, strich behutsam die Wolle glatt, stand auf und ging zu einer alten Kommode. Obwohl sie die Schublade vorsichtig aufzog, ließ sich das leise Quietschen nicht verhindern.

»Ich glaube nicht, dass es richtig war«, murmelte Schröder hinter ihr. »Aber ich hab's trotzdem getan.«

»Es *war* richtig«, korrigierte sie und griff in die Schublade.

»Woher wollen Sie das wissen?«

Sie ging zu ihm und strich mit dem Handrücken über seine fiebrige Stirn.

»Wir haben darüber …«

»Was ist das?«, unterbrach er und deutete auf den Umschlag, den sie aus der Schublade geholt hatte.

»Als wir zur Schanze laufen wollten, ist Papa noch einmal umgekehrt. Angeblich hatte er sein Handy im Auto vergessen. Mein Vater war ein penibler Mensch«, sagte sie mit einem traurigen Lächeln. »Er wollte sichergehen, dass ich den Brief finde, und hat ihn mit Klebeband am Lenkrad befestigt.«

Merle Vanger zog einen Sessel zum Sofa, nahm Platz und sah Schröder fragend an.

»Soll ich …?«

Sie holte den Brief aus dem Umschlag. Strich das Papier auf den Oberschenkeln glatt und sah Schröder an wie eine Mutter, die ihrem Kind eine Gutenachtgeschichte vorlesen will.

»Ich sollte lieber schlafen«, sagte er.

Die Klingel schrillte im Flur.

Merle Vanger verstaute den Brief wieder im Umschlag, ging auf Zehenspitzen zum Fenster und sah durch einen Spalt in der Gardine. Kommissar Zorn lief ungeduldig vor dem Haus auf und ab. Sein Wagen parkte schräg gegenüber halb auf dem Bordsteig.

Er klingelte erneut.

»Wer ist das?«

Schröders Stimme klang belegt.

»Niemand«, erwiderte Merle Vange über die Schulter. »Schlafen Sie jetzt.«

Eine junge Frau hatte Schwierigkeiten, ihren Kinderwagen an dem verdreckten Volvo vorbeizuschieben. Als sie den Kommissar darauf hinwies, brüllte dieser, sie solle gefälligst auf die Straße ausweichen, und drohte, sie wegen Behinderung eines dringenden polizeilichen Einsatzes in Handschellen abführen zu lassen.

»Ich kann nicht schlafen«, sagte Schröder.

Ein weiteres Klingeln.

Vor dem Haus legte der langhaarige Kommissar den Kopf in den Nacken und sah hoch, worauf Merle Vanger zurück in den Schatten trat. Auf der anderen Straßenseite zwängte sich die Frau mit dem Kinderwagen mühsam an dem Auto vorbei, aus dem plötzlich ein hektisches Bellen erklang. Während das Baby zu plärren begann, beschuldigte der Kommissar die junge Frau eines weiteren Verbrechens, nämlich, einem unschuldigen Hund Angst eingejagt zu haben, und stellte wutschnaubend eine weitere Anzeige wegen Tierquälerei in Aussicht.

»Dumbo«, fiel Schröder ein. »Ich habe Dumbo vergessen.«

»Es geht ihm gut, keine Sorge.«

Kommissar Zorn klingelte Sturm. Merle Vanger wandte sich um, setzte sich wieder zu Schröder und nahm seine Hand.

»Sie konnten meinem Vater nicht helfen«, sagte sie, als das Klingeln verhallt war. »Niemand konnte das.«

»Aber ich hätte es …«

Ein dumpfes Pochen dröhnte den Treppenflur herauf. Unten schlug der langhaarige Kommissar so heftig gegen die Haustür, dass die Fensterscheiben vibrierten.

»Ich hätte es wenigstens versuchen müssen«, sagte Schröder. »Schon allein, weil ich …«

Er presste die rissigen Lippen aufeinander.

»Es fällt mir gleich ein. Ich bin … nein.«

Er sah kläglich zu Merle Vanger auf.

»Ich komme einfach nicht darauf. Wie heißt das Wort?«

»Polizist?«

»Polizist, genau. Es war mir nur kurz entfallen, das passiert jedem mal«, sagte er und klang, als würde er sich selbst Mut zusprechen. »Es liegt an den Kopfschmerzen.«

Draußen hallte die raue Stimme des Polizisten zwischen den Fassaden der Gründerzeithäuser. Als er drohte, nicht nur die

Haustür, sondern die gesamte Bruchbude kurz und klein zu schlagen, öffnete sich weiter unten ein Fenster, und der alte Herr Kröger aus der Wohnung eine Etage tiefer forderte den lamentierenden Mann auf, sich entweder auszuweisen oder Ruhe zu geben, worauf dieser erwiderte, er habe seinen Ausweis vergessen, und zwar auf dem Safe mit seiner Knarre, die er ebenfalls holen könne, und was dann passieren würde, müsse wohl nicht weiter erklärt werden.

»Machen Sie sich keine Vorwürfe.« Merle Vanger zog die Decke über Schröders gestreckte Beine. »Sie sind ein guter Mensch.«

»Nein! Das bin ich nicht! Wie kann jemand ein guter Mensch sein, der so etwas tut?«

»Sie können sich tatsächlich nicht erinnern.«

»Nicht an alles, aber ich weiß zumindest, was ich …«

Sie schüttelte bedauernd den Kopf.

»Ich *weiß* es«, beharrte Schröder.

Merle Vanger stand auf. Hauchte ihm einen Kuss auf die Stirn und flüsterte ihm etwas zu. Als sie sich wieder setzte, war jeder Blutstropfen aus Schröders zerschrammtem Gesicht gewichen.

»Es tut mir leid«, flüsterte sie.

Draußen schrie jemand auf. Sie ging wieder zum Fenster und sah durch den Gardinenspalt, wie Schröders Kollege mit dem Handy am Ohr über die Straße zu seinem Wagen stürmte.

»Was heißt hier *unverzüglich?*«, brüllte er in vollem Lauf. »Ich suche ihn schon seit Stunden! Aber nur, weil ihr Idioten ihn habt abhauen lassen!«

Er riss die Tür auf und warf das Handy in den Volvo. Als ein Jaulen erklang, blaffte er den Hund an, sich gefälligst zusammenreißen, dieser habe schließlich auf dem Beifahrersitz nichts zu suchen und sei somit selbst schuld, bevor er die Tür zuknallte und mit aufheulendem Motor davonraste.

»Dann ist es also vorbei«, sagte Schröder.

»Warum?« Merle Vanger wandte sich wieder um. »Ist es nicht besser als …«

»Nicht für mich. Mein Verstand ist alles, was ich habe.«

Sie ging zu ihm.

»Was bleibt dann noch übrig?«, fragte er. »Sehen Sie mich doch an. Ein dicker, glatzköpfiger Zwerg, mehr nicht.«

»Ich sehe etwas anderes«, lächelte Merle Vanger. »Einen guten Menschen.«

»Was nutzt es mir?«

»Sie sollten jetzt wirklich schlafen.«

»Ich fürchte, dazu bleibt mir keine Zeit«, sagte Schröder.

Und bat Merle Vanger um einen Gefallen.

Neunundsiebzig

Zwei Minuten nach achtzehn Uhr löste Claudius Zorn die Großfahndung aus. Wenig später waren sämtliche verfügbaren Kräfte im Einsatz, und als es halb sieben wurde, kreisten zwei eilends von der Landespolizei angeforderte Helikopter der Hubschrauberstaffel mit knatternden Rotoren in der tief stehenden Sonne über den Dächern der Stadt.

Zorn selbst hielt es nicht im Büro, weshalb er sich mit dem Dackel auf dem Beifahrersitz an der Suche beteiligte, mit rasendem Puls durch die Straßen kurvte und seine Kollegen, heiser vom vielen Gebrüll, über Funk immer wieder ermahnte, gefälligst die Augen offen zu halten und jeden Stein in diesem verdammten Kaff umzudrehen, während er hilflos mitansehen musste, wie auf der Uhr auf dem verschmierten Armaturenbrett eine Minute nach der anderen verging. Nach und nach wurde auch der Hund unruhig, allerdings aus anderen Gründen als Zorn, der gerade auf die vierspurige Magistrale eingebogen war.

»Reiß dich gefälligst zusammen!«

Der Dackel sah ihn mit einem kläglichen Winseln an, worauf Zorn frustriert die Backen aufblies und an einer Bushaltestelle stoppte. Offensichtlich war es höchste Zeit, denn als er die Beifahrertür aufstieß, hüpfte der Dackel umgehend hinaus und erleichterte sich direkt am Rollator einer älteren Dame, die erst das Häufchen, dann den ungeduldig hinter dem Steuer wartenden Claudius Zorn fassungslos ansah.

»Normalerweise macht er das selbst weg«, entschuldigte sich dieser und bedachte den Hund, der es sich bereits wieder auf dem Sitz bequem machte, mit einem vorwurfsvollen Blick. Er erklärte der fassungslosen Dame, das kleine Ferkel habe wohl wieder einmal seinen Kackbeutel vergessen, und fuhr wieder an.

Der Leiter des Mobilen Einsatzkommandos meldete sich über Funk und berichtete, man habe die Wohnung am Hintereingang des Zoos aufgebrochen und leider leer vorgefunden, diese sei wohl nur wenige Minuten zuvor verlassen worden. Zorn schnauzte, dass seine Leute ihre Ärsche wohl wieder einmal nicht früh genug hochgekriegt hätten, entschuldigte sich dann und bat, das Einsatzkommando an der Fahndung nach dem Gesuchten zu beteiligen.

Die Dämmerung setzte ein. Er stoppte an einer Fußgängerampel, unternahm einen halbherzigen Versuch, den Hund in den Fußraum zu verscheuchen, betrachtete die auf dem Zebrastreifen vorbeiströmenden Menschen und schloss resigniert die Augen.

»Es ist sinnlos.«

Auf der Gegenspur raste ein Streifenwagen mit flackerndem Blaulicht vorbei.

»Die haben keine Ahnung, wo sie ihn suchen sollen. Du etwa?«, seufzte er, strich dem Dackel über das Köpfchen und zupfte ein paar Kekskrümel aus dem Fell. »Schon gut, ich weiß es ja auch nicht.«

Die Ampel sprang auf Grün. Zorn gab Gas, kroch ein paar Meter im Schneckentempo hinter einem Großraumtaxi dahin und hieb unvermittelt mit voller Kraft auf das Lenkrad ein.

»Scheiße! Scheiße! Scheiße!«

Der Volvo scherte ruckartig aus und stoppte an einem Taxistand. Zorn sank in die Lehne, rieb die brennenden Augen und wandte sich an den erschrockenen Dackel.

»Guck mich nicht so an. Sag mir lieber, was ich machen soll.«

Ein ohrenbetäubendes Rattern ertönte, ein Helikopter erschien über den Dächern der Wohnblocks, kreiste ein paarmal über der Magistrale und drehte in Richtung Altstadt ab.

»Wir brauchen ein Wunder. Schröder glaubt nicht an so was, aber es ist das Einzige, was ihm noch helfen kann.«

Der Dackel hüpfte herüber und rollte sich auf Zorns Schoß zusammen.

»Ich hab's schon probiert.« Zorn pulte gedankenverloren ein Kaugummi aus dem verklebten Fell. »Aber es hat nichts gebracht. Was meinst du, soll ich's noch mal versuchen?«

Der Hund fiepte kurz.

»Hast recht, schaden kann's nicht. Vielleicht hat er's ja nicht gehört. Ich rede einfach laut.«

Zorn schloss die Augen und sammelte sich.

»Lieber Gott«, begann er. »Ich – aber erzähl's niemandem, ja?«, mahnte er den Dackel. »Das bleibt unter uns, verstanden?«

Er räusperte sich.

»Lieber Gott«, setzte er noch einmal an und schloss wieder die Augen. »Du bist bestimmt immer noch sauer. Ich war neulich ein bisschen unwirsch, ich verstehe ja, dass du nichts unternommen hast. Aber es ist wichtig. *Wirklich* wichtig. Das mit der Kerze war nicht so gemeint. Natürlich zünde ich dir eine an. Ach was, nicht nur eine, sogar zwei.«

Er ließ ein paar Sekunden verstreichen.

»Oder was hältst du von 'ner ganzen Packung?«

Ein leises Schnarchen verkündete, dass der Dackel eingedöst war.

»Weißt du was? Ich leg noch 'ne Kiste Räucherkerzen drauf. Nicht schlecht, oder? In der Wohnung kann ich die nicht anzünden, da lässt mich Frieda nicht mal rauchen. Aber wenn ich die Dinger auf den Balkon stelle, kannst du's sowieso besser riechen und …«

Sein Handy schrillte, der Hund sprang von seinem Schoß. Als Zorn die Nummer auf dem Display erkannte, weiteten sich seine geröteten Augen hinter den Brillengläsern.

»Krass«, raunte er ehrfürchtig. »Es gibt ihn wirklich. Hätte ich geahnt, dass er auf Räucherkerzen steht, dann hätte ich ihm die viel früher …«

Er straffte sich. Atmete mehrfach tief durch und wartete, bis sich sein Herzschlag unter dem verschwitzten T-Shirt etwas beruhigt hatte. Als er sich meldete, klang er, als würde er den längst überfälligen Anruf seines Steuerberaters entgegennehmen, um die Geschäftszahlen des letzten Quartals durchzugehen.

»Sorry, ich bin ein bisschen heiser. Ich hab Sie hinter der Gardine gesehen und die halbe Straße zusammengebrüllt, weil ich verdammt sauer war. Vielleicht sollten Sie Ihren Werbeslogan überdenken, unter *rund um die Uhr für unsere Kundschaft erreichbar* verstehe ich was anderes. Na ja, besser spät als nie.«

Er versicherte ruhig, die Sache vorerst auf sich beruhen zu lassen – mit deutlicher Betonung auf *vorerst,* schließlich handelte es sich hier nicht um einen schnöden Wasserrohrbruch. Es gab eine Menge zu klären, doch das scherte ihn im Moment einen Scheißdreck, da er gerade ausschließlich an der schnellstmöglichen Beantwortung einer einzigen, äußerst simplen Frage interessiert war.

»Können Sie mir sagen, wo er ist?«

Die Antwort war ebenso simpel und gab Claudius Zorn zumindest vorläufig den Glauben an den lieben Herrgott zurück.

Denn Merle Vanger bejahte.

IMMER NOCH SONNTAG

Zurück an der Schanze.

Achtzig

Zorn kam auf die Plattform, trat mehrmals fest auf, als wolle er sich von der Stabilität überzeugen, und ging zu Schröder an das Geländer.

»Bist du sicher, dass das funktioniert?«, schnaufte er und wischte den Schweiß von der Stirn. »Wenn du von den Ästen aufgehalten wirst und im Moos landest … Nicht, dass du dir nur ein paar Knochen brichst. Oder wie Rufus endest und vom Hals abwärts gelähmt bist.«

»Lass mich allein.«

»Wenn du auf Nummer sicher gehen willst«, Zorn beugte sich über den rostigen Handlauf, »musst du auf dem Beton aufkommen. Ich glaube«, er kniff die Augen hinter der Brille zusammen und deutete mit dem Armstumpf in die Tiefe, »das Fundament ist irgendwo da. Unter dem Brombeergebüsch, zwischen den beiden Birken. Du musst dich ganz schön abstoßen. Und genau zielen, sonst war die ganze Mühe umsonst. Na ja, wenn Raimund Vanger das geschafft hat, kriegst du's bestimmt auch hin.«

Die Sonne versank hinter den bewaldeten Hügeln am anderen Flussufer. Unter der Plattform strahlten die Baumwipfel in goldenem Licht, im Tal schien die halbkreisförmige Porphyrwand um den Auslauf in Flammen zu stehen. Entferntes Sirenengeheul war zu hören, zwischen den Ruinen der Baracken flackerte Blaulicht.

»Ganz schön was los da unten«, seufzte Zorn, der Schröder aus dem Augenwinkel unablässig im Blick behielt. »Ich hab versucht, es so lange wie möglich unter der Decke zu halten, aber …

man schiebt's vor sich her, bis es irgendwann nicht mehr geht. Brettschneider ist 'n verdammt guter Bulle, der hat von Anfang an was geahnt. Er ist gerade dabei, Merle Vanger zu vernehmen. Sie hat gesagt, dass du sie weggeschickt hast, nachdem sie dich hergefahren hat.«

»Es reicht, dass sie einmal zusehen musste«, murmelte Schröder.

»Ihr Vater wollte nicht allein sein.«

»Aber ich.« Schröder rückte von Zorn ab. »*Ich* will allein sein.«

Zorn verkürzte die Entfernung unauffällig wieder auf eine Armlänge.

»Weißt du noch? Damals wollte Rufus auch unbedingt sterben. Wir sollten ihm helfen, aber wir haben's nicht …«

»Ich brauche keine Hilfe.«

»Nee«, Zorn lachte auf. »Du kannst ja alleine springen.«

Schröder antwortete nicht.

»Malina will Rufus zum Geburtstag 'ne Kreuzfahrt auf die Lofoten schenken«, sagte Zorn. »Er wird sich total freuen. Weil er froh ist, noch am Leben zu sein. Obwohl er nie wieder laufen wird. Nicht mal selbständig atmen.«

»Es gibt andere Verletzungen.«

»Ja.«

»Schlimmere.«

»Es gibt auch immer einen Ausweg.«

»Richtig.«

Schröder sah über das Geländer.

»Wird 'ne ganz schöne Sauerei geben«, Zorn folgte seinem Blick nach unten, »aber das kann dir ja egal sein. Darum können sich dann andere kümmern. Genau wie bei Vanger, den hat's auch einen Dreck interessiert, dass seine Tochter …«

»Sie haben das Geländer repariert.« Schröder rüttelte am

Handlauf. »Die Bodenhülse ausgetauscht und neue Streben eingeschweißt. Aber man sieht noch, wo er befestigt war.«

»Wer?«

»Der Verteilerkasten. Ich hatte die … die …«

Schröder starrte auf einen rostigen Metallwinkel, der in Kniehöhe an eine der verbogenen Geländerstangen geschraubt war.

»Die … die …«

Im Tal wurde eine Autotür zugeschlagen.

»Hör zu, Schröder. Wir werden jetzt …«

»Sicherung.«

»Was?«

»Die Sicherung im Verteilerkasten.« Schröder wies auf den Metallwinkel. »Der hat dort gehangen. Ich hatte die Sicherung rausgeschraubt, damit er hochkommt und …«

»Das kannst du mir später erzählen.«

»Verteilerkasten und Sicherung. Sicherung und Verteilerkasten. Verteilerkasten und … das eine fällt mir ein, das andere nicht. Obwohl es viel einfacher ist.«

Schröder sah hinunter ins Tal.

»Dort drüben war der Flachbau mit den Personalunterkünften, da stehen nur noch die Fundamente. Von der Küchenbaracke sind noch ein paar Wände übrig, aber das Dach ist eingestürzt. Da stand die Hütte, in der wir geschlafen haben, da war der Appellplatz, und hier unten …«, er ging zur anderen Seite der Plattform, »war die Babyschanze. Da hinten im Wald hab ich Dumbo gefunden. Er war völlig unterkühlt.«

Schröder massierte die Schläfen.

»Flachbau, Küchenbaracke, Appellplatz, Babyschanze«, zählte er auf. »Ich weiß, was das alles bedeutet. Und ich komme auch auf die Worte. Aber *Sicherung*«, presste er hervor, »fällt mir nicht ein. Obwohl's viel simpler ist. Viel simpler als ein verfickter Begriff wie …«

Er holte tief Luft.

»… SICHERUNGSKASTEN!«

Speichel spritzte aus seinem Mund.

»*Verfickt?*« Zorn schnalzte mit der Zunge. »Du hast vielleicht ein Wort vergessen, aber dafür hast du ’n neues drauf. Es gleicht sich aus, also komm wieder runter, ja?«

»Stopp.«

Zorn, der näher gekommen war, gehorchte, während Schröder sich mit dem Rücken gegen das Geländer presste, das sich unter seinem Gewicht bedenklich nach außen bog. Irrte sich Zorn, oder bewegten sich die Schrauben leise knirschend in den Hülsen, mit denen das Gestänge im morschen Holz verankert war?

»Es wird immer schlimmer.« Schröder pochte sich mit dem Knöchel gegen die Stirn. »Am Anfang dachte ich …«

Ein entferntes Bellen ließ ihn aufhorchen.

»Dumbo.«

»Er war gerade erst kacken«, stellte Zorn lapidar fest. »Vielleicht muss er ja pinkeln. Ist nicht mein Problem, kümmere dich gefälligst selbst. Er wartet unten im Wagen. Den machst du übrigens auch sauber, ich hab keinen Bock, die ganzen Haare … vergiss es, Freundchen!«

Schröder war bereits mit einem Bein über dem Geländer und im Begriff, auch das andere herüberzuschwingen, doch Zorn schnellte vor, schnappte ihn mit der verstümmelten Hand am Schlafittchen und zerrte ihn zurück.

»Früher warst du mal schneller«, knurrte er, presste Schröder von hinten einen Arm um den Hals, den anderen um den Kugelbauch und ließ sich rittlings mit ihm auf die Plattform fallen. Schröder strampelte verzweifelt, doch Zorn umschlang ihn auch mit den Beinen und hielt ihn eisern im Klammergriff.

»Ich gehe hier nicht weg, Schröder. Ich lasse dich auch nicht los. Wenn du unbedingt springen willst, dann musst du mich schon mitnehmen und … jetzt hör endlich auf mit der Zappelei!«

Sie rangen noch eine Weile miteinander, bis Schröder schließlich erschlaffte. Zorn hielt ihn weiterhin fest, spürte, wie sich der Brustkorb unter seinen Armen hob und senkte und den rasenden Pulsschlag, der sich wie sein eigener nach und nach verlangsamte.

»Mach bloß keine Dummheiten«, keuchte er. »Und versuch's gar nicht erst mit deinem Judo-Gehampel. Dann nehme ich dich in den Schwitzkasten.«

»Kein Judo«, murmelte Schröder. »Ich war Ringer.«

Zorn löste seine Beine, setzte sich auf, schlang die Arme von hinten um Schröders Brustkorb und zog ihn ebenfalls hoch, bis er selbst mit dem Rücken an einem Geländerpfosten lehnte, während Schröder zwischen seinen gespreizten Beinen saß.

»Würdest du mir kurz zuhören, Schröder?«

»Weißt du, wovor ich immer am meisten Angst hatte?«

»Haarausfall wird's wohl kaum sein.«

»Dass ich so ende wie er.«

»Wer?«

»Er hat's mir vorausgesagt. Ich wollte es nie wahrhaben, aber jetzt …«

»Alles wird gut, Schröder.«

»Das hab ich ihm auch gesagt. Immer und immer wieder, obwohl ich wusste, dass es nicht stimmt. Alles wird gut, hab ich gesagt. Alles …«

Einundachtzig

Knapp zehn Jahre zuvor.

»… wird gut, Papa.«

Schröder wartete, bis der keuchende Atem des alten Mannes nach und nach zur Ruhe kam, stand auf, zog die Gardinen zu und setzte sich wieder auf den Stuhl am Kopfende des Betts.

»Was ist hier los?«

Sein Vater sah sich verwirrt im Halbdunkel um. Die Stehlampe war umgekippt, die Türen des Kleiderschranks standen sperrangelweit offen. Wäschestücke verteilten sich zwischen Medikamentenschachteln und den Büchern, die der Alte in seinem Wutanfall aus dem Regal gerissen hatte, auf dem Teppich.

»Das räumen wir später auf«, beruhigte Schröder und schob den Schürhaken, mit dem sein Vater auf ihn losgegangen war, unauffällig mit dem Fuß unter das Bett. »Keine Sorge, wir …«

»Du blutest.«

»Tatsächlich?«

»Am …«

Schröders Vater wies mit dem knochigen Zeigefinger auf das Doppelkinn seines Sohnes.

»Es ist nichts weiter, Papa. Ich hab nicht aufgepasst.«

»Das war *ich*.« Der Alte betrachtete das Blut unter seinen Fingernägeln, die sich tief in die Haut seines Sohnes gegraben hatten. »Ich hab dich angegriffen.«

Er schluchzte auf.

»Verzeih mir.«

»Du musst dich nicht bei mir …«

»Ich meine etwas anderes.«

Tränen rannen über das faltige Gesicht.

»Ich hab dir nie erzählt, wie dein Großvater gestorben ist. Es war kein Unfall.«

»Ich mach dir einen Tee, und dann …«

»Bevor er sich umgebracht hat, hat er überall Ungeziefer gesehen. Zuletzt musste ihn deine Großmutter ans Bett fesseln, aber er hat sich losgemacht. Er hat sich mit Benzin übergossen, draußen im Schuppen. Und dann hat er …«

Die Worte erstickten in einem trockenen Krächzen.

»Schon gut, Papa. Ruh dich ein bisschen aus.«

»Dein Großvater war nicht der Einzige. Mein Onkel hat sich erschossen, nachdem er …«

»Ich will das nicht hören.«

»Das musst du aber. Und ich«, die knotigen Finger schlossen sich um Schröders Handgelenk, »muss es dir erzählen. Wer weiß, wie lange ich noch dazu in der Lage bin. Es liegt in unserer Familie, ich habe es dir mitgegeben.«

»Nein.«

Der Alte stützte sich auf die Ellbogen und richtete sich auf. Schröder roch seinen sauren Atem, das schwere Rasierwasser und den stechenden Uringeruch.

»Deine Diabetes erhöht das Risiko noch. Du musst dich damit …«

»Es reicht.« Schröder machte sich los und stand so abrupt auf, dass der gepolsterte Stuhl hinter ihm umkippte. »Schlaf jetzt.«

Sein Vater schloss gehorsam die Augen. Als er sie wieder öffnete, waren sie trübe und die Pupillen mit einer milchigen Schicht überzogen. Nachdem die lichten Momente immer seltener wurden, war auch dieser nun wieder vorbei.

»Wie fett du geworden bist«, zischte der alte Mann. »Und deine Haare«, er wies mit dem knochigen Kinn auf die rötlichen, quer über die Glatze gekämmten Strähnen. »Sieh dich an, du bist eine Witzfigur.«

»Hör auf, Papa.«

»Eine Witzfigur«, griente der Alte.

»Bitte.«

»Du wirst genauso …«

Schröder stürmte davon und lehnte sich keuchend im Flur an die Wand. Als er die Zimmertür heftig schloss, verstummte das irre Kichern, doch die Worte, die sein dementer Vater immer und immer wieder wie ein Mantra wiederholte, blieben in seinem Kopf.

Du wirst genauso enden wie ich.

Zweiundachtzig

»Eine Woche danach hat er den Gasherd aufgedreht«, sagte Schröder. »Um ein Haar wäre das Haus explodiert.«

Er saß zwischen Zorns gespreizten Beinen, sein Hinterkopf lehnte an Zorns Brust, der die Arme von hinten unter seine Achseln geschlungen hatte und die Ledermanschette über dem Stumpf mit den verbliebenen Fingern umfasst hielt.

»Danach hast du den Dienst quittiert und diesen dämlichen Imbiss aufgemacht«, sagte Zorn. »Weil du dich um deinen Vater kümmern musstest.«

»Er hat dich für meinen toten Bruder gehalten.«

»Ja.«

»Und als mein Vater gestorben war, mussten wir sein Zimmer desin… defektio… wie sagt man, wenn etwas nicht nur sauber gemacht, sondern auch …«

»Desinfizieren.«

»Siehst du?«, schluchzte Schröder. »Es wird immer schlimmer.

Ich wusste, dass es so kommt, jetzt ist es so weit. Ich habe alles verloren.«

»Erzähl keinen Schwachsinn.«

»Mein Verstand ist … *war* alles, was ich habe.«

»Du hast uns.«

»Was nutzt das, wenn ich euch nicht mehr erkenne? Wenn ich nicht mehr weiß, wer ihr seid?«

»Aber du weißt es doch, Schröder. Du weißt doch, wer Frieda ist.«

»Ja.«

»Und was ist mit mir?«, fragte Zorn. »Kleiner Tipp, ich bin der, der dir gerade direkt ins Ohr sabbert.«

Über ihnen gingen die ersten Sterne auf.

»Und Edgar hast du auch nicht vergessen. Ich weiß noch, wie ich dir erzählt hab, dass Malina schwanger ist. Du hast geheult wie'n Schlosshund.«

»Du doch auch.«

»Wir waren in deinem Imbiss. Ich war wie immer dein einziger Kunde. Du hattest Hummersuppe gekocht, obwohl du genau wusstest, dass ich Fisch verabscheue.«

»Hummer sind Krustentiere, keine Fische.«

»Siehst du? Das hast du auch nicht vergessen.«

»Aber das werde ich.«

»Irgendwann bestimmt. Das liegt in der menschlichen Natur.«

Zorn wiegte Schröder sacht hin und her.

»Mein Hintern wird langsam taub«, ächzte er. »Können wir dann …?«

»Nein.«

»Du willst immer noch springen?«

»Ja.«

»Merle Vanger hat gesagt, sie hätte versucht, dich umzustimmen.«

»Das hat sie.«

»Aber sie konnte dich nicht abhalten. Sie meinte, du wärst genauso fest entschlossen wie ihr Vater. Scheint, als wäre der auch so'n Dickkopf gewesen wie du.«

Im Tal wurde Stimmengewirr laut.

»Die werden langsam unruhig«, stellte Zorn fest. »Ich hab denen gesagt, dass ich ein paar Minuten brauche, aber es geht ihnen wohl nicht schnell genug.«

Irgendwo unter ihnen knackte ein Zweig.

»Ist bestimmt nur ein Fuchs«, beruhigte er, als Schröder sich in seinen Armen versteifte. »Vielleicht auch 'n Reh. Keine Ahnung, was für Viecher hier sonst noch durch die Gegend rennen, ein Bulle ist es jedenfalls nicht. Du hättest zwar 'nen spektakuläreren Abgang verdient, aber wir sind nicht umzingelt, Schröder. Ich hab alle nach Hause geschickt, sobald ich wusste, wo du bist. Die sitzen wahrscheinlich längst wieder vor der Glotze. Sie haben's verdient, schließlich haben sie 'ne Menge Überstunden angesammelt. Als Vorgesetzter darf man ja kein Unmensch sein, und warum sollte ich sie weiter durch die Gegend scheuchen, um einen Unschuldigen zu jagen? Das bist du nämlich, also finde dich damit ab.«

»Verstehst du nicht? *Ich verliere meinen Verstand!*«

Die Lichter an den Windrädern auf den Hügeln begannen zu blinken.

»Erinnerst du dich, wo wir heute früh waren?«, fragte Zorn.

»Ich … nein, ich …«

»Im Krankenhaus. Ich hatte ziemlichen Stress, weil du abgehauen bist. Aber darüber reden wir später, Freundchen. Du musst jedenfalls wieder dahin. Und zwar so schnell wie möglich. Ich hab denen versprochen, dass du freiwillig mitkommst.«

Zorn reckte den Hals und sah hinab zu dem zwischen den Bäumen flackernden Blaulicht.

»Du glaubst, dass du den Verstand verlierst, Schröder. Im Moment würde ich das nicht abstreiten, du hast tatsächlich 'nen Sprung in der Schüssel.« Zorns Fingerknöchel pochte auf Schröders kahlen Hinterkopf. »Und zwar einen gewaltigen. Aber die da unten sagen, dass man das kitten kann.«

»Versuch nicht, mir irgendwas einzureden.«

»Kann ich gar nicht, schließlich bin ich kein Arzt. Ich hab kaum was kapiert und nur verstanden, dass es ganz schön drängelt. Wenn du springen würdest, dann wärst du sicherlich schneller unten, aber das wäre auch ziemlich … wie sagt man? Kontraproduktiv?«

Schröder bewegte sich in Zorns Armen, doch dieser hielt ihn weiterhin fest.

»Und? Was sagst du? Ein Versuch kann nicht schaden, oder? Aufgeschoben ist schließlich nicht aufgehoben, du kannst später immer noch irgendwo anders runterspringen.«

Schröder murmelte etwas in sich hinein.

»War das ein Ja?«

»Ja.«

»Aber keine Sperenzchen!«, warnte Zorn und lockerte seinen Griff. »Du wirst wieder in Form kommen, aber im Moment bist du mir hoffnungslos unterlegen. Du kriegst sofort eins auf die Rübe, so schnell kannst du gar nicht gucken.«

Als sie sich aufgerichtet hatten, forderte er Schröder zunächst auf, die verdreckte Hose hochzuziehen, und half ihm, den Gürtel über dem karierten Hemd zu schließen. Danach wiederholte er seine Warnung und fügte hinzu, er könne Schröder zwar mühelos überwältigen, habe jedoch absolut keine Lust, ihn die maroden Stahltreppen hinunterzuschleppen – nicht nur, um einem älteren Herrn eine unnötige Belastung seiner Bandscheiben zu ersparen, sondern auch wegen der nicht unerheblichen Geruchsbelästigung.

»Mit Verlaub, du stinkst wie'n Pavian. Aber das ist kein Vorwurf, denn wie's aussieht«, Zorn schnüffelte unter der eigenen Achsel, »bist du hier nicht der Einzige, der dringend 'ne Dusche braucht.«

Dreiundachtzig

Die erste Infusion bekam Schröder, während der Krankenwagen noch mit heulender Sirene durch die einbrechende Nacht raste. Im Krankenhaus wurde er bereits erwartet, und als Zorn zwei Stunden später zu ihm durfte, war er schwach, aber ansprechbar und laut Auskunft des Arztes außer Gefahr. Da Schröder nicht verstand, was mit ihm passiert war, erklärte ihm Zorn, dass seine Symptome zwar mit einer Alzheimer-Erkrankung zu verwechseln waren, allerdings auf einer völlig anderen Ursache beruhten, nämlich einem viel zu niedrigen Natriumspiegel, der als Folge seiner Diabetes zu einer akuten Hyponatriämie geführt hatte, wie Zorn betont beiläufig und trotzdem mit sichtlichem Stolz, einen komplizierten medizinischen Fachbegriff einflechten zu können, weiter ausführte. Es ließ sich nicht abstreiten, dass Schröder – wie Zorn es ausdrückte – schon immer einen an der Waffel gehabt hatte, doch er würde schnell wieder auf die Beine kommen, nachdem seinem Körper das überschüssige Wasser entzogen und der Natriumspiegel wieder stabilisiert worden war, und seinen Verstand – wenn überhaupt – irgendwann später verlieren.

Zorn vergewisserte sich, dass Schröder ihn zumindest in diesem Punkt verstanden hatte, wartete, bis er eingeschlafen war, und ging aus dem Zimmer, nachdem er sorgfältig geprüft hatte, ob die Fenster geschlossen waren. Bevor er die Station verließ, schärfte er der Nachtschwester ein, die Zimmertür nicht aus den Augen zu lassen, und drohte der jungen Frau, ihr bei der geringsten Nachlässigkeit die Hammelbeine langzuziehen, rauchte draußen hastig zwei Zigaretten und ging zurück, um für den Rest der Nacht bei Schröder zu wachen.

Er hielt seine Hand und beobachtete, wie die hypertonische Kochsalzlösung in den Infusionsschlauch tropfte und sich die bleichen Wangen des friedlich schlafenden Schröder allmählich belebten, der endlich begreifen musste, dass er neben seinem zweifelsfrei außergewöhnlichen Verstand auch auf andere Dinge vertrauen konnte – die Menschen nämlich, die ihn ebenso liebten, wie sie von Schröder geliebt wurden.

Kurz vor Mitternacht erschien ein Assistenzarzt und bot Zorn ein Bett im Bereitschaftszimmer an. Dieser lehnte das Angebot dankend ab, da er den Patienten und insbesondere den ordnungsgemäßen Ablauf der Infusion persönlich zu überwachen gedachte, weshalb er wohl kaum zum Schlafen kommen würde. Der Assistenzarzt versicherte, dass das Infusionsgerät absolut zuverlässig arbeite, und entgegnete auf Zorns skeptischen Einwand, dass – bei allem Respekt vor einem erfahrenen Kriminalbeamten – auf einer modernen Intensivstation wohl kaum mit einem Meteoritenhagel gerechnet werden müsse oder damit, dass ein verirrter Marder den Infusionsschlauch zerbiss, worauf Zorn – bei allem Respekt vor einem zweifellos talentierten, doch unerfahrenen Mediziner – erklärte, in seinem bewegten Berufsleben bereits eine Menge Pferde kotzen gesehen zu haben, und zwar nicht nur vor der sprichwörtlichen Apotheke, sondern erst vor wenigen Stunden in der Notaufnahme drei Etagen tiefer in Gestalt eines unfähigen Notarztes, der Schröders ernsten Zustand nicht erkannt hatte und sich somit auf einiges gefasst machen konnte. Damit war er nicht der Einzige, auch der verpennte Laborheini, der die Blutwerte deutlich früher hätte analysieren müssen, hatte nun mit ordentlichem Stress zu rechnen, ebenso wie die Oberschwester, die Zorn viel zu spät alarmiert hatte, nachdem der Laborbericht bereits zwei Stunden auf ihrem Schreibtisch lag, und – *last but not least* – Schröders neuer Hausarzt, dieser Quacksalber, der die Kopfschmerztabletten verschrieben und somit den Zustand nicht nur ausgelöst, sondern deutlich verschlimmert und daher mit einer saftigen Klage zu rechnen hatte, für die Zorn notfalls bis vor den Europäischen Gerichtshof zu gehen gedachte. Nachdem Zorn seine Ausführungen beendet hatte, erkundigte sich der Assistenzarzt höflich, ob der Herr Kommissar nach der Anspannung der letzten Stunden irgendwelche Psychopharmaka oder andere bewusstseinserweiternde Substanzen konsumiert habe, und verließ, nachdem dies vehement verneint wurde, kopfschüttelnd das Zimmer.

Kurz bevor Zorn eine knappe Minute darauf die Augen zufielen, klingelte sein Handy. Brettschneider wollte ein paar Stunden zu Hause verbringen und bat, am nächsten Morgen eine Viertelstunde später zum Dienst erscheinen zu dürfen, da seine jüngste Tochter wegen einer Klassenfahrt zum Bahnhof gebracht werden müsse. Zorn äußerte sein vollstes Verständnis, gestattete es allerdings erst, nachdem ihm Brettschneider versichert hatte, dass die Akte mit Merle Vangers Geständnis bereits auf seinem Schreibtisch lag.

MITTWOCH

Gott, der Teufel und ein wichtiges Detail.

Vierundachtzig

»Ich kann allein gehen, Chef.«

»Klar doch.«

»Du musst mich nicht stützen, ich kann wirklich …«

»Keine Diskussion!«, blaffte Zorn, führte Schröder zu seinem Ohrensessel und setzte ihn in die zerschlissenen Polster. »Du bist immer noch wacklig auf den Beinen, und ich hab keinen Bock … pfeif ab!«, herrschte er den Dackel an, der aufgeregt zwischen ihnen herumwuselte und sich auf Zorns Befehl gehorsam unter den Couchtisch verzog.

»Danke.« Schröder atmete erleichtert aus. »Schön, wieder zu Hause zu sein.«

Sie schwiegen einen Moment.

»Gibt's irgendwas zu meckern?«, fragte Zorn dann.

»Wie kommst du darauf?«

»Ich hab durchgelüftet.« Zorn stellte Schröders Tasche ab. »Ich hab gewischt, den Müll rausgebracht, deine Klamotten gewaschen und dein Bett bezogen.«

»Das wäre wirklich nicht nötig …«

»Nicht zu vergessen der Stress im Büro. Ich hatte einfach keine Zeit, was anderes zu besorgen«, erklärte Zorn mit einem Blick auf die Girlande, die er zu Hause in einer Schublade in Edgars Zimmer gefunden und mit Reißzwecken über der Fensterfront zum See befestigt hatte. Die Buchstaben *(HAPPY BIRTHDAY)* waren zerknittert, das Ypsilon zur Hälfte abgerissen.

»Hübsch«, lächelte Schröder.

»Ich kann das Ding natürlich wieder abmachen.«

»Nicht doch. Eine schöne Geste.«

Zorn sah auf die Uhr und ging zum Küchentresen.

»Du bleibst, wo du bist, Schröder. Du auch!«, wies er den Dackel an und machte sich am Herd zu schaffen. »Den Dreck hab ich weggekriegt. Aber die Kratzer auf den Dielen nicht. Seine Krallen müssen geschnitten werden, da kümmerst du dich gefälligst selbst drum.«

Schröder wandte sich im Sessel um. »Was machst du da?«

»Mittagessen.« Zorn leerte eine Büchse Nudelsuppe in einen Topf. »Wir müssen den Ernährungsplan einhalten.«

Schröder lehnte sich zurück und hielt das Gesicht in die schräg durch die Fensterfront scheinende Sonne. Noch immer waren die Schatten unter seinen eingefallenen Augen nicht zu übersehen, doch die Wangen waren von einem leichten, rosigen Hauch überzogen, während die Schürfwunden allmählich verheilten. Ein Brodeln erklang hinter ihm, kurz darauf drückte ihm Zorn eine Porzellanschüssel in die Hand.

»Alles aufessen, wir müssen auf deinen Elektrolythaushalt achten.«

Schröder führte den Löffel vorsichtig zum Mund. Zorn, der ihn stetig im Blick behielt, registrierte befriedigt, dass seine Finger kaum noch zitterten.

»Ich hab ein bisschen Maggi drangemacht, da ist viel Natrium drin.«

»Prima, Chef.«

»Und Ketchup. Dann schmeckt's besser.«

Schröder nickte schlürfend.

»Danach gehst du pinkeln.«

Als Schröder beteuerte, vor weniger als einer halben Stunde im Krankenhaus auf der Toilette gewesen zu sein, wischte Zorn den Einwand mit dem Hinweis auf Schröders Flüssigkeitshaushalt vom Tisch.

»Dann gehst du halt noch mal.«

»Aber …«

»Ich hab keinen Bock, dass der ganze Mist wieder von vorn anfängt. Es geht hier nicht nur um dich, Schröder. Ich hab mir nämlich ganz schön die Pfoten verbrannt.« Zorn deutete auf die Ledermanschette. »Eine zumindest. Wobei von der …«, er hob den anderen Arm und wedelte mit den verbliebenen Fingern, »auch nicht viel übrig geblieben …«

»Vorsicht!« Der Löffel landete klirrend in der Schüssel. »Keine Wortspiele!«

»War 'n Test«, griente Zorn. »Ich wollte nur wissen, ob du's mitkriegst. Wie's aussieht«, er deutete mit der verstümmelten Hand einen Scheibenwischer an, »bist du wirklich nicht plemplem.«

Vorerst, fügte er hinzu, sei Schröder also sicher. Allerdings nur, wenn langfristige Vorkehrungen getroffen würden, zu denen auch regelmäßiger Schlaf gehörte, weshalb sich Schröder nach dem Toilettengang zwei Stunden hinlegen würde.

»Und du?«, fragte Schröder, als Zorn ihn im Obergeschoss ins Bett verfrachtet hatte und die Jalousien schloss. »Musst du nicht ins Präsidium?«

Dazu war keine Zeit, da der Dackel noch gefüttert und der Abwasch erledigt werden musste. Es gab einige wichtige Telefonate, die Zorn allerdings hier führen konnte, Brettschneider hatte er herbestellt, und den bereits überfälligen Abschlussbericht würde er am Abend unten im Wohnzimmer an Schröders Laptop schreiben. Schröder zeigte sich verwundert, warum Zorn eine solche Aufgabe nicht wie gewohnt auf Brettschneider abschob, worauf Zorn ihn daran erinnerte, dass er die Ermittlungen – wenn auch nur kommissarisch – geleitet habe, weshalb er sich selbstverständlich in der Verpflichtung sah, den abschließenden Bericht persönlich zu verfassen, um seinem werten Vorgesetzten nach dessen Rückkehr eine geordnete Abteilung zu übergeben.

Was ja wohl auf der Hand lag.
Jedenfalls auf der, die noch übrig war.

Fünfundachtzig

Am Vortag hatte er Merle Vanger im Untersuchungsgefängnis aufgesucht. Bevor er seine erste Frage stellen konnte, hatte sie sich nach Schröder erkundigt, und als Zorn erwiderte, dass dieser außer Gefahr sei, war ihr die Erleichterung deutlich anzusehen.

»Ich habe zwei Morde gestanden«, sagte sie dann. »Müsste ich nicht eigentlich Handschellen tragen?«

»Ich denke nicht, dass Sie eine akute Gefahr für mich darstellen.«

»Weder für Sie noch für jemand anderen.« Sie musterte ihn spöttisch über die zerkratzte Tischplatte. »Jetzt nicht mehr.«

Im harten Neonlicht erschien Merle Vanger noch blasser, als sie von Natur aus schon war. Sie wirkte ruhig und entspannt, als würden sie sich nicht auf alten Holzstühlen in einem stickigen Verhörraum, sondern in den weichen Ledersesseln einer klimatisierten Hotellobby gegenübersitzen.

»Ihr Kollege, der mich zuerst verhört hat«, sagte sie. »Kommissar …«

»Brettschneider.«

»Er hat gesagt, mein Geständnis wäre eindeutig.«

»Das ist es. Ich habe trotzdem noch ein paar Fragen.«

»Zum Beispiel?«

Zorn räusperte sich.

»Wie … wie fühlen Sie sich?«

Die Brauen der jungen Frau hoben sich.

»Ziemlich müde«, sagte sie, nachdem sie einen Moment nachgedacht hatte. »Aber auch froh.«

»Froh?«

»Sind Sie hier, um über meine Gefühle zu sprechen?«

»Sonst würde ich die Frage wohl kaum stellen. Also«, hakte Zorn nach. »Sie haben zwei Menschen erschossen. Hab ich das richtig verstanden? Das macht Sie … *froh*?«

»Weil ich es hinter mir habe.«

Merle Vanger sah tatsächlich aus wie jemand, der endlich eine wichtige Aufgabe abgeschlossen hatte. Was auch der Fall war, denn die Verantwortlichen für den Selbstmord Ihres Vaters waren bestraft.

»Und weil Kommissar Schröder wohlauf ist«, fuhr sie fort. »Wenn ihm etwas passiert wäre, dann …«

»… würden Sie nicht hier sitzen, Frau Vanger.« Zorn versteifte sich. »Weil nicht Brettschneider, sondern *ich* Sie vernommen hätte. Dann wäre jetzt nicht nur Ihre Wohnungstür demoliert.«

Sein Blick sprach Bände, doch Merle Vanger hielt der stummen Drohung gelassen stand. Ihr eigenes Schicksal war ihr offensichtlich egal.

Sie hatte sich freiwillig gestellt, rief Zorn sich in Erinnerung. Sie hatte ihn angerufen, ansonsten hätte er Schröder nie im Leben rechtzeitig gefunden. Und sie hatte aus nächster Nähe mitansehen müssen, wie ihr Vater sich umbrachte.

Claudius Zorn konnte sie trotzdem nicht leiden.

»Sie haben nicht gemerkt, dass er krank war?«, fragte er.

»Sie meinen Kommissar Schröder?«

»Nee! Den Osterhasen!«

»Ich hab’s erst gestern von Ihrem Kollegen erfahren«, sagte Merle Vanger, ohne auf Zorns Ausbruch hin mit der Wimper zu zucken.

»Er wäre fast draufgegangen«, sagte Zorn.

Merle Vanger beteuerte, keine Ahnung gehabt zu haben, in welcher Gefahr sich Schröder befunden hatte. Sie kannte ihn schließlich nicht und hatte sein Verhalten – nicht ganz zu Unrecht, wie Zorn zugeben musste – auf den Tod seines Jugendfreundes und später, nachdem sie die Wahrheit erfahren hatte, auf die traumatischen Kindheitserlebnisse zurückgeführt.

»Aber Sie müssen gemerkt haben, dass irgendwas nicht mit ihm stimmt«, sagte Zorn. »Spätestens am Sonntag, als er bei Ihnen zu Hause aufgekreuzt ist. Oder etwa nicht?«

»Ja, aber ich konnte nicht ahnen …«

»Ich habe draußen einen ziemlichen Aufstand veranstaltet. Trotzdem haben Sie nicht aufgemacht.«

»Ich dachte, dass er Ruhe braucht. Er sah so …«, Merle Vanger strich mit dem Zeigefinger über die Tischplatte, »unglücklich aus.«

»Und als ich weg war, haben Sie ihn zur Schanze gefahren.«

»Ja.«

»Obwohl Sie wussten, was er vorhat.«

Die junge Frau senkte den Kopf.

»Frau Vanger?«

»Ja doch!« Sie sah trotzig auf. »Ich hab's gewusst!«

»Sie haben mich erst angerufen, nachdem er Sie weggeschickt hatte. Warum nicht vorher?«

»Weil er sterben wollte.«

»Genau wie Ihr Vater.«

»Genau wie mein Vater«, nickte sie. »Jeder Mensch hat das Recht, über sein Leben zu entscheiden. Also auch darüber, wann und wie er es beendet. Ich hatte keine Chance, meinen Vater zu überzeugen, und Kommissar Schröder … Ich hab's versucht, aber er war genauso fest entschlossen, ich …«

»Verdammt nochmal!« Zorn hieb so heftig auf den Tisch, dass die gepolsterte Tür in den Angeln vibrierte. »Schröder war *krank*!«

»Das war mein Vater auch«, erwiderte Merle Vanger ruhig.

Eine halbe Minute Stille, unterlegt mit dem Rauschen der Klimaanlage.

»Kann es sein«, fragte sie dann, »dass Sie mir am liebsten den Hals umdrehen würden?«

»O ja, das würde ich wirklich sehr gern.« Zorn seufzte übertrieben. »Aber das darf ich ja nicht.«

Danach hatte er erklärt, gehen zu müssen, bevor er es sich anders überlege.

»Grüßen Sie Kommissar Schröder von mir«, bat Merle Vanger.

»Das ist nett.« Zorn hatte bereits in der Tür gestanden. »Aber ich denke, darauf kann er verzichten.«

Sechsundachtzig

»Er schläft«, flüsterte Zorn, nahm Brettschneider den Tulpenstrauß ab und warf ihn in die Spüle. Er forderte ihn auf, wegen der knarrenden Dielen einen Bogen um den Esstisch zu machen, trocknete die Hände an der Schürze ab, schaltete den Geschirrspüler ein und folgte dem jungen Kommissar auf Zehenspitzen auf die Terrasse.

»Keinen Mucks, sonst setzt's was!«

»Bitte?«

»Nicht Sie.«

Zorn schob den Dackel mit dem Fuß zurück ins Haus und schloss die Verandatür. Band die Schürze ab, hängte sie zum Trocknen über einen Korbsessel, wies einladend auf einen zweiten und nahm selbst im dritten unter dem Sonnenschirm Platz.

»Wie geht's ihm?«, fragte Brettschneider.

»Ein bisschen wacklig auf den Beinen, aber ansonsten hat er kaum noch Symptome. Sie wissen schon, Schwindel, Muskelzittern und so weiter. Im Kopf ist er wieder ziemlich klar. Kein Wunder, dass er dachte, er hätte Alzheimer. Es sind schließlich die gleichen Anzeichen wie Persönlichkeitsveränderung, Desorientierung und«, Zorn tippte sich an die Schläfe, »Gedächtnisverlust. Aber die Ursache ist anders, schließlich handelt es sich um eine Elektrolytstörung, ausgelöst durch eine verringerte Natriumkonzentration, die wiederum zu einer Störung des Flüssigkeitshaushaltes und zu Wassereinlagerungen im Hirngewebe führen kann«, ratterte Zorn herunter. »Die Gehirnzellen sterben also nicht ab, aber eine akute Hyponatriämie ist kreuzgefährlich. Bei Nichtbehandlung folgen Erbrechen und Krampfanfälle, danach fällt der Patient ins Koma.«

Zorn ließ eine bedeutsame Pause einfließen.

»Er ertrinkt sozusagen im eigenen Körper.«

»Das haben Sie bereits ausführlich dargelegt, Herr Hauptkommissar.«

»Ach. Habe ich das?«

»Mehrfach.«

Allmählich entwickelte Zorn eine gewisse Routine, schließlich hatte er seinen Vortrag bereits des Öfteren gehalten – unter anderem vor Schröder (viermal, um sicher zu gehen), Frieda (zweimal, wegen der schlechten Verbindung), Rufus (der Zorn deutlich zu verstehen gegeben hatte, dass er einen ehemaligen Kinderarzt mit seinem Wissen nicht beeindrucken konnte) und – nicht zu vergessen – Brettschneider, der das Pech gehabt hatte, Zorn am Vormittag auf dem Parkplatz über den Weg zu laufen, wo dieser die Gelegenheit für einen fünften Vortrag genutzt und nun das halbe Dutzend voll gemacht hatte.

»Es war verdammt knapp«, sagte Zorn. »Die Tabletten, die dieser Quacksalber gegen die Kopfschmerzen verschrieben hat, haben alles viel schlimmer gemacht und den Wasserüberschuss noch verstärkt, und wenn …«

»Auch das«, unterbrach Brettschneider ruhig, »haben Sie bereits ausgeführt.«

Zorn schlug die Beine übereinander.

»Ich muss heute Abend den Abschlussbericht schreiben. Vorher sollten wir noch ein paar Dinge klären.«

»Ich nehme an, in Bezug auf Hauptkommissar Schröder.«

»Haben Sie mitgekriegt, dass ich ihn verdächtigt hab?«

»Warum?«

»Sie nicht?«

»Ich habe keine Ahnung, wovon Sie sprechen, Herr Hauptkommissar.«

Als Brettschneider den weißen Hemdkragen lockerte, blitzte sein schmaler Ehering in der Sonne auf.

»Sie haben Raimund Vangers Abschiedsbrief gelesen«, sagte Zorn. »Also wissen Sie, was Schröder damals durchgemacht hat.«

»Niemand weiß das«, widersprach Brettschneider. »Wenn ich ehrlich bin, will ich's auch nicht genau wissen. Die Zwillinge sind jetzt genau in dem Alter, und wenn ich mir vorstelle …«

Er brach kopfschüttelnd ab.

»Sie haben Zwillinge?«, fragte Zorn.

»Zwei Jungs. Und zwei Töchter.«

»Ganz schön viel Arbeit.«

»Man tut, was man kann, Herr Hauptkommissar.«

Im Waldbad am anderen Ufer wurde eine Bluetooth-Box eingeschaltet, ein dumpfer Technobeat übertönte den Lärm der badenden Kinder.

»Schröder will nicht, dass jemand davon erfährt«, sagte Zorn. »Also erzählen Sie ihm nicht, dass Sie es wissen. Wenn er Ihnen was bedeutet …«

»Das tut er.«

»… sollten Sie's niemandem erzählen.«

Brettschneider dachte einen Moment nach.

»Das wird nichts nutzen«, sagte er dann. »Spätestens bei der Verhandlung wird es zur Sprache kommen.«

»Und dann tritt man's wochenlang in der Presse breit. Für ihn«, Zorn wies über die Schulter zum Haus, »wäre das ein Alptraum.«

»Es wird eine Menge Fragen geben. Zum Beispiel, wie Merle Vanger so einfach an seine Dienstwaffe gelangen konnte.«

»Sie war die Tochter seines depressiven Schulfreundes. Sie wusste, dass Schröder eine Waffe hat. Er war krank und hat nicht gemerkt, dass sie ihm das Ding geklaut hat. So ist es doch, oder?«

Brettschneider neigte zustimmend das Kinn.

»Merle Vanger hat Heilenz und Pfaff erschossen, um den Missbrauch ihres Vaters zu rächen«, fuhr Zorn fort. »Spielt es irgendeine Rolle, dass die beiden auch Schröder missbraucht haben?«

Die Sonne war weitergezogen.

»Ich denke nicht«, sagte Brettschneider und schob seinen Sessel wieder in den Schatten. »Die Beschuldigte hat umfassend und lückenlos gestanden. Sie hat mehrfach betont, dass sie die Morde nicht nur allein begangen, sondern auch allein geplant hat. Bisher haben sich sämtliche ihrer Aussagen bestätigt. Sie behauptet, Kommissar Schröders Dienstwaffe von der Brücke an der alten Burg in den Fluss geworfen zu haben. Die Bergungstaucher suchen noch, aber ich denke, sie werden bald fündig.«

Danach können sie hier gleich weitersuchen, dachte Zorn und sah zwischen den Kiefern hinunter zum See. Da liegt noch ein Rennrad, das sie rausholen können.

»In welche Richtung hat sie die Knarre geworfen?«, fragte er. »Flussaufwärts? Oder flussabwärts?«

Brettschneider war nur kurz irritiert.

»Dazu müsste ich in der Akte nachsehen.«

»Ich hab's jedenfalls flussabwärts geschmissen.«

»Was?«

»Schröders Reflektorband. Ich hab's aus der Asservatenkammer geklaut.«

»Tatsächlich?«

»Weil ich Schröder verdächtigt hab.«

»Zu Unrecht.«

»Selbstverständlich.«

Zorn verscheuchte eine Wespe.

»Was die verschwundene Aktennotiz betrifft«, sagte er, »die hat nie existiert.«

»Aha.«

»Hat das irgendwelche Auswirkungen auf den Prozess?«

»Ich denke nicht. Und dieses Reflektorband«, Brettschneider strich mit dem Zeigefinger über die Augenbraue, »dürfte wohl ebenfalls keinen Einfluss auf das Urteil gegen Merle Vanger haben.«

»Eher nicht«, stimmte Zorn zu.

»Dann hat es wohl ebenfalls nie existiert.«

Ihre Blicke trafen sich.

»Sie haben Raimund Vangers Brief selbstverständlich archiviert«, stellte Zorn fest.

»Selbstverständlich.«

»Hat ihn noch jemand gelesen? Außer Merle Vanger, Ihnen und mir?«

»Bisher nicht.«

»Dann wissen also nur wir drei, dass auch Schröder von den Mordopfern missbraucht wurde.«

»Davon können wir ausgehen.«

Zorn entzündete eine Zigarette.

»Und wir sind uns einig, dass das ebenfalls für den Prozessverlauf unbedeutend ist?«, vergewisserte er sich.

»Das sind wir.«

»Dann«, überlegte Zorn laut und versuchte wie immer vergeblich, mit den gespitzten Lippen einen Rauchkringel zu formen, »müsste doch eigentlich auch der Brief …«

»Vielleicht hat ihn Raimund Vanger ja nie geschrieben?«

»Wäre das denkbar?«, fragte Zorn scheinbar überrascht.

»Warum nicht?« Brettschneider zuckte die Achseln. »Womöglich hat er seiner Tochter nur davon erzählt.«

»Und Schröder gar nicht erwähnt«, fügte Zorn versonnen hinzu.

Da man sich auch in diesem Punkt einig war, musste nur noch mit der dritten Person gesprochen werden – und zwar möglichst schnell, weshalb Zorn entschied, sich sofort darum zu kümmern.

»Sie rühren sich hier nicht vom Fleck«, wies er Brettschneider an und zog sich ächzend aus dem Korbsessel. »Wenn Schröder wach wird, schicken Sie ihn zuerst aufs Klo. Er wird bestimmt wieder rummeckern, aber wir müssen …«

»Der Wasserhaushalt, ich weiß.«

»Auf dem Herd steht noch Suppe. Und wenn der Köter Stress macht, drehen Sie dem Vieh einfach den Hals um.«

Brettschneider hob die Brauen.

»War 'n Scherz«, grinste Zorn und lief außen um das Haus zum Volvo, um ein letztes Mal im Untersuchungsgefängnis mit Merle Vanger zu sprechen.

Siebenundachtzig

Meine geliebte Merle,
Du verstehst bestimmt, warum ich Dir nicht erzählen konnte, was ich vorhabe. Wir wissen beide, dass Du mit allen Mitteln

versucht hättest, es zu verhindern. Ich weiß, es war furchtbar, alles mit ansehen zu müssen. Ich wollte die letzten Momente mit dem Menschen verbringen, den ich am meisten liebe. War das egoistisch? Mit Sicherheit, aber vielleicht ist es auch für Dich ein kleiner Trost, bis zum Schluss an meiner Seite gewesen zu sein. Trotzdem kann ich nicht erwarten, dass Du mir jemals verzeihst.

Aber ich hoffe es.

Ich habe mir die Stelle noch einmal angesehen. Der Fahnenmast ist erwartungsgemäß längst verschwunden, ich war mir nicht mehr sicher, wo genau er damals gestanden hat, weshalb es eine Weile gedauert hat, bis ich das Fundament im Gebüsch gefunden habe. Ich werde versuchen, mit dem Kopf aufzuprallen, und gehe davon aus, zum großen Teil im Gestrüpp zu verschwinden, so dass der Anblick halbwegs erträglich werden sollte.

Auch das hoffe ich, Merle.

Weißt Du noch, als Du klein warst? Ständig wolltest Du wissen, weshalb ich immer so ernst bin, und jedes Mal, wenn Du gefragt hast, warum ich nie lächle, hab ich's versucht – nur damit Du zurücklächelst. Ich habe Dein Lächeln immer geliebt, Merle. Ich selbst habe es nach meinem dreizehnten Geburtstag nicht mehr gekonnt.

Anfangs habe ich Dir erzählt, ich würde zur Kur fahren oder eine Reise antreten, wenn ich es nicht mehr aushalten konnte. Ich musste warten, bis Du erwachsen bist – alt genug, um zu verstehen, dass ich mich wieder einmal in stationäre Behandlung begeben musste. Ich weiß, wie verzweifelt Du warst (und wohl immer noch bist), mir nicht helfen zu können, ebenso ist mir klar, dass Du auch wütend gewesen sein musst, weil Du die Ursache nicht kanntest. Selbst mit den Ärzten habe ich nur in Andeutungen darüber

gesprochen. Aber jetzt, da ich es aufschreibe, wundere ich mich ein wenig, wie leicht es mir fällt. Vielleicht liegt es an dem Wissen, dass es mich in wenigen Stunden nie wieder quälen wird.
Es ist die Geschichte Deines Vaters, den alle damals nur Dumbo nannten. Und die von Schröder, seinem Freund, der eigentlich nur fliegen wollte. Weil ich zu feige war, ihm zu helfen, musste er allein gegen die Monster antreten. Sie waren zu dritt.
Ich weiß nicht, wer von ihnen am schlimmsten war. Am brutalsten war jedenfalls der, den wir den Funktionär nannten. Aber der andere, Schröders Onkel, hat mir mehr Angst gemacht. Er ist viel subtiler vorgegangen. Er war es auch, der mich ausgesucht hat. Bei Schröder hat er sich sicher gefühlt, schließlich hatte er ihn schon seit Jahren gequält. Und was mich betraf … er hat sofort erkannt, dass wir uns nicht nur äußerlich ähnlich waren. Ich weiß, dass Schröder sich die Schuld gegeben hat, aber es hatte nichts damit zu tun, dass wir befreundet waren. Sein Onkel hatte ein Gespür dafür. Den Instinkt eines Raubtiers. Er hat gesehen, dass wir Außenseiter waren. Er wusste, dass Schröder nicht reden würde, weil er zu stolz war. Und ich, weil ich zu feige war.
Der Trainer hat uns nie angefasst. Das macht ihn nicht besser, im Gegenteil. Vielleicht war sogar er es, der am schlimmsten war. Kurz bevor wir abgereist sind, habe ich gesehen, wie ihm der Funktionär einen Umschlag zugesteckt hat. Als er das Geld gezählt hat, haben seine Augen geleuchtet. Ich weiß nicht, wie viele Kinder er ihnen zugeführt hat. Es müssen viele gewesen sein. Die anderen beiden wurden von ihren Trieben gesteuert. Bei ihm war es die Gier.
Ich wusste nicht, dass sie in der Stadt leben. Ich hab's wohl geahnt, und es ist einer der Gründe, warum ich so selten aus

dem Haus gegangen bin. Als ich den Funktionär vor drei Tagen wiedergetroffen habe, habe ich ihn sofort erkannt. Er ist jetzt ein alter Mann, doch er strahlt noch immer die gleiche Arroganz aus. Die Kälte. Und er hat noch immer dieselben engstehenden, stechenden Augen.

Es war im Einkaufszentrum neben der alten Papierfabrik, er stand vor mir in der Schlange an der Kasse. Ich habe zugesehen, wie er seine Einkäufe auf das Band gelegt hat. Kartoffeln, eine Büchse Erbsen und abgepackte Wurst. Und ein Bund Petersilie. Ich weiß noch, dass ich mich gefragt habe, warum ein Monster Petersilie kauft. Und ich erinnere mich genau an den Dackel, den er draußen bei den Einkaufswagen angebunden hatte. Ein niedlicher Hund, er muss ihn abgöttisch lieben. Er hat ihn sogar auf die Schnauze geküsst, bevor sie losgegangen sind. Ich bin ihm gefolgt, er wohnt in der Siedlung am Bahndamm. Es war ein windiger Tag, aber selbst als er schon lange in seinem Reihenhaus verschwunden war, habe ich ihn immer noch gerochen. Sein Parfum. Den Schweiß. Und seinen Atem, wenn er mich …

Es ist spät, ich bin müde.

Aber ich bin froh, dass es bald vorbei ist, Merle. Ich habe Jahrzehnte gewartet, bis ich irgendwann wusste, dass es nicht besser wird. Anfangs habe ich mich damit getröstet, dass es wenigstens nicht schlimmer werden könne, aber als ich das Monster wiedergetroffen habe, wurde mir auch dieser Trost genommen, und mir wurde klar, dass ich es nur auf eine Art beenden kann. Schröder ist nicht nur stärker, sondern auch viel klüger als ich. Er muss es von Anfang an gewusst haben, aber er hat es nicht ausgesprochen, weil er mir die Hoffnung nicht nehmen wollte.

Du hast vielleicht von ihm gehört, in der Zeitung wird oft über ihn geschrieben. Wenn Du mit ihm sprichst, dann sag ihm,

dass es mir leidtut. Wir hatten eine Abmachung, trotzdem habe ich ihn nach all den Jahren angerufen. Ich hätte ihm nicht erzählen dürfen, dass ich dem Funktionär begegnet bin.
Was hätte er schon tun sollen?
Ich muss jetzt Schluss machen, in ein paar Stunden wird es hell. Es wird das letzte Mal sein, dass ich zusehe, wie die Sonne aufgeht. Du wirst bei mir sein, Merle. Ich freue mich darauf.
Damals hatte ich gehofft, der Kreis würde sich mit dem Tod des Monsters schließen. Doch das geschieht erst, wenn ich dem Monster in den Tod folge.
Dort kann es mir nichts mehr tun. Niemand kann mir dann etwas tun, und ich werde endlich finden, wonach ich so lange gesucht habe.
Ruhe.

Ich liebe Dich, Merle.
Papa

PS: Der Name des Funktionärs ist Fritjof Heilenz. Der Trainer heißt Anton Pfaff. Ich weiß nicht, was aus ihm geworden ist. Falls er noch lebt, wird Schröder es wissen. Was mich betrifft, ist es nicht wichtig.
Ich habe keine Angst mehr vor den Monstern.
PPS: Ich habe diesen Ort bewusst gewählt. Es ist der Ort, an dem wir eines der Monster besiegt haben. Es würde zu weit führen, wenn ich erkläre, was damals passiert ist. Vielleicht erzählt Schröder es dir. Frag ihn einfach nach der Schraube.

Verzeih mir, mein Kind.

Achtundachtzig

»Ich hatte damit gerechnet, dass Ihr Kollege mich weiter befragt.«

»Tja, so kann man sich irren.« Zorn setzte sich Merle Vanger gegenüber an den Tisch. Als er den Stuhl heranzog, schabten die Metallbeine mit einem hässlichen Quietschen über das Linoleum. »Brettschneider ist mit wichtigeren Dingen beschäftigt.«

»Er ist ein netter Polizist.«

»Im Gegensatz zu mir.«

»Sie sind ein Arschloch.«

»Darf ich das als Kompliment betrachten?«

Zorns Versuch, das Lächeln der jungen Frau zu erwidern, geriet zu einer verkrampften Grimasse.

»Kommissar Brettschneider hat meine Aussage aufgezeichnet«, erklärte sie und wies auf die abgeschabte Tischplatte. »Er hat jedes Wort genau protokolliert. Aber Sie haben nicht mal einen Notizblock.«

»Nicht nötig.« Zorn wies mit dem Armstumpf in Richtung Schläfe. »Ich brauche nur meinen Kopf.«

Sie schürzte spöttisch die Lippen.

»Tatsächlich?«

»Frau Vanger.« Zorn senkte die Stimme. »Ihr Vater ist tot, aber Schröder geht immer noch durch die Hölle. Sie haben behauptet, dass er Ihnen eine Menge bedeutet. Sie können's ihm leichter machen, wenn Sie einfach nur meine Fragen beantworten. Danach sehen Sie mich nie wieder. Ich denke, das ist in unser beider Interesse.«

Diesmal gelang es ihr nicht, seinem Blick standzuhalten.

»Okay.« Sie wischte eine Träne aus dem Augenwinkel. »Bringen wir's hinter uns.«

Zorn sammelte sich kurz.

»Ihnen muss klar gewesen sein, dass man Schröder verdächtigen würde.«

»Nein, warum?«

Merle Vangers Verblüffung war echt.

»Sie haben seine Waffe benutzt.«

Sie überlegte einen Moment.

»Darüber habe ich nicht nachgedacht. Ich war bei ihm, um über meinen Vater zu sprechen. Es ging ihm nicht gut …«

»Was Sie nicht sagen.«

»… er wollte den Brief nicht lesen und auch nicht wissen, was ich vorhabe. Als ich's ihm trotzdem erzählt hab, ist er ins Bad gerannt und hat sich dort eingeschlossen. Ich glaube, er hat sich übergeben. Der Safe stand offen, ich habe die Pistole gesehen und einfach zugegriffen.«

»Danach hat er Sie mehrmals angerufen.«

»Er wollte mich davon abhalten.«

»Und in der Nacht, als Fritjof Heilenz erschossen wurde …«

»Als *ich* ihn erschossen habe.«

»… da ist er dann zur Siedlung gefahren.«

»Erst dachte ich, er hätte mich nicht gesehen. Als er am Bahndamm direkt an mir vorbeigelaufen ist, hab ich geglaubt, er wäre wütend, weil er mich ignoriert hat.«

»Er hat Sie nicht mehr erkannt.«

»Ich hab ihn sogar angesprochen, aber dann kam der Hund angelaufen. Kommissar Schröder hat ihn gestreichelt, er … er schien alles andere vergessen zu haben.«

»Was auch der Fall war. Und dann?«

»Ich glaube, er hat den Hund mitgenommen. Ich habe nicht weiter darauf geachtet.«

»Das ist verständlich. Sie hatten gerade einen Menschen erschossen und mussten den nächsten Mord planen. Da ist man mit wichtigeren Dingen beschäftigt.«

Merle Vangers Augen füllten sich mit Tränen.

»Ich wusste doch nicht, dass er krank ist.«

»Und Sie haben nie überlegt, dass man Ihre Spuren für seine halten könnte?«

Sie runzelte die Stirn.

»Wer hätte auf einen solchen Gedanken kommen sollen?«

»Gute Frage«, sagte Zorn. »Nur ein absoluter Vollidiot.«

Er sitzt dir direkt gegenüber, fügte er im Stillen hinzu.

»Kommen wir zum zweiten Mord«, fuhr er fort und mühte sich um den kühlen Tonfall eines erfahrenen Ermittlers. »Sie haben zu Protokoll gegeben, dass Sie Anton Pfaffs Adresse aus Ihren Firmenunterlagen hatten. Ganz schöner Zufall, oder?«

»Würde ich nicht sagen. Die Firma verwaltet die halbe Neustadt.«

»Haben Sie Pfaff jemals persönlich getroffen?«

»Nein, aber ich habe mehrmals mit seinem Nachbarn telefoniert. Er hat sich ständig über die laute Musik beschwert.«

»Sie wussten also, dass der Krach nicht weiter auffallen würde. Und dass Pfaff allein lebte. Trotzdem konnten Sie sich nicht sicher sein. Er hätte Besuch haben können.«

»Dann wäre ich wieder gegangen.«

»Sie sind ein großes Risiko …«

»Risiko?« Merle Vanger lachte auf. »Es ging nicht um mich. Sondern darum, was ich zu tun hatte.«

»Alles andere war Ihnen egal?«

»Vollkommen egal.«

Sie meinte das ernst. Was mit ihr selbst geschehen würde, hatte sie von Anfang an nicht interessiert.

»Als ich Sie angerufen habe«, sagte Merle Vanger, »hab ich

gehofft, dass es noch nicht zu spät ist. Ich konnte Kommissar Schröder nicht helfen, aber ich dachte, dass Sie's vielleicht können. Wenn ich gewusst hätte, dass er verdächtigt wird, hätte ich mich viel eher gestellt.«

Das war die Wahrheit.

»Ich würde Kommissar Schröder niemals belasten.«

»Gut«, nickte Zorn. »Genau das wollte ich wissen.«

»Schreiben Sie deshalb nicht mit? Um ihn zu schützen?«

Zorn überlegte kurz.

»Ja«, sagte er dann. »Ich bin hier, weil ich eine Bitte habe.«

»Sie *bitten* mich um etwas?«

»So ist es.«

»Erklären Sie mir das.«

Bevor Zorn das tat, betonte er, dass er Merle Vanger weder eine Zusammenarbeit noch einen Deal anbot, weshalb sie mit keinerlei Gegenleistungen rechnen durfte. Er erwartete nicht, dass sie im Prozess die Unwahrheit sagte, auch nicht, dass sie etwas verschwieg. Es ging einzig und allein darum, gewisse Dinge nicht zu erwähnen – jedenfalls nicht, solange niemand danach fragte.

Als sie sich verabschiedeten, zeigten sich beide erleichtert, einander nie wieder sehen zu müssen – ein alternder Polizist und eine geständige Doppelmörderin, die sich zumindest in einem Punkt einig waren.

Dass Schröder geschützt werden musste.

Neunundachtzig

»Brettschneider braucht 'nen neuen Auspuff«, erklärte Zorn und ließ sich neben Schröder in den Sessel fallen, dessen Korbgeflecht bedenklich unter seinem Gewicht knarrte. »Könnte auch der Vergaser sein.«

Er reckte das Kinn und lauschte dem Rumpeln, das von der Einfahrt nach hinten auf die Terrasse drang und allmählich verklang.

»Vielleicht kann er sich's ja nicht leisten«, stellte er fest, nachdem Brettschneider davongefahren war. »Er hat vier Kinder, die fressen einem die Haare vom Kopf. Apropos Haare.«

Zorn sprang auf und schwenkte den Sonnenschirm herum.

»Nicht, dass du dir die Glatze verbrennst«, sagte er, überzeugte sich, dass Schröder im Schatten saß, und nahm wieder Platz.

»Was hast du mit ihm besprochen?«, fragte Schröder.

»Mit wem?«

»Verkauf mich bitte nicht für dumm, ja? Ich …«

»Oh!«, rief Zorn aus, als würde er den Tulpenstrauß zwischen ihnen auf dem Korbtisch erst jetzt bemerken. »Er hat sie in die Vase gestellt! Wir sollten ihn für 'ne Beförderung vorschlagen.«

»Chef?«

»Ja, Schröder?«

»Was hast du mit Brettschneider besprochen?«

»Nur ein paar Kleinigkeiten«, winkte Zorn ab. »Routinekram. Du weißt schon, der Abschlussbericht.«

»Geht's ein bisschen genauer?«

»Nein, du bist krank. Ich hab alles im Griff, mehr hat dich im Moment nicht zu interessieren.«

Schröder stieß gereizt die Luft aus.

»Warst du pinkeln?«, säuselte Zorn.

Hinter ihnen kratzte etwas an der Fensterfront. Zorn beugte sich zur Seite und öffnete die Verandatür, worauf der Dackel kläffend ins Freie stürmte, mit gesträubtem Fell unter den Kiefern in Stellung ging und wütend begann, einen Himbeerbusch anzubellen.

»Er schützt sein Revier«, lächelte Schröder.

»Vor wem? Einem Eichhörnchen?«

Zorn entzündete eine Zigarette, ließ sich zurücksinken und scheiterte erneut bei dem Versuch, einen Rauchkringel in die schwüle Nachmittagsluft zu blasen.

»Du hast übrigens gesagt, ich wäre ein Wichser.«

»Tatsächlich?«

»Das war verdammt unhöflich, ich bin schließlich ein verheirateter Mann. So was gehört sich einfach nicht.«

»Dann sollte ich mich wohl entschuldigen.«

»Musst du nicht. Du kannst dich nicht dran erinnern, und ich hab's sowieso bald vergessen, also … jetzt halt endlich die Klappe!«

Augenblicklich verstummte der Dackel, schlich beiseite und rollte sich unter Edgars alter Schaukel im hohen Gras zusammen.

»Sei nicht so streng zu ihm, Chef.«

»Jemand muss ihm Manieren beibringen. Die lernt er nicht, wenn du ihn ständig verhätschelst.«

»Ich verhätschele Dumbo nicht!«

Den folgenden Streit beendete Zorn, indem er Schröder ein Schälchen mit Salzstangen in die Hand drückte.

»Gut für den Natriumspiegel.«

»Danke, Chef.«

»Du kannst auch ein paar Erdnüsse haben. Oder ich mach dir ein Schinkenbrot, da ist nämlich auch viel …«

»Ich meinte dafür, dass du an mich geglaubt hast.«

Zorn legte die Stirn in Falten.

»Hab ich nicht. Ich hab geglaubt, dass du's warst.«

»Das hab ich doch auch.«

»Du *wolltest* es glauben, Schröder.«

»Ich hatte Angst, verrückt zu werden. Mein Verstand ist alles, was ich …«

»Ich dachte, das hätten wir geklärt! Aber von mir aus …«, Zorn schniefte beleidigt, »wenn Mister Superschlau immer noch meint, er hätte nichts anderes als seinen … ach so genialen Verstand, dann ist es eben nicht zu ändern.«

Ihm selbst war das schnurzegal, schließlich hatte er sich »nur« den Arsch aufgerissen und sich strafbar gemacht, um Schröder so lange wie möglich zu schützen, und es war selbstverständlich nicht wichtig, dass Zorn es gewesen war, der dafür gesorgt hatte, dass der feine Herr jetzt nicht als sabbernder Idiot in der Klapsmühle saß. Aber was war mit Frieda? Die war fast wahnsinnig vor Sorge gewesen, und von Edgar musste man wohl gar nicht erst sprechen, der kam zwar allmählich in die Pubertät und wurde immer aufsässiger, aber im Grunde genommen war er noch ein unschuldiges Kind, dessen verletzliche Seele wohl kaum mit einer solch impertinenten Ignoranz zurechtkommen …

»Schon gut!«, unterbrach Schröder gereizt. »Ich hab euch lieb!«

»Jetzt musst du's auch nicht mehr sagen. Iss lieber noch 'ne Salzstange.«

Schröder gehorchte.

»Hat Brettschneider dir die Nudelsuppe aufgewärmt?«, fragte Zorn.

»Ich hatte keinen Hunger.«

»Die gibt's zum Abendessen. Ich hab Obst eingekauft, zum Nachtisch gibt's Salat. Den kannst du allerdings alleine essen. Nicht, dass du mir noch vom Fleisch fällst.«

»Ich hab ein bisschen abgenommen«, sagte Schröder und lüftete das karierte Hemd über dem noch immer beachtlichen Kugelbauch. »Das heißt aber nicht … was ist so lustig?«

»Nichts«, griente Zorn, vor dessen innerem Auge ein als Postbote verkleideter Schröder erschienen war. Wie bescheuert konnte man sein, einen knapp fünfzigjährigen übergewichtigen Glatzkopf mit einer kaum halb so alten, zerbrechlichen jungen Frau zu verwechseln?

Er brach in ein schallendes Gelächter aus.

»Was soll das?« Schröder richtete sich empört auf. »Ich lasse mich von niemandem auslachen! Auch nicht von … Füße vom Tisch! Und hol dir gefälligst einen Aschenbecher!«

Zorn stand glucksend auf.

»Und wage es ja nicht, wieder eine von den Porzellanuntertassen vom Kaffeegeschirr zu nehmen!«, schimpfte Schröder. »Du weißt genau, dass unter der Besteckschublade … was … was machst du da?«

»Willst du noch einen?«

Schröder sah konsterniert zu Zorn auf.

»Du musst nur noch ein bisschen zunehmen«, grinste Zorn und gab ihm einen zweiten Kuss auf die Glatze. »Ansonsten bist du schon wieder ganz der Alte.«

Neunzig

»Lass mal, ich mach das schon.«

»Ich werde doch wohl mein eigenes Geschirr von meinem eigenen Tisch …«

Schröder, der aufgestanden war, um den Tisch abzuräumen,

hielt sich erbleichend an einer Stuhllehne fest. Augenblicklich war Zorn bei ihm.

»Alles okay?«

»Mir …«

»Leg dich hin.«

»… ist nur ein bisschen schwindlig.«

Zorn fasste Schröder um die Hüfte und geleitete ihn zum Ohrensessel.

»Das ist mir unangenehm, Chef.«

»Muss es nicht.«

»Ich werde wohl noch eine Weile brauchen.«

»Du hast alle Zeit der Welt, Schröder.«

Zorn half ihm in den Sessel, ging wieder zum Esstisch und begann, das Geschirr zusammenzuschieben.

»Ich komme mir vor wie ein alter Mann«, seufzte Schröder.

»Bist du doch auch.«

Das Zimmer leuchtete im Abendlicht der Sonne, die wie ein Feuerball hinter den Bäumen am anderen Seeufer versank.

»Hab ich das tatsächlich zu dir gesagt?«, fragte Schröder.

»Was?«

»Du weißt schon. Dass du ein …«

»Das muss dir nicht peinlich sein.« Zorn trug einen Stapel Teller zum Küchentresen. »Ich hab schon ganz andere Sachen gehört als … *Wichser*!«, herrschte er den Dackel an, der ihm auf Schritt und Tritt folgte. »Vergiss es einfach, Schröder.«

»Das hab ich doch, Chef.«

»Ist gut so.«

»Ich hab eine Menge vergessen. Ich frage mich …«

»Spültabs.«

»Was?«

»Ich hab die Spültabs vergessen. Die sind alle, ich wollte neue kaufen.« Zorn schob den zwischen seinen Beinen herumwuselnden Dackel mit dem Fuß beiseite. »Frieda hat gefragt, ob wir sie morgen besuchen. Ist das okay?«

Schröder sah über die Schulter zu ihm auf.

»Du hast schon klügere Fragen gestellt, Chef.«

»Und 'ne Menge wesentlich dämlichere. Vor allem in letzter Zeit.«

»Ich freue mich auf sie.«

Zorn nahm einen Lappen aus der Spüle, wischte den Tisch ab und drückte Schröder auf dem Rückweg eine Tüte mit Salzbrezeln in die Hand.

»Wir müssen auf deinen …«

»Ja, ja.«

Zorn reinigte geschäftig Tresen und Herdplatte, der Dackel tippelte hinter ihm her, entdeckte den Suppentopf im offenen Geschirrspüler und begann, gierig die Reste aufzuschlecken.

»Ab auf deinen Platz!« Zorn wies mit dem tropfenden Lappen auf das Körbchen unter dem Couchtisch. »Du hast schon gefressen!«

Der Hund sah kurz zu ihm auf, leckte mit der Zunge über die Schnauze und verschwand mit dem Kopf wieder im Spüler.

»Ich warne dich, Freundchen.«

»Nun mach schon, Dumbo. Sei brav und hör auf den …«

Der Hund wuselte davon.

»… Onkel Claudius«, endete Schröder und lächelte dem Dackel zu, der bereits unter dem Couchtisch lag.

»*Onkel Claudius*?« Zorn warf den Lappen in die Spüle und setzte sich Schröder gegenüber auf die Sofalehne. »Ganz schön nassforsch, mein Freund.«

»Findest du?« Schröder zerknackte eine Brezel zwischen den Schneidezähnen. »Liegt wahrscheinlich am Natriumspiegel.«

Zorn musterte ihn prüfend.

»Geht's dir besser?«

»Ja«, nickte Schröder und deutete auf die Tüte. »Auch eins? Die sind gar nicht so übel.«

»Dir ist schon klar, dass du einen an der Waffel hast?«

»Tatsächlich?«

»Du bist der einzige Mensch auf der Welt, der lieber in den Knast geht, als in der Klapse zu enden. Tja«, Zorn hob die Arme, »ein Doppelmörder bist du nicht, aber was das andere betrifft ... im Moment mache ich mir keine Sorgen, und ich will den Teufel nicht an die Wand malen, aber was nicht ist«, er deutete mit dem verbliebenen Zeigefinger eine Drehbewegung an der Schläfe an, »kann ja noch werden.«

»Besuchst du mich dann?«

»Jeden Tag. Aber den Hintern wische ich dir nicht ab.«

»Ich hab dich auch lieb«, lächelte Schröder. »*Chef.*«

Zorn zupfte verlegen eine Fussel von der Lehne.

»Soll ich das Licht anmachen?«

»Ich find's eigentlich ganz gemütlich.«

»Brauchst du vielleicht ...«

»Lass uns einfach hier sitzen.«

Schröder saß still in seinem Ohrensessel und sah hinaus in die Dämmerung. Zorn lauschte dem Ticken der alten Standuhr im Obergeschoss und spürte ein Stechen im Magen, als er daran dachte, dass er diesen kleinen Mann um ein Haar für immer verloren hätte.

»Es ist alles verschwommen«, sagte Schröder. »Wie ein ... Nebel. Ein kaputter Film, manches ist unscharf, manches ist«, er schnippte mit den Fingern, »einfach weg.«

»Ich hab mit Merle Vanger gesprochen. Sie wird dich so weit wie möglich da raushalten. Frieda sagt, dass du vielleicht nicht mal beim Prozess erscheinen musst. Wenn wir Glück haben, reicht deine schriftliche Aussage.«

»Gut.«

Zorn lehnte sich stirnrunzelnd zurück. Er war nicht sicher, ob es funktionieren würde, doch die Chancen standen nicht schlecht, dass Schröder die quälenden Fragen während einer monatelangen Verhandlung erspart blieben. Es schien ihn kaum zu interessieren, offensichtlich beschäftigten ihn andere Dinge.

»Ich weiß noch, dass Merle hier war«, sagte Schröder. »Und wie ich ihr klarmachen wollte, dass sich nichts ändern würde. Ihr Vater war tot, und ich … ich lebe schon so lange damit. Sie hat geweint. Und sie hat mich beschimpft, weil ich Polizist bin und die Monster schon längst hätte bestrafen müssen. Aber das ist nicht meine Aufgabe. Ich bin Polizist geworden, um die Menschen vor den Monstern zu schützen.«

»Du hattest Heilenz und Pfaff all die Jahre im Blick, stimmt's?«

»Hätten sie auch nur einmal …«

Schröder schwieg einen Moment.

»Aber sie hatten aufgehört«, fuhr er dann fort. »Heilenz war clever, er … in der Siedlung hat er mich nie angefasst, dafür war er zu klug. Aber er hat mich ständig beobachtet. Er hat auf der Lauer gelegen und auf eine Gelegenheit gewartet.«

Die er dann auch bekommen hat, dachte Zorn.

»Danach hab ich ihn ein paar Jahre lang nicht gesehen«, erzählte Schröder weiter. »Er hat sich nach Berlin versetzen lassen. Das Haus hat er behalten und ist erst kurz nach der Wende wieder eingezogen. Ich hatte gerade die Ausbildung angefangen, und er … er hatte keine Macht mehr. Wir haben nie wieder ein Wort gewechselt, aber er wusste, dass ich ihn ständig …«

Schröders Daumen begannen, umeinander zu kreisen.

»Er hatte einen Computer, richtig?«

»Einen Laptop«, bestätigte Zorn. »Die sind noch dabei, das Passwort zu knacken.«

»Man wird Unmengen an Kinderpornographie finden. Heilenz

hat Pfaff nicht mehr gebraucht, weil er andere Möglichkeiten gefunden hat, seine … Triebe …«

»Schon gut, Schröder.«

»Was hätte es genutzt, sie anzuklagen? Ich war der einzige Zeuge. Das einzige Opfer. Außerdem hätte ich mich selbst anklagen müssen. Weil ich nicht nur Opfer war, sondern auch …«

»Du warst ein Kind.«

»Es gab niemanden, mit dem ich sprechen konnte.«

Das waren exakt die Worte, die Schröder vor einigen Tagen am Telefon zu Frieda gesagt hatte. Was hatte er noch gesagt?

Ich habe mich mit dem Tod eingelassen.

Schröder sank in die Lehne. Während sein Gesicht im Schatten verschwand, schienen seine Augen wie phosphoreszierende Stahlkugeln in der Dunkelheit zu schweben.

»Du musst etwas über mich wissen, Chef.«

Zorn versteifte sich.

»Ich habe …«

»Es ist schon spät, ab ins Bett. Zähneputzen nicht vergessen, ich kontrolliere das nachher«, mahnte Zorn, ging auf die Terrasse und fischte mit zitternden Fingern seine zerknitterte Zigarettenschachtel aus der Jeans.

Was immer auch Schröder zu sagen hatte.

Claudius Zorn wollte es nicht hören.

Einundneunzig

»Frieda wird morgen noch mal operiert.« Er stoppte an einer Straßenbahnhaltestelle. »Sie ist ziemlich genervt, wir sollten nett zu ihr sein.«

»Das werden wir, Chef.«

Zorn wartete, bis eine Horde Kinder lärmend über die Straße hinüber zum Nordbad geflitzt waren, und steuerte den Volvo weiter stadtauswärts.

»Hier drin sieht's aus wie im Saustall«, murrte er. »Frieda wird mir … Guck nicht so!«, fuhr er den Dackel an, der es sich zwischen Schröders Beinen gemütlich gemacht hatte und treuherzig zu ihn aufsah. »*Du* musst ja die Schweinerei nicht wegmachen!«

Er fädelte vor einer Baustelle in die linke Spur ein und beschwerte sich über die Schnarchnasen von der Stadtverwaltung, die sich in ihren Sesseln die Ärsche plattsaßen, während anständige Bürger seit Monaten ihre wertvolle Zeit im Stau vergeudeten.

»Es kann doch nicht so schwer sein, ein bisschen Teer auf die Straße zu kippen und …«

»Da drüben ist er begraben.«

Schröder deutete an Zorn vorbei zum Schieferdach einer kleinen Backsteinkapelle, das auf dem Friedhof am Straßenrand zwischen den Bäumen emporragte.

»Wer?«

»Mein Onkel.«

Zorn schluckte.

»Auf der Beerdigung ist meine Mutter zusammengebrochen.« Schröder faltete die Hände im Schoß. »Danach war ich nie wieder dort.«

Zorn warf einen Blick auf das Narbengeflecht auf Schröders Handrücken und dachte an die Schmerzen, die so furchtbar sein mussten, dass sie sich nicht einmal durch kochendes Wasser betäuben ließen.

»Du hast mich nie wieder nach ihm gefragt, Chef.«

»Weil du's nicht wolltest.«

Sie näherten sich dem Bahnübergang kurz vor dem Ortsausgang. Die Warnlichter blinkten auf, Zorn beschleunigte, entschied sich dann um und bremste im letzten Moment, bevor sich die Schranken vor ihnen schlossen.

»Sollten wir's nicht dabei belassen?«, fragte er.

»Da drüben«, Schröder deutete auf den Parkplatz zwischen einer Autowerkstatt und einem Getränkemarkt, »war die alte Möbelfabrik. Damals war die Schranke auch zu.«

Ein schrilles Pfeifen ertönte, ein rostiger Güterzug rumpelte heran.

»Wir standen auf der anderen Seite«, fuhr Schröder fort und sah zu den Autos, die sich auf der Gegenspur stadteinwärts vor der Schranke stauten. »Ich weiß noch, dass er seine Waschtasche vergessen hatte.«

»Wer?«

»Dumbo.«

Der Hund spitzte die Ohren.

»Nicht du«, schmunzelte Schröder. »Der andere Dumbo.«

Zorn begann, die im Schritttempo vorbeirumpelnden Kohlewaggons zu zählen. Als er beim fünften angelangt war, brach Schröder das Schweigen.

»Wir waren auf der Rückfahrt.«

»Du musst nicht drüber sprechen, Schröder.«

Ich will's auch gar nicht hören, fügte Zorn im Stillen hinzu. *Sechs.*

»Einmal noch.« Schröder schloss kurz die Augen. »Ein letztes Mal.«

Sieben.

Er sah müde aus. Todmüde.

»Wir saßen ganz hinten im Bus. Wir haben gefroren, weil die Heizung nicht richtig funktioniert hat. Die Federung auch nicht, wir sind ordentlich durchgeschüttelt worden.«

Acht.

»Falko Meister saß drei Reihen vor uns, er hatte sein Wurstbrot verloren.« Schröder lächelte still in sich hinein.« Er war ziemlich ungeschickt.«

Wer zum Teufel ist Falko Meister?

»Dumbo wusste, dass ich nicht drüber reden wollte, aber er ist hartnäckig geblieben.«

Neun.

»Ich weiß noch genau, was er gefragt hat. Du hast es …«

Zweiundneunzig

Damals.

»… von Anfang an so geplant, oder?«

Schröder sah stumm aus dem Fenster und betrachtete die schiefen Telefonmasten, die über den schneebedeckten Feldern an ihnen vorbeizogen.

»Dass dein Onkel hoch auf die Plattform kommt, war ja irgendwie klar, nachdem du die Sicherung rausgeschraubt und die Flutlichtanlage lahmgelegt hast«, sagte Dumbo. »Aber woher wusstest du, dass er auf dich losgehen würde?«

»Das wusste ich nicht.«

»Aber du *wolltest* es.«

Dumbo sah Schröder abwartend an, während Falko Meister im Mittelgang kniete und unter den Sitzen weiter nach seinem Wurstbrot suchte.

»Du hast deinen Onkel gereizt. Du hast ihn … manipuliert.«

»So, wie er mich immer manipuliert hat. Nicht nur mich, auch alle anderen. Meine Eltern zum Beispiel.«

»Und mich. Erst mit einer Skibrille, dann mit Schnaps und irgendwelchen Actionfilmen.«

Erneut holperte der Bus durch ein Schlagloch. Ein Koffer fiel aus dem Gepäcknetz und krachte hinter Falko Meister in den Mittelgang. Der Fahrer stieß einen Fluch aus, während der Junge nur kurz zusammenzuckte und seine Suche unverdrossen fortsetzte.

»Dein Onkel war stark wie 'n Bär«, sagte Dumbo. »Es war verdammt knapp, um ein Haar hätte er dich erwischt.«

»Hat er aber nicht.«

»Du hattest kaum Platz zum Ausweichen. Wenn ich mir vorstelle, er hätte dich mit da runter …« Dumbo raffte schaudernd den kratzigen Wollschal vor dem Hals. »Ich würde mir so was nie trauen.«

»Das lernt man beim Ringen. Den Gegner im Auge behalten. Abwarten, jede Bewegung verfolgen und erst ausweichen, wenn er nicht mehr stoppen kann.«

Sie passierten das Ortseingangsschild und hielten an einer Ampel neben der Ruine einer längst verlassenen Möbelfabrik. Unkraut wucherte in den Überresten der Dachrinne und den gähnenden Löchern, in denen die Fenster schon vor Jahrzehnten verrottet waren. *VORWÄRTS IN EINE GLÜCKLICHE ZUKUNFT!*, war auf einem monströsen, im Laufe der Jahre verblichenen Plakat über dem Parteiemblem zu lesen.

»Trotzdem, du hast 'ne Menge Glück gehabt«, sagte Dumbo mit einem Blick auf das Plakat, das jeden Moment von der rußgeschwärzten Backsteinmauer auf den matschigen Fußweg zu krachen drohte. »Oder etwa nicht?«

Er sah Schröder an.

»Eigentlich glaube ich ja nicht mehr an Glück. Aber wenn das Geländer nicht nachgegeben hätte, dann … Das war doch Glück, oder?«

»Kann sein«, murmelte Schröder.

»Und es hat nichts mit dem Schraubenschlüssel zu tun? Du weißt schon, den ich dir kurz vorher gegeben …«

Der Bus hustete eine Rußwolke aus und fuhr ruckartig an. Die beiden Jungen wurden in die Lehne gepresst, Falko Meister, der sich irgendwo gestoßen hatte, stieß einen Wehlaut aus und humpelte zu seinem Platz.

»Die Flutlichtanlage war schon aus«, überlegte Dumbo. »Hast du den Schraubenschlüssel gebraucht, um …«

»Wir haben eine Abmachung.«

Schröders stahlblaue Augen verengten sich.

»Du hast versprochen, dass wir nie wieder darüber reden, Dumbo. Wir haben's sogar geschworen. Also …«

Dreiundneunzig

»… halte dich gefälligst dran.«

Vierundzwanzig. Wie lang ist dieser verdammte Zug eigentlich noch?

»Es stimmt, ich habe Heilenz und Pfaff nicht getötet«, sagte Schröder. »Und es stimmt auch, dass ich mich bis zum Schluss gegen die Wahrheit gewehrt hab. Dass ich's getan haben *wollte*.«

Fünfundzwanzig.

»Nicht nur, weil ich Angst um meinen Verstand hatte.«

Sechsundzwanzig.

»Sondern auch, weil es nicht weiter ins Gewicht gefallen wäre.«

Siebenundzwanzig. Endlich.

»Ob man nun zwei oder drei Menschen …«

Zorn trat so heftig auf das Gas, dass der Dackel erschrocken aufjaulte. Der Volvo schoss vor und preschte nur um Haaresbreite unter den Schranken vorbei, die sich gerade erst zu öffnen begannen. Zorn erinnerte daran, dass Edgar noch abgeholt werden musste, und wenn man pünktlich in der Klinik sein wollte, musste er sich auf den Verkehr konzentrieren, weshalb er Schröder aufforderte, lieber eine Salzstange zu essen, als anderen mit seinem Gelaber auf den Geist zu gehen.

Vierundneunzig

»Er ist total süß«, sagte Frieda und nippte an ihrem Kaffee.

»Findest du?«, wunderte sich Zorn. »Vor zwei Monaten hab ich ihm neue Basketballschuhe gekauft, die sind ihm schon wieder zu klein. Er hört einfach nicht auf zu wachsen, in den Stimmbruch kommt er auch bald. Außerdem wird er immer aufmüpfiger, erst vorhin hat er sich wieder geweigert, seine alten Stinkesocken vom Rücksitz zu räumen, die liegen da schon seit Wochen rum. Ich weiß nicht, was man daran süß finden …«

»Ich meine Dumbo.«

»Den Kläffer?«

Zorn folgte Friedas Blick durch den Park, wo der Dackel zwischen Edgar und Schröder unter den ausladenden Kronen der knorrigen Eichen auf dem kurz geschnittenen Rasen hinter der Klinik umhertollte.

»Vielleicht solltest du mal genauer hingucken, Frieda. Oder du brauchst 'ne Brille. Ich würde dir ja meine geben, aber dann bin ich blind wie 'n Maulwurf.«

Als sie die Tasse abstellte, fiel ihm auf, wie dünn sie war. Und bleich war sie, fast durchsichtig, nachdem sie in den letzten Monaten kaum in der Sonne gewesen war.

»Er sieht müde aus«, stellte sie mit einem besorgten Blick hinüber zu Schröder fest. »Er sollte sich nicht so anstrengen.«

»Ich hab Edgar gesagt, dass er's nicht übertreiben soll.«

Zorn winkte die Kellnerin herbei und bestellte noch einen Kaffee. Als er um einen Aschenbecher bat, erinnerte sie ihn mit einem professionellen Lächeln auf den geschminkten Lippen an das strikte Rauchverbot auf dem Klinikgelände und verschwand mit klackernden Absätzen wieder in der Caféteria.

»Saftladen.«

»Was du nicht sagst, Schatz.«

Edgar rief Schröder etwas zu. Dieser warf einen Ast, der Dackel jagte hinterher, verschwand in einer der gepflegten Blumenrabatten, und als er zurückkehrte, wurde er von Schröder mit offenen Armen empfangen.

»Ich bin froh, dass es endlich vorbei ist«, seufzte Frieda, verlagerte das Gewicht im Rollstuhl und schob das bandagierte Bein in der Stütze zurecht.

Zorn zerdrückte mit der Gabel ein paar Kuchenkrümel auf seinem Teller.

»Was ist, Claudius?«

»Nichts weiter.«

Er leckte die Gabel ab und betrachtete die in der Sonne blitzenden Zinken.

»Schatz?«

»Ich …«, er zwang sich zu einem Lächeln, »ich bin auch froh, dass es vorbei ist.«

Was nutzte es, wenn er ihr davon erzählte? Schröder würde es nicht helfen, und warum sollte er Frieda damit belasten? Die war mit ihren eigenen Problemen beschäftigt und hatte sich genügend Sorgen gemacht.

Frag ihn einfach nach der Schraube, hatte Raimund Vanger seiner Tochter geschrieben. Womöglich hatte sie das getan, doch in diesem Falle erinnerte sich Schröder wahrscheinlich nicht daran. Abgesehen davon spielte es keine Rolle, denn Merle Vanger würde sich an die Absprache halten, Zorn selbst hätte sich eher die beiden letzten Finger abgehackt, und auch Brettschneider würde schweigen, nachdem er Raimund Vangers Brief gestern nach seiner Rückkehr ins Präsidium sofort geschreddert hatte.

Drei Personen wussten davon. Warum eine vierte damit quälen?

»Edgar hat's gewusst«, sagte Zorn, um das Thema zu wechseln. »Er hat immer geglaubt, dass Schröder unschuldig ist. Als Einziger von uns.«

Der Junge stand unter den alten Eichen auf der Wiese und war damit beschäftigt, den Hund abzurichten. Als er ihn aufforderte, Platz zu machen, schnüffelte der Dackel zunächst an Edgars Turnschuhen und versuchte dann, seinen eigenen Schwanz zu fangen.

»Wer hätte das gedacht?«, lächelte Frieda. »Dein Sohn ist klüger als wir alle zusammen. Vielleicht sollte er Polizist …«

»Nur über meine Leiche!«, empörte sich Zorn. »Der Junge soll was Anständiges lernen! So was wie Fliesenleger oder Maurer, von mir aus auch Pizzabote.«

Die Kellnerin brachte den Kaffee. Als sie freundlich darauf hinwies, dass Hunde auf dem Klinikgelände an der Leine zu führen seien, versicherte Zorn, dass der Besitzer den kleinen Kläffer immer im Blick habe, worauf die junge Frau wieder davonstöckelte.

»Wenn er irgendwo hinkackt«, rief Zorn ihr nach und winkte Schröder zu, »dann macht er's sofort weg, versprochen!«

Schröder, der auf einer der lackierten Holzbänke im Schatten unter den Bäumen Platz genommen hatte, winkte zurück.

»Ich würde ihm so gern helfen. Aber …« Frieda tastete über das bandagierte Bein. »Scheiße.«

Zorn rührte in seinem Kaffee.

»Ich passe auf ihn auf, Frieda.«

»Du musst ihn im Auge behalten, er vertraut dir. Du bist der Einzige, dem er davon erzählt hat.«

Leider, dachte Zorn. *Auf das, was er mir vorhin erzählt hat, hätte ich gerne …*

»Seit wann nimmst du Zucker?«

»Was?«

Frieda deutete auf Zorns Tasse, in die er bereits den dritten Löffel rührte, ohne sich dessen bewusst geworden zu sein.

»Keine Ahnung«, murmelte er. »Ich dachte …«

Edgar kam über den Kiesweg angerannt, bestellte lautstark bei der Kellnerin eine große Cola, ließ sich japsend in einen Stuhl fallen und verkündete stolz, dem Dackel, der ebenfalls herbeiwuselte und zielstrebig auf Zorns Schoß hüpfte, soeben beigebracht zu haben, Männchen zu machen.

»Er hat bloß an dir rumgeschnüffelt«, erklärte Zorn und deutete auf einen Fleck auf Edgars Jogginghose. »Wahrscheinlich ein zerquetschter Schokoriegel, auf so was ist er besonders …«

»Dumbo hat Männchen gemacht!«

»Hat er nicht.«

»Hat er doch!«

»Dazu ist er viel zu blöd.«

»*Du* bist ein Blödmann, Papa!«

Zorn bat seinen Sprössling, seine Wortwahl zu überdenken. Nur weil er den kleinen Kläffer nicht leiden konnte, war dies noch lange kein Grund, sich von seinem eigenen Fleisch und Blut als Blödmann beschimpfen zu lassen.

»Wenn du ihn doof findest«, mischte sich Frieda ein, »frage ich mich, warum du ihn dann streichelst.«

Zorn verwahrte sich gegen die infame Unterstellung und erklärte, er zupfe nur die Kletten aus dem Fell, schließlich habe er keine Lust, sich seine besten Jeans einsauen zu lassen, nachdem der Dackel bereits den kompletten Wagen verdreckt hatte.

Schröder kam herbeigeschlendert. Als er sich zu ihnen setzte, sprang der Hund ihm entgegen, stoppte auf halber Strecke und sah erst Schröder, dann Zorn unschlüssig an.

»Papa mag Dumbo nicht, Ögi«, sagte Edgar.

»Tatsächlich?«

»Kein bisschen«, bestätigte Zorn.

Der Dackel hüpfte wieder auf seinen Schoß, legte die Ohren an und richtete seine Aufmerksamkeit auf die Spatzen, die im Kies unter den leeren Tischen um sie herum nach Futter suchten.

»Die kriegst du sowieso nicht«, brummte Zorn. »Du bist sogar zu dämlich, ein Stöckchen zu fangen.«

»Wenn du Dumbo nicht leiden kannst«, sagte Edgar und blies eine blonde Haarsträhne aus der Stirn, »dann kann ich dich auch nicht leiden.«

Frieda gluckste leise in sich hinein.

»Ich kann dich auch nicht leiden«, lächelte sie. »*Schatz*.«

»Dann sind wir uns ja einig. Ich konnte euch nämlich noch nie …«

»Ich würde gern etwas sagen«, unterbrach Schröder leise.

Es wurde still am Tisch.

»Ich möchte mich bei euch bedanken.«

»Wofür?« Edgar war ehrlich überrascht.

»Dafür, dass ihr für mich da wart.«

Die Cola wurde serviert. Edgar stürzte das Glas gierig hinunter und bestellte ein weiteres. Als sich die Kellnerin nach weiteren Wünschen erkundigte, ergriff Zorn die Gelegenheit, das Gespräch in eine andere, weniger ernste Richtung zu lenken.

»Und Sie haben tatsächlich keinen Aschenbecher?«, erkundigte er sich mit einem leutseligen Lächeln. »Auch keinen klitzekleinen?«

Die Kellnerin hob die gezupften Brauen, machte auf dem Absatz kehrt und stöckelte davon.

»Man wird ja wohl noch mal fragen dürfen«, murrte er und nippte verlegen an seinem Kaffee. »Außerdem sind wir die einzigen … igitt, *Zucker*!« Die Tasse landete klirrend auf dem Tisch. »Ich frage mich, warum du immer so jammerst, Schröder. Ist doch gar nicht so schlimm, Diabetiker zu sein, also ….«

»Halt die Klappe.« Frieda nahm Schröders Hand. »Du wolltest was sagen?«

»Ihr sollt wissen, wie … wichtig ihr mir seid.«

Schröder fuhr sich mit der Hand über die Augen.

»Ihr seid meine Familie, und es tut mir leid, dass ich euch solche Sorgen bereitet hab. Ihr hattet Angst, weil ich …«

»Ich hatte keine Angst«, widersprach Edgar. »Papa hat gesagt, dass alles gut wird. Er hat's sogar versprochen.«

»Hat er das?«

Schröders Miene hellte sich ein wenig auf.

»Du warst krank«, sagte Edgar und nahm seine andere Hand. »Du warst im Krankenhaus und wirst wieder gesund. Und du«, fügte er mit einem Blick zu Frieda hinzu, »wirst auch wieder gesund.«

»Hat Papa das auch versprochen?«, lächelte Frieda.

»Nee, aber dazu bist du schließlich hier«, erklärte der Junge mit entwaffnender Logik und sah hinüber zu der langgestreckten Fassade der Klinik, die sich hinter dem Pavillon zwischen den Bäumen abzeichnete. »Und wenn … du streichelst ihn schon wieder, Papa.«

»Wen?«

»Dumbo.«

»Quatsch, ich hab doch gesagt, dass ich ihm nur die Kletten …«

Die Kellnerin brachte die Cola.

»Du magst ihn«, stellte Edgar lapidar fest und leerte das Glas bis zur Hälfte. »Weil er cool ist. Und kein bisschen blöd.«

Er rief Schröder und Frieda als Zeugen auf und lief mit dem

Dackel wieder hinüber zur Wiese, um zu beweisen, dass der Hund *sehr wohl* Männchen machen könne.

Erneut wurde es still. Zorn begann, unbehaglich auf seinem Stuhl hin und her zu rutschen, während Schröder mit dem Zeigefinger über das Muster auf der Marmortischplatte strich.

»Ich hab's nie ausgesprochen«, sagte er schließlich. »Wie sehr ich euch …«

»Wir dich auch.«

Frieda drückte seine Hand.

»Na dann«, Zorn schluckte einen Kloß im Hals herunter, »haben wir das ja geklärt.«

»Ihr habt mir vertraut. *Du* hast mir vertraut«, sagte Schröder zu Frieda. »Aber du musst …«

Zorn straffte sich.

»… etwas über mich wissen, Frieda. Ich …«

»Verdammte Hitze«, unterbrach Zorn. »Wir sollten vielleicht …«

»Ich bin noch nicht fertig, Chef.«

Ihre Blicke trafen sich. Zorn schüttelte unmerklich den Kopf, doch Schröder ignorierte die Warnung und wandte sich wieder an Frieda.

»Ich bin nicht der, für den du mich immer gehalten hast.«

»Scheiße!«, rief Zorn aus, schlug sich in den Nacken und wischte die Überreste einer nicht existierenden Mücke am Hosenbein ab. »Diese Mistviecher stechen einen noch …«

»Ich hatte dich gebeten, den Schnabel zu halten«, erklärte Frieda ruhig und sah Schröder abwartend an, doch Zorn ging erneut dazwischen.

»Du hast doch nicht etwa heimlich von Edgars Cola genascht?«

»Was soll die Frage?«, gab Schröder unwirsch zurück.

»Weil du wieder anfängst, Schwachsinn zu labern!«

»Aber Frieda muss wissen, mit wem …«

»Muss sie *nicht*!«

Edgar rief ihnen etwas zu und deutete stolz auf den Dackel, der vor ihm auf den Hinterbeinen auf und ab hüpfte und nach einem Ast schnappte, den der Junge in die Höhe hielt. Schröder hob lächelnd den Daumen, wurde wieder ernst, und als er sich an Frieda wandte, versuchte Zorn vergeblich, ihm einen unauffälligen Tritt unter dem Tisch zu verpassen, da er an Stelle des Schienbeins nur den gusseisernen Mittelfuß traf.

»Du kennst die Wahrheit nicht«, sagte Schröder.

»Herrje«, seufzte Zorn übertrieben. »Es muss am Natriumspiegel liegen.«

»Reiß dich zusammen!«, fuhr Frieda ihn an. »Noch mal sag ich's nicht!«

»Er ist ein guter Mensch«, erklärte ihr Schröder. »Obwohl er's nicht wahrhaben will. Das seid ihr alle, aber …«

»Du auch.«

Schröder schüttelte den kahlen Kopf. Als er den Mund öffnete, zitierte Zorn die Kellnerin herbei und erkundigte sich nach der Herrentoilette.

»Du hast selbst gesagt, dass ich auf ihn aufpassen soll«, erklärte er der konsternierten Frieda. »Er behauptet zwar immer, dass er nicht muss. Aber du siehst ja, er ist völlig durch den Wind.«

Das, fügte er hinzu, lag wahrscheinlich am Flüssigkeitshaushalt – ein Problem, das schleunigst in Angriff genommen werden musste, weshalb er aufstand und den widerstrebenden Schröder davonzerrte, bevor dieser noch endgültig durchdrehte.

Fünfundneunzig

»Hinsetzen.«

Er schob Schröder auf die Bank, vergewisserte sich mit einem Blick über die Schulter, dass sie Friedas Blicken hinter der Stirnwand des Pavillons verborgen blieben, und nahm ebenfalls Platz.

»Ich will nicht, dass du's Frieda erzählst, Schröder.«

»Aber sie muss doch wissen, wer ich bin.«

»Tatsächlich? Wer bist du denn?«

Schröder sah Zorn stirnrunzelnd an.

»Hast du mir vorhin nicht zugehört?«

»Hab ich. Meine Ohren funktionieren noch ganz gut. Jedenfalls besser als mein Rücken und die verdammten Knie. Erst war's nur das linke, aber jetzt fängt auch noch das rechte …«

»Ich habe einen Menschen …«

»Stopp«, unterbrach Zorn. »Wir müssen noch kurz was klären.« Er sah sich verstohlen um, kramte in seiner Jacke und entzündete eine Zigarette. Sog den Rauch tief in die Lungen und lehnte sich erleichtert zurück.

»Wie war noch mal deine Abmachung mit Raimund Vanger?«, fragte er.

»Wir wollten nie wieder drüber sprechen.«

»Ich will, dass wir dieselbe Abmachung treffen. Wenn ich dir helfen kann, dann versuch ich's. Im Rahmen meiner Möglichkeiten jedenfalls. Egal was passiert, du kannst immer mit mir reden. Nur nicht über das, was du vorhin erzählt hast. Das erledigen wir jetzt. Danach ist das Thema ein für allemal abgehakt.«

Eine Hummel brummte vorbei, kreiste ein paarmal über einem Blumenbeet und verschwand zwischen den Bäumen. Irgendwo hinter den akkurat geschnittenen Hecken plätscherte ein Springbrunnen.

»Ist das nicht komisch?«, überlegte Zorn laut. »Erst hast du gedacht, du endest in der Klapse. Aber du wolltest lieber in den Knast. Als das nicht ging, hast du dich für die Pathologie entschieden. Da bist du auch nicht gelandet, sondern hier«, er klopfte neben sich auf die Bank, »bei mir.«

Zorn breitete die Arme auf der Lehne aus und betrachtete zwei Kondensstreifen, die sich über ihnen am wolkenlosen Himmel zu einem gigantischen Kreuz vereinten.

»Tja«, seufzte er. »Die Wege des Herrn sind unergründlich. Der alte Sack hat offensichtlich noch was mit dir vor.«

»Das glaube ich nicht«, murmelte Schröder. »Ich habe meine Seele schon an den Teufel verkauft.«

Auf dem Kiesweg erklang ein Klappern, ein korpulenter Mann in verschwitztem Shirt und grüner Arbeitshose schob eine Schubkarre mit Gartengeräten vorbei.

»Ich hab auch 'nen Deal gemacht«, sagte Zorn und verbarg die Zigarette hinter dem Rücken. »Nicht mit dem Teufel, sondern«, er deutete mit dem Armstumpf nach oben, »mit ihm. Zuerst hab ich ihn gebeten. Dann hab ich ihn beschimpft. Gedroht hab ich ihm auch. Hat alles nichts genutzt.«

Der Gärtner stellte die Schubkarre ab und begann, das Laub zwischen den Hecken zusammenzufegen. Zorn überzeugte sich, dass er ihnen den Rücken zuwandte, und zog verstohlen an seiner Kippe.

»Ich glaube, du hast dich über's Ohr hauen lassen. Wie alt warst du? Zwölf? Da ist man doch noch gar nicht … wie nennt man das? Geschäftsfähig?«

Schröder sah Zorn müde an.

»Das war eine Redensart, Chef.«

Zorn schnippte die Asche ab.

»Ich weiß, was 'ne Redensart ist, Schröder.«

»Dann solltest du auch wissen, dass ich …«

»Du hast nur versucht, dich zu wehren.«

Schröder presste die flachen Hände zwischen den Knien zusammen, wiegte sich langsam vor und zurück und starrte ins Leere. Als er zu reden begann, klang es, als würde er ein Selbstgespräch führen.

»Ich war vier, als es angefangen hat. Ich wusste nicht genau, was da passierte. Nur dass es falsch war. Ich hatte Angst. Und ich hab mich geschämt. Weil er gesagt hat, ich würde es auch wollen.« Schröders Lippen bewegten sich kaum, so dass Zorn Mühe hatte, seinen Worten zu folgen. »Ich glaube, irgendwann hatte ich mich damit abgefunden. Aber als er dann auch meinen einzigen Freund … ich wollte Dumbo irgendwie schützen.«

Hinter ihnen wurde eine Tür geöffnet. Eine Toilettenspülung rauschte, dann fiel die Tür mit einem dumpfen Knall wieder ins Schloss.

»Du hast was im Auge, Schröder.«

»Nein, ich weine. Du doch auch.«

»Unfug«, schniefte Zorn, wischte ein paar Haare von den Jeans und murmelte, dass ihm der vorlaute Kläffer nicht nur die beste Hose eingesaut, sondern wohl auch eine Tierhaarallergie eingebrockt habe.

»Was hast du ihm versprochen, Chef?«

»Wem?«

»Ihm.«

Schröder sah zum Himmel, wo sich das Kreuz allmählich auflöste.

»Nichts weiter«, wehrte Zorn ab. »Er muss jedenfalls ziemlich schräg drauf sein. Offensichtlich steht er auf dieses Zeug. Kaum hatte ich's ihm angeboten, hat Merle Vanger mich angerufen.«

»Das glaubst du tatsächlich?«

»Allein hätte ich dich jedenfalls nicht gefunden.«

»Dann glaubst du also, dass du in den Himmel kommst?«

»Ich?« Zorn lachte auf. »Die Zeiten sind lange vorbei.«

»Und was ist mit der Hölle?«

»Keine Ahnung, vielleicht lande ich ja dort. Aber du«, Zorn zertrat die Kippe im Kies, »jedenfalls nicht.«

»Aber ich habe meinen eigenen Onkel …«

»*Er* war der Teufel! Kapierst du das nicht?«

Der Gärtner sah herüber. Hinter ihm flatterten ein paar Tauben auf.

»Dein Onkel hat dich gequält, seit du vier warst«, sagte Zorn. »Er hat dich ständig verfolgt, also ist er dir auch auf die Schanze gefolgt. Dort hat er dich angegriffen. So, wie er's immer gemacht hat. Und du? Was hast du gemacht?«

»Wie oft soll ich's noch …«

»Sag's noch mal.«

»Ich habe …«

»Ja?«

»Ich …«

»Du bist ihm ausgewichen.«

Schröder knetete schweigend die Finger im Schoß.

»Das stimmt doch, oder?«

»Ja.«

»Und? Was sagt uns das?«

Schröders Daumen begannen, umeinander zu kreisen.

»Eins hat zum anderen geführt«, sagte Zorn. »Man muss nur alles zusammenzählen. Und, Mister Superhirn? Wo landet man dann?«

Edgars helles Lachen hallte herüber.

»Wie heißt es immer?«, überlegte Zorn laut. »Der Teufel steckt im Detail. Kleiner Tipp, Schröder: Gibt's in jedem Baumarkt.«

Schröder sah blinzelnd auf.

»Ein zwölfjähriger Junge verteidigt sich gegen einen fast doppelt so großen Sadisten«, fasste Zorn zusammen. »Falls es die Hölle geben sollte, ist der Sadist dort gelandet. Aber der Junge? Nee, Schröder«, Zorn schüttelte den Kopf, »Kinder kommen nicht in die Hölle. Erst recht nicht wegen so was.«

Er stemmte sich hoch, ging vor Schröder in die Hocke und sah ihm in die Augen.

»Du schleppst schon genug mit dir rum. Also belaste dich nicht auch noch mit so einem dämlichen Ding.«

Sein linkes Knie begann zu pochen.

»Sind wir uns einig?«

Schröder nickte stumm.

»Und wir müssen nie wieder drüber reden?«

»Nein.«

»Gut.«

Als Zorn sich aufrichtete, ging das Pochen in seinem linken Knie in ein heftiges Stechen über. Auf dem Rückweg musste Schröder ihn ein wenig stützen, und während sie sich wieder zu Frieda an den Tisch setzten, knackte das andere Knie mit einem Geräusch, das an das Brechen eines trockenen Zweiges erinnerte. Frieda ignorierte Zorns übertrieben schmerzverzerrtes Gesicht und erkundigte sich, wo sie so lange gewesen seien, worauf Zorn erwiderte, dass es noch etwas zu besprechen gegeben habe.

»Was denn?«

Sie klang etwas verschnupft.

»Ist nicht so wichtig«, winkte Zorn ab.

Ihr Blick wanderte kurz zu Schröder und verharrte wieder auf Zorn.

»Und was genau«, hakte sie nach, »war *nicht so wichtig*?«

»Komisch, ich hab's schon wieder vergessen.« Zorn kratzte

sich am Kopf und wandte sich an Schröder. »Weißt du noch, worum's ging?«

Schröder räusperte sich.

»Ja?«, fragte Frieda.

»Um eine Schraube.«

Frieda neigte skeptisch den Kopf.

»Tatsächlich?«

»Ich hab doch gesagt, dass es nicht wichtig ist«, mischte sich Zorn ein. »Es war nur eine Schraube.«

Er sah Schröder an.

»Nur eine lockere Schraube.«

*

Auf der Rückfahrt behauptete Edgar steif und fest, dem Dackel einen Rückwärtssalto beigebracht zu haben, und drängelte so lange, bis Zorn ihm gestattete, neben dem Hund auf Schröders Sofa schlafen zu dürfen. Schröder bot an, zum Abendessen eine Lasagne zu backen, doch Zorn verwies auf seinen noch immer fragilen Geisteszustand, die Gefahr eines Rückfalls und die enorme Bedeutung einer ausgewogenen Ernährung, die selbstverständlich von einem Fachmann zubereitet werden musste – nämlich ihm, Claudius Zorn, der nach ausgiebigen Gesprächen mit Schröders Ärzten und dem Studium diverser Fachlektüre genau wusste, worauf es nach einer erst kürzlich überstandenen Hyponatriämie bei der Zubereitung einer bekömmlichen Mahlzeit unter besonderer Berücksichtigung des Natriumspiegels vor allem ankam.

Auf einem Zwischenstopp in *Heinlein's Delicatessen- und Spirituosengeschäft* erstand er nach einem intensiven Beratungsgespräch mit dem Inhaber eine halbe Rehrückenpastete mit Meersalzkruste, gepökelten Parmaschinken, zwei Dosen eingelegte

Sardellen, eine Tüte italienische Laugenstangen und zum Nachtisch Salzkaramelpudding und geröstete Pistazien. Zu seinem Bedauern hatte der wie immer äußerst zuvorkommende Norbert Heinlein ein zwar exklusives, doch leider begrenztes Angebot, weshalb Claudius Zorn sich gezwungen sah, beim Einkaufszentrum an der alten Papierfabrik einen weiteren Stopp einzulegen, um zwei weitere wichtige Dinge zu besorgen.

Zum einen ein halbes Dutzend Gourmet-Dosen mit Truthahn, Kürbis, Rinderlunge, Kokosmehl und extra vielen Mineralstoffen für kleine Leckermäulchen. Womit nun auch der Dackel versorgt war.

Fehlte nur noch der andere.

Das Sortiment an Räucherkerzen war wesentlich breiter, als Zorn erwartet hatte. Der Dackel – so viel war klar – war nicht sonderlich wählerisch, doch bei dem anderen konnte man nicht sicher sein, weshalb Zorn nicht nur wie versprochen eine, sondern gleich mehrere Packungen in den Einkaufswagen legte.

Tannenduft, Grüner Apfel, Erdbeer-Vanille und Wintertraum.

Als ihm einfiel, dass er den lieben Gott als weißhaarigen Tattergreis beschimpft hatte, fügte er noch Zimtapfel und Kaminzauber hinzu.

Von nun an würde Claudius Zorn Schröder immer im Auge behalten, doch um seine Sehkraft war es noch nie sonderlich gut bestellt gewesen. Er war also auf Unterstützung angewiesen, und da ihm der liebe Gott bereits einmal geholfen hatte, war es wohl angebracht, es sich nicht mit ihm zu verscherzen.

Die Wege des Herrn sind unergründlich, hatte Zorn zu Schröder gesagt, und obwohl es eher unpassend schien, legte er nach kurzem Nachdenken zwei weitere Packungen in den Einkaufswagen.

Türkischen Liebeszauber und *Feuer der Sinneslust.*

Nur um sicherzugehen.

Zugegeben, die Überschrift …

SCHLUSSBEMERKUNG

… ist ziemlich sperrig und alles andere als originell. Doch sie beinhaltet den Begriff *Schluss,* was bedeutet, dass diese Geschichte nicht nur einen guten Anfang, sondern nun auch ein gutes Ende gefunden hat. Ob das, was auf den Seiten dazwischen passiert, ebenfalls *gut* ist, kann man nur hoffen, doch im Moment herrscht zumindest ein gutes Gefühl, das allerdings von einem Problem mit dem linken Knie getrübt wird.

Dazu später mehr.

Selbstverständlich werden sich auch diesmal wieder Fehler eingeschlichen haben, wie vorbeibrummende Ruderboote oder ein fensterloser Raum, der zweihundert Seiten später plötzlich ein Fensterbrett hat. Nachdem ich mich für solcherlei Dinge bereits entschuldigt habe,[1] sind weitere Hinweise eingetroffen, so zum Beispiel die Anmerkung, dass jemand wie Claudius Zorn wohl kaum in der Lage sein dürfte, die Hände auf dem Rücken zu verschränken.[2] Andere Leser entpuppen sich als Spezialisten und überraschen mit ungeahnten Fachkenntnissen wie die sympathische Dame, die sich nach einer Lesung als promovierte Chemikerin zu erkennen gab und darauf aufmerksam machte, dass sich Löschkalk und menschlicher Schweiß nicht zu einer ätzenden Säure, sondern – wenn überhaupt – zu einer Base verbinden.[3]

---

1 Vgl. Zorn 11, Seite 394 ff.
2 Vgl. Zorn 11, Seite 97 Mitte
3 Vgl. Zorn 9, Seite 363

Besagte Lesung fand übrigens im Rahmen eines Krimifestivals auf einem riesigen Fährschiff auf dem Atlantik statt (die dem geneigten Leser hiermit dringend ans Herz gelegte *Crime Cruise*, um genauer zu sein). Der Autor bedankte sich höflich, vergewisserte sich, dass die charmante Chemikerin noch mit niemandem über das leidige Thema gesprochen hatte, und lud sie an Deck auf eine Zigarette ein, welche die nette Kritikerin leider nicht ganz zu Ende rauchte. Es war eine stürmische Nacht irgendwo zwischen den Färöer Inseln und der isländischen Küste. Selbst die Besatzung hatte Schwierigkeiten, bei ungewöhnlich hohem Seegang das Gleichgewicht zu halten und …

Nun ja. Wir schweifen ab.

Fehler sind dazu da, um zu lernen. Je weniger man ins Detail geht, desto weniger macht man sich angreifbar. In dieser Geschichte spielt eine Krankheit namens Hyponatriämie eine bedeutende Rolle. Da es sich hier um einen Thriller und nicht um ein medizinisches Fachbuch handelt, werden Einzelheiten nur grob umrissen. Sollte der ein oder andere tiefer in die Materie eintauchen wollen, sei ihm ein Medizinstudium oder ein Gespräch mit dem Hausarzt empfohlen.

Apropos Hausarzt. Nun zu den oben erwähnten Knieproblemen.

Da ich im Arbeitszimmer nicht rauche, verbringe ich den größten Teil meiner Arbeitszeit auf der Terrasse, um mit einer Zigarette im Mund mehr oder weniger lange (vorwiegend Ersteres) über den nächsten Satz nachzudenken und diesen dann in den Computer zu tippen. Besagtes Arbeitszimmer befindet sich samt Computer im Obergeschoss; es sind also immer ein gutes Dutzend Treppenstufen zu überwinden, weshalb der Verfasser dieser Zeilen ständig in Bewegung ist. Da er nicht nur den enormen Zigarettenverbrauch, sondern auch das ungefähre Alter mit einem gewissen Claudius Zorn teilt, sind seine Kurzatmigkeit und ähnliche Gebrechen, mit denen sich ältere Herren im Laufe der Zeit zunehmend konfrontiert sehen, nicht weiter verwunderlich. Mit Knieproblemen war also immer zu rechnen – was allerdings nachdenklich macht, ist der geradezu beängstigende zeitliche Ablauf.

Es ist ziemlich genau dreieinhalb Stunden her, dass ich den abschließenden Dialog zwischen Zorn und Schröder beendete und – aus welchen Gründen auch immer – notierte, dass Zorns Knie zu pochen begann.[4] Dass ich auf dem Gang zu der unweigerlich folgenden Zigarette ein wenig humpelte, wurde mir erst im Nachhinein bewusst. Nachdem ich wenig später den nächsten Satz (*ging das Pochen in ein heftiges Stechen über)* eingetippt hatte, hüpfte ich bereits auf einem Bein die Treppe hinunter, und bevor ich dann die folgende Zeile *(auf dem Rückweg musste Schröder ihn stützen)* festhalten konnte, musste ich mich mühsam am Treppengeländer hochziehen.

Auf das Thema »selbst erfüllende Prophezeiungen« wurde bereits ausführlich eingegangen.[5] Dass ein im ersten Roman beschriebener Kreisverkehr, der in der Geschichte überschwemmt wurde, kurz nach der Veröffentlichung des Buches tatsächlich meterhoch unter Wasser stand, ist befremdlich, ebenso verhält es sich mit der Gaststätte, in der Zorn und Schröder im dritten Band Pferdefleisch essen – einem seit Jahrzehnten betriebenen Wirtshaus, das (unter anderem durch den Auftritt eines äußerst ungepflegten Kellners) nicht unbedingt positiv beschrieben wurde und drei Wochen nach Erscheinen des Romans für immer geschlossen wurde. Nicht nur Orte, sondern auch Personen waren bereits betroffen, wie zum Beispiel der Bürgermeister, der von Claudius Zorn aus einer Laune heraus verdächtigt wurde, die bereits erwähnte Leiche an die eigene Rathaustür genagelt

4 Vgl. Seite 357
5 Vgl. Zorn 11, Seite 393

zu haben[6] und in der Realität vom Landesverwaltungsamt seines Amtes enthoben wurde – und zwar ziemlich genau zu dem Zeitpunkt, als Zorns Mutmaßung ins Manuskript eingefügt wurde.

Es ließen sich noch weitere Beispiele anführen, von denen der Verfasser selbst bisher noch nie persönlich betroffen war – nun allerdings sitzt er vor seinem Computer, massiert das schmerzende Knie und fragt sich mit wachsender Beklemmung, ob er womöglich ein neues Fenster zwischen Fiktion und Realität geöffnet hat und dazu verdammt ist, zukünftig das Schicksal seines titelgebenden Protagonisten zu teilen – inklusive Haarausfall, nachlassender Sehkraft und Anzahl der Finger, die im Moment noch vollzählig sind (mit Betonung auf *noch*).

An dieser Stelle sei erneut darauf hingewiesen, dass der Ort der Handlung fiktiv ist. Zweifelsfrei gibt es gewisse Ähnlichkeiten mit meiner Heimatstadt, die ich auf der Suche nach Inspiration ständig durchstreife. Nachdem ich in mittlerweile dreizehn Bänden diverse Leichen zwischen den Türmen der Marktkirche oder an der Hochstraße aufgehängt, an die Rathaustür genagelt, in der Besuchertoilette des Landgerichts und selbst an Zorns Schreibtisch drapiert habe, sah ich mich gezwungen, meine Kreise über die Stadtgrenze hinaus zu erweitern und wurde diesmal ein paar Kilometer nördlich in einem malerischen kleinen Tal direkt am Fluss (der selbstverständlich ebenfalls keinen Namen hat) in Gestalt einer Sprungschanze fündig.

Der erste Gedanke *(da oben könnte man prima 'ne Leiche runterbaumeln lassen)* wurde mangels Originalität umgehend wieder verworfen. Der zweite *(was machen Skispringer eigentlich im Sommer?)* war nicht sonderlich intelligent *(die springen auf Matten, Blödmann!),* doch dem dritten Gedanken *(was passiert eigentlich, wenn man OHNE Skier da runterspringt?)*

---

6 Vgl. Zorn 11, Seite 56

folgten ein vierter *(wer sollte so was tun?)*, ein fünfter *(ein Selbstmörder?)*, und mit dem sechsten *(war Schröder nicht mal Turmspringer?)* begannen sich die ersten, hauchzarten Umrisse einer Geschichte zu formen.

Oft werden die beschriebenen Örtlichkeiten der Handlung angepasst, vom Stadtrand ins Zentrum verschoben, höher- oder tiefergelegt, um dann wahlweise unter Wasser gesetzt, in Brand gesteckt oder in die Luft gesprengt zu werden. Um diese Geschichte hier glaubhaft zu machen, musste der Zustand oben erwähnter Schanze verändert werden, die keineswegs seit Jahrzehnten verlassen und dem Verfall preisgegeben, sondern noch immer in Betrieb ist und sich in hervorragendem Zustand befindet.

Obiger Absatz wurde mit einem flauen Gefühl im Magen notiert (außerdem ist heute Sonntag, und es dürfte nicht einfach werden, eine Salbe für das schmerzende Knie zu besorgen). Andererseits hat sich längst nicht alles bewahrheitet; das im ersten Band explodierte Gasometer zum Beispiel steht noch immer, und besagter Bürgermeister verlor zwar sein Amt, jedoch nicht wegen Mordverdachts, sondern unter anderem als sogenannter »Impfdrängler«, der stets seine Unschuld beteuerte (und womöglich tatsächlich bei der Inspektion des städtischen Impfzentrums nur versehentlich in eine Coronaspritze gestolpert ist). Es gibt also durchaus Grund zur Hoffnung, weshalb man den sprichwörtlichen Teufel nicht an die Wand malen sollte (obwohl er in diesem Buch eine nicht unerhebliche Rolle spielt).

An dieser Stelle ein herzlicher Gruß an den Ski- und Freizeitverein Rothenburg, der die Schanzenanlage seit Jahrzehnten liebevoll pflegt. Der Autor wünscht alles erdenklich Gute für die Zukunft und drückt beide Daumen.

Solange er sie noch hat.

Die im Buch erwähnte Webseite existiert tatsächlich, unter

anderem findet sich dort ein ausführlicher und sehr interessanter Abriss der turbulenten Vereinsgeschichte. Einige Fakten wie die Elektrifizierung der Anlage durch die freundliche Unterstützung des VEB Stahl- und Seilwerk Rothenburg dienten als Anregung und wurden übernommen, ebenso technische Daten wie Anlauflängen, kritischer Punkt und diverse Schanzenrekorde, der übrigens in den frühen achtziger Jahren bei 31,5 Metern lag und von Peter Schaffrath aus Eilenburg aufgestellt wurde. Dass Schröder einen Meter weiter springt, soll Herrn Schaffraths Leistung (liebe Grüße!) keineswegs schmälern, doch es wirft womöglich die eine oder andere Frage auf.

Ein zwölfjähriger Junge stellt den Schanzenrekord auf? Bei seinem allerersten Sprung? In schlechter Ausrüstung, auf vereistem Hang und bei völliger Dunkelheit? Wie soll das möglich sein?

Nun, ganz einfach.

Wir reden hier schließlich nicht von *irgendeinem* Jungen.

Sondern von Schröder.

Womit sämtliche Fragen beantwortet sein dürften. Wer trotzdem noch etwas zu mäkeln hat, sollte lieber froh sein, dass Schröder überhaupt noch da ist.

Er hätte nämlich auch einfach wegfliegen können.

Halle (Saale), im Mai 2024